Deep Freeze
by Lisa Jackson

凍える夜に抱かれて

リサ・ジャクソン
大杉ゆみえ[訳]

ライムブックス

DEEP FREEZE
by Lisa Jackson

Published by arrangement with
Kensington Books, an imprint of
Kensington Publishing Corp., New York
through Tuttle-Mori Agency, Inc.,Tokyo

凍える夜に抱かれて

主要登場人物

ジェンナ・ヒューズ……………………コロンビア・シアターの演技指導者。元女優
シェーン・カーター……………………保安官
リンダ・ダリンスキー…………………ジェンナの友人。コロンビア・シアターの経営者
ウェス・アレン…………………………リンダの兄。電気工
スコット・ダリンスキー………………リンダの息子
ハリソン・ブレナン……………………ジェンナの隣人
トラヴィス・セトラー…………………ジェンナの友人
セス・ウィテカー………………………ハリソンの友人。便利屋
カサンドラ（キャシー）・リン・クレイマー……ジェンナの長女
アリソン（アリー）・クレイマー……ジェンナの次女
ジョシュ・サイクス……………………キャシーのボーイフレンド
リネッタ・スワガート…………………コロンビア・シアターの衣装担当
ソーニャ・ハッチェル…………………ダイナーのウエイトレス
ブランチ・ジョンソン…………………コロンビア・シアターの音楽担当
ロキシー・オルムステッド……………『バナー』紙の記者
ジェイク・ターンクィスト……………ジェンナのボディガード

プロローグ

去年の冬

女は待っていた。じっと動かずに。

近づいてきた男に気づいたかのように。

男もまた感じていた――二人のあいだで脈打つ欲望を。彼は薄暗がりのなか、ベッドに横たわっている彼女を見た。ジェンナ・ヒューズ。夢の女。男は彼女だけのために生きてきた。その女が、こんなに近くにいる。彼のベッドに。ついに、彼のベッドのなかに。

準備は整った。唇の上と額に汗が浮かぶ。股間《こかん》がかたくなり、神経の末端が躍りだす。

照明は暗くしてあった。いくつかのスタンドの明かりが部屋の四隅にぼんやりとした影を作り、親密な雰囲気を醸しだしている。ロマンティックな音楽が、冷たい洞穴のような部屋を流れていく。映画『闇《やみ》に紛れて』で使われていた曲だ。セクシーな黒のテディーを着ている女を見つめながら、男は息を吐いた。この特別な機会のために、彼女がテディーを身につけてくれたことがうれしかった。初めての密会のために。

いい子だ。

ぴったりしたシルクとレースが、体の線を浮き立たせている。薄い布越しに、乳房がちらりと見えた。

すばらしい。

どれだけ長いあいだこのときを待ち望んできたか。だが、そんなことはどうでもよかった。先ほど口にしたウォッカと錠剤の効果が現れはじめている。いい具合に作業にとりかかれるだろう。この瞬間をより楽しむために、あらかじめ適度な化学物質を服用してあった。

「俺はここだよ」男は静かに語りかけた。彼女に自分のほうを向いてほしかった。繊細なカーブを描く黒い眉をあげ、誘うような視線を投げかけてほしかった。いや、片肘を突き、人差し指を曲げて、差し招いてくれてもいい。緑の目で彼を見つめながら。

しかし、彼女は動かなかった。漆黒の髪の一筋さえそよがない。ただじっとベッドに横たわって天井を見あげているだけだ。

これではおもしろくない。

こっちを見てくれなければだめだ。それが俺の望みなんだから。

「ジェンナ?」彼は静かに呼びかけた。

反応はない。ちらりとこちらを見やることさえなかった。

いったいどうしたんだ?　こんなみだらな格好までしておきながら、俺が近づいても気のないそぶりをするなんて。今夜は二人にとって特別な夜のはずじゃないか。

またか！

男はいらだちのあまり、奥歯をかみしめた。ゲームをしているのか？　俺をじらそうというのか？　いったいどういうつもりだ？

「ジェンナ、こっちを見ろ」彼はささやくような声で命じた。

だがさらに近づくと、彼は、女が思ったほど完璧《かんぺき》ではないことに気づいた。だめだ。メークが違う。口紅の色は薄すぎるし、アイシャドウもほとんどつけていない。俺の計画とは違っているじゃないか。

ちくしょう。頭がぼんやりして、まともに考えることができない。薬のせいだろうか？あるいはなにか別のもののせいか？　それとも生死にかかわる事態なのだろうか？　いずれにせよ、ジェンナが思ったような反応を示してくれないのは確かだ。

俺の好みならわかっているはずじゃないか。

しかし、彼女は以前から反抗的だった。いつも尊大で、氷のように冷たい女。俺が惹《ひ》かれたのはそのせいもある。

「さあ、ベイビー」男はもう一度チャンスを与えようとささやいたが、目の焦点を合わせることができなかった。薬でハイになりすぎているのだろう。彼女のあの妖艶《ようえん》さが感じられない。きっと俺の頭がすっきりしないせいだ。考えがうまくまとまらず、欲望が理性を圧倒しつつある。体が内側から震えだして、肺が縮んでいくように感じられた。かたく屹立《きつりつ》したものがズボンを突きあげていたが、心に浮かぶイメージはぼんやりとにじんでいた。

男は唇をなめた。もう待ってはいられない。ベッドのかたわらに膝を突くと、マットレスが大きな音をたててきしんだ。

それでも女はこちらを見ようとしない。

「ジェンナ！」意図した以上に語気が荒くなってしまった。いらだちの炎が勢いを増し、舌の感覚が鈍くなっている。

慌てるな。彼女はここにいるじゃないか。

「ジェンナ、俺を見るんだ！」

女はぴくりともしない。

意固地な女だ！　こんなにいろいろしてやったのに！　もう何年も、彼女のことだけしか考えてこなかったというのに！　血管のなかで怒りが膨れあがり、手が震えはじめた。

落ち着け！　この女を自分のものにできるんじゃないか。俺のベッドのなかで。彼女はまだ逃げだしてはいないだろう？

「ジェンナ、俺はここにいるんだよ」彼は言った。

だが、彼女は男を無視した。

燃えたぎる怒りが押し寄せてきたが、彼はなんとか抑えつけた。この女は俺をからかっているんだ。そうに違いない。興味のないふりをして、俺の欲望を募らせようとしているんだ。

そうだろう？

わからなかった。頭がまわらない。

部屋のなかは冷えきっているというのに、男は汗をかいていた。室温は零度を少し超えるくらいしかないはずだ。それなのに、血管のなかで炎が燃え盛っているように体が熱い。彼女は感じないのだろうか。二人をつなぎとめている強い絆《きずな》を。

男は顔を近づけ、震える指先で女の頬をなぞった。あたたかかった。

そのとき、彼は理解した。すべては彼女が描いた筋書きどおりだ。この女は自分のことをジェンナ・ヒューズではなく、映画で演じた女性だと思われたがっている。確かに『闇に紛れて』で演じたパリス・ノウルトンそのものじゃないか。それに今夜、パリスを演じてほしいと頼んだのは、この俺じゃなかったか？　彼女は言われたとおりのことをしているんじゃないのか？　突然、気分がよくなった。怒りがおさまり、ドラッグの効き目が現れて欲望が頭をもたげてきた。

「パリス」男は優しくささやき、慈しむように彼女の黒髪に触れた。暗い明かりのなか、髪は黒く青い光を放っていた。「お前のことを探してたんだよ」

なおも反応はない。

「ジェンナ？」

彼女はこちらを見ようともしなかった。再び怒りが火花を散らし、男の全身を駆け抜けた。

「そうか、わかったよ」荒々しく女の喉に手をあてる。「こうしてほしいんだな？」

ジェンナが息をのむのがわかった。

ようやく反応が得られた！

彼女の首をわしづかみにする。喉はあたたかかった。やわらかな手触りだ。指先を皮膚にめりこませながら、脈を探った。

うめき声が聞こえた。

苦痛の声？　それとも快楽のあえぎだろうか？

「こういうのがいいんだろう？　荒っぽくされるのが好きなんじゃないのか？」

「やめて！」その声は遠くから聞こえた気がした。男の頭のなかでこだまし、部屋の壁で跳ねかえる。「いや！」

男は指が肉に食いこむまで力をこめた。

「やめて！　お願い！　なにをしようとしてるの？」

女を揺すると、彼女は頭をがくがく動かしながら美しい緑の目でじっと彼を見つめた。

恐怖の悲鳴が部屋の空気を切り裂く。

ジェンナの頭ががくりと後ろに落ちた。

男の手のなかで彼女の首が激しく揺れた。

恐怖とパニックの悲鳴が天井の梁《はり》で跳ねかえり、男の頭のなかに響き渡った。

「この雌犬め！」彼は女を思いきり平手打ちにした。顔がねじれるように横を向く。

「ああ！」女は涙をこぼし、すすり泣いた。「いや、いや、いや！」

涙でメークが崩れはじめ、完璧な顔立ちが平手打ちのせいでゆがんだ。つけていた黒い大きなつけまつげがとれて、しわが寄ったシーツの上に落ちる。つるつるの頭のてっぺんが薄暗い部屋のなかで浮かびあがった。

息をのむ音。

女が顔をそむける。

そう、それでいい。

男は再び手をあげた。

「やめて……お願いだからやめて！」女は唇を動かさずに懇願した。「なにをするつもりなの？」声を震わせながら泣き声をあげる。しかし肩は震えておらず、力が入ったままだ。

なにかがおかしかった。なにかが。

「ああ、ああ、ああ……お願い、やめて」

息も絶え絶えになりながらもらす恐怖の声が部屋に響き渡ったが、先ほどまで潤んでいたはずの目は乾ききり、唇も肩も震えてはいなかった。

男は目をしばたたかせ、頭をはっきりさせようとした。自分がどこにいて、なにをやろうとしているのかに気づいたとたん、こわばっていた股間がかたさを失った。

ちくしょう！

彼はジェンナ・ヒューズを見おろすと、やけどでもしたかのように彼女の首から手を離し、シーツの上にほうりだした。

ガツン！

女の頭がベッドの枠にあたった。

純粋な恐怖の叫びが部屋を切り裂いた。

ジェンナの首がぽきりと折れた。

毛髪のない頭が体から離れる。

「いやあああああ！」

目を見開いたまま、マットレスを転がる頭部。

鈍い音がして、女の頭がコンクリートの床に落ちた。

悲鳴がさらにヒステリックになった。耳をふさぎたくなるほど激しい嗚咽《おえつ》が室内に響き渡って壁にこだまし、彼の背筋を凍らせた。

「お願いだからやめて！」天井をも突き抜けそうな声だった。つまりこの女は、なんらかの感情を持ちあわせているわけだ。それなのにこちらを見ようとはしない。なにかが変だった。

床の上では、かつてジェンナの顔だったものがつぶれ、形をなくしていた。

そのとき、頭がはっきりした。

ほとんど完璧に作りあげたもの——ジェンナ・ヒューズの美しい顔を模したマネキンはすっかり壊れていた。

なぜなら、俺が待てなかったからだ。

錠剤をのみすぎたからだ。

彼女を欲するあまり、判断力を失って平手打ちにしてしまったからだ。まだしっかりかたまっていなかったというのに。

「ばか野郎！」男は吐き捨てるように口にすると、自分の頭を殴りつけた。今までの苦労が水の泡になってしまった。作りなおせるだろうか。あの美しい顔――ほんの少し前までは生きているようだった顔が、今ではどろどろに崩れている。美しかった表情はゆがみ、ガラスのようにうつろな目のまわりで溶けている。

彼はのけぞりながらベッドから離れた。血は流れていない。生身の体でないのだから当然だ。命なきものは血を流したりしない。額の汗をぬぐい、部屋の隅の暗がりにしつらえたステージをちらりと眺めた。そこでは薄闇のなか、数体のマネキンが静かに立っていた。生きてはいないにしても、美しいことは確かだ。すべてジェンナ・ヒューズのレプリカだった。だが、今回ほどうまくできたものはなかった！　男は再び、さっきまで傑作だったものに視線を走らせ、眉をひそめた。このところ気持ちを集中できていない。

「お願い……逃がして」

彼は肩越しに暗い部屋の隅を見やった。視線の先にあったのは、裸のまま縛られた生身の女性だった。

「お願い……」彼女は再びか細い泣き声をあげた。男は新たな希望がわき起こるのを感じてほほえみ、女の体つきや顔立ちを観察した。広い額、まっすぐな鼻、高い頬骨とその上にあるおびえた大きな目。髪は茶色だったが、それはどうにでもなることだ。顔つきはほぼ完璧だと言っていい。彼は笑みを顔いっぱいに広げ、床の上で溶けだした頭部のことなど忘れ去ってしまった。

次のジェンナ・ヒューズのレプリカは、非の打ちどころがないものとなるだろう。縛られて命乞《いのちご》いをしているこの哀れな生き物は、解剖学的な知識を得るのに最適だ。

一瞬のうちに怒りが和らぎ、男は窓のほうをちらりと眺めた。わずかな月明かりがガラスを通して差しこんでいる。窓枠の外に積もった雪が溶けはじめていた。

冬が忍び足で過ぎていこうとしている。雪解けの気配があたりに満ちていた。

作業を急がなければならない。

1

「近づいてくる嵐《あらし》を心配しているわけだね？」デスクのそばの椅子に座ったドクター・ランドールは静かに言った。彼はあえて、自分と患者とのあいだになにも置かないようにしていた。あるのは、診察室の磨かれた木の床を覆う輸入物のラグだけだ。

「冬そのものが心配なんですよ」どこか怒ったような冷たい返答だった。背が高い寡黙な男は革張りのソファに腰かけていた。鋭い視線で、まっすぐにランドールを見つめている。ランドールは男の気持ちを理解したようにうなずいた。「心配している理由は――」

「それはご存じでしょう。気温がさがると、いつもひどいことが起きる」

「少なくとも君にはな」

「ええ、私には。だからこそ、私はここにいるんじゃありませんか？」男は首をこわばらせ、こぶしが白くなるほど手を握りしめた。緊張しているようだ。

「どうして君はここにいるんだね？」

「保護者のような口調はやめてください。いいかげんな心理学の知識を披露するのもね」

「冬を憎んでるのかい？」

沈黙。一瞬の躊躇《ちゅうちょ》。相談に来た男は目をしばたたいた。「憎むなんて大げさですよ」

「じゃあ、どう言えばいい？　どんな言葉がぴったりなんだろうね」

「冬という季節を嫌ってるわけじゃありません。冬に起きる出来事が嫌いなだけです」

「この時期になると悪いことが起きると思っているようだが、気のせいかもしれない」

「冬に悪いことが起きるという事実を否定するんですか？」

「いや、否定はしないさ。しかし、事故や悲劇はほかの月にも起きてるじゃないか。たとえば夏には、泳ぎに行って溺《おぼ》れることもあるだろうし、山歩きをしていて崖《がけ》から落ちることだってあるだろう。暑いときにしか発生しない寄生虫にやられるとかね。悪いことはいつ起きても不思議はないんだよ」

　男は顎を石のようにかたくして黙りこんだ。彼は明晰な男だった。ＩＱはほとんど天才レベルだ。それなのに、ずっと心に引っかかってきた悲劇を今も振り払えずにいた。「頭ではわかってるんです。けれどもどうしても、冬になると悪いことが起きるという思いをぬぐい去れなくて」彼はちらりと窓の外を見た。灰色の雲が空を覆いつつある。

「子供のころに経験したことのせいかね？」

「それはあなたが判断してください。精神分析医はあなたなんですから」男は医師を鋭い視線でにらみつけてから、ちらりと歯を見せてかすかな笑みを浮かべた。多くの女性の心をわしづかみにするような笑みだ、とランドールは思った。この患者は実に興味深い。二人で交わした取り決めのせいで、その思いはさらに強くなった。メモをとることも、録音することも厳禁。ランドールの予定表にさえ、二人が会った証拠は残っていない。約束の日時は、彼らだけの極秘事項だった。

男は壁の時計を眺め、後ろポケットに手を入れて財布をとりだしたが、紙幣を数えはしなかった。支払い分はすでにたたんで別にしてあったからだ。

「あいだを置かずにまた来てくれないか」デスクの隅に置かれた金を見ながら、ランドールが提案した。

背の高い男はうなずいた。「連絡しますよ」

この男のことだから、きっと連絡してくるだろう。ランドールは新札の二〇ドル紙幣の折り目を伸ばしながら考えた。大きな靴音をたてて、男が裏手の階段をおりていく。カウンセリングなど必要ないと彼がどれだけ自分に言い聞かせようと、祓《はら》おうとしている悪魔は魂の最も暗い部分にしっかりと根を張っていた。頭のいい男なのだから、それはわかっているはずだ。どれだけ治療を嫌っていようと、きちんとカウンセリングを受けなければ魂が解放されることはない。

あまりプライドが高いのも考えものだ。ランドールはそう思いながら、ぼろぼろになった自分の財布に紙幣を突っこんだ。自分では気づいていないのだろうが、あの男はそろそろ限界に近づいている。

「ばか犬が……今度はどこへ行きやがった？」チャーリー・ペリーはかみ煙草《たばこ》をもごもごと

かみながら、コロンビア川をはるか下に見る森のなかを歩きまわっていた。原生林の木々のあいだから、朝の最初の光が差してきた。谷には冬が迫っている。それにしても、あのばかな雌のスパニエルはどこへ行ってしまったのだろう。置いていこうか。ほうっておいてもキャビンまで戻ってくるだろう。しかし、それはできなかった。正直に言えば、彼にはあの犬しかいなかったからだ。以前のタンジーはすばらしい猟犬だった。だが、俺と同じように年老いてしまった。耳も遠いし、関節炎のせいでうまく動くこともできない。

まばらに生えている茂みのあいだに目を凝らし、鋭く口笛を吹く。その音が森を突き抜け、頭上で枝がざわめいた。チャーリーは手袋をはめた手でウィンチェスター銃を握りしめた。そのライフルは半世紀ほど前、彼が戦争から帰ってきたときに父親がくれたものだった。新しい銃器もたくさん持ってはいるが、あの老いぼれた犬と同様、これが彼のお気に入りだ。

ちくしょう。年をとったせいで感傷的になってしまったようだ。

「タンジー？」チャーリーは呼びかけた。こんなことをしていては、ハンティングなどできるわけがない。あのばか犬め！　突風が顔に吹きつけ、彼はののしりの言葉を吐いた。「さあ、タンジー！　もう行くぞ！」そろそろおんぼろのフォードで町へ戻る時間だ。新聞を受けとり、まだ元気でやっている数人の友人と一緒にキャニオン・カフェでコーヒーを飲もう。それからストーブで薪《まき》を燃やして、クロスワード・パズルでもやればいい。

それにしても、あの犬はどこへ行きやがった？

もう一度口笛を吹いたとき、ひるむような鳴き声が聞こえ、大きな吠《ほ》え声が続いた。

やれやれ。チャーリーは向きを変えて、急な涸《か》れ谷をおりていった。するとタンジーが興奮した様子で、腐った丸太のまわりをかぎまわっていた。「どうしたんだ？」チャーリーは白くなった倒木をまたぎ、まばらな茂みのなかへ入った。ブーツの下で細い枝がぽきりと折れる。きっとタンジーは、なかが空洞になっている丸太のなかへ隠れたリスかイタチを追いだそうとしているのだろう。ハリネズミかスカンクでなければいいのだが。

風が頭上の枝を揺らしたとき、チャーリーはそのにおいをかいだ。穴のなかにいるものがなんであろうと、そいつはもう死んでいる。いきなり飛びだしてきて、こちらの度肝を抜くことはありえない。

タンジーは相変わらず吠え立てていた。背中の毛を逆立てて尻尾《しっぽ》をぶんぶん振り、丸太に跳びかかってはまた後ろにさがることをくりかえしている。

「わかったわかった、今見てやるからな」チャーリーは膝を突き、丸太のなかをのぞきこんだ。なにかが詰まっていて、悪臭を放っている。好奇心に駆られて少しだけ丸太を持ちあげ、暗い部分に太陽の光が差しこむようにした。すると、なかにあるものがはっきりと見えた。

頭蓋骨《ずがいこつ》がじっとチャーリーを見据えていた。

チャーリーの顔から血の気が引いていった。悲鳴をあげて丸太をとりおとす。

頭蓋骨が地面にごろりと転がりでた。

小さな鋭い歯をむきだしにした頭部。ブロンドの髪と腐肉がついている。

「なんてこった！」チャーリーは祈るように小声で言った。風の勢いが強まり、枝に積もった雪が落ちてうなじのあたりに降りかかった。チャーリーはあとずさりをした。この暗い森には、なにかとんでもなく悪いもの――悪魔の心のように黒いものが潜んでいる。

「チャーリー・ペリーは頭のおかしいやつなんだからな」保安官のシェーン・カーターはポットからコーヒーを注《つ》ぎながら不満そうに言った。

「そうですけれど、今度はキャットウォーク・ポイントのそばで人間の頭部を見つけたと言っているんですよ。無視はできないでしょう」副保安官のＢ・Ｊ・スティーヴンスが言った。Ｂ・Ｊはどこかヒッピーのような風情がある小柄な女性だ。正式な名前はビリー・ジョー・スティーヴンス。まるで男のような名前だが、本人は少しも気にしていない。

「それなら、二人ほど現場へ向かわせてくれないか」

「もう手配してあります。ドナルドソンとモンティネロを」

「チャーリーは雪男を見たと通報してきたこともあったんだぞ」カーターはそう言いながら、ルイス郡庁舎の奥まったところにある自分のオフィスを目指した。「ゴッズ橋の上空にＵＦＯが浮かんでたと言ったこともあったじゃないか。覚えているだろう？」

「まあ、確かに変わった人ではありますね」

「頭がどうかしているんだよ」カーターは言った。「完全にね」

「でも、人に危害を加えたりはしません」

「今回もただの人騒がせであることを祈るよ」

していようだ。

「ですが、保安官も捜査に向かうんでしょう?」彼女はどうやらカーターの気性を知りつく

「まあね」カーターはコンピューターや、けたたましく鳴る電話のそばを通り過ぎ、ガラス張りの自分のオフィスに入った。プライバシーが欲しければ、ブラインドをおろすこともできる部屋だ。外に面した窓からは、郡庁舎の駐車場が見える。首を伸ばせば、メイン・ストリートをのぞきこむこともできた。

カーターはコーヒーカップをデスクに置いてEメールをチェックしたが、チャーリー・ペリーの話にはなにかまだ重大なことが隠されているのではないかという思いをぬぐえなかった。チャーリーは常識の通じない、エキセントリックな人間だ。密猟でさえ平気な顔でやっている。しかし、他人に害を及ぼすような男ではないし、カーターに言わせれば悪い人間ではなかった。だがときたま、すっかりおかしくなることがある。ただ注目を浴びたいだけなのかもしれない。実際、雪男騒動のときは新聞にとりあげられもした。だからこそ二年後に、UFOにつかまって頭の大きなエイリアンに調べられたなどと言いふらしたりしたわけだ。それにしても、もし本当にエイリアンが人類の代表としてチャーリーをとらえて調べあげたのだとしたら、心から落胆したことだろう。あれ以来、エイリアンが地球に再び来たという話を聞かないのも当然だ。

電話が鳴り、カーターは反射的に受話器をとった。

「カーターだ」

「モンティネロです」副保安官のラニー・モンティネロだ。携帯の電波状態がよくないせいで、声がはっきり聞こえない。「キャットウォーク・ポイントに来てください。チャーリーの言うことに間違いありません。死体を発見しました。完全な形ではありませんが」

「ちくしょう」カーターは低い声で言い、いくつか質問をしてから、死体発見現場を保存してチャーリーをなだめておくようモンティネロに命じた。そして電話を切るとすぐにオレゴン州警察犯罪鑑識課へ連絡を入れ、ジャケットと帽子と銃を手にした。途中でＢ・Ｊをつかまえて、検死官と地方検事のオフィスにメッセージを残す。

「言ったとおりでしょう？」カーターが運転するブレイザーのなかで、Ｂ・Ｊが言った。車は木材搬出用の曲がりくねった道を進んでいく。キャットウォーク・ポイントは、コロンビア川が作った盆地の端にそびえる標高一〇〇〇メートルほどの山だ。町の南で起きた交通事故のせいで大幅に遅れながらも、二人はようやく現場に到着した。

山道の入口にはすでに黄色のテープが張りめぐらされていた。遅かれ早かれ、マスコミが噂《うわさ》を聞きつけて集まってくるだろうが、今のところは大丈夫だ。カーターは車から降りた。

冬を間近にして、空気は冷えきっていた。あと数日で吹雪になるらしい。地面はほとんど凍っていたし、背の高い樅《もみ》の木立も、谷を吹きおろす冷たい東風に震えていた。

Ｂ・Ｊと二人で注意しながら谷をおりていくと、州警察の犯罪鑑識課の鑑識員がすでに到着して作業を始めていた。

カメラマンが写真を撮っている横では、もう一人の鑑識員が地面の様子をビデオカメラにおさめている。現場を保存するため、広いエリアに早くもロープが張りめぐらしてあった。雪をかき分けて土のサンプルが採取され、あたりに落ちているものが検分されていく。骨がいくつか、ビニールシートにきちんと並べられていた。小ぶりで不完全な頭蓋骨だった。歯が奇妙なほど小さくて鋭い。

「なにか情報は?」カーターはマリーン・ジャコボスキーという名の、針金のように細い鑑識員に尋ねた。鋭い顔つきの女性だが、頭脳はさらに鋭い。彼女は眉間《みけん》にしわを寄せて色を失った唇を引き結び、メモをとっていた手をとめると、残された遺体の一部をじっと眺めた。

「被害者は白人女性。年齢は二〇代から三〇代。あそこにある丸太のなかに詰めこまれていたようね」マリーンはなかが空洞になった杉の丸太をペンで指した。「骨がいくつか欠損しているの。たぶん動物が食いちぎったのね。今、捜しているところ。発見時になかった尺骨と足根骨はすでに発見できました。うまくすれば、ほかの骨も見つかるかもしれない」

「うまくすればね」カーターは暗い声でこたえると地面を眺め、コロンビア川へと急角度で落ちこんでいる岩肌に視線を移した。付近の地形は高低の差が激しく、深い森に覆われている。おまけに幅が広く流れの激しい川が、オレゴンとワシントンの州境を流れていた。いくつかのダムで流れは弱められているものの、川は白波を立てながら西へと走っている。もし遺体がコロンビア川に投げこまれていたら、発見されることはなかっただろう。

斜面をのぼってくる車のエンジン音が聞こえ、検死官の乗ったバンが木立の向こうに見えた。すぐ後ろからは、もう一台別の車があがってくる。地方検事補の車だ。

マリーンはまだすべてを報告し終えたわけではなかった。「どう考えてもおかしなことがあるのよ。この歯を見て」ひざまずき、ペン先で頭蓋骨を指し示す。「ほら、この門歯と臼歯《きゅうし》。これは自然な形じゃないわ。削られたんじゃないかしら」

カーターは背筋に寒けがはいあがってくるのを感じた。誰がわざわざそんなことを？　なんのために？「遺体の身元をわからなくするためか？」

「そうかもしれないけれど、それなら歯を抜けばすむことよ。どうしてこんなに歯の先を尖《とが》らせたのかしら」彼女はペンを唇にあてて頭蓋骨を観察した。「意味がわからないわ」

「犯人はひねくれたユーモアのセンスを持つ歯科医かもしれないな」

「ひねくれすぎてるけれどね」

「身元が確認できる遺留品は？」カーターは質問したが、答えはきく前からわかっていた。

「まだ出てきてないの」マリーンが首を振りながらメモをめくる。「服もなければ個人的な持ち物もなし。今、探しているところよ。雪や氷をかき分けて地面の下までね。もし証拠が残っていれば、見つかるはずだわ」彼女は目を細めてカーターを見あげた。

「これはなんだ？」グロテスクな歯をして眼窩《がんか》がぽっかりあいた頭蓋骨のそばにかがみこみ、カーターは髪の部分を指さした。なにかが絡みついている。ピンク色の物質だ。しかし、人間の肉ではない。消しゴムのかすに似たものだった。

「今はまだわからない。でも、人工的な物質でしょうね。鑑識でチェックしてもらうわ」

「そうしてくれ」カーターは背筋を伸ばした。B・Jはカメラマンと話をしていた。検死官のルーク・メッセンジャーがこちらにやってくる。瘦《や》せていて背が高く、髪はカールした赤毛で、頬にはそばかすが浮いていた。彼は現場に近づくと眉をひそめた。

「まだ見つかっていない部分があるんだね？」メッセンジャーがマリーンに尋ねた。

「ええ」

メッセンジャーがひざまずいたとき、地方検事補のアマンダ・プラットが坂をおりてきた。ウールのセーターの上にダウンコートを着こみ、煙草のにおいを漂わせている。

「いやな天気だわ」彼女は遺体の一部を見て鼻にしわを寄せた。「ひどい事件ね。丸太のうろに押しこめられていたんでしょう？」

「チャーリーはそう言っている」

「あの人の口にすることは、一言だって信じちゃだめよ」アマンダが現場に視線を据えたまま、冷淡な声で言った。

「だが、今度ばかりは本当のことを言っているようだ」

眼鏡の奥で、アマンダの目がきらりと光った。「彼の言っていることが本当だったら、私はイギリスの女王にだってなれるわよ。ああ、またいつものメンツが集まってるようね」彼女は駐車してある何台もの車を眺めた。「チャーリーはまだここにいるの？」

「あそこのピックアップ・トラックのなかにいるわ」マリーンが道の先にとめてある白いトラックを顎で示した。運転席に座っているのはモンティネロだ。チャーリーは助手席で肩を丸めている。「家に帰してもらえなくて怒ってるの。早くあたたかい家に帰りたいと言って大変だったんだから」

「無理もないな。僕が話をしてみるよ」カーターが言った。

「わかったわ」アマンダが言った。「だけど、だまされないでね」

カーターは笑い声をあげ、現場をもう一度眺め渡してから検死官に言った。「わかったことがあったら教えてくれ」

「作業が終わったら、まずあんたに報告するよ」メッセンジャーがこたえた。遺体にかがみこんだまま目をあげようともしない。

「すまないな」

カーターがピックアップ・トラックに近づいたときも、チャーリーはまだ機嫌が悪かった。誰かが差し入れたコーヒーカップを握りしめたまま、助手席の窓越しにカーターをにらみつけている。彼のせいで一日が台なしになってしまったとでも言いたげな視線だ。カーターがガラスをたたくと、チャーリーはしぶしぶ窓をおろした。

「俺を逮捕するつもりかい」彼は尋ねた。短い銀色のひげが突きでた大きな顎を覆っている。分厚い眼鏡の奥から、怒りを浮かべた目でカーターを見据えていた。

「いや」

「じゃあ、あんたの部下に俺を家まで送るよう言ってくれ。義務はもう果たしただろう？　囚人みたいな扱いはしないでほしいもんだ」窓越しに吐きだしたかみ煙草の汁が、雪まじりの泥道に落ちた。チャーリーにとって幸運なことに、そこは〝現場〟ではなかった。

「いくつか質問したいんだよ」

「午前中ずっと質問に答えてきたんだぞ！」

カーターはほほえんだ。「あと少しだけだから。終わったらモンティネロ副保安官に家まで送らせる」

「わかったよ」チャーリーはつぶやいて薄い胸の前で腕を組み、いやいやながらも警察に協力しはじめた。狩りに出かけたら犬がいなくなり、その犬をなかが空洞になった丸太のそばで見つけた。丸太を持ちあげたら、人間の頭が転がりでて腰を抜かした……。「俺が知ってるのはそれだけだよ」彼は不遜《ふそん》な調子でつけ加えた。「それで走って家へ帰って、保安官事務所に連絡したのさ。そうしたら、あんたの部下が二人やってきて、俺を無理やりここまで引きずってきた。何時間もこんなところに座らされて、ケツが凍えそうだぜ」

「寒いのはみんな同じだよ、チャーリー」カーターはピックアップ・トラックのドアを軽くたたいた。「家まで送ってあげてくれないか」モンティネロに命じてから、もう一度チャーリーの不満そうな顔を見る。「なにか思いだしたら、必ず連絡してくれよ」

「もちろんさ」チャーリーはそう言ったが、カーターの目を見ようとはしなかった。この男は真実を語っているのだろうか。雪男の一件以来、二人の関係は良好とは言えなかったし、これ以上鹿《しか》の密猟を続けるなら、しかるべき手段に訴えるとチャーリーを脅したこともあった。きっとこの男は連絡などしてこないだろう。相手が保安官ならなおさらだ。

「あとは頼んだぞ」カーターはモンティネロを見た。インタビューは終わりだ。

「わかりました」モンティネロが車のギアを入れ、チャーリーが窓を閉めた。数秒もしないうちに、ピックアップ・トラックは高い木が生い茂る森の向こうへと消えていった。樅のてっぺんは鉛色の雲に届きそうだ。みぞれまじりの雨が落ちてきた。

カーターはパーカーのポケットに手を突っこみ、関係者でごったがえしている現場を見おろした。身元不明の遺体の一部がビニールシートに並べられている。そこから数メートル離れたところでは、アマンダ・プラットが煙草を吸いながらルーク・メッセンジャーと話をしていた。頭蓋骨。歯を削られ、髪にピンク色の物質をつけた頭蓋骨。

被害者はいったい誰なんだ？　こんな人里離れた場所でなにをしていたのだろう？

2

フレンチドアが開いた。

冷たい風が暗い室内に吹きこんでくる。ほとんど消えかけていた暖炉のおき火が赤く輝いた。ジェンナの椅子のそばで眠っていた老犬が頭をあげ、警告するようなうなり声を発した。

「しーっ！」侵入者が言った。

ジェンナは目を細め、リビングルームに入ってきた影を見つめた。暗いなかでも、上の娘がそっと階段のほうへ向かっているのがわかった。思ったとおりだ。深夜にこっそり家へ帰ってくるなんて、いかにもティーンエイジャーらしい。

「クリッター、静かにして！」キャシーが怒ったように低い声で言う。

ジェンナは手近の明かりをつけた。

とたんにリビングルーム全体が明るくなった。キャシーは足を一歩前に出したまま凍りついた。「最悪」彼女はつぶやいて肩を落とすと、母親のほうに向きなおった。

「出かけてたのね」ジェンナはお気に入りの革張りの椅子に座ったまま言った。

キャシーは反抗的な態度を見せた。「どうしてこんな時間に起きてるの？」

「あなたを待ってたのよ」ジェンナは椅子から立ちあがり、むくれた娘と向きあった。多くの人が言うとおり、キャシーは若いころのジェンナとそっくりだった。背は娘のほうが何センチか高かったが、高い頬骨や濃いまつげ、眉、尖った顎は瓜《うり》二つだ。「どこへ行っていたの？」

「外よ」キャシーは肩にかかる髪を振り払った。

「それはわかってるわ。もうとっくにベッドに入ってる時間でしょう？　一時ごろに、おやすみなさいって声が聞こえたように思ったんだけど」

ジェンナが目にしたのは、緑の目でうんざりしたように天井を見あげる娘の姿だった。

「誰と一緒だったの？　いいえ、きかなくてもわかってる。ジョシュでしょう？」

キャシーは答えなかったが、そうとしか考えられなかった。彼女は一八歳のジョシュ・サイクスとつきあいだしてから、すっかり無口になり、隠し事をするようになってしまった。

「それで、どこへ行ったの？　正確に教えて」

キャシーは腕を組んで壁にもたれた。メークが崩れ、髪はくしゃくしゃで、服にもしわが寄っている。娘がなにをしてきたのかは一目瞭然《いちもくりょうぜん》だ。ジェンナは恐ろしくなった。

「ドライブしてただけよ」

「夜中の三時に？」

「そう」キャシーはあくびをした。

「外は寒いのに？」

「だから？」

「キャシー、ママを怒らせないで」ジェンナは立ちあがり、反抗的な娘に近づいた。キャシーから煙草のにおいが漂ってきた。「あなたの人生を台なしにしてほしくないの」

「ママみたいに？」キャシーが意地悪く片方の眉をあげた。「ママがあたしを妊娠したときみたいに？」

「それとこれとは話が違うわ。ママはそのときにはもう二二歳だったのよ。大人だったの。自分の力で生きてました。それに、ママのことはどうでもいいでしょ？　今はあなたが嘘《うそ》をついて家を抜けだしたことが問題なんだから」

「あたしだって自分で自分の面倒くらい見られるわ」

「まだ一六歳じゃないの」だが、一人の女性でもあった。キャシーほどのスタイルをしていれば、ハリウッドでもうらやましがられるだろう。

「ただ友達と遊びに行っただけなのに」キャシーは母親をにらみつけた。

「今、議論をしてもらちが明かないようね。もう寝なさい。明日の朝、また話しましょう」

「話すことなんてない」

「あるわ。家を抜けだしたこともだし、妊娠や性病についてもきちんと話しておかないと」

「いいえ、ジョシュが嫌いなだけじゃない」

「ママはジョシュがあなたを支配している気がするだけよ。嘘をつくよう仕向けたりね」

キャシーは突然語気を荒らげた。「ママはあたしの友達はみんな嫌いなのよ。ここに引っ越してから、ずっとそう。でも、悪いのはママよ。あたしはこんなところに住みたくなかったんだから」

それは事実だった。娘たちは二人とも、ロサンゼルスを離れて、オレゴンの片田舎に住むことをいやがった。引っ越してから一年半がたった今も、不平を言っているほどだ。「今さらそんなことを言ってもしかたがないでしょう？　ここでの生活を楽しみなさい」

「楽しもうとしてるわ」

「ジョシュとね」

「そう、ジョシュとよ」

「ママに罰を与えるためにね」

「違うったら」キャシーはゆっくりと言って顎を突きだした。「なんでもかんでも自分に関連づけて考えるのはやめてくれない？　もしママに罰を与えたかったら、カリフォルニアのパパのところへ行ってるってば」

「そうしたいと思ってるの？」ジェンナは感情を押し殺して言った。最も痛いところをつかれたことを悟られたくなかった。

「あたしはただ、誰かに信じてもらいたいだけ。わかった？」

「だったら信じてもらえるよう努力しなさい」そう言いながらも、ジェンナの心は痛んだ。今、口にしたせりふは何年も前、彼女自身の母親から言われた言葉と同じだったからだ。

「明日にしましょう」ジェンナが明かりを消すと、娘は足音も荒く二階へあがっていった。

私は母親と同じふるまいをしようとしている——ジェンナはそう思って身震いした。「さあ、クリッター」彼女は犬に声をかけ、戸じまりをすると自分も階段をあがった。彼女のベッドルームは踊り場の隣にあり、娘たちのベッドルームは階段をあがりきったところにあった。老犬は関節炎で痛む脚を引きずるようにしてついてくる。ジェンナが踊り場で犬があがってくるのを待っていると、階上からキャシーのベッドルームのドアが閉まる音が聞こえてきた。二時間半しか寝られないことを恨めしく思いながら、ステンドグラスをはめた窓をちらりと眺めたとき、なにかが窓の隅をかすめたような気がした。

誰かいるのだろうか？

それとも私自身の影が映っただけ？

クリッターがうなり声をあげ、ジェンナは体をこわばらせた。ガラス越しに外を確かめてみる。防犯用のライトが納屋や馬小屋を照らしだしていた。風車が音をたててまわっている。門は開いていたが、外へ続く道に人影はなかった。車のエンジン音も聞こえない。

冬のこんな時間に誰かが外で身を潜めているなんてありえないことだ。

もし誰かいるとしたら、キャシーを追ってきたジョシュが納屋の陰に隠れているくらいだろう。

老犬が再びうなり声をあげた。

「しーっ」ジェンナは犬をたしなめながら、両開きのドアを開けて自分のベッドルームに入った。分かちあう人のいない部屋に。

コロンビア川のほとりのこの町に移ってきたのは、心の安らぎを得るためだったはずだ。胸の奥にわだかまっている不安など無視してしまおう。十代の娘に反抗されて、気分がふさいでいるだけだ。

しかしベッドルームに足を踏み入れても、なにかが起きようとしているという予感を振り払うことができなかった。

絶対に起きてほしくないこと。

とてつもなく悪いことが起こるという予感を。

3

「キャシー！」ジェンナは階段に向かって声を張りあげた。「アリー！　早く起きて！」二階で物音がしたのを確かめてからキッチンへ戻り、壁の時計を眺める。間違いなく遅刻だ。あと四、五分でアリーの中学校まで行かなければならないのに。彼女はテレビをつけ、イングリッシュ・マフィンを二切れトースターに突っこんだ。

キッチンカウンターのそばに寝そべっていたクリッターにつまずきそうになりながら、冷蔵庫のドアを開ける。まだ水が流れる音は聞こえない。いつものキャシーなら、もうシャワーを使っているはずだ。オレンジジュースを出してグラスに注いだとき、焼きあがったマフィンが飛びだした。テレビの天気予報では、この冬最大の寒波がやってくると報じている。一枚目のマフィンにバターを塗っていると、キャシーが階段をおりてきた。

「水が出ない」彼女はうんざりした顔で言った。

「どういうこと？」

「水が一滴も出てこないの！　蛇口をひねっても全然！」娘の言葉を確かめるために、ジェンナもシンクへ行った。なにも出てこない。

「今日はシャワーは無理みたいね」

「ママ、頭がおかしくなったの？　髪も洗わずに学校になんか行けないわ」

「死にはしないわよ」

「でも、ママ――」

「朝食をとって着替えなさい」

「学校には行かない」キャシーは椅子にどさりと腰をおろした。昨夜の夜遊びがたたって、あくびをくりかえしている。

「だめ、行くの」

キャシーは不満そうな表情でジュースを飲んだ。マフィンには手をつけようとしない。

「そういえば、あなたと話をしないといけなかったわね。昨日みたいなことはもう絶対に許しませんからね」

「ママはジョシュが嫌いなだけよ」

「それについては昨日話したでしょう？　ジョシュはいい子だわ」ＩＱは靴のサイズより下だけれど。「だけど、あの子があなたを支配しているように見えるのが気に入らないだけ」

「そんなことないってば」

「それにもし、あなたたちがセックスをしているんだったら――」

「ママ、勘弁して」

「私には教えておいてほしいの」

「ママには関係ないでしょ？」

「もちろん、あるわ。あなたはまだ未成年なんだから」

「この話、またあとにしない？　もうしなくてもいいけど」キャシーは、とんでもなく時代遅れの堅物だとでも言いたげな目でジェンナを見た。おそらくそのとおりなのだろうとジェンナは思った。それに無理やり言うことを聞かせようとすれば、かえってジョシュのもとへ追いやる結果になるに違いない。

「いいわ。学校から帰ったら、また話しあいましょ。もっと時間のあるときに」

「時間なんて、どうでもいいのに」キャシーがつぶやいた。ジェンナはタイミングこそが人生でいちばん大切なことなのに、と思いながら階段の下まで行った。

「アリー？　起きてる？」

　足を引きずりながら、パジャマ姿のアリーがキッチンにおりてきた。赤みがかったブロンドの髪はくしゃくしゃで、顔を苦しげにゆがめている。「気分が悪い」

「どうしたの？」ジェンナは尋ねたが、おそらく仮病だろうと思っていた。最近、一二歳の下の娘はよくこんな芝居をする。アリーは頭のいい子だが、昔から学校が嫌いだった。

「喉が痛いの」アリーは精いっぱいつらそうな表情を浮かべて言った。

「見せてごらんなさい」アリーが口を開けたので、ジェンナはなかをのぞきこんだ。とくに異常はない。「問題はなさそうだけど」

「でも、痛いんだもん」アリーが訴えかけるような声を出した。

「そのうちよくなるわ。さあ、朝食よ」

「食べらんない」アリーは椅子に座り、テーブルの上で腕を組んで顔をうずめた。「パパだったら、あたしが病気のとき、無理やり学校へ行かせたりしないんだけどな」

私だってそうよ、とジェンナは思った。ただ、あなたのお芝居にはだまされないだけ。それにロバート・クレイマーという男性は、父親としては失格だった。

アリーはすっかりむくれている。朝の八時にもならないというのに、もう問題が山積みだ。今日は一日こんな状態が続くのだろうか。

ジェンナはもう一度蛇口をひねってみたが、相変わらず水も湯も出てこなかった。アリーはジェンナが焼いたマフィンには手を出さず、冷凍ワッフルを見つけてきてトースターに入れた。どうやら、食欲が喉の痛みに勝ったらしい。

キャシーはテレビに見入っていた。どこかの森の外れに立っているレポーターが画面に映っていた。なにか事件があったらしく、あたりには黄色のテープが張りめぐらされている。

「なにがあったの?」ジェンナは尋ねた。

「キャットウォーク・ポイントで女の人の死体が見つかったんだって」キャシーが視線を画面に釘《くぎ》づけにしたまま答えた。

「誰?」

「まだわかんないみたい」

ジェンナの質問に答えるかのように、レポーターが言った。「被害者の身元に関して、保安官事務所からはなんの発表もありません。昨日の朝、遺体を発見したのはチャーリー・ペリー、現場付近に住む男性です」画面に年配の男性の顔が映しだされた。

「キャットウォーク・ポイントって、ここからそんなに遠くないよね」アリーが焼きあがったワッフルをマフィンとともに皿にのせながら言った。「ちょっと怖い」

「とっても怖いわよ」ジェンナはそう言ってから、口調を変えて続けた。「でも警察がちゃんと仕事をしてくれるから、心配する必要はないけれどね」

キャシーが大きなため息をつき、アリーは一〇枚分のパンケーキにかけても余りそうなほどのシロップをワッフルに垂らした。

ジェンナはあえて反応を示さず、テレビ画面を見つめた。レポーターと話をしているのは、カーターという保安官だ。背が高く肩幅の広い彼の隣にいると、レポーターが小さく見えた。

「死因はまだ特定できていません」カーター保安官は注意深く話していた。彫りが深い顔立ちに、知的な目。そして濃い口ひげ。焦げ茶色の髪はまっすぐで、きれいに切りそろえられている。「身元もまだ調査中です」

「殺人事件として捜査しているんですか?」

「ノーコメントです」彼はきっぱり言って、インタビューを打ちきった。

「カーター保安官、ありがとうございました」レポーターは礼を述べ、カメラに向きなおった。「現場からカレン・タイラーがお伝えしました」

ジェンナはテレビを消した。「出かけましょう」

キャシーはあきれた顔で母親を見た。「これじゃ学校に行けないって言ったでしょ?」

「大丈夫よ。支度しなさい。話しあいの余地はないわ」

ため息をつきながら何事かつぶやくと、キャシーは音をたてて階段をのぼっていった。

「あなたもね」ジェンナはアリーに言った。ワッフルはほとんどなくなりかけている。

「喉がすっごく、すっごく痛いの」

「死にはしません。行くわよ」

作戦が無駄骨に終わったとわかると、アリーはワッフルの最後の一切れを口に突っこみ、急いで二階へあがった。ジェンナはハンス・ドヴォラクに電話をかけた。以前は馬の調教師だったが、今は引退してジェンナの小さな牧場を管理している男性だ。ハンスもクリッターと同じように、一家が引っ越してくる前からここにいた。彼は三度目の呼び出し音で電話に出て、長年の喫煙ですっかりかすれてしまった声で言った。「もしもし?」

「ハンス、ジェンナよ」

「今、そっちへ行こうとしてたところですよ」年配の男性は遅刻しかけていると言わんばかりの早口で言った。

「私も子供たちを学校に送っていくところよ。だけど、ちょっとした問題が持ちあがったの」ジェンナは水道のことをハンスに説明した。

「ポンプのせいでしょう。前にも電気系統の問題がありましたからね。五年くらい前に」

「直せるかしら?」

「わからないが、やってみましょう。だが、電気工を呼んだほうがいいかもしれない。それに配管工も」

ジェンナは心のなかでうめき声をあげた。電気工のウェス・アレンのことなら知っている。ジェンナがボランティアで働いているコロンビア・シアターで、彼は美術を担当していた。また、その劇場で照明や音響を担当しているのが、スコット・ダリンスキーという男性だ。スコットはウェスの甥《おい》であり、ジェンナの友人であるリンダの息子だった。それにもかかわらず、ジェンナはこの二人の男性のことが信用できずにいた。彼らのそばにいるとなぜか落ち着かなかったし、不安に陥るほどじっと見つめられたことが何度かあったからだ。

「三〇分くらいでそっちへ行きますよ」

「ありがとう」

ハンスがいてくれて、ジェンナは大いに助かっていた。もう七三歳になるというのに、牧場をうまく切り盛りしてくれている。この家の以前の持ち主のもとで働いていた彼に、ぜひそのまま残ってくれと頼んだのはジェンナだった。

髪をとかしたアリーが部屋に入ってきた。フリースのジャンパーを着て、バックパックを肩に担いでいる。「歯は磨いた?」ジェンナはそう言ってから、水道のことを思いだした。「水は出ないんだったわね。口のなかが気持ち悪かったら、ガムをかむといいわ」

「大丈夫」アリーはか細い声でこたえた。体調がすぐれないことにしておきたいらしい。

「今日は数学のテストだったでしょう? 復習はした?」

アリーは眉をひそめた。そういう表情をすると父親そっくりだった。「数学なんて嫌い」

「成績はずっとよかったじゃないの？」

「だけど、どんどん難しくなるんだもん」

ジェンナはジャケットに袖《そで》を通しながら言った。「だったら今夜、ママが勉強を見てあげる。もしかすると、ミスター・ブレナンも教えてくれるかもしれないわ。だって空軍でエンジニアをやってたんだし――」

「いや！」アリーが猛然と言いかえしたので、ジェンナはひるんだ。元夫のロバートはジェンナと離婚したあと二度も再婚したというのに、娘たちは母親が男性とつきあうことを認めてくれなかった。ハリソン・ブレナンは近所に住んでいる退役軍人で、早くに妻を亡くしていた。彼はジェンナに多大な興味を示していたし、おまけに彼女がフォールズクロッシングに引っ越してきたとき、町の人々のように好奇の目でじろじろ眺めたりしなかった。

「じゃあ、ママが教えてあげる」ジェンナは革手袋をはめながら階段の下まで行った。「キャシー、急いで！　車で待ってるわよ」

「今、行くったら！」

「早くして」彼女はアリーを連れて裏口を出た。外の空気は氷のように冷たかった。ガレージのドアの鍵《かぎ》を開けながら、ちらりと空を眺める。灰色の雲が周囲の山々に低く垂れこめ、今にも雪が降りそうだった。

クリッターとアリーが彼女のあとについてガレージに入ってきた。二人と一匹はジープに乗りこみ、ジェンナは車のキーをまわした。

エンジンはかからなかった。

何度試してみても動かない。どこがおかしいのか調べている時間はなかった。彼女は隣にある古いピックアップ・トラックを見やった。家の前の持ち主が置いていった車だ。「トラックで行きましょう」

「本気?」

「そうよ」言うが早いか、ジェンナはジープを降りてピックアップ・トラックの運転席にのぼった。そのとき、キャシーがガレージにやってきた。

彼女はなにが起きているのか見てとり、歩みをとめた。「冗談でしょう?」

「冗談じゃないのよ」

「こんなおんぼろに乗ってるの、人に見られたくない」

「わがまま言わないの」娘の不平不満にはうんざりだ。なによりも、キャシーがBMWやメルセデス以外の車には乗りたくないと考えているのが気に入らなかった。ロサンゼルスでの贅沢《ぜいたく》な暮らしが身にしみついているせいだ。それでも古びたピックアップ・トラックのエンジンは、キーをまわすときちんとかかってくれた。「神様、感謝します」ジェンナが言うと、子供たちもおとなしく彼女の隣に並んで座り、車は五〇エーカーの敷地を抜ける小道をおりていった。

道路に出るとアリーがラジオをつけた。キャシーは、ここはインターネットで見たロサンゼルスの天気とは全然違うと言って膨れっ面をした。南カリフォルニアは気温が二八度もあるという。ジェンナは不機嫌な娘のことを無視しようと努めたが、さらに悪いことが起きるのではないかという思いをぬぐえなかった。しかし、そんなことはありえない。これ以上、どんなにひどいことが起きるというのだろうか。

だがバックミラーをのぞいたとき、彼女は自分の予感が正しかったことを確信した。保安官事務所のブレイザーがライトを点滅させながら急接近してくる。ジェンナはピックアップ・トラックをわきに寄せてやりすごそうとした。

幸運は訪れなかった。

ブレイザーも、ジェンナのピックアップ・トラックと同じように路肩へ寄ろうとしている。二台の車がとまった。ブレイザーから降りてきたのは背が高くて肩幅の広い男性だった。ピックアップ・トラックをにらみつけながら近寄ってくる。濃い口ひげにはすでに雪が積もりかけていた。

「あの保安官だわ」キャシーがささやいた。「ニュースに出てた人よ」

「なんて運のいい日かしら」ジェンナはため息をついた。キャシーの言うとおり、こちらへやってくるのはカーター保安官だった。人生最悪の朝かもしれない、とジェンナは思った。

4

「スピードが出すぎてました？」運転席の女性が窓をさげて尋ねたとき、カーターは即座に気づいた。ジェンナ・ヒューズだ。フォールズクロッシングの最も有名な住人。ハリウッドで名を馳《は》せた女優が、タイヤがつるつるにすり減ったおんぼろの農場用トラックに乗っているとは。車体はあちこちへこんでいて、ブレーキランプも作動していない。しばらく前、カーターはジェンナがこの地で家を買ったという話を聞いていた。しかし、会うのは今回が初めてだ。伝説的な美人と言われた女性との初対面だというのに、なんという状況だろう。それにしても、ハリウッドでの評判は正しかったようだ。ジェンナは美しい顔に心配そうな表情を浮かべて、じっとこちらを見ている。何度も映画で見たあの緑の目で。

「いや、スピードが問題なんじゃありません」彼は言った。「ブレーキランプがついていなかったんです」

ジェンナが顔をゆがめた。「なんてことかしら」

「ああ、もう」そう言ったのはいちばん奥に座っていた少女だった。顔立ちがジェンナにそっくりだ。おそらく長女だろう。だとすると、真ん中に座っているのが下の娘に違いない。

くしゃくしゃの髪を帽子からはみださせ、足もとには犬をはべらせている。

「免許証と車両登録証を見せてもらえませんか？」

「ええ」ジェンナはバッグのなかを探り、それからダッシュボードを開けた。「ごめんなさい。このピックアップ・トラックはいつも乗っている車じゃないのよ。今朝は自分のジープのエンジンがかからなくて。でも、娘たちを学校まで送らないといけないから――」

「ママ！　そんなことはきかれてないでしょ？」上の娘が割って入り、それからぷいと外を向いた。

「説明してただけよ」ジェンナは言うと、カーターにほほえんでみせた。懐柔するつもりなのだろうが、そうはいかないとカーターは思った。管轄区域で身元不明の腐乱死体が見つかったせいで、彼はすっかり不機嫌になっていた。「これだわ」ジェンナがほこりまみれの封筒をつまみだした。カーターに渡しながら時計を眺め、急いでいることをほのめかす。「あまり面倒なチェックをしないほうが、お互いのためだと思うんだけれど」

周囲の人間からちやほやされてきたハリウッドの女王様らしい発言だ。これまで一度も、交通違反の切符など切られたことがないのだろう。「数分しかかかりません」カーターが言うと、ピックアップ・トラックの奥から大きなため息が返ってきた。

「よかった。子供たちはすでに遅刻なの」

「今朝遅刻するのは、あなたのお子さんたちだけじゃありませんよ」カーターは言った。

「そうかもしれないけれど」ジェンナは再びハリウッド流のほほえみを浮かべた。ちょっと笑みを見せるだけで、多くの男どもがジェンナの思いどおりになってきたのだろう。何度そうやって甘い汁を吸ってきたのか知らないが、今日はそううまくはいかない。

カーターはブレイザーに戻って車両登録証を照会し、違反切符を切りはじめた。出廷通告状を突きつけてやろう。さまざまな人間を意のままに操ってきた彼女のことだ、交通違反くらい見逃してもらえると思っているのだろうが、ここはロサンゼルスではない。有名女優だからといって、特別扱いするつもりはなかった。

かじかむ指で出廷通告状に必要事項を記入していく。それにしても風の強い日だ。何台かの車がカーターのブレイザーを見つけて、急にスピードを落としながら過ぎ去っていった。

通告状を一枚引きはがして車を降りる。吹きすさぶ雪のなかをピックアップ・トラックに近づいていくと、ジェンナのあの名高い美しい目がサイドミラー越しにじっとこちらを見つめていた。なんてきれいな女性だろうか。しかし、そんなことはどうでもいい。今朝の彼女は、ブレーキランプがついていない車に乗っていた一市民でしかないのだから。

「ではこれを、ミズ・ヒューズ」ジェンナが窓をさげると、カーターは通告状を渡した。「ブレーキランプをすぐに直してください。このままでは事故になりかねませんから」

「努力します」ジェンナはぴしゃりと言うと唇を引き結んだ。

つまり、怒っているわけだ。かわいそうに。「努力するだけでなく、実行してください」彼はユーモアのかけらもない笑みを浮かべて忠告した。「安全運転でお願いしますよ」

ジェンナがカーターをにらみつけた。気弱な男だったら、それだけで動揺してしまうだろう。しかし彼は、どう思われようとかまわなかった。背中を向け、風にあらがいながらブレイザーまで戻る。座席に腰をおろすと、ジェンナ・〝ハリウッド〟・ヒューズが良識あるドライバーを装いながらウインカーを出し、ゆっくりと道路に戻っていくところだった。

違反切符を切られた直後は、誰もが完璧なドライバーになる。だがそれはたいていの場合、一〇分程度しか続かない。

けれども彼女はスピード違反をしていたわけではないし、無謀な運転をしていたわけでもない。ただ運悪く、ブレーキランプがつかない車に乗りこんでしまっただけだ。見逃したとしても罰はあたらなかったはずだった。

いつものカーターだったらそうしていただろう。今までにも、同じようなケースに目をつぶったことはあった。しかし、そのときはそのときだ。彼は頭上のライトを消し、ジェンナのあとについて町を目指した。

男はキャニオン・カフェの窓際にあるブースに腰をおろしていた。凍った窓枠の向こうに古い教会が見えた。何度も改築されて、今は劇場として使われている建物、コロンビア・シアターだ。

運ばれてきた熱い紅茶を氷の入ったグラスに入れると、氷が音をたてて溶け、琥珀《こはく》色の液体の温度を急速にさげていった。客は二、三人しかいない。厨房《ちゅうぼう》からはハッシュ・ブラウンやベーコンの焼ける音が聞こえ、店内にはカントリー・ミュージックが流れていた。ウエイトレスがテーブルのあいだを縫って歩きまわっている。男はウエイトレスにほほえみかけ、新聞のスポーツ欄を読むふりをしながらも、劇場から目を離さなかった。

落ち着いているふりを装っていたが、男の神経はピアノ線のように張りつめていた。寒冷前線のせいだ。そして、クリスマス特別上演の看板を掲げたあの劇場のせいだ。

『素晴らしき哉《かな》、人生！』

くそくらえだ。

そのモノクロ映画なら見たことがあった。誰かが冬の川に落ちていきながらいろいろなことを思いだし……水と氷が彼をのみこんでいき……黒い恐怖に押し包まれて……。

「大丈夫ですか？」

男ははっと目をあげ、ウエイトレスを見た。一八歳くらいだろうか。片手にポット、もう片方の手には氷水のピッチャーを持っている。

「ああ……大丈夫だよ。ただ、トレイル・ブレイザーズがまた負けたのが悔しくてね」

「みんなそうですよ。天気のこと以外じゃ、その話ばっかりです」ウエイトレスは歯列矯正器を見せながらにっこりした。「アイスティーかお水のお代わりは？」

「いや、いい」

ウエイトレスは黙って隣のテーブルに移った。

ばか野郎！　男は心のなかで自分を叱《しか》りつけた。ドジを踏むんじゃない！　今はだめだ。辛抱しろ。すべてがうまく運ぼうとしているのだから。

気持ちを落ち着けてゆっくりと新聞を持ちあげ、ページをめくった。窓のカーテンの隙間《すきま》に視線を走らせると、古いピックアップ・トラックがすぐ外にとめられていた。心臓がとまりそうになる。運転席に座っているのはジェンナ・ヒューズだった。

これぞ天の配剤に違いない。俺に使命を思いださせるため、彼女は姿を現したんだ。

男は身震いした。

ジェンナがこんな近くにいる。

息づかいが荒くなった。

彼女は赤信号で車をとめ、バックミラーで後ろを確かめてから、また前方に視線を戻した。

男は固唾《かたず》をのんで、ジェンナが自分のほうを向いてくれないかと願った。あの美しい顔を正面から見てみたい。あの目をのぞきこみたい。

しかし、願いはかなえられなかった。

ジェンナは逆に顔をそむけるようにして交差点を進んでいくと、すぐにウインカーを出して劇場の駐車場に車を入れた。

男は満足感を覚えながら心のなかでほくそ笑んだ。

あの劇場のことなら、我が家のようによく知っている。そして彼女の家のことも。

ジェンナはピックアップ・トラックから降りると、立ちどまって通りを眺めた。

もう我慢できなかった。男は充分すぎるほどの金をカウンターに置くと、急いで外に出て、向かい風にあおられながら劇場のほうへ歩いていった。

通りを越えて路地に入り、巨大な樅の木の陰に隠れて、ジェンナが劇場の階段をあがっていくのを見守る。彼女は二重になったドアを開けてなかへ入った。ジェンナの姿が見えなくなる寸前、男は投げキスを送った。

「もうすぐだからな」男の声は凍《い》てつく風のなかへ消えていった。

「それで、わかったことは?」カーターはジャケットを脱ぎ、椅子に腰をおろしたB・Jに尋ねた。先ほど出会ったジェンナ・ヒューズの面影がちらついてどうにも落ち着かなかったが、今はしなければならない大切な仕事がある。

「わかったことですか? あまりないんです」B・Jは頭を振った。赤のメッシュが入った茶色い髪は短くカットされている。焦げ茶の目は大きく、どんな小さなことも見逃さなかった。「まだ検死官が調べている最中で、いつ死亡したのかもわかりません。腐乱の程度からして、おそらくこの一年のあいだ……今年の春あたりらしいですが」

カーターは顔をしかめて、鉛筆についた消しゴムでこつこつとデスクをたたいた。「行方不明者の照会を頼んだが、まだそれらしい事件は見つかっていない。だが被害者の身体的特徴は伝えておいたから、ここ数年間の行方不明者と照らしあわせてくれているはずだ」

「この州だけですか?」

「いや、手を広げてもらってる。まずはウエストコーストだ」カーターは鉛筆を指でもてあそんだ。煙草をやめて以来の、いらいらしたときの癖だった。普段はそれで気持ちがおさまるのだが、キャロリンが死んだときだけは別だった。視界の端に、オフィスに一枚だけ置いてある彼女の写真が飛びこんできた。最後に海へ遊びに行ったときに撮ったスナップ写真だ。

「死因は?」

「それもまだわかりません」

「髪についていたピンク色の物質はどうだ?」

「分析中だそうです」B・Jは唇をかみしめ、難問を解くときの表情になった。「たぶん、合成物質のたぐいだと思うんですが。フィギュアを作るときのプラスティックとか……」

「プラスティック?」

「確かなことは鑑識の発表を待たないとわかりませんが、あのピンクの物質は丸太にもかなり大量に付着していたようです」

「それで、被害者の体にもついていたということだな?」

「ついていたというより、詰めこまれていたといったほうが正確かもしれません。丸太のなかにあったピンクの物質は、肌にこびりついていた程度ではなく、かなりの量でした。ということは、肺や胃のなかまで詰まっていたんじゃないでしょうか。そのせいで溺れた可能性もあると思います」

「溺れた?」カーターは考えこみながら口ひげをなでた。「あの物質は液体だったのか?」

「わかりません。正式な報告を待たないと」

「ちょっと待ってくれ。まるでSF映画みたいな話になってきたじゃないか。ピンクの液体で人を殺すだなんて」

「まだ殺人かどうか決まったわけじゃないんですよ」

カーターはまっすぐにB・Jを見つめた。「自殺だというのか？　ピンク色のどろどろの液体を飲んでから、丸太にもぐりこんだと？　自殺の方法としてはあまりにも突飛だな」

「私はただ、論理的に考えようとしているだけです」

「論理なんて忘れたほうがいい。これは論理で解決できるような事件じゃないよ。自殺でも事故でもない、殺人だ。絶対にね。ただ問題は、殺すのならどうして被害者を撃ったり、喉をかききったりしなかったのかということさ」

「保安官の言うことが正しいとすれば、異常者のしわざということになりますね」

カーターは目を細めながら、窓の向こうのどんよりした灰色の空を見あげた。カスケード山脈の山裾《やますそ》に抱かれた小さな町。都会とこの町をつないでいるのは、コロンビア川と平行に走っている州間高速八四号線だけだ。こんなところに異常者が暮らしているのだろうか。カーターは苦い思いをかみしめた。

5

キャシーは学校まで二ブロックのところから歩くと言って聞かなかった。ピックアップ・トラックから降りるところを人に見られたくないからだ。娘はすでに、保安官に車をとめられたことで大きな屈辱感を味わっていた。だからジェンナもあえて叱ったりせず、娘の思うとおりにさせた。教室に着くころにはすっかり凍えているだろうが、しかたのないことだ。キャシーは寒さをものともせず、携帯電話を耳にあてて歩いていく。今夜こそ、本音をさらけだした母と娘の会話をしよう。簡単なはずだったが、不安のあまり、胃がよじれるような思いがした。

ジェンナはアリーをハリントン中学校まで送ってから、コロンビア・シアターへ向かった。なかに入ると、かつて洗礼がとり行われていた部屋にはリンダ・ダリンスキーがいた。室内でもタートルネックのセーターとダウンジャケットを着て、スキーパンツをはいている。彼女はコーヒーをすすりながら、コピーをとっているところだった。背丈はジェンナと同じくらいで、体つきは運動選手のようだ。美しい鳶《とび》色の髪とオリーブ色の肌をしていて、いつも目をきらきらと輝かせている。

「このへんにオリヴァーはいる？　いたら気をつけてね。今日はクリッターを連れてきているから」犬のクリッターを従えたジェンナはそう言うと、聖歌隊の壇の後ろを抜けた。ステンドグラスから昼の光がもれている。羽目板の壁には聖人像がいくつか飾られていた。

「言っておくわ」リンダが大声でこたえ、ジェンナは笑い声をあげた。オリヴァーというのは、リンダがこの教会を劇場にするために購入したときポーチの下で見つけた、黄色いぶちのある年老いた猫だ。動物保護施設へ連れていく決心がつかなかったリンダは、結局その猫を飼うことにした。以来オリヴァーは、劇団員のマスコットになっている。

クリッターがリンダの姿を見つけ、うれしそうに尻尾を振りながら吠えた。するとオリヴァーが、物陰から飛びだして逃げていった。クリッターは猫のことなど気にもとめず、リンダに甘えたがっている。

リンダが笑いながらクリッターを眺めた。「どうもオリヴァーは自意識過剰みたいね」

「あの子は雄でしょう？」ジェンナは尋ねたが、そのときふと、今朝彼女の車をとめた保安官のことを思いだした。シェーン・カーター保安官はリンダの友人だった。

「雄だったと言ったほうがいいわね。去勢したから」

ジェンナは再びカーターのことを思い出した。タフでセクシーで、おまけにどうしようもなくいやな男性だ。でも、今は考えないようにしよう。「クリッターもよ。それで、あなたはなにをしてるの？」ジェンナはコピー機から出てきた紙をつまみあげた。「チラシ作り？」

「第一刷よ。上演が近づいたら、もうちょっとちゃんとしたチラシを作ろうと思うんだけど、とりあえずの宣伝用とウェブ用にね。デザインしたのはスコットなの」

リンダの息子スコットは大学を中退後、劇場の照明や音響を担当している。そして、一九七〇年以降にヒットした映画のセリフならすぐにそらんじられるくらいの映画オタクだ。

リンダがジェンナが手にしているチラシを指さした。「どうかしら？」

「いいと思うわ」チラシは五〇年代の映画を思わせるくすんだ赤と緑で彩られていた。「懐かしい雰囲気で」

「私もそう思うの」リンダも同意したが、その声には一人息子のことを口にするときにいつも彼女が見せるとまどいがあった。ほほえみもどこかこわばっている。

ジェンナは次々に吐きだされる紙の山の上にチラシを戻すと、コーヒーを注いだ。この古い建物には断熱材と新しい暖房システムが必要だ。前時代的なヒーターが懸命に働いてくれてはいるが、あたたかい空気はステンドグラスや薄い壁を抜けて外へ逃げてしまう。リンダがどれだけ奮闘しようと、建物がゆっくりと朽ちつつあることは確かだった。

「リハーサルはどんな感じ？」ジェンナはきいた。俳優の演技指導は週明けからの予定だ。

「子供たちと一緒に仕事をするのは……チャレンジね」

「大人のほうがやりやすい？」

「多少ね」

「きっと立ち見席ができるくらいになるわ」

「あなたがメアリー・ベイリーの役をやってくれればね」リンダがジェンナの説得にかかる

のはそれが初めてではなかった。

「マッジ・キンタナがいるじゃないの」ジェンナはコーヒーにミルクを入れた。「それに、私には私の役があるわ。私は演技指導担当、そうでしょう?」

だが、リンダはあきらめなかった。「はっきり言って、マッジは下手くそよ。セリフだって全然頭に入っていないし」

「そのうちうまくなるわよ」ジェンナはコーヒーを飲んだ。「セリフを合わせる前に、映画を見ておくよう言っておいたから」

「あなたは生まれついての女優だけど、彼女は違うのよ」

ジェンナはリンダの言葉にも心を動かさなかった。「少なくとも五年間はお芝居なんてしたくないの。手伝うのはそれが条件だって言わなかったかしら?」

「だけど、あなたの名前ならみんなが知っているわ」

「知っていたと言うほうが正確ね」ジェンナは訂正した。

「あなたはハリウッドでトップ女優だったのよ!」

ジェンナは笑い声をあげた。「ほめすぎよ」

「出てくれれば最高の宣伝になるのに」

ジェンナはもしそんなことになったらと考えて身震いした。タブロイド紙や町の噂のせいで、家族がどれだけいやな思いをしたことだろう。最後の主演映画の撮影中に起きたあの事故以来、彼女はメディアへの露出を拒んできた。しかしリンダは、クリスマスの特別上演を成功させることしか頭にないようだ。

「あなたが舞台に立ったら、どれだけ反響があるか考えてみて！　この建物を手に入れたときの借金だってすぐに返せるだろうし、改装だってできるわ。ちょっとしたワインバーを作ったりね。それに、コンピューター制御の照明とか、新しい衣装とか——」

「ちょっと待ってよ！」ジェンナはリンダに向かっててのひらをあげた。「言ったでしょう？　資金援助や演技指導なら協力する。でも実際に演じたり、私の名前が前面に出たりするのは絶対にノーよ。今は自分と子供たちのための時間が欲しいの」

「悪いけど、あなたが〝普通のママ〟になれるとは思えないわ」リンダがコピー機からチラシの山をとりあげながら言った。

「そうかもしれないけれど、距離を置きたいのよ……ショー・ビジネスからは」

ドアが音をたてて開き、風が舞いこんだ。入ってきたのはウェス・アレンだった。彼は二人に挨拶《あいさつ》をすると、粘りつくような視線でジェンナを見た。いつもそうだ。ささいなことだが、〝気になってしかたがない。

ウェスは妹と同じように、鳶色の髪と均整のとれた体格の持ち主だった。「仕事へ行く前に電線をもう一度チェックしておこうと思ってね。どこかでショートしているみたいだから」

「お願い」リンダが言った。「ここを丸焼けにしたくないわ」

ジェンナは築一〇〇年になる建物を見まわした。火災保険には入れてもらえないだろう。

「そんなことにはならない。兄貴を信じてくれ」ウェスは常に自信満々だった。彼はコーヒーをマグカップに注ぐとデスクに腰かけ、チラシを手にとった。「今度の芝居のかい？」

「ええ」

コーヒーを吹いて冷ましながらチラシを見る。「悪くない。スコットのデザインかな？」

「そう、将来有望なアーティストの作品よ」リンダが言った。

ウェスはチラシをもとに戻してジェンナのほうを向いた。「キャットウォーク・ポイントで死体が見つかった話、聞いたかい？」

「今朝のニュースで見たわ」

「怖いわね」リンダが口を挟む。「こんな町で事件が起こるなんて……全員が全員を知ってる田舎町なのに」

ジェンナは言った。「〝全員〟は言いすぎじゃない？」

「あなたはよそから来た人だからそう言うのよ」

「いや、ジェンナの言うことは正しいと思うよ。表面的なことは知っていても、その人がどんなことを考えてるかまではわからないじゃないか」ウェスがしかつめらしく言いながらコーヒーを飲み干した。

「たとえば、いくら妹であっても私のことはよくわからないって言いたいわけ？」

「プライベートなことまではわからないさ。内心なにを考えているのかはね」ウェスは手を振り、リンダからジェンナへと視線を移した。

「怖がらせようとしてるの？」リンダが尋ねる。

「真実を口にしたまでさ」彼はジェンナにウインクをすると、デスクの隅にマグカップを置き、急いで裏の階段をあがっていった。

「兄さんってときどきおかしなことを言うのよね」リンダが小声で言った。「本当に血がつながってるのかしら」

「聞こえたぞ！」ウェスが頭上のどこからか言った。

「盗み聞きなんてしないで、仕事をして！」

「わかったよ」

二〇分後、階段をきしませながらウェスがおりてきた。

「修理すべき箇所は見つかったよ。電線を変えれば解決すると思う」

「そう願いたいわね」

「信用してくれよ」彼は、ジャンパーのファスナーをあげつつジェンナを見た。「妹ってのは兄貴を信じられないものなのかね。さあ、もう行かないと」ブーツの足音を木の床に響かせ、正面玄関から外に出ていく。ドアが閉まる大きな音がした。

リンダが、吹きこんできた寒風に身を震わせた。ヒーターのところへ行って温度をあげる。

「断熱材を入れないとだめね。お客を凍えさせるわけにはいかないもの。そうそう、ききたいことがあるんだけど」

「なに？」

「黒のシルクのドレスを持って帰った？　ネックラインにビーズがついていて、映画の『復活』であなたが着たやつ」

「持って帰る？　劇団に寄付したドレスなのよ。どうして？」

リンダは眉根を寄せた。「どこにあるかわからないの」

「わからない？」

「ええ。リネッタが捜したんだけど、見つからなかったらしいのよ」

「衣装を入れるクローゼットに入ってたはずでしょう？」

「私も見てみたんだけど」

「先週は入ってたわ」ジェンナは確かめようと舞台の下に向かった。以前は教会のオフィスと司祭部屋になっていた場所だ。今は楽屋が三部屋と、背景や舞台装置をしまっておく物置に改装されていた。古い階段は照明や音響を制御するためのコントロール・ルームに続いていて、さらに先には教会の鐘塔がある。彼女は楽屋の衣装用のクローゼットを調べた。確かに見あたらない。「きっと違う場所にしまってあるのよ」ジェンナはリンダを安心させるように言い、ほかのクローゼットもいくつか捜したが、やはりドレスはどこにもなかった。

「どうしたのかしら」リンダが不機嫌そうに言った。

「誰かが借りていったとか」

「それとも、盗んだかね」

「あのドレスを？　どうして？」

「あなたのものだからよ。それも映画で着たドレスだから。あなたのファンはまだたくさんいるの。映画に出なくなったからって、ファンがいなくなったわけじゃない。ネット・オークションにかけられていないかどうか、確かめてみるわ。個人的なコレクションにするつもりがなければ、お金に換えようとするはずだから」

「ネット・オークション？」

リンダがうなずいた。「とんでもないものまで出品されてるのよ。臓器を売ってたこともあったし、魂を売ろうとした男までいたんだから」

「まさか！」ジェンナは笑ったが、体に寒けが走るのを感じた。単に紛失しただけの話ではないのかもしれない。

リンダも同じことを考えていたのだろう。オフィスに戻りながら言った。「あなたが寄付してくれたものが、ほかにもなくなってるのよ。ブレスレットとかイヤリングとか……」

ジェンナはあえて明るく言った。「本当に盗まれたと思ってるんじゃないでしょう？」

「そうは思いたくないわ。もし盗まれたのなら、犯人は劇団関係者ってことになるもの」

「結論を急がないほうがいいわ。そのうち出てくるわよ」ジェンナはリンダの心配が自分に伝染しないよう、きっぱりと言った。ドレスやブレスレットのほかにも、心配しなければならないことは山ほどあるのだから。

だが、消えたのはすべて私のものだ。

「そんなふうに考えてはだめ」ジェンナは低くつぶやいた。

「どうしたの？」

「ううん、ただの独り言よ」

「とりあえず、紛失したもののリストを作って、シェーンに知らせようと思うんだけど」

「シェーン？　保安官のこと？」ジェンナは先ほどの保安官との出会いを思いだし、頬が熱くなった。「やめておいたほうがいいんじゃないかしら」

「なぜ？」

「彼は今、大事件を抱えてるのよ。ささいなことでわずらわせないほうがいいでしょ？」

「だけど、教えておくべきだわ」

リンダは本気なのだろうか。保安官は愛想のない男性だ。劇場でものがなくなったからといって、親身になってくれるわけがない。

「昔からの友達なの。いくつか貸しもあるしね。あなた、彼のことが嫌い？」

「今朝、交通違反で車をとめられただけよ」ジェンナは打ち明けた。

「まあ、どうしてもっと早く言ってくれなかったの？」

「早く忘れたかったから」ジェンナはブレーキランプのことを説明した。「彼は今日、あんまり上機嫌じゃなかった。保安官のところへ行って、なくなったものがあるなんて言っても、とりあってくれないと思うわ」

「私の友達だと言えばよかったのに」

「そうしたら許してくれたっていうの？」そのとき、ジェンナの携帯電話が鳴った。「もしもし？」いささか強い口調で電話に出る。

「ママ？」不安げなアリーの声を聞いたとたんに怒りが消えていった。「あたしのバックパック、知らない？　もしピックアップ・トラックにあったら、お願いだから学校まで持ってきて。数学の宿題が入ってるの」

「わかったわ。すぐ行くから心配しないで」ジェンナはバックパックが車のなかにあることを願った。

「ありがとう、ママ」

「いいのよ」ジェンナは電話を切り、リンダに告げた。「行くわ。アリーがピンチなの」

ジェンナが外へ出ようとしたとき、ドアが開いて小柄で快活な女性が入ってきた。リネッタ・スワガート。牧師の妻で、地元の会計事務所に勤めるかたわら、劇団で衣装を担当している。「外は冷えるわよ！」

「これからもっと寒くなるらしいわ」リンダが応じる。

「なんていいニュースかしら」リネッタが冗談を返し、ジェンナを見た。「もう行くの？」

「ええ、またあとでね」

「〝普通のママ〟になりに行くところなのよ」リンダがからかった。

リネッタがくすくす笑った。「そんなものがこの世に存在するの？」

しないかもしれない。そう思いながらジェンナは外に出て、ジャケットの襟をかきあわせた。リネッタが言ったとおり、本当に寒い。劇場のなかにいたほんのわずかなあいだに、気温が五度はさがった気がする。

ジェンナは両手に息を吹きかけ、口笛でクリッターを呼ぶとピックアップ・トラックに乗りこんだ。幸運なことに、アリーのバックパックはベンチシートの下に押しこまれていた。

「ドライブに行きましょうか」犬に向かって言う。「もう一度、ハリントン中学校まで」

クリッターが悲しそうな鳴き声をあげた。彼女は犬の頭をなでながら駐車場を出た。「わかるわ。私も同じ気持ちだから」


ようやくお出ましか。

男は食料品店の駐車場にとめた自分のピックアップ・トラックに乗っていた。雪の積もったアスファルトには、ミニバンや乗用車やトラックが何台か駐車してある。しかし、男に注意を払う人間はいなかった。彼は、古びたピックアップ・トラックを運転して道路へ出ていくジェンナをじっと見つめた。

彼女の車が数ブロック先まで行ったころを見はからってエンジンをスタートさせ、駐車場から飛びだす。そして、安全な距離を保ちながらあとをつけていった。

ジェンナの姿がちらりと見えるたびに、男はスリルを感じた。俺がどれだけ近くにいるのか、あの女はまだ知らない。

俺が誰なのか、それさえも知らないのだ。

「そのうち教えてやるよ」口に出して言うと、冬がもたらしてくれるのと同じたぐいの興奮が血管を走り抜けた。ジェンナに近づくのは危険だったが、万が一のためのアリバイなら用意してある。それがこの町の便利なところだ。男は町の住民全員の友であり、同時に見知らぬ他人でもあった。

男はジェンナが中学校の駐車場へ入るのを見守った。彼女のあとに続いて車を入れ、そう遠くないところに駐車する。

ジェンナが小走りに校舎へ駆けていった。

男は唇をなめながら、バックミラーに映る自分の目を見た。

淡い青の目《アイス・ブルー》。強い光。底知れぬ魅力。

だが、彼女はこの目を見たことがない。

今はまだ。

6

学校は町の中心部からそれほど離れていなかった。ジェンナは車をとめると、寒さを忘れようと努めながらアリーのバックパックを持って校庭を横切り、校舎を目指した。ちょうど何時間目かの始業のベルが鳴り、生徒たちがいくつかのグループに分かれて教室へ入ろうとしている。だが、そのなかにアリーの姿はなかった。体育館の入口に何人かの少女たちが集まっていた。誰もがジェンナをじろじろ見つめ、なかには指を差している生徒もいた。

こういう状況にはもう慣れているはずでしょう、とジェンナは自分に言い聞かせた。DVDやビデオがある限り、人目につくのはしかたがないことだ。彼女は少女たちに向かって手を振った。ジェンナを指さしていた少女が突然顔を赤らめて手をおろした。

「有名人であるということは」男性の声がした。「つらいことでもあるわけだね」

振り向くと、トラヴィス・セトラーが学校の敷地内に入ってきたところだった。男やもめの彼は、ジェンナに興味を持っているらしかった。何度か一緒にコーヒーを飲んだこともあるが、アリーはなぜか二人が親しくなることを嫌った。

かつて車のなかで、アリーはジェンナに話したことがあった。〝ママ、ミスター・セトラーとデートなんてしちゃだめよ〟アリーは、母親が親友のダニーことダニエルの父親と会うことが気に食わないようだった。ダニーはおしゃべりな少女で、ジェンナと父のトラヴィス・セトラーがカフェでエスプレッソを飲んでいたことをみんなに言いふらしていた。

〝そしてママは、ミスター・ブレナンとデートをするのもだめというわけね〟ジェンナは言った。

〝誰ともデートなんてしちゃだめ！　恥ずかしいもん〟

〝ママにも自分の人生っていうものがあるんだけど〟ジェンナは反論した。

〝だけどママは有名人だし、みんながママの映画を見てるし……〟アリーは肩をすくめ、窓の外を見た。〝わかるでしょ〟

〝確かに、裸も同然の私を見たことがある人は多いでしょうね〟

〝ほら！〟アリーが言った。〝それがどれだけヘンなことだか、わかる？〟

娘の言いたいことはよくわかった。

〝だから、ダニーのパパと仲よくしちゃだめなの〟アリーは顔を紅潮させて主張した。〝ダニーのパパも、ママが出ていた映画を見てるんだもん。家の棚にDVDが並んでいたから知ってるの。『復活』とか『夏の終わり』とか『闇に紛れて』とか『傍観者』とか。『失われた純潔』もよ！　ママ、あの映画に出たときいくつだった？　一四歳くらい？〟

〝だいたいそんなところね〟

〝ほとんどあたしと同じ年じゃない。そんなの、気持ち悪いよ〟

ジェンナはアリーの論理を突き崩すことができなかった。アリーの言うとおりだ。確かに気持ちが悪かった。とてつもなく。

生活費を稼ぐためにしたことだと何度自分に言い聞かせても、ジェンナは好奇の目を向けられることに慣れなかった。ここは、ロサンゼルスのような大都会とはまったく違う。

彼女はトラヴィスと並んで建物に入り、廊下を歩きながら言った。「確かに有名人であるって、ひどく窮屈なものよ」

「でも、誰もが有名になろうとする」

「そうみたいね」二人はガラス張りの事務室に入った。トラヴィスがドアを開けてくれた。

「アリーがバックパックを忘れたのかい？　それとも君のなのかな？」

ジェンナは手に持ったバックパックを見た。ピンクと紫の迷彩柄という、かなり個性的な代物だ。彼女に言わせれば最悪の趣味だったが、アリーは大切にしていた。父親からのプレゼントだったからだ。送られてきた箱はとてつもなく大きくて、ほかにもさまざまな品が入っていた。だがおそらく、買い物をしたのも箱に詰めたのも現在の妻で、ロバート自身はなにが入っているかなんて知りもしなかったはずだ。

「いいえ、私のじゃないわ。娘のよ。私も色違いを持ってるけれど、大切なデート用にとってあるの」ジェンナは冗談を言ってほほえんだ。トラヴィスが青い目をきらめかせた。

「君もデートくらいするべきだよ。バックパックを持ってね」

「それだけは忘れないようにするわ」彼女はバックパックを事務員に渡しながら応じた。

「これをアリソン・クレイマーに渡していただきたいんですけど」

「わかりました」事務員はバックパックと、トラヴィスがダニーのために持ってきた封筒を受けとった。

「今日の昼食代なんだ」二人で外に出たとき、トラヴィスが言った。「ダニーが持っていくのを忘れたんだよ。罰として、今日は昼食抜きでいいかとも思ったんだが……」

「そんなことはできなかったわけね？」

「まあ、次回はそうするよ」

「そうね」ジェンナは笑った。凍てつく風が校庭を吹き抜けていく。

「今夜はこの冬で最悪の雪になるそうだよ」トラヴィスが言った。

ジェンナは駐車場へと足を速めながら、鉛のような空を見あげた。「確かにね」

「吹雪が来る前に、コーヒーでもどう？」

「そうしたいところだけど、帰らないと。修理しないといけないものがたくさんあって」

「僕が手伝おうか？」

ジェンナはにっこりした。「私にちょっかいを出すと、痛い目に遭うわよ」車のドアを開け、運転席に乗りこみながら言う。「だけど、手に負えないときは連絡するわ」

「そうしてくれ」

「ありがとう」

駐車場を出ながらバックミラーを確かめると、トラヴィスは両手をジャケットのポケットに突っこんで、自分の車のほうへ歩いていくところだった。彼は健康的でハンサムな男性だ。茶色の髪は、夏になるとあせて淡い色になるのだろう。シングル・ファーザーであることの気苦労など、微塵《みじん》も感じさせない。トラヴィスの妻は病気で亡くなったという噂だったが、真実かどうかはわからなかった。いつか、彼自身が教えてくれるかもしれない。私がチャンスを与えてあげれば。

「なあ、学校なんてさぼろうぜ」ジョシュがキャシーの肩を抱きながら言った。彼の顔がすぐ目の前にあった。二人はジョシュの改造ピックアップ・トラックのシートに座って、煙草を吸っていた。車高をあげすぎているせいで、ステップを使って乗りこまなければならないほどだ。ジョシュはそれがカッコいいと考えているようだが、キャシーには、ピックアップ・トラックを飾り立てるなんてばかげたことにしか思えなかった。

「ママに殺されちゃうよ」キャシーは反論した。「遅刻くらいだったらなんとか言い訳できるけど、一日学校に行かなかったなんてことがわかったら大変なことになるもの」

「お前は母親の言いなりなんだな」

そのとおりかもしれない。キャシーは煙草を深く吸い、煙を吐きだした。

「言い訳くらいなんとでもなるって」

「昨日の今日なのよ？」

「くそっ」ジョシュは窓をおろして、マルボロの吸い殻を飛ばした。「お前がもっと気をつけてりゃよかったんだよ」

「あなたもでしょ？」彼女は怒りを抑えながら言い、がらんとした校庭を見渡した。「もう夜中にこっそり抜けだしたりしないほうがいいと思う」

「でも、楽しかっただろ？」ジョシュがキャシーの首筋に鼻先を押しつけてきた。

「まあね」彼女はジョシュを押しやった。

「まあね、じゃなくて、最高だったって言えよ」

　確かに、山奥まで車で行って、ビールを飲んだりマリファナを吸ったりするのは楽しかった。だが、キャシーはどこか居心地の悪さを感じていた。彼があたしに興味を持っているのは、有名な母親がいるせいなのかもしれない。同じクラスの女の子たちも、そのことに嫉妬《しっと》しているようだ。引っ越してきてから一年半になるが、ジェンナは親友と呼べる仲間を持てずにいた。ロサンゼルスではあんなに友達がいたのに、ここフォールズクロッシングでは、まるで怪物でも眺めるような目で見られるだけだ。

　キャシーは体を震わせた。ジョシュがヒーターをつけてくれたのに、それでも寒かった。こんな天気の日にこんな車のなかにいるなんて、理想的なデートとはほど遠い。ロサンゼルスはもっとあたたかいはずだ。暑いくらいかもしれない。向こうにいれば、メルセデスやBMWやレンジローバーでドライブできたはずなのに。

「キャットウォーク・ポイントまで行ってみようぜ」

「どうして？」

「知らないのか？　死体が見つかったんだ」

「そんなところに行きたいの？　あたしはいや」

「怖いんだろ」

「警察がいるんでしょう？　絶対に見つかるわ」

「注意していれば大丈夫さ」

「行かない」

「いや、行くんだ」ジョシュが興奮に目を暗く光らせた。キャシーの背筋を恐怖感が伝っていった。

「もう学校に戻る」彼女は煙草を灰皿でもみ消し、ドアを押し開けた。

「なあ、授業なんてどうでもいいだろ？」

「どうでもよくないの」地面に降り立ち、ジョシュを見あげる。髪は短く刈ってあり、もみあげは筆で描《か》いたように細い。ひげを伸ばすのは校則違反だった。彼の話によると、母親も義理の父親もあまりかまってくれないという。「本当に教室へ戻らないと」ジョシュが反論する前に、キャシーは急いで学校のほうへ歩きはじめた。すでに一時間目はさぼってしまった。もしかしたら、昼前に母親のところへ連絡が行ってしまうかもしれない。最悪だ。

7

「私は機械より馬のほうがずっと詳しいんでね」ハンス・ドヴォラクが手の汚れをぬぐいながら、納屋とガレージのあいだの小さなポンプ小屋のポンプを見つめた。ハンスは背が低く痩せた男性で、顎に白く短いひげを生やしている。トラックのテールランプは交換できるようだが、ポンプの修理となるとまた別の話だった。「完全に凍ってるな」赤らんだ顔をしてスキー帽を耳までかぶった彼は、片膝を突いてしゃがみこんだ。「たぶん原因はこのワイヤーですよ」懐中電灯の光をあてて、問題の配線箇所を照らしだす。ワイヤーがだらりと垂れさがっていた。「つなぎなおすことはできるでしょう。しかし、見てください」ハンスは懐中電灯をぐるりとまわし、古い小屋の内部を照らした。薄汚れてほこりが積もり、断熱材が入っていないせいか凍えるほど寒い。たった一つしかない裸電球の明かりも薄暗かった。

ポンプ小屋は、ジェンナがこの家を購入する前から住宅検査官に修繕するよう指摘されていた箇所の一つだ。母屋を含むほかの建物も、配線や配管を新しくし、屋根も葺《ふ》きなおして、警報システムを最新のものにするべきだと警告されていた。ジェンナは必要な修繕は自分で手配すると約束してこの家を買ったのだが、やがてさまざまな設備が言うことを聞かなくなった。水道のポンプや電動の門や警報システムなどは、まるでそれ自身に意志があるかのように、何度修理してもまた壊れてしまう。

「前に住んでいたご主人にも、配線全体を交換しなきゃだめだと言ったんですが、耳を貸さなくてね」

「引っ越してきてすぐに修理すべきだったけど、ほかにもいろいろあったのよ」母屋の窓やドア、フローリングの床などのリフォームと内部の配線工事に時間とお金をかけ、外の建物はあとまわしにしたのは間違いだったようだ。「この春には直すつもりでいたのに」ジェンナは白い息を吐いた。なんて寒いんだろう。刻一刻と寒さが増してくる。

「とりあえず、応急処置をするしかありませんね」ハンスが顎をさすりながら言った。「馬の飲み水は飼い葉桶《おけ》にたっぷり入れてありますが、今夜にはそれも凍るでしょう」目を閉じて頭を振る。「私がゆうべのうちに水道の栓を少しだけ開いておけばよかったんです。水を細く流しておけば、パイプが凍ることもなかったのに。そのときに配線の不具合にも気づいていれば、こんなことにはならずにすんだんですが」

「あなたのせいじゃないわ。とにかく、すぐにでも配管工を呼んだほうがよさそうね」

「電気工も」

「それと機械工ね」二人はすでにジープを点検していたが、壊れたエンジンはうんともすんとも言わなかった。「全部まとめて仕事を頼めそうな便利屋さんに心あたりはない？」

「そうですね」ハンスは帽子を脱ぎ、はげあがった頭をなでた。「セス・ウィテカーかな……まあ、忙しいとは思いますがね。今日はどの家も似たような状況でしょうから」

それからハンスは、アリーの大好きな馬が五頭いる馬小屋を見に行った。ジェンナは家のなかへ戻り、修理に来てくれる人が見つかることを願った。

「きっと誰かいるわよ」彼女は声に出して言うと、キッチンへ行った。そのとき、留守番電話のランプが点滅していることに気づいた。メッセージを再生してみると、一件目はキャシーが通う高校からだった。キャシーが無断欠席しているという。おそらくジョシュと一緒なのだろう。二件目の電話は近くに住むハリソン・ブレナンからだった。これだけの家屋敷を維持するには男手が必要だと、彼は今までに何度もほのめかしていた。

今日ばかりは、ハリソンが正しかったことを認めざるをえない。

問題は、ハリソンがその役には自分こそがふさわしいと思っている点だ。二人は二度ほどデートをしたことがあり、彼はあからさまにジェンナに興味を示した。彼女のほうは、ハリソンこそが理想の男性だとか、魂の片割れかもしれないなどと感じたことはない。彼は単なる友人で、それ以上の関係には発展しそうになかった。

「声が聞けなくて残念だよ」ハリソンの声が流れはじめた。「とくに用はないが、天気が荒れそうだから、なにか役に立てることがないかと思ったんだ。戻ったら電話をくれないか」

ジェンナはためらった。ハリソンに頼りたくはない。フォールズクロッシングへ越してきたとき、キャシーは自分の面倒は自分で見ようと心に決めていた。ロバートとの結婚で学んだことがあるとすれば、信用できるのは自分だけということだ。

彼女はため息をついた。北部へ移り住んだのは、軽率だったのかもしれない。裏切り者の夫と別れ、女優業を一時引退して、南カリフォルニアでの華やかな暮らしも捨てる——そのときはいい考えに思えた。二人の娘たちに、本物の自然を味わわせてあげたかった。

引っ越してきたとき、この場所は完璧に見えた。樫《かし》や松や樅の木が生えている丘、小川、五頭の馬、三階建ての古い母屋、広々とした丘陵地帯。ばらばらになりかけていた家族にとって、そのすべてが必要なものだと思えた。かわいらしい窓、傾斜のきつい屋根、明かりとり用の出窓に、木製の家具によく合うステンドグラスつきのフレンチドア、石造りの巨大な暖炉が二つ。屋敷や広大な土地には独特の風情が——素朴な隠れ家風の趣があった。

ジェンナはこの家が一目で好きになった。

屋敷を初めて見たのは、夏の終わりのまだ暑い季節で、流れの速い川の眺めは壮観だった。そのころの彼女は、とにかく悪夢から逃れたくてたまらなかった。この家は広々としていて居心地がよく、まさに自分と子供たちのために建てられたのではないかと思えた。

だが、今日は違う。険しい峡谷から吹いてくる強風に加えて、雪と氷の嵐が迫るなか、水道の水が一滴も出ないという状況においては、ここはあまり魅力的な場所とは言えなかった。

メッセージの再生終了のボタンを押したとたん、電話が鳴った。受話器をとりあげるやいなや、声が聞こえてきた。「ママ？　キャシーよ。今日は一時間目の授業には間に合わなかったんだけど、ちゃんと学校には来てるから。次は化学の授業だから、電話を切るね。もう行かないと、先生に欠席扱いにされちゃうもん」

「どうして遅刻したの？」

「いろいろあったのよ。とにかく、無事だって伝えておきたかっただけ。それじゃ」

「キャシー、待って——」ジェンナが言ったときには、電話はすでに切れていた。彼女はため息をついた。クリッターのほうに目を向けると、犬はけだるそうに尻尾で床を打っていた。

「まったく、最高だわ」

「オレゴン交通局に電話で確認しました。砂まきと除雪の人員は確保ずみだそうですが、今後交通が遮断されて孤立する人々も出てくる可能性があります。今のところ州間高速八四号線は走行可能ですが、これ以上天候が悪化すれば、州警察が通行どめにするでしょう」巡回中のヒックス副保安官の声が聞こえた。カーターはオフィスの電話をハンズフリーにして報告を聞きながら、Eメールに目を通していた。

「道路状況については定期的に報告してくれ。運がよければ、嵐がそれてくれるかもしれない」

「そうだといいんですが」ヒックスの声は暗かった。「〝地獄が凍るとき〟という言いまわしをご存じでしょう？　〝ありえない〟という意味ですが、まさに今がそうだと思います」

二九歳のビル・ヒックスは、〝グラスの水はもう半分しかない〟と考える、悲観的なタイプの男だ。しかしカーターは、今回だけは彼の見方が正しいのかもしれないと思いながら電話を切った。嵐が予報どおりのすさまじさなら、誰もが地獄を味わうはめになる。とりわけ電気や道路の保安担当者は。もちろん、警察官や保安官も。カーターは窓から暗い空を見渡し、不吉な灰色の雲がコロンビア峡谷を覆うように集まってきているのに気づいた。

半分開いているドアの向こうから、秘書のジェリーの声が聞こえてきた。「お待ちくださ い。忙しいかどうか確認してきます」

遅かった。リンダ・ダリンスキーがいきなり戸口に現れた。

「今、忙しい？」聞き慣れた声が尋ねる。

「いつものことだよ。ジェリーにきいてみてくれ」

ジェリーがリンダに続いてオフィスへ入ってきた。「とめたんですけど」説明しながら迷惑そうに眉根を寄せ、唇を尖らせた。

カーターはジェリーに手を振った。「いいんだ。古い友人だから」

「あら、〝古い〟ってところをあんまり強調しないでよ」リンダが言う。ジェリーが今にも爪を立てて襲いかからんばかりの様子であることには、まるで気づいていないようだ。

「それは失礼」今日初めて、カーターは口の端に自然な笑みを浮かべていた。リンダとは幼なじみだ。彼女が結婚してロサンゼルスに住んでいたころは疎遠になっていたが、夫と別れ、子供を連れてフォールズクロッシングに戻ってきてからは旧交をあたためていた。二人がロマンティックな関係になったことは一度もない。だがはるか昔、リンダはキャロリンの親友だった。デートを企画してキャロリンと彼を引きあわせてくれたのは、ほかならぬリンダだ。その恩は大きい。ほかにも長年にわたって世話になってきたからこそ、ときにはリンダのために規則をほんの少しねじ曲げることくらいは許されるというわけだ。

「規則を守れとおっしゃったのは保安官ですよ」ジェリーがむっとした顔で文句を言った。

「そうだった。君が自分の義務を果たしたことは間違いないよ」

「彼女が勝手に入ったのは規則違反です」

「わかってる。でも、いいんだ。ありがとう」カーターがウインクをすると、ジェリーの頬が赤くなった。「ドアを閉めていってくれるかい？」

「わかりました」

音をたててドアが閉まるやいなや、リンダはうめき、大きな目をくるりとまわしてみせた。

「あなたって本当に癪《しゃく》に障る人ね」

「よく言われるよ」

リンダは椅子に座り、デスクに飾られている一つだけ花をつけたシャコバサボテンを見つめた。彼が唯一まだ枯らさずにいる鉢植えだ。「最近はこのあたりもなにかと物騒ね」

「まあね」

「キャットウォーク・ポイントで見つかった女性の身元は判明したの？」

「情報を引きだすために来たのか？　劇場経営はやめて、新聞社でも始めるつもりかい？」

「まさか。みんなが疑問に思っていることをきいただけよ」

「不安なのかい？」

「あなたはどうなの？」

「僕は物事を冷静にとらえようとしているだけさ」身元不明の女性が遺体で発見された事件に大いに頭を悩ませていることは、まだ誰にも――リンダにさえも打ち明けるつもりはなかった。なぜかいやな予感がするからだ。正直に言って、不安でたまらなかった。

「ここへ来たのは友人としてよ」

「どうしたんだ？」カーターは尋ねた。

「劇場からものが消えているの」リンダが言った。

「どういうものが？」

「小道具よ。衣装とか、アクセサリーとか。さほど値打ちのあるものではないんだけれど」

「どこかにしまい忘れたわけではないんだね？」

私は愚か者じゃないと言いたげに、リンダが見かえした。「初めはたいして気にしていなかったの。だけど、最後になくなったものがどうも気になって。ジェンナ・ヒューズが寄付してくれた黒のドレスなのよ。ドレスそのものの値段はせいぜい二〇〇ドルくらいだと思うけど、彼女が映画のなかで着たものなの。そうなると、市場での価値もあがるでしょう？」

「ドレスを一枚紛失したというだけで、わざわざ訪ねてきたのか？」

リンダは椅子の上で身じろぎをした。彼の視線を避け、窓から外を眺める。窓ガラスは凍りつき、通りの向こうにある建物の輪郭がぼやけて見えた。

「それとも、ほかになにかあるのか？」カーターは促した。この件に関して動いてほしいというような無理な頼みでなければいいのだが。

「ええ……まあね」リンダは彼と目を合わせた。「ほかに相談できる人がいないのよ、シェーン。最近になってなにが起きているのかわかったとき、なんだか怖くなってしまって」

「どういうことなんだ？」

「なくなっているのは、以前ジェンナが所有していたものばかりなのよ。それも……」リンダはバッグから紙を一枚とりだした。「実際に映画で使用されたものばかりなの。ブレスレットが二つ、イヤリング、指輪、スカーフ、サングラス、靴が三足。それぞれ別の映画で使われたものよ。そして今度は黒のドレス。ジェンナが『復活』で着ていたもの」メモをカーターに差しだす。「もっと早く気づけばよかったんだろうけど、最初のうちは、どこかに紛れてしまったと考えてたのよ。でも今日、またドレスがなくなったから、改めてリストを作ってみたの。それでようやくぴんと来たってわけ」

カーターはメモをじっくり眺めた。「しまわれていそうな場所は確認してみたんだね？」

「当然よ！」

「鍵の閉まる場所に保管していたのかい？」

「全部のクローゼットに鍵をつけているわけじゃないわ」

「鍵はかけておかないと」彼はメモに目を走らせた。

「お説教をするつもり？」

「いや、そんな気はないよ」それは嘘だった。「ただ、僕になにができるというんだ？」

「つまり、あなたは忙しすぎるってこと？」

「そういうことだ。市警察には通報したのか？」

「まだよ。笑い飛ばされるのが落ちだもの」

「なるほど。これは個人的な相談というわけか。警察沙汰《ざた》にする気はないんだな」

「少なくとも今のところはね。とにかく、誰かに話しておくべきだと思ったのよ」リンダが身を乗りだした。「なくなったものすべてがジェンナのものだなんて、妙だと思わない？」

「そうでもないよ。彼女はこのあたりでいちばんの有名人だからね。ありえなくはない」

「だけど、気味が悪いわ」

「確かにね」カーターはリストをリンダのほうへ押しやりながら、身元不明の女性と迫りくる冬の嵐のことを考えた。今日は朝から電話が鳴りっ放しだ。森の伐採地にある古いキャンプ小屋が何者かに荒らされた事件。フッド山のふもとあたりで登山者が一人行方不明になっている件。ほかにも、マルトノマ滝のそばの駐車場で車上荒らしが起き、さらに女性が殺された事件もある。「僕が力になれることはあまりないよ、リンダ。ただでさえ手いっぱいなんだ。天候が悪化すれば、余計に忙しくなる。市警察に相談したほうがいい」

「どうせ無駄足でしょうけど。それは持っておいて」リンダはリストを受けとらなかった。

「あなたがどうしてもと言うなら、トウィンクル巡査のところへでも行ってみるわ」

「ウィンクル巡査だ。そんな態度じゃ、まともにとりあってもらえないぞ」

「どうせあんな人は、ろくに仕事もできないに違いないわよ。女の子にちょっかいを出すのに忙しくて」リンダは辛辣《しんらつ》な声で言って立ちあがった。

　リンダがウィンクル巡査を嫌う理由がカーターにはわかっていた。何年か前、彼女の息子のスコットがウィンクル巡査ともめ事を起こしたことがあったからだ。リンダは一人息子のこととなると過保護になって、ウィンクル巡査に話をつけてくれるようカーターに頼みこんできた。

「リストは預かっておくよ。でも悪いが、この件に人員を割くわけにはいかないんだ」彼は椅子を後ろへ引いた。

「あなたにとっては、とるに足りない事件ってことなのね」

「なにを優先すべきかということなんだよ、リンダ。わかるだろう」カーターは戸口に近づき、時間切れだというようにドアを開けた。

リンダはバッグのストラップを肩にかけた。「わかったわよ。あなたはお忙しいのよね。だけど私、本当に心配でたまらないの。なんだか薄気味悪くて」

　カーターはなにもこたえなかった。

「それと、ジェンナのことをもう少し大目に見てあげてくれないかしら。いきなり違反切符を切ったりしないで」リンダが戸口で立ちどまって言った。

「そう来るんじゃないかと思ってたよ」カーターは腕組みをした。「裁判所への出廷通告を無効にしてほしいって彼女に頼まれたのか？」

「そんなわけがないでしょう。とにかく、違反切符はとり消してあげて。別に誰も困らないはずよ」

「君はつくづくあきらめが悪いね、リンダ」

「そういう女性が好きなんでしょう？」

ジェリーが顔をしかめた。こんな場所で僕の異性観について語るなんて、勘弁してくれ！

「もう一度ジェンナに会ってみてよ」リンダが戸口に立ったまま食いさがる。「こわもての保安官としてじゃなくて。親交を深めるためにね」

「僕には今さら新しい出会いなんて必要ないんだ。わかったね？」だが彼は心のなかで、ジェンナ・ヒューズの姿を思い浮かべていた。おんぼろのピックアップ・トラックのハンドルを握りしめていた小柄な女性ではなくて、ハリウッド女優の彼女を。つややかな黒髪と大きな緑の目、豊かな胸にくびれたウエスト、引きしまったヒップ。ハート形の顔は、今の今まで純真そうに見えていたかと思うと、一瞬にしていたずらっぽいセクシーな表情に変わる。ハリウッドの有名人。僕のタイプではない。まったくもってタイプではない。

「あなたは彼女のことを気に入ると思うの」

「君はいつも僕と誰かをくっつけようとするんだな」

「キャロリンのときは、私の勘は間違っていなかったでしょう？」

リンダはしかめっ面をした。「この話はやめておいたほうがよさそうね」

「最初のうちはね」

「ああ」

リンダは額にしわを寄せ、カーターの袖口に手を置いた。「永遠に嘆き悲しみつづけることなんてできないのよ」

「そんなふうに見えるかい？」

「私にはね」

「僕が誰ともデートをしないから？」カーターは冗談めかして言った。「そういう君はどうなんだ？」

「私のことはいいの」

「わかったよ。じゃあ、僕のこともほうっておいてくれ」

「きっと彼女を好きになるから、シェーン」リンダは最後にそう言い残して出ていった。

カーターはあえて反論しなかったが、彼の今後の恋愛についてリンダが間違った考えを持っていることはわかっていた。大いに間違っている。リンダにもわかっているはずだ。真実だと認めたくないだけで。

僕と同じように。

8

「こんなところ、大っ嫌い」キャシーはベッドに座り、ジェンナをにらみつけた。首にかけたヘッドフォンからお気に入りの曲が聞こえてくるものの、部屋の戸口に母親が番兵のように突っ立っていたのでは、音楽に集中できない。「あたしもアリーも引っ越したくなんかなかったのよ。すべてがママの思いどおり完璧にいかないからって、あたしを責めないで」

「ママは〝完璧〟を求めたりしていないでしょう、キャシー。そんなものはこの世に存在しないんだから」

「ロスではそうだった」キャシーは声を荒らげた。ジェンナがたじろいだような顔を見せる。痛いところをつかれたのだろう。

「そんなことはないわ」

「ママにとってはそうかもね。でもママは、あたしやアリーにするなって言ってることを自分でしてるじゃない。逃げだしたでしょう、パパとジルおばさんから」

ジェンナの顔から血の気が引いた。キャシーは一瞬しまったと思ったが、ママにはこれくらい言ってやっても当然だと思いなおした。

「ママがあなたたちをオレゴンへ連れてきたのは、そうするのがみんなにとっていちばんいいと思ったからよ」

「へえ、そう」キャシーは怒りをあらわにした。「じゃあ、『ホワイト・アウト』とはなんの関係もなかったってこと？」

「そんな……」ジェンナは小声で言い、ドア枠に寄りかかった。

キャシーは自分がひどいことを口にしてしまった気がしたが、それを表に出すまいとした。

「あなたの言うとおりよ、キャシー。確かに私はすべてから逃げだしてきた……ジルのことは今でも残念でならないわ。あんなひどいことが起こるなんて」ジェンナが声をつまらせると、キャシーは思わず目をそらした。

母親が傷つく姿を見たくはない。あれこれ指図されたくないだけだ。「とにかく、あたしのことはほうっておいて」泣きだしたい気持ちをこらえながら、彼女は怒った声を出した。

「だめよ、話は終わってないわ」

「もう終わったじゃない。あたしは当分、外出禁止なんでしょ？　わかったから」

「ゆうべその話をしたところなのに、さっそく授業をさぼったじゃないの。反省しているとは思えないわね」

「やめてよ、ママ、どうでもいいでしょ」

「わかっていると思うけど、あなたとけんかをしたいわけじゃないのよ」

「だったら、この件はもう終わりにして」

「そうはいかないわ。友達同士みたいになれたらと思うけれど、私には母親として責任がある――」

キャシーはうなり声をあげた。もう聞きたくない。ヘッドフォンを耳に戻し、音楽に集中しようとする。それでもジェンナは引きさがらなかった。部屋へ入ってきて、キャシーのベッドの片隅に勝手に座った。まるで〝友達同士〟みたいに。キャシーは目をつぶって音楽に没頭しようとしたが、ベッドの端に母親がいる状態では無理だ。ジェンナ・ヒューズの娘であることがどんなにつらいか、有名人の母親にそっくりなのがどんなに耐えがたいか、どうしてわかってくれないんだろう。学校やダンス・スクールのみんながそのことを知っていて、有名女優を母に持つのはどんな気分かときいてくる。美しい姉にしか見えない母親。誰もがひどく驚いた顔で同じセリフを母に向かって口にする。〝この子があなたのお嬢さん？　嘘でしょう？　こんなお子さんのいる年には見えませんよ！〟そう言われるたびに、ジェンナは顔をほころばせ、キャシーは屈辱を覚えた。他人が自分に親しげに接してくるのは母に近づきたいからではないかと、疑心暗鬼に陥った。かつて名を馳せた女優、悲劇によって人生を狂わされた美しい女性、きらびやかな生活を捨てて子供たちを必死に育てているシングル・マザー。キャシーに言わせれば、とんだお笑いぐさだった。

ジョシュだってそうよ。口に出しては言わないけれど、あたしとつきあっているのはママがいるからにちがいない。ナイトテーブルの引き出しにママが出演しているＤＶＤが隠してあるのを見たんだから。インターネットに載っていたママの写真だって持っていたし。もっと腹が立つのは、ママがそばにいるときの彼の態度だ。ジェンナ・ヒューズになんか興味ないふりをしてるけど、ちっとも隠せてない。視線はママに釘づけ。目にはあからさまな欲望が浮かんでいる。男はみんなそうだ。

〝俺がお前を愛してるのは、お前が特別な存在だからだ〟なんて何度言われても信じられない。彼があたしを愛してるのは、あたしがジェンナ・ヒューズの娘だからだ。それって、ひどくない？　喉の奥に熱いものが詰まったみたいになってきた。まさか涙がこみあげてきたの？　やめてよ！　冗談でしょ！　一粒たりとも涙をこぼすまいと、キャシーはかたく目をつぶった。こんなことで、こんなくだらない人のことで泣くなんて、絶対にいや。

「キャシー？」優しく声をかけられ、ジーンズに包まれた脚にそっと手が置かれるのを感じた。

「あっちへ行って」キャシーはCDのボリュームをあげた。

「ちゃんと話しあわないと」

いかにも心配そうなこの声、どうにかならないの？　まったくもう！「ほっといてよ。言いたいことはわかったから」キャシーはうつむいたまま、さらにCDのボリュームをあげた。膝に置かれていた手がどけられる。どうやらあきらめて立ちあがったようだ。

曲が終わると、キャシーは細くまぶたを開けた。部屋には誰もおらず、ドアが開けっ放しになっている。やっとわかってくれたようだ。キャシーは少しだけ胸が痛んだ。心の奥では、母親が自分とアリーのことを本気で心配しているとわかっていた。でもやはり、こんなにもない寂れた田舎町へ自分たちを無理やり連れてきたのは、とんでもない間違いに思えた。

キャシーの社交生活はぷっつりととだえ、アリーもロサンゼルスにいたころより引っこみ思案になってしまった。乗馬とピアノのレッスンには出かけるものの、それ以外は部屋にこもってゲームボーイばかりしている。

テレビとCDプレイヤーを相手に部屋にこもってるあたしも、アリーと同じってこと？　そうは思いたくなかった。あたしは妹みたいなオタクとは違う。

母親にも、自分にも、そして全世界にも腹を立てつつ、キャシーは立ちあがって部屋を横切り、音をたててドアを閉めた。それから息を吐き、リモコンをつかんだ。テレビの電源を入れてチャンネルを次々と切り替えているうちに、地元の局のニュースにふと目を引かれた。女性の死体が発見されたキャットウォーク・ポイントの山中からのレポートだ。キャシーはしばらくテレビに見入っていた。学校で聞いた話では、遺体は動物かなにかに食い荒らされてバラバラになっていたらしい。

キャシーはぶるっと身を震わせ、チャンネルを替えていった。そして視聴者参加型のデート番組を見つけると、万が一母親が再び部屋にのりこんできたときに備えて化学の教科書を開き、枕《まくら》にもたれかかった。

キャシーの辛辣な言葉に胸をえぐられ、ジェンナは肩を落として廊下を歩いていた。強くなりなさいと自分に言い聞かせる。キャシーは思わず癇癪《かんしゃく》を爆発させただけ。追いつめられ、やけになって憎まれ口をたたいただけよ。本気で言ったわけじゃない。それでも、あの子の言葉にひどく傷ついたのは確かだ。

言われたことが図星だったから？

深く考えたくなかった。ジルのことも含め、カリフォルニアを離れざるをえなくなったさまざまな理由を思い起こすのは耐えられなかった。離婚の一件だけでも大変だったが、それはどうにか乗り越えられた。だが、ジルの死はまた別だ。事故以来、ジェンナは罪悪感にさいなまれてきた。彼女はまたしてもこみあげてくる自責の念を抑えながら、階段をおりてキッチンへ入っていった。キャシーの手にのってはだめよ。あの子の思うつぼじゃないの。どっちが母親でどっちが娘なのかを忘れないで。キャシーが私を傷つけようとするのは、あの子も傷ついているからよ。二、三時間、頭を冷やす時間を与えてから、もう一度話しあえばいいわ。主導権を握るのは私なんだから。

ジェンナはコーヒーをあたためなおし、それからアリーの様子を見に行った。アリーは自室の床に座って、テレビを眺めながらゲームボーイをしていた。「宿題は終わったの？」

「だいたいね」アリーはゲーム機の小さな画面に目を据えたまま答えた。

「〝だいたい〟ってどういうこと？」

「数学は学校でやってきたから、あとは読書感想文を書くだけなの」ようやく顔をあげてつけ加える。「それは夕食のあとでするから」

「そう」これ以上言い争いたくなかった。ジェンナはため息をついてキッチンに戻り、電話のそばの棚から電話帳をとりだした。地元紙に広告の出ていた数軒の便利屋にはすでにあたってみたが、どこも応答するのは留守番電話だった。電話帳をめくり、家屋修理のページを開く。知っている名前もあれば、聞いたことすらない名前もあった。なかには釘の頭と先の見分けもつかないような、自称なんでも屋もいるはずだ。そんな人に仕事を依頼するつもりはない。

だったら、ウェス・アレンに頼めばいいじゃない。

ふと頭に浮かんだその考えを、ジェンナはすぐさま捨て去った。彼と二人きりになるのは気が進まなかった。

彼女は受話器に手を伸ばした。電話がつながるのを待つあいだ、キャシーの非難の声が頭のなかでこだましていた。"じゃあ、『ホワイト・アウト』とはなんの関係もなかったってこと?"

今では慣れてしまった鋭い痛みが胸に走った。妹の命を奪った事故について語ることはまだできない。『ホワイト・アウト』——未完成のまま撮影中止になってしまった映画だ。ジェンナ自身はそもそもあまり乗り気ではなかった。ロバートが手がけたそのプロジェクトは、最初から呪われているようだった。結局その映画のせいで、ジェンナのキャリアにも結婚にも終止符が打たれ、それまでの人生も終わりを告げた。ジルもそのせいで亡くなった。

「R・S水道社です」陽気な女性の声がジェンナの思考に割って入った。留守番電話の機械的な音声ではなく、生身の人間がようやく電話に出てくれた。

「よかった」ジェンナはオレゴンへ来るきっかけとなった悲劇的な出来事を頭からしめだした。「お願いしたいことがあるんです。ポンプの調子がおかしくて――」

「少しお待ちいただけますか？」

ジェンナが返事をする前に、女性は回線を別の電話に切り替えてしまった。それきり、なんの物音もしない。しばらく待ったが、反応がない。回線は切れてしまったようだ。いったん受話器を置き、もう一度かけてみると、今度は話し中になっていた。今日はなにもかもがうまくいかない。再びかけてみたが無駄だった。

「やっぱりね」呪われた気分で受話器を置いた。「しかたがないわよ」窓辺にもたれて外を眺めながら、自分に言い聞かせる。ガラスの向こうでは、牧場の防犯用のライトが青白い光を地面に投げかけ、黄昏《たそがれ》どきの空に不気味な印象を与えている。風は完全に凪《な》いでしまい、この世のものとは思えない雰囲気を醸しだしていた。

嵐の前の静けさかしら。ジェンナは冷たい震えが背筋を駆けおりるのを感じた。夜が近づくにつれて、なにやら暗く、死を思わせるものが迫ってくるような気がした。

やめなさい！　ジェンナは自分を戒めた。ふと気づくと、雪が空から再びひらひらと舞い落ちはじめていた。

あの女はあそこにいる。

あのなかに。

古ぼけた屋敷のどこかに。

ジェンナ・ヒューズは安心しきっているだろう。ここなら安全だと。

だが、それは間違っている。

灰色の空から冬の雪が落ちてくるなか、男は身を隠した場所から見張っていた。オレゴン杉の古木の高い枝の上に自ら建てた秘密の小屋。ここからだと、コロンビア川の横に広がる牧場すべてが見渡せる。

素朴な造りのあの古い家が母屋のようだ。色あせた丸太と羽目板の外壁に、尖った切り妻屋根と出窓。霜に覆われた窓ガラスから、凍りついた地面をぼんやり照らすあたたかそうな明かりがもれていた。

双眼鏡の焦点を窓ガラスに合わせていた男の目は、家のなかを移動する女の姿をとらえた。といっても、彼女に焦点を合わせる余裕はなかった。女はすぐに廊下の奥へと消えていった。書斎のほうでなにか動く影が見えたので、すかさず焦点を合わせてみたが、ただの年老いたジャーマンシェパードだった。日がな一日眠っているような老犬だ。

女はどこだ？　いったいどこに消えた？

落ち着け。内なる声が、男のはやる心を抑えようとした。

もうじきお前の望みはかなう。

雪は徐々に降り積もり、木々の枝や地面を覆いはじめた。男は白い霜を見おろした。真っ白な雪にあたたかい血がぽたぽたと垂れ落ち、ゆっくりと深紅のしみを作っていくさまが、心にありありと浮かぶ。

　堕天使ルシファーの息のように冷たい風が峡谷を吹き抜け、スキーマスクからのぞく肌に突き刺さるなか、興奮が背筋を駆けのぼった。頭上やまわりの枝が激しく揺れると、男はにやりとした。寒さを甘受し、予兆を感じた。

　今や、雪は本格的に勢いを増していた。空から氷の結晶が降ってくる。

　いよいよだ。

　このときをずっと待っていた。

　長すぎるくらいずっと。

　マスター・ベッドルームの明かりがつき、男は女の姿を再び視界にとらえた。三つ編みにした長い髪が一本のロープのように背中に垂れさがっている。大きすぎるスウェットシャツが体のラインを隠していた。顔もノーメークだ。もともと美しい顔にメークなど必要なかったが。彼女が窓辺を通り過ぎると、男の脈拍が跳ねあがった。女はウォークイン・クローゼットのなかへ入っていった。喉の渇きを覚えつつ、男は双眼鏡の倍率をあげて、クローゼットのドアに焦点を合わせた。もしかしたら、完璧な裸体を拝めるかもしれない。豊かな胸に、くびれたウエスト。女らしくて、なおかつしなやかな筋肉に覆われたアスリートのような体。思い描くだけで股間がうずく。

　男は待った。家の別の部分に明かりがついたことは無視した。あれはたぶん、彼女の子供のうちのどちらかだろう。

早くしろ、早く出てこい。男はいらだちながら考えた。口のなかがからからになり、寒さに凍えそうな血は欲望にたぎった。静かに燃える暖炉があるマスター・ベッドルームには、相変わらず人影が見えないままだ。いったいなににそんなに時間がかかってるんだ？

男は彼女が欲しくてたまらなかった。ずっとずっと昔から。

黒のブラジャーとローライズの黒のジーンズだけを身につけた女が再び姿を現すと、男は唇をなめた。ああ、なんて美しいんだ。細身のジーンズに包まれた肢体は完璧だった。

「それも脱いじまえよ、ジェンナ」男は声を潜めてつぶやいた。

セクシーな黒の下着から胸がこぼれそうになっていた。女がバスルームに入っていくと、男はレンズの焦点を合わせなおした。彼女はシンクに身を乗りだし、口紅とマスカラをつけはじめた。女が鏡に顔を近づけると、ジーンズがはちきれそうなほどなまめかしい尻がよく見えた。鏡に映る、黒く濃いまつげに彩られた緑色の大きな目を、男はじっと見つめた。視線を感じたのか、一瞬女が動きをとめる。マスカラを片手に持ったまま。きれいに整えられた眉と眉のあいだに、不安げなしわが寄った。あたかもこちらの存在に気づいているかのように目を細める。男の心臓は早鐘を打った。

女が振り向いて、窓の外に目を凝らした。目に浮かんでいるのは恐怖？　それとも不吉な予感だろうか？

「そのうちわかるさ」静まりかえった森のなかで男はささやいた。雪は徐々に激しさを増し、女の姿もぼやけはじめたが、彼女にしてやることを想像するだけで下腹部がこわばった。

そのとき女の顔から恐怖が消え、唇にかすかな自嘲《じちょう》の笑みが浮かんだ。彼女はバスルームの明かりを消し、自分の部屋へと戻っていった。居心地のよさそうなマスター・ベッドルームに入るなり、ベッドに置いてあったセーターをつかんで頭からかぶる。女が両手を高くあげ、服で目隠しされた状態になった瞬間、男は絶頂感を覚えた。それから彼女はゆったりしたカウルネックから頭を、袖口から手を出した。女は三つ編みにしてある髪を襟首から引き抜きながら、部屋の明かりを消して廊下へと姿を消した。

女のことを思うだけで、熱い欲望が男の血をたぎらせた。

美しく、尊大で、気位の高い女。

だがもうじき、俺の目の前にひれ伏させてやる。

9

「報告があるんです」翌日カーターが保安官事務所に足を踏み入れるなり、B・Jが言った。この三時間、カーターは州間高速八四号線の事故現場にいた。路面に張りついていた氷を踏んでスリップした巨大なトレーラーが、スキーに向かう途中だったティーンエイジャーたちの乗ったジープに追突したのだ。救出された若者の一人はその場で救急救命士の手当を受けただけですんだが、二名は救急車で地元の病院へ運ばれ、もう一人はポートランドまでヘリコプターで搬送された。トレーラーの運転手は、自分が引き起こした事故の重大さにショックを受けているほかは、たいしたけがもなかった。

「また悪いニュースじゃないだろうな」カーターは手袋を脱ぎながらきいた。寒いうえに疲れていて、おまけに腹も減っている。交通は麻痺《まひ》し、学校は休みになった。そして今や、峡谷は猛烈にふぶいている状態だ。

カーターは給湯室に寄ってコーヒーをカップに注いだ。一口飲むと、あたたかい液体が空っぽの胃のなかへ流れこむのが感じられた。一息ついてから、おもむろにオフィスへ向かう。B・Jは彼の不機嫌な顔を無視して話を続けた。「昨日から待ち望んでいたものですよ」

「例の身元不明女性の検死結果か？」

「当たりです」Ｂ・Ｊがにっこりした。「しつこく頼めばなんとかなるものですね」

報告書がデスクに置かれていた。カーターはコートを脱いでフックにかけると、書類を手にとってざっと目を通した。「死因はまだ特定されていないのか」

「そうですが、歯の所見を見てください。明らかにやすりで削られているようですね。歯の治療痕《こん》が残ってませんから、そこから身元を特定するのは不可能です。指の肉もそぎとられていて、指紋もとれません。タトゥーや古傷もないし、過去に骨折して治癒した箇所なども見受けられないんですよ。だけど、髪に付着していた物質の分析結果は出ました」

カーターの目はすでにそれに関する記述を追っていた。「ラテックスか」

「ええ。しかも体内からも検出されてます。ほかにアルギナートも見つかってますね」

「なんだ、それは？」

「海藻を原料とする粉末で、水をまぜると、歯科医が歯の型をとるときに使うパテのようなものになるんですよ。歯に詰め物をするとき、粘土みたいなものをかんで型をとったことがあるでしょう？　あれがアルギン酸塩、すなわちアルギナートです」

「なぜそんなことを知っているんだ？」カーターは尋ねた。Ｂ・Ｊには驚かされてばかりだ。

「インターネットで調べ物をするのには慣れていますから」

「つまり君は、僕が今世紀最悪の吹雪のなかで凍えているあいだ、優雅にネット・サーフィンをしていたわけか」彼はとがめるように言うと、デスクの縁に腰かけ、報告書を読みかえした。

「それも、あったかいココアとおいしいボンボンつきで」B・Jは片方の眉をいたずらっぽくあげた。「当然でしょう？」

「確かにな」カーターは皮肉たっぷりに答えつつ、新たに得られた情報に意識を向けた。「アルギナートにラテックスだって？　どうしてそんなものが？」

「歯が削られていたこととなにか関係あるのかもしれませんね」

彼は顔をあげた。「SM趣味の歯医者が犯人だというのか？」

「犯人の正体まではわかりません。ただ、いやな感じがするのは確かです」

「僕もだ」

「所見によると、殺害されたのはおよそ一年前ですね」

カーターはうなずき、報告書に再び目を落とした。

「ほかの情報は？」

「鑑識が調べている最中ですが、はっきりしたタイヤ痕や足跡などは見あたらないようです。現場付近では今のところ、ほかの物的証拠も見つかってません」

「彼女が自分であの丸太まではっていったはずはない」

「ええ。ですから犯人が誰であれ、痕跡をうまく隠したんでしょうね。それに、犯行から一年近くたってますし」B・Jは片手で短い髪をなでつけた。「私が気になるのは歯です。どうして犯人は殺してから、わざわざ歯を削ったりしたんでしょうか？」

「被害者が生きているうちにやったのかもしれないじゃないか」

「やめてください。歯医者は大嫌いなんです、ドリルとか……ああ、ぞっとする」

「州警察のほうでも、過去に似たような事件がなかったかどうか洗いなおしてるよ」

「似た事件はなかったはずです。少なくとも、私はそう願いたいですね」B・Jが言った。

「僕もだよ」カーターは同意した。彼女が廊下を遠ざかっていくと、彼はようやく椅子に腰を落ち着けた。行方不明者の情報を再度確認し、高速道路での事故の報告書をまとめ、かかってくる電話に応対しながら、窓ガラスの向こうで降りしきる雪の監視も怠らなかった。


ジェンナはスキーマスクで顔の下半分をしっかりと覆い、自動車修理工場から三ブロック歩いて郵便局へ向かった。ジープの修理は二時間ほどで終わるという。交流発電機《オルタネーター》が故障しているだけらしい。

これでやっと一つ片づいたが、問題はまだ山のようにあった。ジェンナは凍りついた路面に足をとられまいと注意しつつ、道路を渡った。灰色の空から雪が斜めに降ってくるせいで、通りの前後すらろくに見渡せない。子供たちは二人とも家で留守番をしている。悪天候のため学校が休みになったからだ。そしてジェンナが電話をかけまくった修理工たちは、今もって一人も姿を現していなかった。

郵便局のガラスドアを押し開けると、客は二人だけだった。一人はパーカーにマフラー、スキーパンツ姿の女性だ。ジェンナが私書箱から郵便物をとりだすのを、肩越しにちらちらと振りかえって見ているが、ジェンナは気にしなかった。いつものことだ。彼女に気づくと、たいていの人は驚いて口がきけなくなってしまうか、なんとか名前を思いだそうとしてぶしつけな視線を送ってよこすかのどちらかだ。こんな小さな町で、ジェンナのような有名人が自分たちと同じように日常の雑事をこなしているのが意外なのだろう。

何時間か暇をつぶさなくてはいけないので、ジェンナはさらに数ブロック歩いて劇場へ向かい、近くのカフェで遅めの昼食でもどうかとリンダを誘うことにした。郵便物をバッグにしまってから肩で押すようにしてドアを開け、外に出ると急ぎ足で通りを歩きはじめる。歩道にはほとんど人影がなく、普段は渋滞気味の道路もすいていた。

一〇センチほど雪が積もっている狭い路地を抜け、きびきびした足どりで劇場の駐車場を横切った。古い建物の急勾配《きゅうこうばい》の屋根も白く覆われ、鐘塔だけが暗い空に向かってそびえ立っていた。ステンドグラスの窓から、内部の明かりがもれている。かつては教会だったこの建物には、牧歌的で昔懐かしい趣があった。ただし近くで見ると、ところどころペンキがはがれ、外壁は朽ちかけており、レンガを敷きつめた通路のモルタルも崩れかけていた。てっぺんに十字架のない黒い尖塔《せんとう》は、どことなく不吉に見える。

おかしなことを考えるものじゃないわ、と自分に言い聞かせても、古い教会には薄気味悪い雰囲気が漂っていた。わざわざここを劇場にするなんて、奇妙な選択だ。たとえリンダが、歴史的建造物の保存という名目で税の優遇措置を受けられるとしても。

正面玄関の石段をのぼる代わりに、ジェンナは裏口へまわってドアを開けた。そこから螺《ら》旋《せん》階段をのぼると劇場のメインフロア、おりると地階へ出られる造りになっている。

階段の吹き抜け部分に声が響いた。一人はリンダ、もう一人は男性の声ということしかわからない。なにやら怒っているようだ。

「……だから、ウィンクルに相談しろと言ったじゃないか」男性が言った。

「そんなのは時間の無駄だと言ったでしょう。彼と私のあいだにはいろいろあったのよ」

「だからって、彼が仕事をしないわけじゃない」

「あのね、シェーン、とにかく私は困ってるの」

「有名人のお古の小道具や衣装が盗まれてるからか？」男性がぶっきらぼうにこたえるのを聞いて、やっとわかった。リンダと言いあらそっているのは保安官だ。ジェンナが階段の陰に身を隠すと、カーターが声を荒らげて続けた。「驚くようなことじゃないだろう？　なにを期待してたんだ？　それがジェンナ・ヒューズであれ、ドリュー・バリモアであれ、有名人が身近にいれば、誰でもお近づきになりたいと思うのがあたり前じゃないか。サインをねだるとか、顔見知りになるとか、その人がかつて所有していたものをこっそり手に入れるとか。そういうことは、有名人にはつきものだ。それも、ある種の有名税だよ」

「くだらない屁理屈《へりくつ》を言うのはやめてよ、シェーン、自分でもわかっているくせに。盗みは盗みよ。もとの持ち主が誰であろうと関係ないわ」

「だからこそ、こうして僕が出向いてきたんじゃないか」

「副保安官の誰かをよこしてくれればよかったのに」

「今日は無理だ」カーターがぴしゃりと言った。「みんな忙しいんだから。僕だってほかならぬ君の頼みだからこそ、昼食の時間にちょっと抜けだしてきたまでだ。君が調べたところでは、外から無理やり押し入られたような形跡は見あたらないし、盗まれたのはジェンナ・ヒューズから寄贈されたものばかりということだったね？　ここで働いている人たち全員から話を聞いたのかい？」

「ほとんどはね」

「ほとんど？」カーターはいやみっぽくくりかえした。

「ドレスがなくなってることに気づいてから、全員が劇場に来たわけじゃないもの」

「全員から話を聞くよう努力してくれ」カーターが言った。「それと、ミズ・ヒューズからも話を聞いたほうがいいな。もしかしたら、寄付したあとで惜しくなったのかもしれない」

ジェンナはむっとした。私が、いったん劇団に寄付した古い衣装をこっそりとりかえすようなけちな人間だとでも言いたいの？

「彼女がそんなことをするわけないわ」リンダが反論した。

「誰かが盗んだのは間違いない」

「ジェンナじゃないわよ」

「じゃあ、誰だ？」

「それをあなたに捜してほしいの」

カーターは声を殺して毒づいた。ジェンナが聞きとれたのはこれだけだ。「……最後だからな。いかにもハリウッドにいそうなタイプ……余計な面倒を……」

もう我慢できなかった。ジェンナは階段を駆けのぼり、踊り場からかつて礼拝堂の後陣だった場所へ通じるドアを開けた。信者席の最前列の通路に、リンダとカーターが立っていた。自らを奮い立たせてフロアへ出ていき、背の高い男性と向きあう。相手の身長は百九十センチ近くありそうだ。肩幅が広くて腰の引きしまった逆三角形の体は、生まれながらのアスリートである証《あかし》か、日ごろの鍛錬のたまものだろう。制服を着てはいるが、帽子は頭にかぶらず手に持っている。堂々としていて、いかにも男らしい。

「私の名前が聞こえたような気がしたんだけど」ジェンナは言い放った。

「まったく、もう」リンダが顔をしかめ、信者席の肘かけにもたれかかった。だがカーターは冷静な表情を崩さず、肩越しにちらりと振りかえっただけだった。

彼は値踏みするようにジェンナを観察した。個人的な興味はいささかも感じられなかった。

「君の名前がジェンナ・ヒューズなら」まじまじと彼女の顔を見つめたのち、大きくうなずく。「確かに聞こえたはずだ」

私に見覚えがないふりをしないだけましだわ、とジェンナは思った。「聞こえてきた話から判断すると、あなたはすでに私を信用しないことに決めたようね」

「僕はあまり人を信用しないんだ。職業柄ね」

「そう」ジェンナは信者席の最前席まで歩いていって、片手を差しだした。「それは残念だわ」小首をかしげるようにして彼を見あげる。「参考までに言っておくけど、私は自分のものを盗んだりしないわ。おんぼろトラックのブレーキランプが切れたまま走っていたことは事実だけれど、私が法を犯したのはそのことだけよ」

「それはよかった」太い眉を片方だけ動かして、カーターはがっしりしたあたたかい手でジェンナの手を握った。しかし、顔に笑みは浮かんでいなかった。会話を盗み聞きされても、少しも動じていないようだ。

「私、彼に言ったのよ。あなたがドレスを盗んだりするはずがないって」リンダが言った。

「そうだろうね」カーターは厳しいまなざしをジェンナに向けていた。彼は彫りの深い顔立ちをしていて、高い頬骨と豊かな焦げ茶色の髪の持ち主だった。「実のところリンダは、君がここへ越してきてからというもの、ずっと君のことをほめっ放しなんだ」

ジェンナは石をも貫き通すほどの鋭い視線をリンダに投げかけた。リンダが手をあげて、肩をすくめる。

「でも、あなたは聞く耳を持たなかったわけね」怒りをこらえるのはもううんざりだ。ジェンナは頬が紅潮するのを感じた。「そして、私はそんなにすばらしい人間じゃない、信用するに値しないかもしれないと、リンダに言い含めようとしていたんでしょう？」

彼の茶色の目がきらりと光った。ひげをたくわえた口の片端がわずかに持ちあがる。彼女の空威張りと威勢のよさをおもしろがっているような表情だ。笑えば結構ハンサムかもしれない。〝かもしれない〟という程度だけど。それに、あくまでほかの女性にとってはだ。

カーターがうなずいた。「僕は物事を客観的にとらえようとしているだけだ」

「ちょっと！」リンダが割って入った。「私を無視して勝手に話を進めないでよ」

「とんでもない。そんな恐れ多いことなんかできないさ」カーターがこたえた。

ジェンナは思わず笑いそうになった。この人、ユーモアのセンスがないわけではないのね。

「保安官、あなたが忙しいことはわかっているから」ジェンナは顎をあげてカーターをにらみつけた。「なくなったものの代わりに、私が家にあるものをまた持ってくるのが、いちばん簡単だと思うの。衣装として使えそうなドレスならまだあるし、イミテーションのジュエリーもたくさんあるから」

リンダが髪をかきあげた。「ジェンナ、そんなことまでしてもらったら申し訳ないわ」

「あら、人の生死がかかってるわけでもないでしょう」

カーターが顎を引きしめた。侮辱されたとでも思ったのだろうか。「窃盗は立派な犯罪だ。市警察のウィンクル巡査には、僕のほうから話しておく。誰かよこしてくれるだろう。その前に、僕も一応見ておきたい」彼はリンダに向きなおった。「盗まれたものが置いてあった場所へ案内してくれるかい？」

まったくこれだから有名人は。教会の内部をチェックしたあと、カフェへ向かおうと通りを渡りながら、カーターは考えた。世話になりっ放しだった友人への、せめてもの恩がえしにと立ち寄っただけなのに、結局〝ジェンナ・ヒューズの黒いドレス盗難事件〟を抱えるはめになってしまうとは。なんという時間の無駄だろう。おまけに当の〝被害者〟は、僕の助けなど欲しがっていないように見える。彼女が思ったより小柄なことは意外ではなかったが、それにもかかわらず、かなりの存在感があることは驚きだった。

劇場でのジェンナは、ハリウッド独特の妄想を振りかざすこともなく、いかにも女優らしいわがままぶりを見せることもなかった。ほんの少し威勢がよすぎて頑固な一面もないわけではないが、ノーメークでも息をのむほど美しかった。

カーターは道路わきに寄せられた雪の塊をまたいだ。なんて寒いんだろう。おまけに視界もきかない。天気予報によれば、天候は悪化する一方だという。この分だと、滝も凍ってしまうかもしれない。

そのことはあまり考えたくなかった。この前、滝が凍りついたときに起きた悲劇のことも。心の目に映るのは、デイヴィッドが氷で足を滑らせた場面……。カーターは慌ててそのイメージを心から追い払ったが、記憶とともによみがえった恐怖感は消えなかった。絶え間なく雪が落ちてくる空を見あげ、彼は祈った。氷の壁をよじのぼろうとする愚か者どもがピッケルを担いで滝の凍り具合を確かめに来る前に、天気がさらにひどくなればいいのだが。

携帯電話が突然鳴りだした。出てみると、またしても車がスリップしたという事故の知らせだった。すでに州警察が現場に駆けつけ、処理にあたっているという。

カーターは話を終え、携帯電話を閉じた。劇場内を見まわっているあいだにも電話が三度鳴ったのだが、そのときの話をリンダやジェンナがそばで聞いていたのは、正直に言ってありがたかった。保安官事務所が現在どれほど深刻な事態に直面しているか、あれで二人にもわかったはずだ。トレーラー事故、病院へ搬送された若者たち、身元不明の女性死体。そういった事件のほうが、元ハリウッドスターの衣装紛失事件より優先されてしかるべきだった。スキーウェアに身を包んだ男が二人出てきたのと入れ違いに、カーターはカフェへ入った。キャニオン・カフェはブースが二つと、テーブルが数卓、それに長いカウンターがあるだけの小さな店だ。カウンターにはたいてい常連客が陣どっている。

カーターはハンバーガーとフライドポテト、コーヒーのテイクアウトを頼み、できあがった品を受けとると店をあとにした。気温がまた一段とさがったようだ。風もいっそう強くなって骨身にしみた。建物のひさしにはつららができている。透明な短剣のように見えるそれは、デイヴィッドが一緒に滝のぼりをしようと持ちかけてきたあの日のことを思い起こさせた。

当時の僕はまだ一六歳で、どうしようもないガキだった。二人とも愚かなうぬぼれ屋以外の何者でもなかったわけだ。郡庁舎の正面階段をのぼりながら、カーターは腹を立てていた。顎を引きしめ、自分のオフィスへ直行すると、市警察のウィンクル巡査に電話をかけた。あいにく不在だったので、劇場で起きた例の〝犯罪〟について、留守番電話にメッセージを残した。

ウィンクルはこれで動いてくれるだろうか？

あとは野となれ山となれだ。

これ以上、ジェンナ・ヒューズと顔を合わせるのはごめんだった。

椅子に座り、ケチャップの袋の口を切ってフライドポテトにかける。ハンバーガーを三口かじったところで、B・Jがドアをノックして顔をのぞかせ、なかへ入ってきた。「昼食には少し遅すぎるんじゃありませんか？」デスクの縁に腰かけながら尋ねる。

「食べる暇がなかったんだよ」カーターは椅子の背にもたれ、白い紙に包まれたハンバーガーをデスクに置いた。「コロンビア・シアターで犯罪捜査をしてたんだ。だが、その件についてはきかないでくれないか」脳裏に焼きついたジェンナ・ヒューズの姿がよみがえった。この二時間ほど、ずっとそうだ。彼は口もとを手の甲でぬぐい、フライドポテトをB・Jのほうへ押しやった。「よかったら食べてくれ。なにか新しい情報は？」

「州警察は歯科用のアルギナートやラテックスを扱っている業者に片っ端からあたっていて、行方不明者の捜索範囲も広げているようです。それと、このまま天気が回復しないようなら、八四号線を封鎖することも検討中だとか」

「だろうね」事態は悪くなる一方だ。

「あと、スノーボーダーが二名、メドウズ・スキー・リゾートで行方不明になっているそうです」彼女はフライドポテトをつまみ、口にほうりこんだ。

カーターは再びハンバーガーに手を伸ばしたが、耳は傾けていた。

「それに、ハンプトンではすでに雪のせいで停電騒ぎになっています」

「お楽しみはまだまだこれからという感じだな」彼はバンズからはみだしそうになったオニオンスライスを押し戻しながら言った。

「ええ、なにしろこの荒れ模様ですから」B・Jは立ちあがると、首をまわして凝った筋肉をほぐしつつ、窓の外に目を向けた。「この騒動はいったいいつおさまるんでしょうね」

「ずっと続くかもしれない」

「そうですね。嵐はもうじきやむはずですけど」力なく笑う声に絶望感が表れていた。彼女の気持ちはよくわかった。彼自身、胸騒ぎを感じていたからだ。このまま気温があがらなかったら、フォールズクロッシングをとり巻く状況は悪化の一途をたどるばかりだろう。


目を閉じると、雪が素肌をちりちりと刺すのが感じられた。小さな雪の結晶は冷たいはずだが、それが血をわき立たせる。男の股間はかたくなっていた。森のなかの小さな空き地に裸で立つ。まわりをとり巻く樅の原生林、氷と雪に覆われた針のような葉、たわんだ枝のあいだを吹き抜ける風。それらに囲まれて、男は天命を感じた。欲望を。

さあ、殺しの時間だ。

小さな雪のかけらが肌に触れるたび、うずきが強くなっていく。脈打ちながら血管を流れ、脳みそを揺さぶる血の渇望。真冬とともにやってくるこの感覚。

いよいよ時が来た。練りに練った計画が、頭のなかを駆けめぐった。俺が真の意味で生きていられるのは、霜が路面を覆い、氷の雨の粒が空から落ちてくるこの季節だけだ。

最後のときからかなりの時間がたっている。もう一年にはなるだろう。

男の心の目には、ジェンナ・ヒューズが映っていた。先ほど町でこっそり見かけた彼女の姿を思いだす。

夢の女。

ああ、彼女が欲しくてたまらない。

男は目を開けて上を向き、降る雪を見つめた。

ジェンナ――美しい、限りなく美しい女。

しかし、今はタイミングが悪い。もっと寒くならなければ。まだ霜が木々や茂みや窓を覆いつくしてはいない。そう、俺の準備がまだできていない。

彼女の代わりの生け贄《にえ》ならほかにいくらもいる。そいつらのほうが先だ。

フェイ・タイラーにマーニー・シルヴェイン、そしてゾーイ・トラメル。

このうちの何人かを先にやろう。ジェンナに手を出したいのはやまやまだけれども、ここはもうしばらく待つべきだ。

次の獲物を誰にするか、心のなかでは決まっていた。

完璧な女ではなく、ジェンナとは大違いだが、それでも充分だった。

今のところは。

10

「アリー、キャシー、ジープが直ったわよ」ジェンナは歌うように言いながらキッチンへ歩いていき、食料品を入れたショッピングバッグを三つカウンターに置くとジャケットを脱いだ。「二人とも、いないの？」返事がなかったので再び呼んでみた。キッチンの真ん中に立っていると、髪についた雪が溶けていくのがわかった。「アリー？」

どうしてこんなに家のなかががらんとしているように感じるのだろう？

キャシーは部屋にこもっているのではないかと思い、階段を駆けあがる。だがベッドルームに娘はおらず、ベッドは乱れたままだった。「キャシー？　アリー？」バスルームを足早に通り抜けてアリーのベッドルームへ行ってみたが、こちらにも娘の姿はなく、音を消してあるテレビの画面がまたたいていた。枕の上にゲームボーイが投げだしてある。

パニックになってはだめよ。二人ともきっと家のどこかにいるわ。出かけるはずがないでしょう？　外は吹雪なんだから。

「二人とも、いいかげんにしなさい！」再び急ぎ足で階段を駆けおり、書斎、ダイニングルーム、リビングルームと見てまわった。「アリー！　キャシー！」

彼女は暖炉のそばで足をとめ、耳を澄ました。風のうなりが聞こえるだけだった。

そうだわ。犬は、クリッターはどこ?

うなじの毛が逆立った。「クリッター?」

返事はない。やはり家には誰もいないようだ。

この二日間、そこはかとなく感じていた不安が急速に現実味を帯びてきた。恐怖で胃が縮む思いがする。そういえば、なにか妙だと感じたことがなかった? 誰かに見られているとか、あとをつけられているとか。そして現に娘たちが消えてしまって……ああ、そんな!

気を確かに持ちなさい、ジェンナ。二人とも必ずこの家のどこかにいるわ。

そのときトラックのエンジン音が聞こえてきたので、彼女はほっと息をついた。そうよ、二人とも誰かと一緒に出かけたに決まっているじゃない。その誰か、おそらくジョシュが二人を送ってきてくれたんだわ。キャシーはおそらく、私が帰宅する前に戻ればばれずにすむと思ったに違いない。アリーを連れていったのは、告げ口をされたくなかったからだろう。

でも、クリッターは? どうしてクリッターまで? ジェンナは外へと駆けだした。

ジェンナは門から入ってくるトラックを見て、ジョシュのピックアップ・トラックではないと気づいた。大型車がガレージの前にとまり、見知らぬ背の高い男性が運転席から降りてくる。助手席から飛び降りたのはハリソン・ブレナンだった。走り寄ってくるジェンナを見つけてにやりとする。

「娘たちはあなたと一緒じゃないの?」ジェンナは息を切らしながらきいた。

「いや」

「どこかで見かけなかった？」

ハリソンは彼女の肩越しに視線を送り、困惑した笑みを見せた。「なにかの冗談かい？」

その瞬間、ジェンナは気づいた。背後からブーツの音が聞こえてくる。彼女は自分が愚か者になった気がした。過保護で愚かな母親に。

「ママ！」アリーの大声がしたほうを振りかえると、キャシーとアリーとクリッターが馬小屋から雪をかき分けてこちらへ来ようとしていた。アリーが走りだすと、クリッターもその後ろを飛び跳ねながらついてくる。「あたしたち、馬の様子を見に行ってたの」

「大丈夫よ」キャシーがうんざりしたように言った。「ハンスが水をたっぷり与えていたもの。だけど、アリーが心配症だから」

アリーが姉をにらんだ。「様子を見るようにって、ハンスから言われてたんだもん」

「ハンスが帰ったのは、たった二時間前じゃない！」

「もう、いいわ」娘たちの足跡が馬小屋へと続いていることは、ちょっと見ればわかったはずだ。私ったらなにを考えていたの？「ごめんなさいね」ジェンナはハリソンに謝った。

「かまわないさ。こいつはセス・ウィテカーだ」ハリソンが隣にいる長身の男性を指す。

「こちらがミズ・ジェンナ・ヒューズだよ」

「どうぞよろしく」彼女は手袋をはめているセスの手を握った。

「ちょうどセスがうちの暖房器具を点検に来てくれたんで、ついでにここのポンプも見てもらおうと思って無理やり引っぱってきたんだ」

「そう」ジェンナはにっこりした。「じゃあ、あなたは電気技師なの？」

「配管もやるし、修理全般も引き受ける。なんでもできる男さ」ハリソンが答えた。

「どれも中途半端ってことだがね」セスは愛想のいい男性だった。背はハリソンよりも四、五センチ高く、腹まわりも若干大きい。

「私たち二人がかりでやれば、なんとか直せると思うよ」ハリソンが言う。

「ありがたいわ。ハンスが言うには、ポンプ小屋の配線がだめになってるらしいの」ジェンナは小屋を指さした。

「場所はわかってる」ハリソンがセスに顔を向けた。「鍵はかかってないからな」

「道具をとってくるよ」セスがトラックの後部へまわり、ハッチバックのドアを開ける。

ジェンナはハリソンをまじまじと見かえした。「私があそこに鍵をかけていないことをどうして知っているの？」

「君という人を知ってるからさ。君は母屋とガレージと門以外はめったに鍵をかけないだろう。それだってときどきかけ忘れるくらいだ」ハリソンはわずかに顔をしかめた。「もっと用心したほうがいい。君のことが心配なんだよ。子供たちのことも」

「私たちなら平気だから」ジェンナは首の後ろの筋肉がこわばるのを感じた。彼に保護者のように意見などされたくない。「門はちゃんと閉めてるわ。閉められるときはね。壊れた鍵を直してくれる人が見つからないだけよ」

「だったら、僕が誰かを紹介しようか」

「結構です！」言ってから、自分の声の強さにはっとした。「自分でできますから」

「そうか」意外にもハリソンは素直に引きさがった。「ならいいさ。君は家のなかに戻ってあたたまってくればいい。コートも着ていないじゃないか」

子供たちのことで気が動転していたので、上着をはおることも忘れていた。

すべてを見透かしているように、ハリソンが優しくほほえんだ。私をなだめているつもり？　壊れやすい人形のように扱おうとしているの？「あとは任せてくれ」

「それじゃあ、コーヒーでもいれるわね」ジェンナは言った。分別ある大人の女性としてふるまおう。五〇年代のテレビドラマに出てくる主婦のような、男性に頼るばかりのか弱い女性ではなく。「せめてそれくらいはさせて」思わず舌をかみそうになる。

「ありがたいな」ハリソンは笑顔になり、トラックから大きな工具箱をおろそうとしているセスのもとへ近づいていった。

ジェンナは寒けを感じ、母屋へと急いだ。家のなかに入ると、アリーのジャンパーと帽子がカウンターのスツールの背にかけてあった。服についていた雪が溶けてぽたぽたと垂れ、床に小さな水たまりができている。

「ロンから電話があったわ」キャシーが言いながら階段をおりてくる。娘はすでに細身のジーンズとセーターに着替えていた。「嵐だから来られないって」

ジェンナは雑巾《ぞうきん》で床を拭《ふ》きはじめた。「彼のことなんてすっかり忘れてたわ」われながら信じられない。ロン・ファレッティはジェンナのエクササイズの個人トレーナーで、最近はキャシーも見てもらっていた。

「ママが？」キャシーが心臓を押さえて大げさに驚いてみせる。「ママがエクササイズを忘れるなんて、絶対ありえないと思ってたのに！」

「この二日ほど、いろいろ考えることがありすぎたのよ」ジェンナはお気に入りのイタリアン・ブレンドの豆を挽《ひ》いて、粉をコーヒーメーカーにセットし、ミネラルウォーターを注いだ。だがキャシーの言葉にはどきりとした。離婚後ここへ引っ越してきてから、エクササイズのレッスンを休んだことはほとんどない。体形を維持することは、もはや強迫観念と化していた。おかげで精神的苦痛を乗り越えることができたし、三八歳の体を二〇代の若さに保てている。

コーヒーができるまでのあいだに、ジェンナはショッピングバッグの中身を出した。キャシーが窓辺へ歩いていって、ポンプ小屋を見つめた。「ママはいつも男の子やデートのことで、あたしにいろいろアドバイスしてくれるけど」水滴のついた窓ガラスに指を走らせる。

「それがママの仕事だもの。私は母親なんだから」

「でも、今度はあたしがアドバイスしてあげようかと思うの」

「まあ、なんなの？」ジェンナは娘の視線を追った。ポンプ小屋からハリソンが出てきて、母屋をしげしげと眺めている。

「あたし、あの人は好きじゃない」キャシーがハリソンを指さした。

ジェンナはキャシーが伸ばした指を慌ててつかんだ。彼を指さしているところを、本人に見られでもしたら大変だ。「ちょっと手伝ってくれているだけでしょう」

「一見そう見えるけど……」キャシーは下唇をかみしめ、母親に向きなおった。「あれこれ手伝おうとして、余計なことまで指図してくるでしょ？　いばり散らすタイプじゃないけど、自分のやり方がいちばんいいって思いこんでる感じ」

「それしかやり方を知らないのかもしれないわ」

「そうよ」キャシーがうなずく。「ものすごく年寄りのおじいさんみたい」

「確かにね」ジェンナはカウンターを拭きながら認めた。「だけど、そこまで年じゃないわよ。五二か三だったと思う」

「嘘でしょ？　そんなに年なの？」キャシーが驚きの声をあげた。

「あなたから見れば年なんだろうけど」

「ママにとってもよ」

「そんなことはないわ」ジェンナは冷蔵庫を開け、マスタードとマヨネーズとピクルスの瓶をとりだした。「ただ、彼は別の世代の人だって気がするだけ」

「それはそうよ！　それにジョシュのパパが言ってたけど、あの人、ＣＩＡにいたんだって。ママが言ってたみたいに空軍にいたわけじゃないみたい。スパイだったんじゃないの？」

「それは犯罪でもなんでもないでしょう」ジェンナは、ジョシュとキャシーが自分とハリソンのことを話題にしていたという事実にいらだちながら指摘した。

「そうだけど、でも……気持ち悪くない？　だって、スパイの知りあいなんてほかにいる？」キャシーが冷蔵庫のなかからヨーグルトの容器をとりだした。

「案外たくさんいるのかもしれないわよ、本物のスパイで秘密厳守を誓った人なら」ジェンナはからかった。

「あたしは真剣に言ってるのよ、ママ」

「わかっているわ。だけどミスター・ブレナンがＣＩＡにいたなんて話、本人からは一度も聞いたことないわよ」

「余計に怪しくない？」キャシーはスプーンを手にして、ヨーグルトの蓋《ふた》をとった。

「本当の話かどうかわからないでしょう」ジェンナは言ったが、お節介な隣人についてほとんどなにも知らないことに改めて気づかされた。裏窓からポンプ小屋のほうを眺めたが、ハリソンは小屋のなかに戻ったのか、あるいは敷地内のどこか別の場所へ行ったかしたらしく、姿が見えなくなっていた。視界から消えたことにほっとしてもおかしくないのに、なぜか一抹の不安を覚える。

　ああ、もういや！　自分が徐々に被害妄想に陥っているのがわかる。ベーカリーで買ったパンにマスタードを塗りながら、私はハリソンのなにを知っているのだろうと考えた。確か彼は一度結婚して、とうの昔に離婚したはずだ。それがいつの話なのか、離婚の原因がなんだったのかまでは覚えていない。ポートランドで食事とお酒を楽しんだときに聞いたのだが、ハリソンはそれについてはあまり話したがらなかった。

キャシーもポンプ小屋を眺めて考えこみながら、ヨーグルトにフルーツをまぜていた。

軍隊にいた経験がそうさせるのかもしれないが、ハリソンは礼儀正しすぎるきらいがあった。女性に敬意を表して奉ろうとする一方で、自分の意のままに動かそうともする。

「言いたいことはわかるわ。でも、心配しないで。ミスター・ブレナンとは夕食を何度か一緒にとったり、雑用を頼んだりはしてるけど、彼に興味を抱いてるわけじゃないから」

「じゃあ、最初から適当にあしらう気だったってこと?」キャシーはヨーグルトを口にした。

「そうじゃなくて……自分の気持ちの整理がつくのを待ってただけ」ジェンナは再び冷蔵庫のなかを見まわし、ローストビーフのスライスを見つけた。

「それで?」

「彼に対してはなんの感情もわいてこないの。少なくとも、ロマンティックな感情は」

キャシーはほっとしたように見えた。「そのこと、彼に話すの?」

「今日はやめておくわ。だけど、いずれは話さないといけないわね」ジェンナはミルクをとりだし、小さなピッチャーに注いだ。「ねえ、キャシー、ママの恋愛について話しあったんだから、今度はあなたの恋愛についても話をしない?」

キャシーがうめいた。「こんな話、やめとけばよかった」

「いいえ、話してくれてよかったわ」少なくとも娘のほうから心を開き、コミュニケーションをとろうと試みてくれたのだから。

「今じゃなくていい?」再びキャシーは凍りついた窓の外を向いてしまった。

「じゃあ、あとでね」

「そういう話はもう終わりにしない？」キャシーはヨーグルトを食べ終えた。

「だめよ。そう簡単に逃げられると思ったら大間違いだから」

「勘弁してよ」キャシーがそう言ったとき、アリーが足音を響かせて階段を駆けおりてきた。後ろからクリッターもついてくる。こちらは一段ずつ、慎重におりてきた。

「明日も学校は休みだって！」アリーがうれしそうに宣言する。ついさっきまで喉が痛くて死にそうだと言っていたくせに、今ではキッチンで側転でもしそうな勢いだ。

「なんでわかったの？」キャシーが問いただした。

「テレビで言ってたもん！」

「高校も休み？」

「全部よ！　ねえ、今夜、ダニーに泊まりに来てもらってもいい？」アリーがきいた瞬間、キッチンの照明がまたたいた。

　キャシーがテレビのスイッチを入れた。

　万が一の停電に備えて、ジェンナは懐中電灯を探した。

「今夜ダニーを家に呼ぶのは、あんまりいい考えとは言えないわね」ジェンナは言ったが、アリーの希望をかなえてやれないのはつらかった。娘はオレゴンに移り住んでからは数えるほどしか友達ができていない。ロサンゼルスにいたときよりも、はるかに引っこみ思案になっていた。「ダニーにはそのうち泊まりに来てもらいましょう。でも、今晩は無理よ。学校が休みになるのは、このお天気のせいなんだから」

「そり滑りをしたり、雪の家を作ったりできるのに」

「頭がどうかしたんじゃない？　今夜はすごく寒くなるんだから」キャシーが言い、テレビ画面に映しだされた、すさまじい吹雪のなか高速道路のそばに立っているニュースレポーターを見つめた。雪が四方八方から吹きつけていて、路肩にはチェーンを装着するためにトラックが長い列を作っていた。

「長距離トラックのドライバーのみなさんにはあいにくのニュースですが、気温はこれからさらにさがるという予報が出ていまして……」

「車を運転するには危険すぎるわ」ジェンナは言った。

「だけど、ダニーのパパがうちまで送ってきてくれるって」アリーが甘えた声で言う。

「あら、どうしてそんなことがわかるの？」ジェンナはキッチンの引き出しにあった懐中電灯をつけてみた。光は弱いが使えそうだ。

「さっき電話をかけてみたから」

照明やテレビだけでなく、あらゆる電化製品が数秒間明滅したのち、再びついた。

「なんだか怖くなってきたわ」キャシーが言った。

「そう？　楽しいよ」アリーは少しも動じていない。「ねえ、ダニーに泊まりに来てもらっていいでしょ、ママ？　お願いだから」そのとき電話が鳴り響き、アリーが受話器をとった。

「もしもし……はい……ちょっと待って」受話器を母親に向かって突きだす。「ダニーのパパよ」ジェンナが受けとると、今度はアリーは祈りのポーズをとった。「お願い」

キャシーがあきれたように目をくるりとまわす。ジェンナはアリーの懇願を無視した。

「もしもし？」

「どうも。アリーから話は聞いてると思うけど」

「ダニーがうちに泊まりに来る話？」

「ああ。早く連れていけとせがまれているんだが、まず君の許可をとってからでないとね」

「あなたも私も、子供たちの作戦にまんまとはまってしまったようね。あなたがダニーを送ってきてくれるなら、うちはかまわないわよ」ジェンナが言うと、背後でアリーが歓声をあげた。「ただ、私は一時間ほど前に帰ってきたんだけど、道路はほぼ通行不可能だったし、家の電気もちかちかしてる状態なの。おまけに水道の水も出ないのよ。今、ポンプを修理してもらっているし、ミネラルウォーターを買ってきたからなんとかなるけど。いずれにしろ、今夜はキャンプみたいになるかもしれないわ」

「ダニーはそういうのが大好きなんだ」娘のことを語るトラヴィスの声はどこか誇らしげだった。「だがもちろん、決めるのは君だけどね」

ジェンナは背中にアリーの視線を感じた。「ダニーならいつでも大歓迎よ」

「すまない。途中でなにか買っていったほうがいいかな？」

「ありがとう、でも、大丈夫よ。さっき買いだしに行ってきたばかりだから。二、三日は余裕でまかなえるわ」

「本当にいいんだね？　なら、今から一時間ほどしたらお邪魔するよ」

「わかったわ。アリーに伝えておくわね」電話を切ると、娘はすでにぴょんぴょん跳ねながら階段を駆けのぼろうとしていた。「待ちなさい、アリー、サンドイッチはいいの？」

「あとで食べる！」アリーが階段の上から声を張りあげた。アリーがこんなに喜んでいるのだから、今はよしとしよう。

キャシーはヨーグルトをたいらげて容器をごみ箱に投げ捨て、腕組みをしたままニュースを見ている。気象予報士が今週は気温が零度を下まわると告げると、彼女はぼそりとつぶやいた。「あーあ、もう憂鬱《ゆううつ》」

「なんとかなるわよ」

「ならいいけど」

「もし本当に停電したら、薪を割ったり、暖炉に火をおこして料理をしたりしないといけないわね。寝るときも暖炉の前にみんなで集まって、寝袋で眠るはめになるかも」

「やめてよ」キャシーが言った。

「電気が来なければ、MTVも熱いシャワーもドライヤーもなしね。まあ、運がよければ携帯電話は通じるかもしれないわ」

「ママってば、そうやってあたしをいじめて楽しんでるでしょ」キャシーがなじった。

「こういう状況もそれほど悪くないって指摘してるだけよ」

キャシーは目をぐるりとまわし、二階へあがっていった。ジェンナはできあがったコーヒーを魔法瓶に移し替え、ポンプ小屋へ持っていこうとした。ちょうどそのとき、裏口のドアをたたく音が聞こえ、ほどなくしてハリソンが入ってきた。彼は振りかえって叫んだ。「セス！　コーヒーができてるぞ！」

トラックに道具を積みこもうとしていたセス・ウィテカーがこちらに向かって手を振るのが、ドアのガラス越しに見えた。

「もう水は出るようになったの？」ジェンナはきいた。

「まだだが、もうじき出るだろう。今、ポンプのなかの氷を溶かしているところだ。切れていた配線はセスが修理してくれた。もう少ししたらポンプ小屋のヒーターが効いてくるはずだから、そのあといったん水を抜けば、もう凍らなくなる。セスがポンプを直しているあいだに、私が断熱材を入れておいた。まあ、夜が明けるまでには水が出るようになるさ」

「よかった」

「次の夏には、もう少し頑丈なポンプ小屋を建てたほうがいいかもしれないな」ハリソンが椅子に座ると、ジェンナは熱々のコーヒーをカップに注いだ。「それまではなんとか冬を乗りきれるよう私が手を貸すよ」

「ありがとう」押しつけがましいハリソンの態度は気に入らなかったが、その点は無視することにした。今は彼の助けが必要だ。数分後、セスも裏口に姿を見せた。ジェンナはコーヒーをすすめたが、彼は断った。「カフェインのとりすぎなんだ」セスは腕時計を見おろした。

「急ぐのかい？」ハリソンが尋ねる。

「別の仕事があるからな」

「だったら、そろそろ行こうか」

「料金はいくらになるのかしら？」ジェンナはきいた。

「それはもう払っておいた」ハリソンがジャンパーのファスナーをあげながら言った。

「えっ？　私の代わりに？　だめよ、そんなのは」彼女は慌てて財布に手を伸ばした。

「お代はもういただいたよ」セスが言った。

「ちょっと待って。そこまであなたに甘えるわけにはいかないわ、ハリソン。今日手伝ってくれたことは感謝しているけれど、お金の面はきっちりしておきたいの」ジェンナはまっすぐに彼の目を見つめた。

ハリソンが顔を赤らめた。「これくらいはさせてほしいんだよ。隣人としてのささやかな厚意じゃないか」

「借りを作るのは嫌いなの。誰に対してもね」彼女はセスに注意を向けた。「かかった時間と必要な道具や部品に見あうだけの対価は支払うわ」

セスが決まり悪そうにもじもじした。「心配はいらないんだけどね」

「だけど、気になるのよ」

「ここではこれが普通なんだよ」ハリソンが説明した。「お互いの面倒を見るってのが」

「やめて！」ジェンナは両手を突きだした。「あなたに〝面倒を見てもらう〟なんて、とんでもないわ。ハリソン、私だって自分の面倒くらい自分で見られるの」

ハリソンはとりあおうとしなかった。「私は君や子供たちのことが気になってしかたがないんだ。さっきセスに頼んでおいたんだが、この家には新しい警報システムを入れないと。門が開きっ放しになっているのもよくないな」

「なんですって?」ジェンナはかっとなった。「それは私が決めるべきことじゃないの?」

「今のままじゃ使いものにならないんだよ」

それは本当だった。「だから、私がちゃんと新しいものにすればいいんでしょう。それについてはとっくに考えてあります。ただ、今はこの嵐のせいで身動きがとれないだけよ」

「なあ、セス、あんたからも説得してやってくれないか」

セスは両手をあげてあとずさりをした。「おいおい、ややこしい話に巻きこむなよ」

ジェンナはハリソンに向きなおった。「この家にはすでに警報システムがついてるの。確かにうまく働いてくれないときもあるけど、必ずセットするようにしてるわ。それであなたの気が休まるなら、これからはさらに用心するよう心がけるから」

ハリソンは拍子抜けするような笑顔を見せた。結局は自分の思いどおりになったからだろう。「それならいいが」

「決まりね!」ジェンナは怒った声で言った。いったい何様のつもりだろう?「今後は私や子供たちのことは心配してもらわなくて結構よ」彼女は胸の前で腕組みをした。「正直に言って、あれこれ世話を焼かれるのは迷惑なの。自分のことは自分でできるから」

「わかったよ」ハリソンが降参のポーズをした。「すまない……私が間違ってた」

ジェンナはまだ腹を立てていたが、一応うなずいた。「いいのよ。これでお互いの気持ちがはっきりわかっただろうから」

「なにかと仕切りたがるのは、私の悪い癖なんだ。軍でそういう訓練を受けてきたから」

「なるほどね」彼女はどうにか怒りを静めようとした。この人はただ、精いっぱい私を助けようとしているだけなのだ。やり方が少々強引なだけで。

ハリソンがウインクをした。「二度と出すぎたまねはしないよ」

これ以上二人のやりとりを聞いていられなくなったのか、セスが首の後ろをさすりながら言った。「もう一度ポンプ小屋を見に行ってくるよ。ちゃんと動くようになってるかどうか確認しないといけないからな」そして返事を待たずに裏口から出ていった。冷たい風が吹きこんでくると、ドアが音をたてて閉まった。

ジェンナはハリソンと向きあったまま取り残された。「言いすぎたかもしれないわね。あなたの気持ちはわかってるの。だけど私は、なるべく自分の力でやっていきたいのよ。もちろん、ときには誰かを頼らざるをえないのは承知のうえだし、あなたが今までにしてくれたことには感謝してるわ」

「でも……？」ハリソンのこめかみに浮いた血管が脈打ちはじめた。「そのあとに〝でも〟って言葉が続くんじゃないのかい？」

ジェンナは目もとにかかった髪を手で払った。「でも、私の家のことを勝手にあれこれ決めたり、私の代わりにお金を支払ったりするのは――」

「やつには貸しがあったんだ」ハリソンが口を挟んだ。笑みは完全に消えていた。突然、態度がよそよそしくなる。わなわなと震える体を見れば、激しい怒りをこらえているのは明らかだった。どうやらプライドを傷つけてしまったらしい。「自分でセスに支払いたければ、次はそうすればいいさ」ハリソンが言った。「だが今日のところは、これで貸し借りなしということにさせてほしい。やつとは最初からそういうふうに話をつけてあるんだ。今後なにか仕事を頼みたいときはやつに直接言ってくれてもいいし、私に相談してくれてもいい。ただし私としては、君から金を受けとるつもりはないがね」

「わかったわ」ジェンナは素直に引きさがった。とりあえずは。カウンターの上に先ほど子供たちがいらないと言ったサンドイッチの材料があるのを見て手で示す。「それじゃあ……ローストビーフのサンドイッチくらいならいいかしら？　せめてものお礼に」

「いただくよ」彼女がローストビーフとピクルスのサンドイッチを作り終えると、ハリソンの表情がようやく緩んだ。五〇年代のテレビドラマに出てくる従順な主婦のイメージが頭をかすめたが、ジェンナはそれをわきへ押しやった。今のところ家のなかは平穏無事だし、水ももうじき出るようになる。これ以上なにを望めるかしら？

11

三〇分後、ハリソンはシンクに皿を置き、窓の外に目を向けた。白髪まじりの眉をひそめ、顔を引きつらせる。「来客のようだね」

「アリーの友達が泊まりに来ることになっているの」ジェンナは言った。

ハリソンは口を引き結び、トラヴィス・セトラーが雪まみれの地面に降り立つ様子をじっと見守っていた。トラヴィスの娘のダニーが彼の横に飛び降りる。

「この辺で失礼したほうがよさそうだな」言うが早いかジャンパーを着こみ、ハリソンは裏口のドアを開けた。

「今日はありがとう」セス・ウィテカーのトラックを目指して歩きだしたハリソンに向かって、ジェンナは礼を述べた。アリーがジャンパーも着ずに、一目散に駆けていく。

キッチンの椅子の背にかけてあったジャンパーをジェンナがつかんだとき、ダニーとアリーが家のなかに走りこんできて、追いかけっこをしたあと二階へ駆けあがっていった。

開いたドアからトラヴィスが入ってきた。「明日は学校へ行かなくていいから、二人ともすっかり舞いあがってるみたいだね」

ジェンナは苦笑した。「私も昔はそうだったわ」

「ロスでも雪で休校になることがあったのかい？」

「まさか」ジェンナは笑って首を振った。「私、シアトルの郊外で育ったの。だからよく友達と集まっては、どうか雪が降りますようにってみんなでお祈りしたわ」

「祈りは通じた？」

「あんまり。それも、宿題が大変なときなんかは絶対にだめだったわね」そのとき車のエンジン音が聞こえ、セスのトラックがバックして出ていくのが見えた。

「僕たちがお客を追いだしてしまったのかな？」

「そんなことはないわ」トラックの助手席側が見えたが、ハリソンはかたい表情でまっすぐ前を向いていた。そして遠すぎてはっきりとはわからなかったが、彼がサイドミラーで母屋を観察しているような気がした。いいかげんにしなさい。そんなのは勝手な想像よ。ハリソンはいい隣人で、助けの手を差し伸べてくれただけじゃない。

「どうかしたのかい？」ジェンナはわれに返った。トラヴィスがテーブルのそばに立ち、まじまじと見つめていた。

「いえ……ごめんなさい。ちょっと考え事をしていて」

「なにか手伝えることは？」トラヴィスの青い目は心配そうだった。

「そうね、熱い砂と青い波と椰子《やし》の木をたくさん魔法の力で呼びだしてもらおうかしら。それに、日陰でも三〇度以上はないとだめよ」

「なんならマルガリータも二杯ほどつけておこうか？」

「生の果汁を使ってくれるなら」

「君の希望はずいぶん具体的なんだね」

「あら、欲しいものがわかっていなければ、夢なんか見てもしかたがないでしょう？」軽口をたたくと、気分が軽くなった。

「君は自分の欲しいものがわかってるのかい？」

「まあね」ジェンナはうなずいた。「たいていの場合は。あなたは？」

「僕もそうだと思ってたよ……昔はね」トラヴィスが肩をすくめた。「今はよくわからない」ほかにも言いたいことがあるようだったが、なぜか突然目からほほえみが消え、冷たく秘密めいたものにとって代わった。「じゃあ、僕はこれで失礼するよ。もしあの子が手に余るようなら知らせてくれ」

「そんなことにはならないわよ」

「あるいは、人恋しくなったりしたら」トラヴィスは原生林に覆われた丘陵を窓越しに眺めた。「ここは人里離れたところだからね」

「大丈夫よ」ジェンナは保証したが、トラヴィスの最後の言葉が引っかかった。この家を選んだのはまさに人里離れた場所だからなのだが、雪空のもと、峡谷を吹き抜ける風にあおられつつ車へと歩いていく彼を見送るうちに、自分は選択を間違えたのかもしれないという気がしてきた。

そのとき、電話のベルが鳴った。

「もしもし？」呼びかけても返事がない。雑音が聞こえたかと思うと、くぐもった感じでなにかの音楽が流れてきた。どことなく聞き覚えがある。「もしもし？　聞こえないんですけど」ジェンナは大声で言った。「かけなおしてください」

電話を切ってしばらく待ったが、もうかかってこなかった。

家のなかは不自然なほど静まりかえっている。冷蔵庫のモーター音、暖炉の薪がはぜる音、二階からかすかにもれてくるテレビの音などは、窓をがたがた揺らす強い風にかき消されていた。明かりが再び消えかけた瞬間、ジェンナは電話の向こうから聞こえた音の正体に気づいて、はっと息をのんだ。先ほど回線の向こうで誰かがじっと息を潜めていたことは間違いない。そして、おぼろげにしか聞こえなかったあのメロディーは、私の最後の主演作――結局未完成のままだった『ホワイト・アウト』のテーマ曲だ。曲だけはリリースされてヒットしたものの、映画そのものの制作は失敗に終わった。そのせいで結婚生活も破綻《はたん》し、妹は命を失った。

ジェンナは一歩あとずさりをした。窓ガラスに幽霊のような自分の姿が浮かびあがり、一瞬それがジルに見えた。ジルの外見はジェンナにとてもよく似ており、双子に間違われることもしばしばあった。そのジルも、今はもうこの世にいない。

私のせいで。

山の斜面から大量の雪がなだれ落ちてくる場面が脳裏によみがえり、目が焼けるように熱くなった。

私が死ぬべきだったのよ、ジルではなくて。

非難の声が頭のなかでこだました。ジェンナは後ろによろめき、部屋の片隅に置いてある椅子にぶつかった。かたい木の床にこすれて椅子が音をたてると、ジェンナはようやく正気に返った。それでもなお、『ホワイト・アウト』のテーマ曲は耳のなかで鳴りつづけている。いったい誰が、なんの目的で、わざわざ電話をかけてあの曲を私に聞かせたのだろう？

でも、本当にあの曲だったと言えるの？　もしかしたらまったく別のメロディーだったのかもしれないでしょ？　あるいは、混線していたとか。嵐のせいで電話回線がおかしくなったとしても不思議はないわ。私は勝手に想像を膨らませているだけよ。

彼女はすばやく受話器をとり、発信者番号を確かめた。非通知設定になっていた。

ジェンナは悪態をつき、内心震えあがりながら受話器をたたきつけた。


冷たく凍りついたガラスの向こうに、あの女はいる。ネオンがまたたくダイナーの奥に目を凝らし、男は思った。ジェンナ・ヒューズほどの上玉ではないが、悪くはない。体格はほぼ同じ。胸は若干小さめで、尻の丸みも少々物足りないものの、あれだけ似ていれば充分だろう……とりあえずは。髪はブロンドに染めているが、地毛は黒らしい。ジェンナの波打つような漆黒の髪に比べれば見劣りするが、そんなことはどうでもよかった。女はテーブルを片づけ、落ち着かなげにエプロンで手をぬぐっては、窓の外で荒れ狂う嵐を見つめている。

俺がここにいることを知っているように。

凍える夜の闇のなか、最悪の運命が待ち受けていることを理解しているように。

男は笑みを浮かべ、興奮が体中の血管を駆けめぐるのを感じた。冷たい衝動が走り、過ぎ去った遠い日々を思いだす。結氷した湖、肌を洗う氷のように冷たい水、震える少女、暗く恐ろしい水面。一瞬男は目を閉じ、過去ではなく未来へ思いを馳せた。官能的な女のイメージが鮮やかに浮かびあがる。フェイ……そう、『傍観者』のフェイ・タイラーだ。そのフェイが偽りの名をかたってこのダイナーに隠れている。

美しく、セクシーで、完璧。

ジェンナのように。

その名前が教会の鐘のように頭のなかに鳴り響くと、男は唇をなめた。冷たい肌が自分の肌に触れるところを想像してうずきを覚えた。

ジェンナ。

彼女こそが本物だ。

ほかに代わりはいない。

けれども、今夜は別の女で我慢するしかないだろう。

12

とんでもなく大変な一日だった。今日くらいは、カフェイン抜きのコーヒーにカルーアとベイリーズのアイリッシュ・クリームをちょっぴり垂らしても罰はあたらないだろう。ジェンナは冷蔵庫をあけてホイップクリームを見つけ、それにも手を伸ばした。「毒を食らわば皿までよ」クリームをマグカップに落とし、カラフルなチョコスプレーもトッピングする。エクササイズの個人トレーナーのロンにばれたら、その分ランニングマシンを余計に走らされることになるかもしれない。

彼女は椅子に座り、私書箱からとってきた郵便物が入ったバッグを開けた。リキュール入りのコーヒーを飲みつつ、雑誌や請求書、ダイレクトメールなどを仕分けしていく。なかに一通、手書きの封筒を見つけて手をとめた。宛名《あてな》は丁寧なブロック体で書かれているが、差出人の名前や住所は記されていない。消印はポートランドになっている。

ペーパーナイフで封を切ってみると、なかには写真が一枚だけ入っていた。

淡くプリントされたジェンナの写真の上に、短い詩のようなものが綴《つづ》られている。そこに写っている彼女は、襟もとにビーズがあしらわれた黒のドレスを着ていた。背景は『復活』

のセットだ。冷酷なサイコキラー、アン・パークスの役を演じたときのプロモーション用の写真だった。


お前はあらゆる女。

みだらで、強くて、官能的で。

お前は唯一の女。

探し、求め、そして待つ。

お前は俺の女。

今日も、明日も、永遠に。

俺はお前を迎えに行く。


ジェンナは心臓がとまりそうになった。全身の血が凍りついた。「そんな……」小声でつぶやき、手紙をとり落とす。誰がこんなものを送ってきたの？　彼女は部屋のなかを見まわした。この詩を送りつけてきた人物が姿を現すことを恐れるように。

クリッターが立ちあがって鳴いた。

「だ、大丈夫よ」息も絶え絶えにジェンナは言った。しかし、動悸《どうき》はおさまらなかった。偏執的なファンから手紙が送られてきたことなら過去にもあったが、もう何年も前のことだ。ここ一年半、ジェンナ宛の郵便物はエージェントのモンティ・フェンダーソンによってあらかじめチェックされてから届くようになっている。ただちに彼を電話口に呼びだして怒鳴りつけ、私生活が脅かされたとわめき散らしたい衝動に駆られた。

だが、そんな愚かなことはできない。

私がオレゴンの小さな町に住んでいることは、みんなが知っているのだから。

頭がおかしな人間からの手紙が一通たまたま手もとに届いたからといって、それがどうしたというの？

今回の嵐に加えて、殺された女性についての噂や、娘たちとの親子げんかなどのせいで、神経がまいっているのかもしれない。とにかく心を落ち着けないと。そう考えたにもかかわらず、ジェンナは部屋から部屋へと歩きまわって、すべてのブラインドをおろさずにはいられなかった。先ほどの手紙の最後の一行を読みかえすと、背筋に震えが走った。

〝俺はお前を迎えに行く〟

ジェンナは迷わず、警報システムの操作パネルに近づいて暗証番号を押した。小さな緑の表示ランプが赤に変わる。不動産業者の話によれば、センサーがドアにしかついていない標準タイプのシステムらしい。システムがオンになっているときにドアが開くとブザーが鳴り、二分後までにアラームを解除しないと、今度はけたたましいサイレンが鳴り響くという仕組みだ。ただし、アラームが作動したら保安官事務所にも直接通報が行くようにする契約は結んでいない。明日の朝にでも、さっそく手配しよう。

とりあえず今できるのは、暖炉の前に座って両手をあたためることだけだった。それでも身は守れるはずだ。犬もいるし、散弾銃もあるのだから。

とり乱してはだめ。単に匿名の手紙が届いただけで、騒ぎ立てるようなことじゃないわ。でも、手紙はポートランドで投函《とうかん》されていた。ここから車で一時間も離れていない場所だ。ジェンナは凍りついた。

〝俺はお前を迎えに行く〟

彼女は深呼吸をした。やれるものならやってみなさいよ。怒りが恐怖を打ち負かした。明日は警備会社と新たな契約を結ぶだけでなく、アウトドア用品の店へ行って散弾銃の銃弾も仕入れてこよう。

「なあ、いいだろう、キャシー。きっと楽しいぜ」ジョシュが言い張る。「明日は学校も休みなんだから、一時間後にいつもの場所で会おう」

「だけど、今度見つかったらただじゃすまないし」キャシーはベッドに深くもぐりこみ、携帯電話を耳に押しあてた。今夜もこっそり家を抜けだせっていうの？　また？　このあいだ見つかったばかりなのに。だめ……そんな危ないまねはできない。「きっとねちねち責め立てられて、いやな思いをさせられるもの」キャシーは顔をしかめた。ただでさえママはうるさく文句を言うし、あたしを子供扱いしてルールを決めたがる。そうするのが娘にとっていちばんいいしつけだと思っているのだろう。

「見つからねえよ。家を抜けだすのは夜中の一時を過ぎてるんだから、親なんかとっくに寝てるだろう？」

キャシーは迷い、しばし唇をかみしめてから言った。「やっぱりだめ。無理よ」

「つまんねえやつだな。今夜はみんなが来るのに」

「その子たちの親は許してくれてるんでしょ？」

「違うに決まってるだろう、キャシー。親の言うなりになんかならないだけさ。お前と違って、親なんか怖くねえから」

「あたしだって別にママが怖いわけじゃないけど」

「いいや、そうだね」

「違うってば」

「だったら、出かけてもいいかきいてみろよ」

「だめって言われるに決まってるもの。外出禁止令を食らってる最中なんだから。忘れたの？」ジョシュってときどき、本当にものわかりが悪くなるんだから！

「だからって、無理やりお前を閉じこめとくわけにはいかないさ」

「でもママは、今夜は警報システムをオンにしてたもの。たぶん、あたしが家から抜けださないようにするためだと思う」

「そんなの、システムをオフにすりゃすむ話じゃねえか。暗証番号は知ってるんだろ？」

「それじゃあ、家が不用心になっちゃうじゃない」

「やっぱり親が怖いんだろ。そんなふうだから、向こうも力ずくでお前を支配しようとするんだぜ。けどそれって、親の側の問題じゃねえな。お前の問題だ」

「確かに親の側の問題じゃないかもしれないわ。だけど、あなたの問題でもないわよ！」キャシーは電話を切り、電源もオフにした。ジョシュがまたかけてきても通じないように。それでも今、言われた言葉が耳について離れなかった。

ジョシュはあたしを弱虫だと思ってる。でも、その手にはのらない。彼はただ、自分の言うことを聞かせようとしてるだけだ。力ずくであたしを支配しようとしてるのはママじゃなくてジョシュのほうよ。キャシーはキルトをはねのけ、リモコンでテレビをつけた。放送はほとんど終わっていたが、一つの局で映画が放映されていた。公開当時、引っ越しの忙しさに紛れて見逃してしまった作品だ。そもそも引っ越しなんてしたのが間違いだった。

隣の部屋から笑い声が聞こえてきた。アリーとダニーは学校が休みになるのがうれしくてたまらないらしい。さっきは外に出て雪の家を作ろうとしていた。だけどあまりにも寒かったから、暖房の入っている馬小屋へ行って馬の様子を確かめたあと、家に戻ってきてあたたかいココアとポップコーンを楽しんでいるところだ。キャシーは涙ぐんだ。ときどき、自分だけがひとりぼっちになったように思える。アリーにはあんなに仲がいい友達がいるのに。ママだって地元の劇場の人たちと親しくしている。でもあたしは引っ越してきてから、誰とも打ちとけられない。

ジョシュ以外。

その彼だって、下心があってあたしとつきあってるだけかもしれない。

ロサンゼルスの古い友達に電話をかけてみようかとも考えたが、もう時間が遅すぎるし、余計にみじめな思いをするだけだ。ここ何度かペイジと話したときも、ぎこちない感じだったし。口に出して言ったわけではないけれど、彼女は早く電話を切りたそうだった。無理もない。立場が逆なら、自分だってそういうふうになるだろう。

涙がこみあげてくる。映画はちっともおもしろくない。チャンネルを替えると、いきなり母親の顔が映った。「いやだ!」『失われた純潔』のジェンナ・ヒューズだ。今のキャシーより若いのに、一〇代の娼婦《しょうふ》の役を演じている。キャシーが腹立ち紛れにリモコンの電源ボタンを押すと、画面はぷつんと消えた。母親から逃れることはできないのだろうか。自分の部屋という憩いの場所でも。涙がこぼれるのを感じて、怒ったように手でぬぐう。あたしったら、いったいどうしちゃったの? キャシーは時計を見た。もうすぐ一時だ。家のなかは静まりかえっている。そっと廊下に出てアリーのベッドルームをのぞいてみると、二人とも床に敷いたマットレスの上で寝袋にくるまって眠りこけていた。階段のところまで忍び足で行って、踊り場とジェンナのベッドルームを見おろす。ドアは閉まっていて、明かりももれていなかった。

みんな寝静まっている。

キャシーは自分のベッドルームに戻り、携帯電話をつかんで電源を入れた。

Eメールが届いていた。

〝愛してるよ〟

涙があふれた。このへんぴな町で、あたしを大切に思ってくれているのはジョシュだけだ。
涙をぐっとのみこんで、キャシーはすばやく返信を打った。
〝二〇分後に門のところで待ってるわ。あたしも愛してる〟

「今日はこれで帰らせてもらうわよ」ソーニャ・ハッチェルは宣言してエプロンを外し、厨房のかごにほうり投げた。スピーカーからはカントリー・ミュージックが流れている。

コックのルーがグリルを磨きながら、うなり声とともにうなずいた。厨房にはほかにも怠け者のウエイター見習いのクリスがいるが、彼は愛想が悪く、たいてい怪しげな薬でハイになっている。ヘッドフォンで得体の知れない音楽を聞きながら、おじにあたるルーの音楽の趣味の悪さをけなすのが日課だった。今はタイル張りのフロアに適当にモップをかけている。

今夜のところは大目に見よう。ソーニャはとにかく、夫と三人の子供が待つ家に戻りたかった。最後の客は一五分前に帰っていった。そうでなければ、彼女がバーのスツールから蹴《け》り落としてドアへ追い立てていたかもしれない。正気な人間なら、誰がこんな晩に夜遊びしたいと思うだろう。

そんなことを考えるのはルーの店の常連くらいだ。そのとき初めてソーニャは、もっとましな仕事を探そうと肝に銘じた。

スキージャケットにウールの帽子と手袋で防寒し、くたびれたバックパックをつかんだ。

「じゃあまた明日ね。道路が通れるなら」ソーニャが言うと、無口なルーがまたしても低くうなった。彼女は財布をとりだして車のキーをつかむと、寒さに負けじと気を引きしめながら表へ出た。「氷河期みたい」思わず文句が口をついて出た。

むきだしの頬を風がたたき、小さな氷の粒がまじった雪を吹きつけてくる。

夫のレスターに説得されて、カリフォルニアのパームデザートからわざわざこんなところへ越してきたのは失敗だった。パームデザートなら、今夜はおそらく二〇度以上はあるはずだ——もしかしたら三〇度以上かも。コロンビア峡谷の縁に位置することは違って。神様、お願い、私に椰子の木と熱い砂とピニャコラーダをお与えください。ううん、ピニャコラーダはバケツ一杯だわ！　それだけあれば、針葉樹と吹き荒れる雪と甘くしたブランデーのお湯割りに対抗できる。ウィンター・ワンダーランドなんてくそくらえよ！

氷点下の風が分厚いジャケットのなかにも吹きこんでくる。ダイナーを彩るクリスマスの明かりも弱々しく哀れに見えた。どうして私はレスターの甘い言葉にのせられて、こんなろくでもない冷凍地獄に越してきたりしたの？

もう、最低の夜だわ！

駐車場をとぼとぼ歩いて、氷に覆われた四輪駆動のホンダ車に近づいていく。断熱素材のカバーをかけておいたロックでさえ、完璧に凍りついていた。

幸い、差しこむとロックをあたためてくれる電池式のキーなので、無理やりそれを鍵穴に突っこむ。一分もしないうちにドアが開き、ソーニャはほほえんだ。レスターの絶え間ないいびきと、とんでもない寝相で眠っている子供たちの待つ家へ帰れるのがうれしかった。今日は朝からいやな予感がしていた。寒冷前線の厳しさも異常だし、今年の冬はこの一〇〇年でいちばん寒くなるらしいというダイナーの客たちの会話も気になった。

地元の子供たちは学校が雪で休みになるのを楽しみにしていた。息子のクリフも、彼女が夜のシフトのために午後五時に家を出てくるとき、小躍りして喜んでいた。

寒さに身を切り裂かれながら、ソーニャは車に乗りこんでドアを閉め、イグニションにキーを差しこんでまわした。

なにも起こらない。

「もう！」もう一度まわしてみた。「勘弁してちょうだい」

だめだ。なんの音も聞こえてこなかった。

不安を覚えつつ、アクセルを踏むこむ。さっきのいやな予感と同じだ。

「かかって、かかってよ」何度やっても無駄だった。フロントガラスは雪まみれで視界がきかない。レッカー車が来てくれるまでにどれだけかかるだろう？　レスターを呼んでもいいが、そうなると子供たちだけを家に残すことになる。ひょっとしたらルーが送ってくれるかもしれない。もう一度だけ試してみて、彼女はついにあきらめた。車は動きそうにない。

完璧ね。皮肉っぽくそう思いながら、ソーニャはドアを力任せに開けて外へ出た。

そのとき、男性の姿が見えた。

こちらへ向かって歩いてくる。

一瞬、恐怖にとらわれたが、すぐに気づいた。ダイナーの常連客だ。彼が近づいてくると、薄暗がりのなかでさえ、スキー帽の下の青い目と笑顔が見てとれた。やっぱり彼だ。いつも来るお客。雪に閉ざされたこの場所で、頼れる人にやっと会えた。「ねえ！」ソーニャは叫んだ。「いいところに来てくれたわ」

「なにか困っているのかい？」

「そうなのよ。車が動かなくて。完全にだめになってしまったみたい」

「俺がやってみようか？」

まるで私が自分の車の動かし方さえ知らない愚か者であるような口ぶりね。これだから男は！　それでもソーニャは顔に笑みを貼《は》りつけ、足首まで埋まる雪の上にどいて開いたドアを手で示した。「エンジンをかけてくれたら、これから一生あなたのお勘定は一割引にするようルーに頼んであげる」

「その必要はないさ」彼はソーニャに近づいたかと思うと、ジャケットの上からなにかかたいものを押しつけてきた。彼女が声すら出せないうちに、熱い衝撃が体を貫いた。痛みが全身に走る。悲鳴をあげようとしたが、手袋をはめた手で口をふさがれた。なにやら気持ち悪いほど甘ったるい香りが漂い、息がつまって咳《せ》きこんだ。なにをしようとしているの？　それにどうして？　まさかレイプする気なの？　それとも……。声にならない叫びをあげて抵抗を試みたが、体が言うことを聞かなかった。手も脚も力が入らない。やめて！　やめて！

けれども、男を押しのけることはできなかった。叫ぶこともできない。鋼のような筋肉が体に巻きついてきて、力なく倒れこむしかなかった。恐怖にとらわれながら、ソーニャは子供たちのことを思った。こんなこと、現実のはずがない。絶対に！

「逆らうなよ、フェイ。お前にできることはない」男がささやく。

フェイ？　私はフェイじゃない！　誰か別の女性と間違えている……ああ、なんてこと。ソーニャは人違いだと伝えたかったが、鼻と口にあてがわれた布のせいで意識が朦朧《もうろう》として舌がまわらなかった。私はフェイじゃないわ！　どうしてわからないの？　私をちゃんと見てよ！　あなたの思っている女性とは違うでしょう！

頭ががくんと後ろへ倒れ、世界がぐるぐるとまわりだした。氷に覆われた恐ろしいほど巨大なトラックや、背の高い街灯、ダイナーの軒先に飾られたクリスマスの明かりが、視界のなかでぼやけていく。弱々しい抵抗もやがて力つき、視界がみるみる闇に覆われた。

遠のく意識のなか、ソーニャ・ハッチェルは自分の命運がつきたことを悟った。

13

午前四時十五分。ベッドわきの電話が鳴り響いた。

カーターは眠りからたたき起こされ、手探りで受話器をつかもうとして、電話機ごとなぎ倒してしまった。「くそっ」舌打ちをしながら受話器を拾い、耳に押しあてる。誰がかけてきたにしろ、こんな時間にかかってくる電話がいい知らせのはずがない。「カーターだ」

「保安官、通信指令のパーマーです」

「どうした？」カーターは空いているほうの手で顔をなで、目を覚まそうとした。

「レスター・ハッチェルから通報がありました。妻のソーニャが今夜のシフトのあと、家に戻っていないというんです。彼女の車はダイナーから消えていたそうです。確認のためにヒックスに行ってもらうよう手配しました」

「付近の道路で事故があったという通報は入っていないのか？」突然はっきりと目が覚めた。レスター・ハッチェルは友人だった。

「真夜中過ぎに一件ありました。単独事故で、運転していた男性は病院へ搬送ずみです。現場はフォールズクロッシングから一五キロほど北の地点ですね」

「なんてことだ」毛布をはねのけ、冷たい木の床に素足でおり立つ。

「とりあえずお知らせしたほうがいいと思ったんで」

「ああ、ありがとう」彼は受話器を乱暴に置き、ベッドルームの隣の狭いバスルームへ入って、シャワーの栓をひねった。下着を脱ぎ、歯ブラシをくわえてシャワーのなかに入る。一〇分後、ひげをそって身支度を整え、ロフトから階段を駆けおりた。

小さなキャビンの裏口わきでホルスターに拳銃《けんじゅう》を装着してから、ジャケットと帽子を引っかけてガレージへ飛びだし、明け方の凍えるような寒さを感じつつ手袋をはめた。寒冷前線は頑として動かない。さらなる雪の予報が出され、気象学者たちは妙にはしゃいだ様子で、観測史上最低の気温が見こまれていて滝や川まで凍るかもしれないと語っていた。

カーターは滑るようにブレイザーに乗りこみ、この前、滝が凍りついたときのことをまたもや思いだした。当時、彼は一六歳。愚かなティーンエイジャーだった。

顎を引きしめてバックでガレージを出た。降り積もった新雪にタイヤがきしみ、窓ガラスが曇る。彼は心のなかで、あのときのパイアス滝を見あげていた。一〇〇メートル以上の高さから流れ落ちる滝が、太い氷の柱となって凍りついていた。

〝さあ、行こうぜ〟親友のデイヴィッド・ランディスがやる気満々で言った。顔は寒さのせいで赤くなり、目はきらきらと輝いていた。凍りついた滝のてっぺんを仰ぎ見ながら。

〝やっぱりやめよう〟

〝なんでだよ〟デイヴィッドはすでにアイゼンをつけ、ピッケルをベルトに差しこんでいた。

ロープやハーネス、カラビナもジャケットに装着ずみだ。彼は肩越しに振りかえり、愉快そうな顔を見せた。〝まさか怖いなんて言うんじゃないだろうな、カーター。スキーの滑降の花形選手で、ロッククライマーとしてもピカイチの腕を持っているくせに。それともお前は臆病者《おくびょう》なのか？〟

〝あまりいい考えとは思えないだけさ〟カーターの言葉を裏づけるように風が峡谷を吹き抜け、周囲の木々を揺らした。分厚い氷がすべてを覆いつくし、冷たい光を放っていた。

デイヴィッドは怖いもの知らずで向こう見ずだった。スキーマスクをかぶり、白い息を吐きながらあざけるように言う。〝お前はいつもそうだな。これは一生に一度あるかないかのチャンスだ。滝が完全に凍るなんてめったにない。明日になったら、ここはクライマーであふれかえる。今日なら俺たちだけでのぼれるんだ〟彼はヘルメットのストラップを引き絞り、ゴーグルで顔を覆った。そして再び、高い崖の上まで伸びた氷の柱を見あげる。あまりに高くて、上のほうは低い雲に隠れていた。デイヴィッドは満面に笑みを浮かべ、明らかに興奮した様子だった。〝俺はお前が来なくても行くぜ。カーター、どうするんだ？〟

あれから二〇数年たった今、カーターはフロントガラスの雪をかくワイパー越しに、目を細めて外を見ていた。ブレイザーは悪路にふらつきながら高速道路にたどりついた。

ソーニャ・ハッチェルはどこにいるんだ？

彼は最悪の事態を覚悟した。ダイナーからハッチェル家までの道は丘陵地帯をうねるように走っていて、途中に三、四箇所、急流を渡る橋がある。彼女の車がアイスバーンを踏んでスリップし、車ごと川に落ちたりしていなければいいが。

そんなことは考えるな。

ソーニャはきっと無事でいる。

もしかしたらレスターとけんかをして、家に帰りたくないだけかもしれない。

だがカーターは、自分でもその説をまったく信じていなかった。


九時半、ジェンナは近所のエスプレッソバーで買ってきたコーヒーを二つ持って、劇場のドアを押し開けた。そのままリンダのオフィスへ行く。「あなたはノンシュガーのキャラメル・ラテ」カップの一つをリンダのデスクの隅に置く。「そして私は、ダブル・モカ・グランデにホイップクリーム」

「あなたは命の恩人だわ」リンダはカップの蓋にのっているチョコレートがけのエスプレッソの豆をつまみ、口にほうりこんだ。「あたたかいものが飲みたかったのよ。凍えそうなくらい寒かったの。ヒーターは効かないし、コピー機も壊れそうだし、ほかにもまだあるのよ」リンダは自分のカップをジェンナのカップと合わせて乾杯した。「なにもかもがうまくいきますように」

「アーメン」ジェンナはそう言って、部屋の隅の色あせた椅子に腰をおろした。

劇場のドアが開く音がして、しばらくするとウェス・アレンがオフィスに入ってきた。気温は氷点下だというのに、フリースのフードがついたプルオーバーとジーンズしか身につけていない。「おやおや、劇場にカフェでも開いたのか？」

「エスプレッソ専門店よ」兄の顔を見て、リンダはたちまち明るい表情になった。

ウェスが鼻で笑った。「俺はもっとちゃんとしたやつがいい。ブラックコーヒーとかね」

リンダは笑った。「大人の男の飲み物ってこと？」

「まあな」ウェスがウインクをしてきたので、ジェンナはしぶしぶ笑みを浮かべた。いったい彼のどこがこれほど気に障るのだろう？　ウェスはリンダのお兄さんなのに！　だが彼はいつも、必要以上に近づいて肩に触れたり、今みたいにこっそりウインクを投げかけてきたりする。まるで秘密でも分かちあっているかのように。

「それで、夜明けと同時に俺をたたき起こすほどの緊急事態というのはなんだい？」

「ヒーターとコピー機の調子が悪いの。それとスコットが言うには、ライトが一つちかちかしているらしいわ。ゆうべ悪戦苦闘していたけど、あの子には直せなかったのよ」

「まだ子供だからな。その点、俺はプロだ」ウェスは拍手を期待するように、両手を掲げた。

「でもあのライト、この前兄さんが直そうとしていじっていたやつだと思うわ」

「そうだったかな。それで、君のほうの問題は？」デスクの端に腰かけていたウェスがジェンナに向きなおった。「ポンプが壊れているんだって？」

「直ったわよ。ハリソン・ブレナンと彼の友達のセス・ウィテカーが昨日来てくれたの」

ウェスは残念そうな顔になった。「俺に電話をかけてくれればよかったのに」

「次はそうさせてもらうわ」ジェンナは言い、モカを一口飲んだ。

舞台のほうから足音が聞こえてきた。「ブランチかもしれないわ。楽譜をちょっと変更したいと言っていたから」リンダが言った。

ドアからブランチが顔をのぞかせて尋ねた。「お邪魔かしら?」彼女は六〇歳を超えているらしいが、実際の年よりもはるかに若く見える。オレンジ色に染めた短い髪が丸い顔を縁どっていて、笑うと目尻にしわが寄った。今は独身だが、過去に数回結婚経験があるらしい。私生活についてはあまり語りたがらないので、本当のところはよくわからなかった。ブランチは首に巻いていたマフラーを外した。

「いいえ、ちっとも。あなたもパーティに参加しない? 今、コーヒーをいれるわ」

「じゃあ、そろそろ行くよ」ウェスがデスクから立ちあがる。「ヒーターを見てくる」

「頼んだわ」リンダが言い、楽譜の変更点を相談しようとブランチに注意を戻した。二〇分後、コーヒーを飲み終えたところでブランチが腕時計を見て息をのみ、約束に遅れるとつぶやきながら出ていった。ウェスはまだヒーターの修理を続けている。リンダとジェンナは再びオフィスで二人きりになった。

「あなたに見てほしいものがあるの」ジェンナはバッグに手を伸ばした。

「なんなの?」

「昨日、郵便で届いたのよ」

「ファンレター?」

「そうとも言えるけど……」彼女はリンダに、ビニール袋に入れた封筒と写真を手渡した。

「開けないでね。ビニールの上から読めるでしょう」

写真に目を凝らしていたリンダの顔が、みるみるうちに青ざめた。「ちょっと、いったいなに?」

「私にもわからない」

「〝お前は俺の女〟ですって?」目を丸くしてつぶやく。「誰が送ってきたの?」

「匿名なのよ」

「わざわざあなたの写真の上にプリントするなんて、手間がかかってるわね」

「『復活』のプロモーション用の写真をコピーしたらしいんだけど」

「気持ち悪い! きっと頭がおかしいんだわ!」リンダは文面の続きを声に出して読んだ。「〝俺はお前を迎えに行く〟って書いてある。なんて恐ろしい」リンダは熱いものに触れたかのようにビニール袋から手を離した。袋は未開封の郵便物がたまっているデスクの上に落ちた。

「恐ろしいなんてもんじゃないわよ」

「どうやってあなたの住所を突きとめたのかしら?」

「さあ……調べるのはそんなに難しくないのかもしれない。インターネットでいくらでも検索できるもの。IDを盗まれる事件も頻発してるし」

「これはIDの盗難よりもっと深刻よ」

「わかってるわ」ジェンナは同意し、モカの残りを飲み干した。金属をたたく音が聞こえてくる。修理はまだ終わらないようだ。そのときジェンナは、先日ウェスが会話を盗み聞きしていたことを思いだした。もしかして今も耳をそばだてているのだろうか？

「とにかくあれこれ悩んでないで、シェーンのところへ手紙を持っていったほうがいいわ」

ジェンナは心のなかでうめいた。あの保安官とまた顔を合わせるのは気が重い。

「あなたの牧場は彼の管轄区域だもの」リンダは眉間にしわを寄せた。「あなたが寄付してくれたものが盗まれたことと、なにか関係あるんじゃない？　とられたのは、映画で使ったものばかりでしょう。たくさんのものを多くの人から寄付してもらってるけど、なくなったのはあなたのものだった衣装や小道具だけ。気に入らないわ」

またもや不安がこみあげてきたが、ジェンナは手紙を受けとって以来つきまとってくる妄想にのみこまれまいとした。リンダの言ったことは、自分でも考えていたことだ。「実を言うと、最近いろいろ気になることがあって」

「ほかにもなにかあったの？」

突然大きな物音がして、そのあと、劇場のなかは静まりかえった。静かなモーター音だけが聞こえてくる。

本棚の裏に隠れていたオリヴァーが不安げに鳴きながら現れ、デスクに飛びのって毛づくろいを始めた。

「妙な電話がかかってきたの」ジェンナは打ち明けた。「よく聞きとれなかったんだけど……」そこまで言って口ごもる。本当に音楽が聞こえたの？　それともただの幻聴？

「どこが妙だったわけ？」リンダが心配そうな声で先を促す。

「なにもしゃべらないの。ただ、バックに『ホワイト・アウト』の音楽が流れてて」

「やっぱり一刻も早くシェーンに話すべきだわ」リンダが勢いよく立ちあがると、オリヴァーが驚いてデスクから飛びおりた。そのままドアの向こうへと走り去る。

「そうする」リンダの視線に耐えかね、ジェンナはつけ加えた。「今日中にね」

「子供たちには話したの？」

「妙な手紙が届いたから用心しなさいとは言ったわ。それから電話には出ないで、常に留守番電話にしておくようにって。怖がらせたくないから、詳しい内容は話してないけど」

「アリーには早すぎるだろうけど、キャシーには読ませてもいいんじゃない？」

「これ以上動揺させたくないのよ。今の私たちは理想の親子とは言えない状態だから」

「難しい年ごろだものね。しかたがないわよ」

「最近あの子とはいつもけんかになっちゃって。このあいだも夜中に家を抜けだしたことがわかったから外出禁止を言い渡したんだけど、少しも反省してないみたい」

「態度がよそよそしいわけ？」

「よそよそしいどころじゃないわ」ジェンナはそうこぼしたあと、すぐに後悔した。娘との関係は二人だけの問題だ。しかし、誰かに話を聞いてもらいたかった。

「キャシーのボーイフレンドのことが気に入らないだけなんじゃない？」ヒーターが再び動きだしたなか、リンダが問いつめるように言った。

「どこを気に入れっていうの？　煙草は吸うし、お酒も飲むし、マリファナもやっているみたいだし、おまけに勉強もろくにしない。あれじゃキャシーに悪い影響を及ぼすだけよ。今年高校を卒業する予定なんだけど、授業に出ていないから退学になるかもしれない。ちゃんと卒業できたとしても、地元の専門学校に進学するか、軍に入隊するか、カーペット職人のおじさんの仕事を継ぐか決めかねてるらしいわ。頭にあるのはセックスとドラッグとアルコール……トラブルになりそうなことばかりでね」

「一八歳の男の子なんて、みんなそんなものよ」

「そろそろ自分の行動に責任を持つべき年でしょ？」

「あなたみたいに？」リンダが片方の眉をあげた。

「少なくとも私は働いていたもの」

「あなたの倍の年のプロデューサーにいいように利用されてたんじゃないの？」

「ロバートは私を利用したりしなかったわ。私は結局彼と結婚したんだし」ジェンナはそう言ってからたじろいだ。「もしキャシーが、ジョシュとの結婚を考えてたりしたらどうすればいい？」

　リンダがまさかという顔をする。「ちらりと頭をよぎったことくらいはあるかもしれないけど、本気じゃないわよ」

「あの子にはすばらしい可能性があるのに」ジェンナはため息をついて頭を振った。

「シングル・マザーでいるのは大変？」

「そんなことはないわ。ただ、娘たちに厳しくしないといけないのがいやなだけ」

リンダはうなずいたが、息子のスコットのことが頭をよぎったのか、目は暗い陰を帯びていた。彼女はビニール袋を指し示した。「私も一緒に保安官事務所に行くほうがいい？」

「保護者はいらないわ」ジェンナはビニール袋をとってバッグに入れた。カーターと会わなければいけないと考えると、身のすくむ思いがした。彼が私を敬遠しているのは明らかだ。この前会ったときも、こちらの言い分にはほとんど耳を貸してくれなかった。今回もおそらく似たようなものだろう。

ソーニャは震えていた。血液がかたまってしまった感じがして頭が重く、妙な雑音が聞こえる……音楽の向こうから。

ここはどこ？　どうして頭がこんなにぼんやりしているの？　体を動かそうとしても言うことを聞かない。

目を見開いてまばたきをしてみたが、なにも見えなかった。あたりは真っ暗……ううん、違う、光の真ん中に置かれているのよ。ぐるりと照明があてられていて、舞台でスポットライトを浴びているみたいにまわりが暗く見える。

明かりの外に誰かがいるのかしら？　暗がりからこっそり私を見つめているの？　そのとき、自分が裸で革張りの椅子に縛りつけられていることに気づいた。フットレストとヘッドレストがついている。歯医者の診察台なの？　それとも、映画で見たことがあるような旧式の電気椅子？

嘘でしょ？　あまりの恐怖に、再び意識が遠のきそうな気がした。

もしかして、私はまだ眠っているのかしら？　ああ、神様、どうか夢でありますように。素肌が冷たい革に押しつけられている。頭は椅子の背にくくりつけられ、口は金具で無理やり開かされていた。

ねえ、誰かそこにいるのなら、お願いだから、助けて！　目を凝らしてあたりの様子をうかがったが、暗い影がぼんやり見えるだけだった。

「目が覚めたか？」男の声が暗がりのどこかから響いた。ソーニャはびくりと体を震わせた。枷《かせ》をはめられている両手両足に鋭い痛みが走る。「きつすぎたかな？」

どこにいるのよ、卑怯《ひきょう》者！　どうして私をこんな目に遭わせるの？　ソーニャは声を出そうとしたが、顎を固定されているせいで言葉にならなかった。頭上に目を向けると、天井から器具のようなものがぶらさがっているのが見えた。昔、歯医者がよく使っていた歯を削る機械が、強い光線を浴びて光っている。鋼鉄製の器具を目にして、彼女の血は凍りついた。

薄ら寒いにもかかわらず、肌から汗が吹きだしてくる。

このいましめさえ解けたら、ここから逃げだせるのに！　パニックに陥りながら枷を外そうとしてみたが、びくともしない。雑音が大きくなったかと思うと、音楽のボリュームもあがった。聞き覚えのある曲だ。映画音楽かなにかのような気がするが、頭が混乱していて思いだせない。

とにかく逃げなきゃ。今すぐ！　椅子の上で必死に体をよじったものの、ほとんど動けなかった。体に力が入らず、手と足と胸を押さえつけている枷が肉に食いこむばかりだった。そのとき初めてソーニャは、腕に点滴の針を刺されていて、そこから長い管が伸びていることに気づいた。透明な液体が一滴ずつ血管に注入されている。

背筋の凍る思いがした。現実とは思えない。悪夢だ。そうよ。そうに決まってる。

大声で叫ぼうとした。だが、できなかった。

「無駄だよ、フェイ」声が響く。先ほどより近い位置にいるようだ。

私はフェイじゃない。別人なのに！　私はソーニャ！　なぜ人違いだってわからないの？

暗がりのなかで何者かが動く気配がした。スポットライトの周囲をゆっくりと歩いている。

ぞっとして身の毛がよだち、もう少しで失禁しそうになった。

こんなことが現実であるわけがない。きっと私は錯乱しているだけよ。なのに男が近づいてくる。背が高く引きしまった体つきをした男の影。ソーニャは男の姿をとらえようとした。

突然、周囲が明るくなりはじめた。まわりの光景が徐々に見えてくる。私は舞台の真ん中にいて、周囲には大勢の観客が……違う、あれは人じゃない、マネキンだ。裸で頭もつるつるの無表情なマネキンがぐるりとまわりに並べられ、目のあるべきところにあいている穴が彼女を見つめていた。

祭壇にささげられた生け贄の羊を見るように。

「見えるかい、フェイ？　みんな、お前を待っているんだ」

私はフェイじゃないし、ここにいるのは人形だわ。誰のことも待っているはずがないじゃない!

視界の端でなにかが動いた。すぐそばに、筋肉質の男が裸で立っていた。マネキンのように全身に体毛がなく、ぴったりしたスカルキャップをかぶっている。

男は手術用の手袋と険しい表情のみを身につけて、ソーニャの正面に現れた。片手にはさみを、もう一方の手にうなりをあげるバリカンを持って。

すくみあがったソーニャは髪を一房つかまれ、ばっさり刈られた。長いブロンドの髪が床に落ちる。彼女は男から逃れることも、引っかいたり蹴ったりすることも、叫ぶこともできなかった。

マネキンたちに見つめられながら、男はソーニャの髪を切りはじめた。音楽に合わせてリズミカルに。

再びソーニャは刑務所ものの映画のシーンを思いだした。死刑執行の前に頭を丸刈りにされる囚人。やめてよ……いや……。

ブーンという低いうなりが耳もとで鳴ると同時に、バリカンの冷たい刃が皮膚にあたった。

14

「すまない、レスター。まだなにもわからないんだ」カーターは全世界の重みが自分の肩にのしかかっているように感じた。「州警察にも話を聞いたが、めぼしい情報はないらしい。近くの病院にもソーニャが担ぎこまれた形跡はなかった。ルー・ミューラーに聞きこみに行ったら、君もさっき来たと言っていたよ。ダイナーであと片づけをしていたルーの甥のクリスにも会ったそうだな。今のところ、彼女と最後に会ったのはその二人のようだ」

「客のほうは？」レスターがきいた。声にかすかな希望と暗い思いがにじんでいる。

「そっちもあたってるよ。常連客の名前はルーが教えてくれたし、クレジットカードの控えで身元のわかった人もいる。ゆうべダイナーにいた人々を洗いだして、部下たちに聞きこみをさせてるところだ。ソーニャのホンダ車の捜索も手配してある」天候はもちろん捜索の敵だった。警察犬で広い範囲を捜すこともできなければ、ヘリコプターも飛ばせない。「彼女の最近の写真があると助かるんだが」

「わかった。ほかになにができる？」

「ソーニャの友達や親戚《しんせき》に片っ端から電話をかけてみてくれ」ソーニャが最後に目撃されて

からまだ二四時間たっていない。しかし、悪い予感がしていた。黙って姿を消すなんて彼女らしくない。夫婦げんかはしていないとレスターは断言していた。仮にけんかをしたとしても、この半世紀で最大級の嵐の真っただ中、家を飛びだすとは思えない。ルーの話では、ソーニャは普段と変わった様子も悩んでいるそぶりもなかったという。仕事のあとはまっすぐ家に帰るとばかり思っていたというが、ルー自身は彼女が店を出るところを見ていない。ただ自分が帰宅するとき、ソーニャの車がとまっていないことに気づいただけだ。

気に入らない。

まったくもって気に入らなかった。

「ありがとう、シェーン」レスターがわずかに震える声で言い、電話を切った。

カーターは電話を見つめた。ソーニャの身にいったいなにがあったんだ？　二杯目のコーヒーを飲み干し、紙製のカップを手のなかで握りつぶすと、彼は副保安官の一人をハッチェル家へ向かわせた。ここルイス郡におけるカーターの通常の任務は、会議や事務仕事のほかは、軽微な犯罪を扱うのがせいぜいだ。ドラッグ関連の家宅捜索、交通事故の処理、飲酒運転や器物損壊、非行少年のとりしまり。家庭内暴力の通報もあるが、たいていは裁判前に告訴がとりさげられる。二年前にはドラッグ密売組織の一斉検挙に協力したり、盗難車の部品を売りさばいていた解体屋を摘発したりもした。だが、なかが空洞になった丸太から女性の遺体が発見されたり、住民が突然行方不明になったりしたことなどなかった。

カーターは窓の外を眺めた。建物の上空を鉛色の雲がゆっくりと移動している。不吉な空模様だ。フォールズクロッシングの日常は一変してしまった。それも悪いほうに。

今度はオフィスのブラインドの隙間から、混乱状態の事務所内を見渡す。電話が鳴り響くなか、過労気味の部下たちがせわしなく動きまわって報告書をまとめたり、氷で覆われた世界へ再び出陣する前のつかのまの休息をとったりしていた。停電や倒木などの通報も増える一方だ。病院は満杯で、救急救命室は地獄のようなありさまらしい。そのうえ、仕事熱心な地方検事補のアマンダ・プラットが、キャットウォーク・ポイントで発見された女性の遺体の件はどうなっているのかと催促してくる。おまけにマスコミの取材攻勢も始まっていた。

カーターが州警察のスパークス警部補に電話をかけようとしたとき、見覚えのある女性がこちらへ向かってくるのが見えた。ジェンナ・ヒューズだ。見間違えようがない。分厚いスキージャケットに身を包み、スキーパンツの裾を細身のブーツにたくしこんでいる。誰もが彼女の歩く姿に見とれて振りかえった。スキーパンツがヒップや脚にぴったりと張りついていることにはカーターも気づいていた。しゃれた服装でなくても、実にセクシーだ。

結局、カーターは電話をかけずに受話器を置いた。ブラインド越しに観察していると、ジェンナはこちらのほうをちらりと見てから、秘書のデスクの前で立ちどまった。ここの常連にでもなるつもりだろうか。奥へ通してもらいたいらしく、ジェリーになにやら話している。所轄内でこれだけの事件や事故が起こっている今、ハリウッドの女王様に邪魔などされたくない。しかし好むと好まざるとにかかわらず、会わずにはすませられないようだ。ジェリーがドアをノックして顔をのぞかせた。「ジェンナ・ヒューズさんが話があると言って訪ねてきています」ジェリーは機嫌が悪かった。もっとも、近ごろはいつもそうだが。

「入ってもらってくれ」

言い終わらないうちに、ジェンナが部屋へ入ってきた。メークを施さず、ソフトフォーカスのカメラも通さず、特別な照明がなくても、彼女はやっぱり強烈な美人だ。まずい。そんなことに気をとられている場合ではない。

「ブレーキランプは修理できたかい？」カーターが尋ねると、じろりとにらみかえされた。

「ええ、おかげさまで」

「それはよかった」彼はデスクの正面の椅子をすすめた。「どうぞ座ってくれ」

ジェンナは腰をおろし、ウールの帽子と手袋をとった。長い三つ編みが肩に落ちる。「手間をとらせて申し訳ないと思っているわ。嵐のせいでここも大変だろうから」

「まあ、なんとか持ちこたえているよ」

「よかった」ジェンナはため息をつき、手袋をもてあそびつつ、緑の目ですがるようにカーターを見つめた。「問題が起こったの」

「劇場からさらにものを盗まれたとか？」カーターは皮肉まじりに尋ねた。

「そんなことだったらいいんだけれど」バッグを手にとりながら、ジェンナは首を振った。前には見せなかった緊張感が漂っている。優美な孤を描く眉のあいだにはしわが刻まれ、バッグのなかを探るしぐさもやけにぴりぴりしていた。「もう少し深刻な事態なの。リンダがあなたに話したほうがいいと言うもんだから」かたい表情で彼を見あげ、バッグからビニール袋をとりだしてデスクに置く。「郵便物のなかにこれがまじってたの」

カーターはビニール袋を手にとって尋ねた。「ファンレターかい？」

「ファンレターの域を超えたものよ」張りつめた声でジェンナが訴える。彼はビニール袋におさめられている写真に書かれた文字をじっくり眺めた。

妄想にとりつかれたような文面を読み進むと、背筋に寒けが走った。彼女がおびえているように見えるのも無理はない。

「誰がこんなものを？」カーターはきいた。

「わからない」

「こういうものを送りつけてきそうな人物に心あたりはないんだね？」ビニール袋に目を近づけて、封筒をよく見てみる。写真の文字と同じ書体だ。消印はポートランドだった。

「そのとおりよ。心あたりはないわ」

「以前にも同じようなことがあったのかい？」

ジェンナはため息をもらし、肩をすくめた。「ええ、まあ。一度だけ」

カーターはビニール袋をデスクに置き、ペンとレポート用紙をとった。「続けて」

「前回は、まだ私がロスにいたころのことよ。熱狂的なファンというのは、どこにでもいるものだけど……」ジェンナは唇をかみしめ、彼の目をまっすぐに見つめた。「ここなら安全だと思ってたのに」

「ストーカー被害に遭ったことは？」

「最近はないわ」

「過去にはあるんだね？」

ジェンナはためらってからうなずいた。「なかには一線を越えて近づこうとするファンもいるのよ。そのうちの一人はとてもしつこかった」澄んだ目が曇る。「電話をかけたり、自宅に押しかけたり、撮影現場まで入ってきたこともあるわ。その人が手紙を送りつけてきたこともあったの。なんていうか……気味が悪かった。裁判所に訴えて、接近禁止命令を出してもらったわ」

「そのあとは？」カーターは尋ねた。

「もう二度と近づいてこなかった」

彼女の説明は腑《ふ》に落ちなかった。「待ってくれ。接近禁止命令のおかげで、すべてが終わったってことか？」そんな話は信じられなかった。「それほどまでに君にご執心だったやつが、禁止命令におとなしく従ったっていうのかい？」

「ええ」ジェンナはまた肩をすくめた。「あのあと彼がどうなったのかは知らないけれど、私につきまとうことはなくなったわ」

カーターは気に入らなかった。「男の名前は？」

「ヴィンセント・パラディン」

カーターは名前をレポート用紙に書きつけた。

「住所は？」

「さっきも言ったとおり、その人が今どこでどうしているかは知らないの。当時二七歳くらいで、放浪癖があったみたい。あのころはコンプトンのアパートメントに住んでたわ。南カリフォルニア大学の近くで、彼はそこの学生だと言ってた。警察の調べで、それは嘘だとわかったけれどね。実際はコピー店で働いていたはずよ。確かクイッキー・プリントという名前だったと思う」

「いつのことだい？」

「五年……いえ、六年ほど前になるかしら」

「それ以来、一度も接触はないんだね？」

「ええ、まったく」

妙だ。パラディンがこの地へやってきた可能性はあるだろうか？

「そのときの手紙もこれと似たような内容だったのか？」

「まったく違うわ。もっと長い手紙で、レポート用紙に手書きしてあった。七枚くらいはあったんじゃないかしら」

「そのコピーはまだ持ってるかい？」

「まさか」ジェンナはかすかに笑みを浮かべた。「手もとに置いておきたいようなものじゃないもの」

「ロス市警にはファイルされてるはずだね？」

「そうでしょうね。サラ・ブラウンという刑事が捜査の責任者だったはずよ」

カーターは刑事の名前を書きつけ、ロス市警に連絡をとること、とメモした。「パラディンについて、もう少し詳しく聞かせてくれないか？」

「あまりよくは知らないのよ」ジェンナが頭を振ると、長い三つ編みが肩甲骨のあいだで揺れた。「内向的な人だったわ」

「暴力をふるったことは？」

「いいえ、そういうタイプではなかったと思うの。暴力的な面を見せたことはないし、家に侵入したこともないわ。ただ、門の外で待ち伏せしていたことはあった。姿を見かけるたびにぞっとしたものだけれど、いつもそんなに長居はしないの」

「この写真は？」カーターはビニール袋に入った写真を再び手にとった。セクシーでなまめかしく都会的なジェンナ・ヒューズの写真だった。

「一〇年ほど前に撮影した『復活』っていう映画のプロモーション用の写真よ」

「なにか特別な意味があるのか？　ほかの写真ではなく、あえてこの写真を選ぶような？」

「とくに思いつかないわね。映画のプロモーション用に撮った写真のうちの一枚というだけで、どこでも簡単に手に入るはずよ。ビデオ店とか、インターネットとか、映画関連のグッズを売っている店とか」

カーターはパラディンについてさらに質問したが、手がかりになりそうな事実は得られなかった。ともかくそのストーカーが現在どこにいるか確認しよう。ジェンナを追ってここへ来たのか？　彼女のものを盗んだのか？　ジェンナは、おかしな電話がかかってきたと言った。そのとき背後に映画の音楽が流れていたような気がする、と。彼は胸騒ぎを感じた。

「君には敵がいるのか？」

「娘のボーイフレンド以外に？」そう口にしたとたん、ジェンナは後悔するような表情になった。手袋をいじりながら言う。「今のは聞かなかったことにして」

「なぜだい？」

「彼は関係ないから……今のはちょっとした冗談よ」

「冗談にしていいことじゃないだろう」

「ええ」彼女は急に真顔になった。緑色の目が陰った。「そうよね」

「別れたご主人は？」

ジェンナは首を振った。「ロバートは自分のことで精いっぱいだし、私たちの関係はそこそこうまくいってるから」

「ボーイフレンドや昔の恋人はどうだい？」

彼女はほほえみ、照れくさそうな表情を浮かべた。「いないわ、そんな人」カーターをまっすぐに見つめかえす。「驚いた？」

「ああ」

「私自身は役のイメージとは違うのよ」ジェンナは早口で言い、怒ったように頬を赤らめた。

「そうだと思ったよ」

彼女は片方の眉をつりあげ、無言でカーターを嘘つきだと非難した。「でも、たいていの人はそうは思ってくれないの。私を映画で見たままの人間だと思いこんでしまうわけね」
「すまなかった」彼は謝り、先ほどとったメモを眺めた。私生活について話したくないとい
う気持ちはわからなくもないが、今日ばかりはしかたがないだろう。助けてほしいのなら、
すべての質問に洗いざらい答えてもらうしかない。「それで、実際のところどうなんだ?」
ジェンナが顔をゆがめた。今にも怒りを爆発させそうな勢いだったが、そうする代わりに
椅子の肘かけを強くつかんだだけだった。「離婚してからは、ほとんどデートらしいデート
はしていないわ。ちょっとコーヒーを飲んだり、夕食を一緒にとったりする男性は二人ほど
いるけれど。その程度でもデートと呼ぶとするなら、回数は合わせてせいぜい四、五回よ」
「相手の男は誰だ?」
「やめてよ」
カーターはジェンナをじっと見つめ、返事を待った。
「こんなことに巻きこみたくないわ」
「大事なことなんだ」カーターは断固とした態度を見せた。はぐらかそうとする彼女にいつ
までもつきあってはいられない。「助けてほしいのか、ほしくないのか、どっちなんだ?」
「わかったわ。二度ほど一緒に夕食に出かけたのは近所に住んでるハリソン・ブレナンよ。
何度か一緒にコーヒーを飲んだのはトラヴィス・セトラーといって、娘の友達の父親なの。
だけど、それだけ。あなたが想像するような行為はいっさいしてないわ」
彼はそのいやみを無視した。「どうしてもっとデートをしないんだい?」再びジェンナを

まじまじと見る。この女性になら男が群がっても当然と思うが、彼女は嘘をついているようには見えない。

「私もいろいろと忙しいし、たぶん男性のほうが気後れするんじゃないかしら」

「君が有名人だから？」

「そういうこと」

「なるほど。それじゃ、君自身は誰が手紙を送ってきたと考えているのか教えてくれ」

「さっぱり見当もつかない。だからここへ来たんじゃないの」

カーターは目を細めた。「僕もそんなに暇じゃないんだよ、ミズ・ヒューズ。君がいちばん怪しいと思う人物の名前をあげてくれないか」

「それができれば苦労はないわよ」ジェンナがぴしゃりと言いかえした。自分を苦しめたいと思っている人物など、一人も思いつかないのだろう。それでも彼女は、引っ越してきてから出会った人物の名前をいくつかあげた。ほとんどはカーターも知っている人だったが、そのいずれも妄想めいた手紙を送りつけてきそうな人物とは思えなかった。

だが、人がプライベートでなにをしているかまで把握することは不可能だ。

カーターは再び手紙を見おろした。几帳面《きちょうめん》な仕事だ。文字がジェンナの顔にかからないよう、そして写真の雰囲気を壊さないよう、たいそう気をつかって仕上げられている。

「『復活』で君が演じたのは、確か殺人者の役だったね？」

「サイコキラーよ」

「サドマゾヒズムに傾倒していた」

「おもにサディズムだけどね」彼女が訂正した。「アン・パークスは恋人を痛めつけるのが好きなの。自分ではなくて」

その映画なら記憶にある。キャロリンと一緒に映画館で見たはずだ。帰り道のドライブで、サスペンス映画における官能性と暴力について話しあったことを思いだした。「たくさんあるプロモーション用の写真のなかから、とくにこれが選ばれたというのは意味深だと思わないか？」彼はますます不吉な予感を覚えた。ハリウッドの女王様だったジェンナ・ヒューズが地元の劇場に寄付したものを盗まれて騒いでいるだけという考えは消し飛んだ。

「私もただの偶然だとは思えないわ」ジェンナは認め、神経質そうに唇をなめた。「だからこそ怖いの」

「でも、君が聞いたのは別の映画の音楽なんだろう？」

「『ホワイト・アウト』よ。曲はヒットしたの。映画は撮影中止になったけど」ジェンナは映画の制作が打ちきられる原因となった事故について手短に説明した。カーターは、撮影中になだれが起きたという記事を読んだ記憶があった。ジェンナの目には今も苦痛が浮かんでいるし、心なしか肩も落ちている。いまだに妹の死から立ちなおっていないのだろう。あれはとんでもない事故だった。次のシーンで使われるはずの爆薬がなぜか爆発して、人命を奪うほどのなだれを発生させた。たまたま通り道にいたジェンナの妹は、轟音《ごうおん》とともになだれ落ちてくる雪や氷にあっというまにのみこまれた。助かるチャンスは万に一つもなかっただろう。しかしジェンナは、妹の命を救えなかった自分を今も責めつづけている。

カーターはさらにいくつか質問をしたのち、ようやく会話を切りあげた。そのとき、B・Jがドアをノックした。「ちょっといいですか？」ドアから顔をのぞかせる。いつもの笑顔は見られなかった。

「こっちの話は終わったところだ」

ジェンナが立ちあがった。「それじゃあ、なにか私にできることがあったら連絡をちょうだい」

「これは預かるよ。鑑識で調べてもらう」カーターはビニール袋を手で示した。「さしあたっては、用心を怠らないほうがいい。家も車もしっかり鍵をかけておくんだ」

「わかりました」

「また連絡する。だが、もしまた妙な電話がかかってきたり、不審な手紙が送られてきたりしたら、すぐに知らせてほしい。どんなささいなことでもかまわないから」

「そうするわね」

「家に警報システムはついているのかい？」

「ええ」

「常時オンにしておくんだ。番犬を飼うのもいいかもしれない」

「犬ならもういるの」

カーターは古いピックアップ・トラックに年老いた犬が乗っていたことを思いだした。

「それはよかった」立ちあがり、両手を後ろのポケットに突っこむ。「とにかく、用心に用心を重ねないと。君の自宅付近の道路は夜間パトロールの順路に組みこんでおくが、自分でもできるだけのことはしてほしい。ボディガードを雇うとか、もう少し強そうな犬を飼うとかね」

「ありがとう」

それは心からの感謝の言葉に聞こえた。僕はジェンナのことを色眼鏡で見ていた。ハリウッド女優は自己中心的な生き物だという先入観にとらわれていたのかもしれない。「なにかわかったら連絡する」

「お願いね」ジェンナは小さくうなずくとオフィスを出ていった。彼女を見送りながら、カーターはまた会うことになるだろうと思った。意外にも、さほど悪い気はしなかった。

ジェンナ・ヒューズはやはり、ひどく興味をそそられる女性だ。

15

「なにかあったんですか？」足早にデスクのあいだをすり抜けて保安官事務所を出ていくジェンナを見送りながら、B・Jがきいた。

「いつものことだよ」カーターもまた、フォールズクロッシングでいちばんの有名人の背中をじっと見つめていた。重ね着をしていても、実に女らしい体つきであることは見てとれる。彼は無理やり視線を引きはがしたが、内心でジェンナを賞賛していたことをB・Jに気づかれてしまったかもしれない。

「チャーリー・ペリーはマスコミにちやほやされるのが好きみたいですよ。今朝もずっとテレビで独占インタビューの映像が流れてました」

「なんだって？　他言は無用だってあれほど釘を刺しておいたのに」

「グリズリーに向かって、肉をあげるからおとなしくしてくれと言うようなもんですね」

「まあな。例の遺体に関して、行方不明者の情報はあがってきていないか？」

「合致するデータはまだありません」

カーターは小型テレビのリモコンを捜した。

「なんですか、それ？」B・Jがデスクのビニール袋を見て尋ねる。

「ジェンナ・ヒューズに新たなファンが出現したようなんだ」

「〝お前は俺の女〟ですって？　何様のつもりかしら」

カーターも手紙に目を落とし、ジェンナの美しい顔を思いだした。「これを送ってきたやつは、彼女を自分のものだと思いこんでるようだ」

「彼女に心あたりは？」

「ないらしい。ただ、数年前にジェンナがストーカー被害に遭ったという男の名前を教えてくれた。ヴィンセント・パラディンという男だよ」

「この近くに住んでるんですか？」

「まだわからない」彼は指先でデスクを軽く打ち鳴らし、顔をしかめた。ジェンナ・ヒューズが手紙を受けとったのと、身元不明の女性の遺体が発見されたり、ソーニャ・ハッチェルが行方不明になったりした時期が重なったのは、ただの偶然だろうか？

カーターは口ひげの先端をかみながら、テレビにリモコンを向けて電源を入れた。

「ああ、ほら、またですよ」B・Jがすぐさま小さな画面に見入る。そこには、得意満面でレポーターと話をするチャーリー・ペリーが映っていた。チャーリーは白髪頭を丁寧になでつけ、ひげもきれいに整えて、糊《のり》がきいたチェックのシャツを着ていた。「すっかりめかしこんで、もったいぶってるでしょ」

「困ったもんだ」カーターは苦虫をかみつぶしたような顔になってテレビの音量をあげた。

「こうなる前に公務執行妨害で逮捕しておけばよかった」

「そんなことをしたら、どんなバッシングが起こるかわかりませんよ」B・Jがウインクをする。「保安官は選挙で選ばれて、法と秩序を守ると誓った――」

「わかってるさ」チャーリーは身元不明の女性の身になにがあったかについて独自の仮説をまくし立て、自分と愛犬タンジーがいかにして遺体を発見したかという話をとうとうと語っている。画面は当の犬に切り替わった。タンジーは鼻を鳴らし、レポーターの差しだしたごほうびを避けるようにチャーリーの脚の後ろに隠れてしまった。「ニュースで流すような内容か？」カーターはぶつぶつ言った。

「チャーリーに悪意はありませんよ」

「とんでもない大ばか野郎だ」カーターは憂鬱になった。身元不明女性に関する新情報はなく、ソーニャ・ハッチェルの失踪《しっそう》や、ジェンナ・ヒューズのストーカー騒ぎに加えて、マスコミにしゃべりまくるチャーリー・ペリーまで出てきたとあっては先が思いやられた。


ああ、なんて寒いんだろう。音楽が……あの音はどこから聞こえてくるの？

歯をがちがち鳴らしつつ、ソーニャは重いまぶたを開けて、必死に目を覚まそうとした。頭にもやがかかったようだ。時間が過ぎたのはわかるが、何分か、何時間か、それとも何日かはわからない。拉致《らち》されたことはぼんやりと覚えているものの、犯人が誰かはわからなかった。無理やり服をはぎとられたような断片的な記憶はある。だが、それもまた夢のような非現実的な感じがした。そのとき、彼女は思いだした。全身の毛をそられ、歯も削られたことを。舌で前歯に触れてみると血の味がした。歯は小さく鋭い形に削られているようだ。

やっぱり夢じゃなかった。

それで、私は今どこにいるの？　まだ生きているの？

体の重みがなくなったような気がするし、凍えるように寒い。全身を氷漬けにされたみたいだ。影がまつわりついてきて、形のないぼやけた色が暗がりに広がっている。

ここはどこ？　いくら目を凝らしても、なにも見えない。あらゆる音に耳を澄ましてみても、聞こえてくるのは哀愁に満ちたバラードだけ。聞き覚えのある曲だけれど。

真っ暗ななかに邪悪な者が潜んでいて、こっそり私を観察している気がするのは思いすごしかしら？　それとも、秘められた悪意が伝わってくるせい？

ソーニャは集中して考えようとした。寒さや自分を脅かす恐怖に負けずに。

しっかりしなさい、ソーニャ！

記憶の断片が、尖ったつららのように脳を切り裂く。

ああ、なんて寒いの！

身震いすると、まわりのものすべてが揺れ動いた。ほの暗い明かりが、周囲に不気味な影を落としている。裸の体のまわりに——自分が一糸まとわぬ姿であることに改めて気づくと、新たな戦慄《せんりつ》が体を駆けめぐった。全身をなにかの液体につけられたように息苦しく、凍えるほどの寒さが体のなかへしみこんでくるようだった。

自分では立っているような気がしていたけれど、両足には体重がかかっていないらしい。まるで吊《つ》るされているようだ。

ああ、なんてひどい幻覚かしら。だめよ、ソーニャ、頭を働かせて！

目を閉じて、頭をはっきりさせようとする。しかし再び目を開けたとき、景色はなにも変わっていなかった。

凍りついた足の下にはなにもなかった。宙に浮いていて足が動かない。どういうこと？　心臓をわしづかみにされたような恐怖を覚えつつ、ソーニャは前に目を向けた。大きなタンクのなかにとらわれている。ジェル状のものが詰まった、ガラス製の巨大なタンクのなか。彼女の体はロープのようなもので固定され、そのロープの先が頭上にせりだしたクレーンのアームにとりつけられていた。だが、体が冷えすぎて感覚がない。なんなの、これは？　半狂乱になってあたりを見まわす。タンクは暗い建物のなかに置かれていた。薄暗い光と影が不気味に揺れる、大きな倉庫だ。湾曲したガラス越しに、ライトに照らされた女性たちの姿が見えた。奇妙なポーズをとって並んだまま、じっと動かない。マネキンだ！　どれくらい気を失っていたのだろう？　男が点滴の量を調整し、なにかの薬を注射したことは覚えている。そのあとすぐに意識を失った。そして目覚めたときにはここにいたわけだ。

広い洞穴のような部屋に、映画音楽らしきメロディーが流れている。

ソーニャはどうにかして体を動かし、タンクの内壁をよじのぼって外へはいでようとした。動くのよ、今すぐ！

ありったけの力をかき集め、必死にもがいた。心臓が激しく打って血液を送りだす。しかし、腕も脚もだらりとしたまま動かなかった。

嘘よ！　嘘でしょう！

もう一度試みた。削られた歯を食いしばると血管が破裂しそうな気がした。

だが、だめだった。

叫ぼうとしたが、きしむような声しか出ない。すでに凍りはじめているみたいに。

恐怖がどっと押し寄せてきた。凍りかけた血中にアドレナリンがほとばしる。それなのに動けなかった。指先を動かすことすらかなわない。

落ち着きなさい、とソーニャは自分に言い聞かせた。頭のなかで音楽が反響している。

液体の濃度がさらに増してきた。彼女の体ごと、ゆっくりとかたまりはじめているようだ。だけど、そんなことがあるはずがない。ばかげている。

突然、音楽がやんだ。恐ろしい静寂が訪れ、やがて静かな足音が背後から近づいてきた。

ソーニャは振りかえり、助けを求めようとした。しかし、首は一センチたりとも動かない。

「もう目が覚めたのか？」男が低くささやいた。声は広い部屋にこだまし、彼女の頭のなかで跳ねかえった。前にも聞いたあの声、あの男の声だ。

ここから出してよ、このクソッタレ！

「意識が戻るかどうかわからなかったんだがね、ジェンナ」

ジェンナ？　私はジェンナじゃないってば！　ソーニャは大声でわめきたかった。私は別人なの。これはなにかの間違いなのよ！　だが、声が出なかった。

「それともフェイと呼んだほうがいいか？」

フェイ？　私はフェイでもジェンナでもないわ。あなたの求めている女とは違うの！　死に物狂いで体を動かそうとしたが、体だけでなく脳まで機能が低下してしまったようだ。動けないし、感じることもできない。闇に落ちれば、二度と目覚めることはないだろう。再び息をすることも、息子たちに会うことも……。逃がしてよ、お願い、お願いだから！　頭に浮かんだ言葉を叫ぼうとしながらも、体がずるずると滑り落ちていくのが感じられた。このまま気を失い、まもなく死を迎えるのだ。

少しでも長く起きていようとあがくものの、まぶたが重くなって体もしびれてきた。そのとき、それまで声しか聞こえなかった男が姿を現した。湾曲したガラス越しに見る男の顔はゆがんでいて、サディスティックなけだもののように映った。

「お別れだ、フェイ」男が優しく言った。ソーニャは彼と目を合わせた。氷のように冷たい男の目には、紛れもない邪悪さが潜んでいた。

16

糸口は簡単には見つかりそうにない。カーターはそう思いながら、玄関わきの棚に鍵束を投げた。体はくたくただったが、頭は働きつづけていた。

ジャケットを脱いでフックにかけ、蹴り飛ばすようにしてブーツも脱いだ。家のなかは息が白くなるほど冷えきっていた。古い木の床から凍てつくような冷気が伝わってくる。彼はそれからの一〇分間を、薪を継ぎ足しながら火をおこすことに費やした。そのうちに炎がぱちぱちとはじけ、時代のついた暖炉から熱が放射されはじめた。

州警察の犯罪鑑識課は、被害者の身元を確認できるような証拠を見つけられずにいた。アルギン酸塩の製造工場で盗難が起きたという報告もなければ、歯医者でもない人間に大量のアルギン酸塩が売られたという報告もない。被害者の人相書きがコンピューターや警察の似顔絵専門家によって作成されていたが、それもまだ完成していなかった。

ソーニャ・ハッチェルが行方不明になってから丸二日が過ぎていた。時間がたてばたつほど、発見できる可能性は低くなっていく。副保安官たちがボランティアの捜索隊を募っていたが、この天候での捜索は困難をきわめた。彼女の車が川に落ちた痕跡も見つかっていない。

ジェンナの持ち物がなくなった事件や、脅迫めいた電話、差出人不明の手紙の件もあった。加えてこの嵐だ。二日ほど風がおさまって雪もやんだおかげでようやく除雪が終わったというのに、またひどい天気に逆戻りしていた。州間高速八四号線ではさらに二件の事故が起き、州警察が州境を封鎖している。

カーターは疲れきっていた。

森のなかを吹きすさぶ風の音を聞きながら呪いの言葉を吐き、キッチンへ行って冷凍庫のドアを開けた。氷のトレイをとって、食器棚からジャック・ダニエルの瓶を出す。今日から二日間は非番の予定だが、きっと夜も明けないうちに呼びだしを食らうことになるのだろう。それでも、一杯引っかけるくらいの時間はある。

ウイスキーを口にすると、やめていたはずの煙草が欲しくなったが、なんとか欲求を抑えつけてデスクの椅子に座り、コンピューターを立ちあげた。インターネットに接続し、検索エンジンにアクセスするとジェンナ・ヒューズの名前を打ちこむ。

検索されたサイト数は天文学的だった。引退した元女優にしては例外と言っていいだろう。いちばん上に出てきたファンクラブのサイトをクリックすると、画面にジェンナの顔写真が浮かびあがった。正面を向き、ふっくらとした唇にかすかな笑みを浮かべている。緑の目はいたずらっぽく輝き、まじめな表情の裏に小悪魔のような魅力が感じられた。顔の部分だけしか写っていないのに、まるで一糸まとわぬ姿でカメラの前に立っているように見えた。

カーターははらわたがよじれるような思いにとらわれた。

欲望が血管のなかを走り抜けていく。それはまさに、ジェンナのプロモーション写真が意図していた効果だった。正気の男も、精神のバランスを崩した男も、等しく彼女のことが欲しくなり、性的なイメージを浮かべてしまうような写真。

なんという恐ろしい影響力だろうか。

カーターはサイトを読み進んでジェンナに関するプロフィールを頭に入れ、掲示板の書きこみを眺めてからネット・サーフィンを始めた。まもなく『復活』のプロモーションに使われた写真も見つかった。頭のおかしな人間が彼女に送りつけてきた写真だ。

ウイスキーを飲み終えるころには一〇以上のサイトを閲覧していたが、たいしたことはわからなかった。送りつけられた詩の一部を打ちこんでみても、手がかりは見つからない。ジェンナは深刻な問題を抱えている。しかし、ほかの多くの人たちも深刻な問題を抱えていた。カーターはレスター・ハッチェルのことを思いだして眉をひそめた。

ソーニャはどうしたのだろう。

冬の嵐のなかでも、人が一人、車ごと消えてしまうなんてことがあるわけがない。

キッチンへ戻ってもう一杯ウイスキーを注いだ。吹き荒れる風が窓をたたく。寒いのは大嫌いだ。もう何度、あたたかい土地へ引っ越そうと考えたことだろう。

デスクに戻って再び椅子に腰をおろし、コンピューターの画面を見ながら意識を集中しようとした。そのとき、ランプの下に置いてあったアクリル製のキューブが目にとまった。結婚一年目にキャロリンがくれたものだ。キューブのなかにあるのは、若き日のカーターの色あせたスナップ写真だった。写真は全部で六枚だ。四枚はキャロリンと一緒に写っているもので、残りのうちの一枚は高校一年のときにデイヴィッドと撮ったもの、そして最後の一枚はリンダ・ダリンスキーや彼女の兄のウェスたちとおさまっているグループ写真だ。新年のパーティ。みんなおかしな帽子をかぶり、おもちゃの笛を鳴らしているところだった。

このパーティを開いたのは、いったい何年前だろう。

カーターは目を閉じ、キャロリンの面影を呼び起こそうとした。しかし思いだせたのは、写真やホームビデオのなかの彼女の姿だけだった。彼は廊下に出てクローゼットを引っかきまわし、目あての段ボール箱を見つけると、いちばん上にあったビデオテープを手にとった。リビングルームに行き、一瞬ためらってからセットしてテレビの電源を入れる。

数秒後、キャロリンが姿を現した。

カーターは胸がしめつけられた。

彼女は笑っていた。ブロンドの髪が赤い毛糸の帽子からこぼれている。ブーツを履いた足を滑らせながら雪のなかを駆けていき、雪の塊を作ってビデオカメラに投げつける。

「やめてよね……シェーン」キャロリンは笑いながら命じると、ビデオカメラ側から投げられた雪玉をよけた。「ひどい人！　本当にずるいんだから。待ってなさいよ」そう言って、再びビデオカメラのほうへいくつか雪玉を投げた。「家へ帰ったら……」

「帰ったらどうするんだ？」カーターの声がした。

「仕返ししてあげるから！」

「待ち遠しいね」またいくつかの雪玉がキャロリンのほうへ飛んでいった。それは、彼女を映した最後のビデオテープだった。三日後、カーターは事故現場に呼びだされた。キャロリンの運転していた車が氷でスリップし、彼女はクーガー・クリークの谷へ車ごと転落した。首の骨が折れており、即死だった。

キャロリン。僕の妻。

死ぬまで愛しつづけると誓った女性。

フェイではだめだった。

男はガラス製のタンクのそばに裸で立ち、凍てつくような部屋のなかで、死にかけている女に目をやりながら考えていた。どうしてこんな女でもいいと思ってしまったのだろう。確かに、ジェンナ・ヒューズに似ていないわけではなかった。けれども肌のきめはまるっきり違うし、足首に薔薇《ばら》のタトゥーまで施している。顎はがっしりしているし、目は小さいし、鼻もたいして高くはない。完璧からはほど遠かった。

だが、完璧な女などいるわけがない。

ジェンナ以外は。

似て非なる女を選んでしまったことを悔やみながら、男は青ざめた女のいましめをほどいた。冷たい肌が自分の体に触れると、思わず興奮を覚えた。心臓が高鳴り、血液が体内を勢いよく駆けめぐる。今ならこの女にしたいことをなんでもできるはずだ。長年頭のなかで練りあげてきた官能的な計画を。

男は短く息を吸い、妄想を断ちきった。まがい物のかたわらに横たわり、愛撫《あいぶ》し、キスをするなど、ジェンナに対する冒瀆《ぼうとく》以外の何物でもない。

あとほんの少しだ。それまではなにがあっても我慢しなければならない。ぐったりした女の体を肩に担ぎあげ、もう一度部屋を見渡す。ジェンナ・ヒューズの写真が男を見おろしていた。インターネットからダウンロードした写真や映画のポスター、雑誌の切り抜きを拡大したもの、タブロイド紙に掲載された目の粗い写真もあった。彼女は壁や天井のあらゆるところに貼りつけられていた。

それなのに、こんな情けないレプリカを抱こうとしていたなんて。

男は恥の意識にさいなまれながら、女を暗い部屋の隅へ運び、特注の長い箱のなかに横たえた。あらかじめ合成しておいたアルギン酸塩溶液に肌が触れたとき、女はびくりと体を震わせたが、かまわず棺《ひつぎ》のなかに寝かせる。女の体がジェル状の溶液のなかに沈んでいった。秘訣《ひけつ》は、溶液のなかでうまく体が浮くようにし、尻や肩が棺に触れないようにすることだ。そうすれば完璧な型がとれる。

男が作ろうとしているのは、デスマスクの全身版だった。しかし今までは失敗ばかりで、マネキンで我慢しなければならなかった。それでもこうして技術を磨いておけば、ジェンナの拉致に成功したとき、申し分ない型がとれる。長く生かしておくことができれば、いろいろな姿勢の型もとれるかもしれない。そうすれば、ジェンナをあがめるための神殿ができる。

男はアルギン酸塩溶液がかたまっていくのを見守った。計画どおりだ。

棺のそばを離れ、別のドアを通ってコンピューターが置いてある部屋へ行くと、デスクの椅子に座って電源を入れた。ネット・オークションのサイトに接続して、辛抱強く探しまわる。ゾーイの衣装を手に入れるのだ。ゾーイとは、ジェンナが『静かに降る雪』で演じた役名だった。『傍観者』のフェイ・タイラーの衣装はすでに手に入れてある。そして、コロンビア・シアターからくすねてきた、『復活』のアン・パークスの黒のドレスも。

それらの品々を目にしたら、ジェンナはどんな顔をするだろう。きっと心底驚くにちがいない。言葉さえ出ないだろう。

それこそ至高のときだ。

窓辺に行くと、ガラスに男の全身が映った。背が高く筋肉質で、豊かな髪とシャープな輪郭の顔を持ち、知性にあふれる目をした男。

すべての女どもが求める男。

だが、一人の女しか求めていない男。

もうすぐその女をつかまえてやる。

17

「それで、カーターとは停戦条約を結んだの？」リンダが尋ねた。

彼女とジェンナはコロンビア・シアターのオフィスで、前売りチケットを整理しているところだった。

「保安官と戦争をした覚えはないわ」

「でも、お互いにとげとげしい態度をとっていたでしょう？」

「とげとげしいですって？　冗談はよして」ジェンナは頭を振った。「無理やり私たちを敵対させようとするのはやめてくれないかしら？」

「私はただ――」

「わかっているわ。だけど、やめておいてね」

「彼のこと、男らしいと思わないの？」

「男らしい男性ならいいわけ？」

「私はそうよ」

「だったらあなたが保安官とデートをすればいいでしょう？」ジェンナはA席のチケットを

数え終わり、デスクの上に積んだ。「あの人、気に障ることばかりするんだもの」

「つまり、彼のことが気になるのね？」

「いいかげんにして」数えはじめていたB席のチケットの数がわからなくなった。「もう彼のことは忘れてくれない？」

「わかったわ」リンダはコンピューターの画面に顔を寄せた。ウェスが数週間前にインストールしたソフトのせいで、コンピューターの動きが極端に遅くなっていた。リンダは唇をかみながら座席表を印刷しようとした。ジェンナはまだ売れていないチケットを数えつづけた。

背後でヒーターがあたたかい空気を吐きだしているが、すぐに冷えた部屋にのみこまれてしまった。ブランチが弾くピアノの音が別の部屋から聞こえてくる。次の舞台のための曲を作っているのだ。

「どうしてカーターを嫌うの？」リンダが画面に目を据えたまままきいた。

「もうその話題は終わりにしたはずよ」

「簡単な質問でしょう？」

「まず、私に交通違反の切符を切ったわ。それから保安官事務所へ行ったときも、ハリウッドのわがままな女優に対するような態度で私に接したし」

リンダがコンピューター越しにジェンナを眺めた。「あの人が気になってしかたがないのね。認めたらどう？」

「気になるのは、いらいらさせられるからよ」

「でも、彼とうまくつきあえるようにはなったんでしょう？」

「まあ、そうかもしれないけど」ジェンナはまたしてもB席のチケットの数がわからなくなった。「ああ、何枚だったかしら？」

リンダが忍び笑いをもらす。

「ああもう、あなたの勝ちよ！　本当言うと、手紙のことを言いに行ったとき、彼はきちんとした態度で接してくれたわ。私の話に興味を持って耳を傾けてくれたし、心配もしてくれた。だけど初めて会ったときは、どうしてお前はサングラスをかけてグッチの靴を履き、リムジンに乗っていないんだという顔をしていたのよ」

リンダが笑い声をあげた。「それはあなたの勘違いよ。シェーンは忙しかっただけ。私は彼のことをよく知っているの。ストーカーの件はちゃんと調べてくれるわよ」

「そうだといいけど」ジェンナは再びB席のチケットを手にした。

「あなたも彼の忠告に従ったほうがいいわ」

「私はクリッターを手放して気の荒い番犬を飼ったりしないから。ボディガードも雇うつもりはないわ」

「警報システムは修理したの？」

「修理してもらおうと思って電話をかけたんだけど、どの警備会社も手いっぱいみたい」

「キャシーとアリーはどう？」

「びくびくしてるわ。あまり怖がらせたくないから、ストーカーの件は詳しくは話していないの。ただ、子供たち二人だけにはしたくないのよ。ハンスと奥さんのエリーが、必要ならいつでも家に行くって言ってくれてるし」

「ドヴォラク夫妻？　年をとりすぎてるじゃないの」

「ハンスはまだまだ元気だし、エリーは彼より若いのよ。週に二度ほど掃除に来てくれるエステラもいるし、ロンもエクササイズのために来てくれるから」

「それだけ人がいれば大丈夫ね」

ライトの修理をしていたスコットが、作業を終えてやってきた。「警報システムなら、僕が直せるよ」彼はジェンナの目を見ずに言った。「〝ママ、チャンスが欲しい〟」

「なんですって？　ああ！」それは、ジェンナの初主演映画『失われた純潔』で彼女が演じたカトリーナのセリフだった。そのことを思いだすと、背筋に寒けが走った。売春の元締めをしている母親に向かって、バージンを客に与えることで金を稼ごうとしている少女が言うセリフだ。

「スコット！」リンダもそれが映画のセリフであることに気づいたようだった。「そういうことはやめなさい。ジェンナはあなたがファンだってことはわかっているから」

スコットは目をしばたたき、頬を赤らめた。「ごめん」

スコットがジェンナのセリフを会話のなかで用いたことはそれまでにも何度かあったが、リンダが面と向かって息子に注意を促したのは今回が初めてだった。

「僕はその……ジェンナの家に赤外線センサーや動作感知器をつけてあげようと思っただけ

だよ。最新式のやつをね」スコットがジェンナのほうを向いた。

「どうしようかしら」彼女はためらった。

「私はいいアイデアだと思うけど」リンダが画面に目を凝らしたまま言った。

「でも、警備会社に頼んだほうがいいと思うの。警察にすぐに連絡が行くような装置を」

「今はそういうシステムになっているんじゃない？」リンダが尋ねる。

「前の家主がつけた古いものなのよ」

「つまり役に立たないってことでしょう？　私だったら、とりあえずスコットに修理を頼んで、そのうち新しいシステムに変えることを考えるけど。専門家に頼むといっても、この天気だから何カ月後になるかわからないもの」リンダがキーを押すと、画面がちらちらと明滅したあと真っ黒になってしまった。「ああ、もう」彼女はうなるように言ってデスクをたたき、コーヒーが入ったマグカップを揺らした。

猫のオリヴァーが驚いてデスクから飛びおり、郵便物をあたりにまき散らしながら楽屋のほうへ駆けていった。ジェンナは落ちた手紙や封筒を拾いあげた。

「そんなに電気関係の修理がしたいなら、このコンピューターをなんとかしてくれない？」

リンダがスコットに言った。

「新しいマザーボードやもっと容量の大きいハードドライブが必要だし、ほかにもいじらないといけないところが山ほどある。新しいのに買い替えたほうが早いよ」

リンダが手紙を再びデスクの隅に積みあげながら言った。「コンピューターのことなんて、私にはなに一つわからないの」

「わかったよ」スコットが降参したように両手をあげた。「ちょっと見てみる」彼はリンダの横に行って床に膝を突き、驚異的なスピードでキーボードをたたきはじめた。画面を見つめていた目を細め、口もとを引きしめる。「プログラムがデカすぎるんだ」

「それくらいなら私にもわかるわ」リンダが言った。

「違う方法でやってみよう」再びキーボードの上を指が舞い、画面をさまざまな記号がスクロールしていった。

そのとき正面玄関のドアが大きな音をたて、ピアノの音がぱたりとやんだ。数秒後、入ってきたのは、ジーンズをはいて厚手のジャンパーを着こんだウェスだった。

「なにか問題でも？」彼はコンピューターの前にひざまずいているスコットを見た。「ハードドライブに問題があるなんて言わないでくれよ」

「ところが、どうもそうみたいなの」リンダが胸の前で腕を組んだ。「このコンピューターを使っていると、頭がどうにかなりそう」

「ちょっと待って」スコットが見守るなか、画面がまたたきながら明るくなろうとしていた。

「よし、直ったよ。一時的にだけどね。きちんと直すなら、新しいドライブが必要だ」

ウェスが手袋を外した。「見せてくれないか」

スコットがかすかに顎を引きしめた。「直ったって言ったじゃないか」

「わかってるさ。だが、俺も見てみたいんだ」ウェスは手をこすりあわせながら近づいていき、椅子に座らせてくれとリンダに身ぶりで示した。リンダが立ちあがると、彼は椅子に腰をおろしてキーボードをたたきはじめたが、すぐにののしりの言葉を吐いた。「寒さで指がかじかんでるな」ちらりとジェンナを見あげる。「ここ二時間ほど、ソーニャ・ハッチェルの捜索の手伝いをしていたもんだから」

「手がかりは？」柱に寄りかかったリンダがきいた。しかし、行方不明の女性が見つかっていないことは、ウェスの表情からすぐにわかった。

「この天気じゃ無理さ。警察はまだ頑張ってるがね」

リンダが腕をこすった。「彼女の身になにが起きたのかしら」

いいことが起きたはずがないとジェンナは思ったが、口には出さなかった。

「レスターともうまくいってるっていう話だったけど」スコットが肩をすくめた。「ただ家出しただけかもしれないな」

「どうしてそんなことを言うの？」リンダがきつい口調で言った。

「ダイナーで働いているとき、しょっちゅうこの寒さのことで文句を言ってたからさ。故郷の南カリフォルニアに帰りたいってね。レスターとけんかでもして、なにもかもがいやになって南に向かったんだと思うよ」

「子供たちを残して？」

「そういう親だっているさ」スコットが皮肉のこもった口調で言ったとき、手編みのベレー帽をかぶったブランチが戸口から顔を出した。

「私はもう帰るわ。用があったら電話してね」彼女はオフィスにいる人々が暗い顔をしていることに気づいて言った。「どうしたの?」

リンダが答えた。「ソーニャ・ハッチェルのことを話してたのよ」

ブランチが眉をひそめた。「私も、早く見つかればいいと願っているんだけど……」

「だからどこかへ行ってしまったんだよ」スコットが言った。

「ソーニャはそんな無責任な人じゃないわ。いくらレスターとけんかをしたって、子供たちには連絡するはずよ」

「そうかもしれないけどね」スコットはまだ納得していないようだ。

リンダが喉に手をあてて言った。「怖いわ。キャットウォーク・ポイントで女性の死体が見つかったと思ったら、今度はソーニャがいなくなるなんて。なにか関連があるのかしら」

「警察もそこを調べてるんだと思うわ。本当にもう帰らないと」ブランチはバッグのなかから鍵束をとりだし、ジェンナを見た。「雪のせいで、今週の個人レッスンは全部お休みにしたの。アリーには家でちゃんと練習するよう言っておいてちょうだい」彼女は凍った窓を見やった。「そろそろおさまってくれるといいけれど。いいかげんうんざり」

「みんなそう思っているわよ」リンダがウェスとコンピューターを見ながら肩越しに言った。

「アリーにはうんと練習しなさいって言っとくわね」ジェンナは約束した。

「きっと嫌われるでしょうね。子供はこういう天気のときにこそ、外で遊びたがるものだから。そりに乗ったり、雪だるまを作ったり、スケートをしたりね」ブランチはドアを出ようとしていた。「ピアノの練習なんて、きっとあの子のやりたいことリストのずっと下のほうよ」

ブランチの足音が遠ざかっていった。

「さあ、これでいい」ウェスが椅子の背にもたれかかって背中を伸ばしながら言った。「プログラムは正常に動いている。ただ時間がかかるだけさ」

スコットがおじをにらみつけた。「だからさっきからそう言ってるじゃないか」

「今日はやけに突っかかるんだな」ウェスは甥の髪をくしゃくしゃにした。「ちょっとジェルのつけすぎなんじゃないか？」

スコットが身をよじらせてあとずさりをした。「やめてくれよ。もう子供じゃないんだ」

「女が使うような整髪料を使っているんだから、まだまだ子供さ」ウェスが語気も鋭く言いかえす。「お前はゲイか？」

「やめてよ、兄さん」リンダが割って入った。

「まあ、いいさ」スコットがうなるように言った。「中年のおやじの言うことなんだから」

ウェスがにやにやしながら言った。「わかったよ。今の言葉はとり消す。それでいいだろう？」彼は手を差しだした。

スコットはその手を握りかえそうとはしなかった。「ああ。そういうことにしとこうか」肩をすくめてドアのほうへ近づいていき、足をとめる。「ジェンナ、警報システムの修理を頼む気になったら連絡してくれないかな」ぎこちない口調で言う。

ウェスがジェンナのほうを向いた。彼女はそのまま床に倒れてしまいたい思いに駆られた。

「まだ警報システムがおかしいのかい？」

「そうよ」リンダがジェンナに代わって答えた。

「じゃあ、俺が直してやるよ」

「そんなことは――」

「いい考えだわ」ジェンナの言葉をさえぎってリンダが言い、まだおじをにらみつけている息子を指し示した。「スコットを連れていってあげて、兄さん」そして、ジェンナが抗議の声をあげようとしていることに気づくと、慌ててつけ加えた。「ジェンナ、言うことを聞いて。大切なのは、警報システムを修理することなのよ」

ジェンナは議論をあきらめた。警報システムが直って安心して暮らせるならいいじゃないの。不安なのは、ウェスやスコットが家に来るからじゃないわ。この天気のせいよ。

好奇の目には慣れている。しかしあの保安官のように、落ち着いたまなざしで見られたことはほとんどない。最初に出会ったときに感じたのは、いかにも保安官らしいいかめしさだけだったが、二度目に会ったときは少しあたたかく接してくれた。

リンダの言ったことは正しいのかしら？　私は彼に惹かれているの？

そんなことはあるわけがない。物思いに沈んだ影のある男性に興味を覚えたことなんて、これまで一度もなかった。でも、あの人は……。

なにを考えているの？　現実を直視しなさい、ジェンナ！　彼女は早足に外へ出たが、それでもカーターへの思いは心につきまとってきた。そう、彼はハンサムだ。独身でセクシーでもある。だが、特別な感情を抱いてどうなるというのだろう。カーターはあまりにも遠い存在だ。明らかに私のことなど気にかけていない。ジェンナは彼の忠告を思いかえした。

番犬を飼って、ボディガードを雇って……ええ、そうするべきでしょうね！

寒さに襟を立てながら、ジープをとめてあるところまで歩いた。カーターは、あまりに多くのことを目にしていてすっかり感覚が麻痺してしまった保安官にすぎない。そんな人になにを期待できるというのだろう。

彼女は急いでジープに乗りこみ、現実的に考えなさいと自分に言い聞かせた。

「水曜日の朝にうかがいますよ。早い時間に」

「七時でどうかね？」ドクター・ランドールは時計を眺めた。もう夜の一一時になろうとしている。今は部屋の明かりを落とし、テレビが最新ニュースを流すのを待っているところだ。

「六時で。もしそれでよければですが」

精神分析医は早すぎると言いかけたが、あえて言葉をのみこんだ。この男には決定権を与えておいたほうがいい。物事を決めたがるくせに、頭のなかの整理をつけられずにいる男。外見は落ち着いていて屈強なタイプに見えるのだが、内面はまた別の話だ。

実に興味深い。

治療の様子を録音しようかと何度考えたことだろう。きっと本くらい書けるはずだ。だが、彼とは約束をした。ランドールはこれまで、職業上の倫理規定を破ったことなどなかった。それにしても、マスコミや警察がこの患者のことを知ったら、騒ぎになるに違いない。

ランドールは、壁を通して伝わってくる冬の寒さを感じながらほほえんだ。その患者とは違って、彼は冬が好きだった。雪や氷にはすべてを清める力がある。荒れ狂う天気も、すべては母なる自然のなせる技だ。

冬が寒いのは、悪いことではない。

受話器を置くと、考えこみながら顎ひげをなでた。自分には医師としての責任というものがある。しかし患者が亡くなれば――状況を鑑《かんが》みれば、男はいつ死んでもおかしくなかった――本を書いたからといって、なにが問題になるというのだろう。

ランドールは立ちあがり、小さなテープレコーダーを持ってくると、録音ボタンを押してしゃべりはじめた。記憶を新たにするためのほんのメモ代わりだ。話し終わったら、カセットテープは金庫にしまっておこう。

少なくとも、あの患者が生きているあいだは。

18

「保安官ですか？　モンティネロです。キャットウォーク・ポイントに人が集まっているんですが」

「人が集まってる？」カーターは車のスピードを緩めながらおうむがえしに言い、Uターンした。今のところ雪はやんでいるが、天気予報によれば一時的なことだという。

「ティーンエイジャーですよ」

「最高だな。つかまえておいてくれ。二〇分でそっちに行く」

「州警察に連絡をしたほうがいいんじゃないでしょうか？」

「スパークス警部補に伝えておくよ」カーターは無線を切ってののしりの言葉を吐いた。愚かなやつらだ。真夜中に遺体発見現場をうろついて、なにをしようというのだろう。

犯人は現場に帰ってくるものだ。集まってきた若者たちの誰かが事件にかかわっていたり、なにか重要なことを知っているということもありうる。けれども今回に関していえば、ただ物珍しさで集まってきているだけだろう。酔っ払っているとか、もしかするとマリファナでもやっているのかもしれない。

カーターはスパークスに連絡し、山を目指した。久しぶりに澄み渡った空から月が顔をのぞかせ、雪を銀色に輝かせている。しかし、あたりはまだ凍てつくような寒さだった。ブレイザーがクーガー・クリークにかけられた橋を渡ったとき、カーターは滝が完全に凍っていることに気づいた。水が下に向かってこぼれようとしたまま、氷になって静止している。デイヴィッドが死んだあの冬の滝も、まさにこんな状態だった。

〝こんなのは一生に一度あるかないかだ！　俺たちがこいつを征服するんだよ！〟デイヴィッドは笑いながら言うと、手袋のストラップをしめなおした。彼とカーターは滝つぼの近くに立ち、凍った壮麗な滝を見あげていた。

滝のてっぺんまで、一〇〇メートルはあっただろう。〝どうするかな〟カーターは言った。だがデイヴィッドはカーターを待たずに氷にしがみつき、どんどんのぼっていった。〝ちくしょう〟カーターは自分の装備を確認した。〝デイヴィッド、待ってくれ！〟

〝お前には無理かもな〟

〝くそっ〟

カーターの心臓は早鐘を打っていた。ひどい寒さだというのに、フリースとダウンジャケットの下で肌が汗ばんでいた。デイヴィッドは怖いもの知らずだった。しかしパイアス滝をのぼるなんて、怖いもの知らずを通り越して大ばか者のすることだ。一六歳になったばかりのカーターにも、そのくらいのことはわかった。

〝お前は臆病だな！〟デイヴィッドはじわじわと巨大な氷柱をのぼりながら、凍った滝つぼのそばで見あげているカーターに向かって言った。〝なにをびびってんだ！　あがってこいよ！　孫ができたら、自慢話をしてやろうじゃないか！〟

あの日以来、デイヴィッドの言葉は彼の心にとりついて離れなくなった。

無線が入って、カーターは突然現実に引き戻された。フォールズクロッシングの東にある変圧器が壊れ、停電している地域が広がったという連絡だった。保安担当者が修理に向かっているという。こんな天候が続けば最後にはどうなってしまうのだろうと考え、彼は暗澹《あんたん》たる気分に襲われた。そのうち住人に避難勧告が出るかもしれない。

暗い気持ちのまま、カーターはキャットウォーク・ポイントに向かう最後の坂をのぼった。

モンティネロの車が、木材搬出用の道の真ん中にとめてあった。ヘッドライトが、二台のピックアップ・トラックとブロンコを闇に浮かびあがらせている。カーターがエンジンを切ると、モンティネロが数人の若者を引き連れて姿を現した。ジョシュ・サイクスやイアン・スワガート。町のろくでなしどもだ。

「ただこのあたりでぶらぶらしていただけだと言っています。遺体発見現場だとは知らなかったなんて言うやつもいましたよ」

「そりゃあ、そうだろう」カーターは白い息を吐きながら、木のあいだに張りめぐらされた黄色のテープを眺めながら言った。「どうせ字もろくに読めないんだろうからな」

ジョシュが鋭い目でカーターをにらみつけた。

「身柄を拘束した理由は言ったか？」カーターはやめていた煙草をモンティネロからもらい、

火をつけた。

「録音もしてあります」

「権利も読みあげたな？」

「ええ」

「よし。現場を荒らしたこと以外に法律を犯した可能性は？」凍える風が川から吹きあがってくる。グループには少女も二人まじっていて、肩を寄せあっていた。

「飲酒、マリファナ。それから、なにかわからない錠剤も所持していました」

すばらしい。カーターは煙草を深く吸いながら皮肉まじりに思った。「身元の確認は？」

「全員終わってます」

遠くから、車のエンジン音が聞こえてきた。

「たぶん州警察だろう」カーターは言った。

「少女のうちの一人が、B・Jの娘なんです。彼女にはもう連絡しておきました。すぐにこっちに向かうと言ってましたよ。猛烈に怒ってましたけれどね」

「なんてこった」カーターは低い声で悪態をついた。新聞の見出しが目に浮かぶ。〝副保安官の娘、補導される〟ミーガンは一八歳未満だ。うまくいけば実名は出ないかもしれない。

「大変なことになりそうだな」

「そうなんですが、まだ続きがあるんです」

カーターは眉をひそめた。「どういうことだ？」

「もう一人の少女は、ジェンナ・ヒューズの娘なんですよ。紫色の帽子をかぶった子です」

「ちくしょう」フォールズクロッシングで最も有名な住民の娘までが関係していようとは。カーターは、歯をがたがた鳴らしながらおびえているティーンエイジャーたちを眺めた。確かにあれはジェンナの上の娘だ。彼女の車をとめたとき、なかに乗っていたのを覚えている。

少女は驚くほど母親に似ていた。隣に立っているのはジョシュ・サイクス。タフガイを気どっているが、将来のことなどなにも考えていないに違いない。

カーターはサイクス一家のことならよく知っていた。ジョシュは、親にかまってもらえなかった子供がどう育つかという見本のような若者だった。もとは悪い子ではないが、今は厳しくしつけることが必要だ。そうでなければ近い将来、大きなトラブルに巻きこまれることになるだろう。

カーターが煙草を吸い終わったころ、スパークス警部補が車を降りて近づいてきた。ウェーブした黒髪と鋭い眼光を放つ茶色の目を持つ大柄な男性だ。あたりをにらみつけてためいきをつき、震えている子供たちのほうへ行く。「こんなところでなにをしていたんだ？」スパークスは答えを期待していたわけではないようだった。彼は頭を振ると、若者たちを警察署まで連行し、一六歳の二人の少女は親元に返すよう告げた。

別のエンジン音が森をつんざいた。まぶしいヘッドライトが木の幹に突き刺さる。

「おでましだ」モンティネロがつぶやく。

B・J・スティーヴンスのピックアップ・トラックが、滑るようにしてとまった。ジーンズとセーター姿のB・Jが目に怒りをたぎらせながら雪を蹴り飛ばしてやってくる。

「なんてことよ、ミーガン。なにを考えてたの？　ここは遺体発見現場なのよ！」

ミーガンはじっと地面を見おろしている。

「それに私は副保安官なの！」

反応はなかった。

「早く車に乗って」B・Jはいやがる娘を車へと引きずっていきながら、カーターたちのほうを見て言った。「本当に申し訳ありません。この子がこっそり抜けだすなんて……」

「そういうこともあるさ」スパークスがなだめた。

「ですが、娘に限ってと思っていたんです。もう二度とこんなことはさせません。規則どおりの処罰をお願いします」B・Jはミーガンとピックアップ・トラックに乗りこみながら続けた。「いいこと、ミーガン、もう勝手な行動は許さないわよ！」B・Jと娘を乗せた車は、雪をはね飛ばしながら山道をおりていった。

「今のミーガンの立場になるのはごめんですね」モンティネロがふともらした。

母親の立場にもなりたくない、とカーターは遠ざかっていく車を見守りながら考えた。

スパークスがキャシーを指し示しながらカーターに言った。「あの子を自宅まで送ってやってくれないか？　B・Jに頼もうかと思ったが、そんな余裕はないみたいだったからな」

「わかりました」カーターはうなずいた。気の進まない仕事だったが、あとの二人は残りの若者たちの連行や現場の確認で手いっぱいだろう。彼はキャシーに車に乗るよう命じ、自宅の電話番号を尋ねた。電話をかけてみると留守番電話になっていたのでメッセージを残し、さらに母親の携帯電話の番号も聞きだしてかけてみた。しかし、結果は同じだった。

ジェンナが受けるであろうショックを、少しでも和らげてあげたかった。だが、今夜はなにもかもがうまくいかない。カーターは、ブレイザーのエンジンをかけながら、バックミラーに映る少女を見た。すっかりしょげかえっている。

ジェンナはどんな反応を示すだろう。カーターの頭に、脚にぴったり沿うスキーパンツをはいて椅子に座り、ストーカーのことを説明していたジェンナの姿がよみがえった。ストーカーが書いた手紙の文面を思い起こす。〝お前はあらゆる女。みだらで、強くて、官能的で〟誰が書いたにせよ、〝官能的〟という言葉は正しい。けれども今夜ばかりはジェンナも、おろおろと慌てふためく一人の母親になってしまうだろう。まだ数回しか会ったことはないが、彼女が母親としての務めを精いっぱい果たし、娘たちを心から愛していることはわかっている。噂によれば、ハリウッドの虚飾の世界に別れを告げたのは、子供たちのためだったらしい。カーターはもう一度バックミラーを眺めた。ジェンナの娘は、そっぽを向いている。そのまなざしには反抗的な光があふれていた。

彼は心のなかでそっと悪態をつき、勢いよくギアを入れた。

19

奇妙な夜だった。

なんだか胸騒ぎがする。

ジェンナは耳を澄ました。ベッドのかたわらで、クリッターが静かなうなり声をあげた。なにか気配を感じるのか、頭をあげて物音に聞き耳を立てている。

そのとき、音が聞こえた。車のエンジン音が近づいてくる。

ジェンナは時計を見た。三時五三分。いったいなにがあったのだろう？

急いでベッドからおり、ガウンをはおって窓辺へ行った。ブラインドの隙間からのぞくと、保安官事務所のブレイザーがガレージのそばにとまったところだった。

心臓が凍りついた。

どうして保安官事務所の車がここに？　ストーカーのことかしら？　パニック感が体を駆けめぐる。

クリッターがうなり声をあげた。背中の毛が逆立っている。ジェンナは慌てて裸足《はだし》のまま、フローリングの床を走り、犬を後ろに従えながら階段を駆けあがってアリーのベッドルームへ向かった。アリーはキルトからはみだし、口を開けて眠っていた。ジェンナはキャシーのベッドルームへ急いだ。心臓が異様な速さで打っている。ドアを開けると、恐怖で身も凍りそうになった。ベッドはもぬけの殻だった。

「そんな……」小声でそう言ったとき、重々しいノックの音が家中に響き渡った。なにかとんでもないことがキャシーの身に起きたに違いない。ジェンナは階段を駆けおりた。神様、決してひどいことではありませんように。心のなかで祈ったとき、キッチンのドアが音をたてて開いた。

「ママ?」

キャシーの声だ! よかった!

ジェンナは安堵《あんど》に包まれた。そのせいで危うく階段の最後の段を踏み外すところだった。クリッターが床に爪を立てて大声で吠えている。

キャシーが明かりをつけると同時に、ジェンナはキッチンへ飛びこんだ。「いったいどうしたの? どうしてベッドルームにいなかったの?」彼女は娘のかたわらに立っている男性に目を向けた。カーター保安官だ。気難しい顔をし、目には猜疑心《さいぎ》があふれている。

クリッターが彼のまわりを駆けながら、歯をむきだして吠えていた。

「静かにして、クリッター!」ジェンナは命じた。

クリッターは最後にうなり声をあげると、キッチンのテーブルの下に潜りこんだ。

「ごめんなさい」ジェンナはガウンの前をかきあわせながら謝り、厳しい視線をキャシーに向けた。「どうしたの？　どこへ行ってたの？」

答えたのはカーターだった。「娘さんはほかの子供たちと一緒に、キャットウォーク・ポイントにいたんだ」

考えてもみない答えだった。キャットウォーク・ポイントですって？「女性の遺体が見つかった場所じゃないの？」

「そうだ」カーターが深刻な面持ちでうなずいた。キャシーは片方の足からもう片方の足へと重心を移し替えながら、じっと床を見おろしている。

「どうして？」ジェンナは娘に尋ねた。「どうしてこんな真夜中に家を抜けだして、そんなところに行ったりしたの？」

キャシーは肩をすくめただけだった。黙りこくったまま、顎を突きだしている。

「もうとっくに寝てる時間でしょう？　家を抜けだすなんて、なにを考えてるの？」

キャシーが反抗的に目を光らせ、顎を引きしめた。しかし、なおもなにも言おうとしない。

カーターが言った。「君に連絡しようとしたけれど、留守番電話になってたもんでね」

「なんですって？　私はずっと家にいたのに」そう言ったとたん、ジェンナは気づいた。

「ちょっと待って。あなた、受話器を外していったのね？」キャシーに向かって言うと、娘はさらに反発するような表情になった。

ジェンナはため息をついた。突然、実際の年齢よりずっと年をとった気分になった。

「携帯電話にもかけたが、つながらなかった」

「夜のあいだは電源を切ってあるの」

「それと、警報システムはどうしたんだい？」

「ベッドに行く前にオンにしたはずよ。キャシー、あなた、警報システムも切ったの？」

キャシーが唇をかみしめた。

「キャシー……」ジェンナは言った。「どうしてそんなことを？　妙な手紙や電話があったって話したばかりでしょう？」

「警報システムなんて、どうせ壊れてるじゃない」キャシーが口を尖らせた。「赤いランプだってつかなかったし」

「もうウェス・アレンに修理を頼んであるわ」ウェスの名前を口にしたとき、カーターがかすかに体をこわばらせたように思った。だが、気のせいかもしれない。ジェンナはかまわず先を続けた。「こんな天気で警備会社は来てくれないから、今あるものを直して使わないといけないのよ。それにしても、キャシー、いったいなにを考えてたわけ？」

「ちょっとおもしろいことがしたかっただけ。この町がどれだけ退屈か、ママだってよくわかってるでしょ？」キャシーはぶっきらぼうに答えたが、ちらりとカーターのほうを見ると、また貝のように口を閉ざしてしまった。

「みんなで酒を飲んで、マリファナを吸ってたんだよ」カーターが言った。

ジェンナはふらつく体を支えようと、カウンターに手を突き、時計を眺めた。「あんなところで、こんな夜中に？」事態の深刻さが胸にのしかかった。愚かな子供たち。彼女は両のこぶしを握りしめてガウンのポケットに突っこみ、キャシーを見据えた。精いっぱい強がっているものの、内心はおびえているようだ。「ジョシュと一緒だったんでしょう？」ジェンナが問いつめたが、キャシーはまたしても無反応だった。ろくでもないボーイフレンドを守ろうとしているらしい。問題の根は思ったより深いのかもしれない。「保安官になにか言うことはないの？」

キャシーは床を見つめたまま小声で言った。「家まで送ってくれて、ありがとう」

それ以上の言葉は引きだせそうになかった。そのとき、二階で床がきしむ音が聞こえた。クリッターが耳を立てて尻尾を振る。アリーが起きてしまったらしい。

「アリーには詳しいことを言わないで」キャシーが慌てて言った。

「いいわ」ジェンナはキャシーの懇願を受け入れた。カーターの前でこれ以上醜態をさらすつもりはなかった。

髪に寝癖をつけたアリーが、目をこすりながら部屋に入ってきた。「声が聞こえたんだけど」カーターの姿を見つけて足をすくませる。

「保安官のミスター・カーターよ」ジェンナが説明した。

「知ってる。交通違反の切符を切った人でしょ」

「キャシーを家に送ってきてくれたの」

「送ってきた？　キャシーは寝てたんじゃないの？」アリーは母親のほうに身を寄せながら、疑うような目つきでカーターを見た。

ジェンナが言った。「キャシーは出かけてたの」

「出かけてた?」アリーがくりかえし、窓の外を見やった。「どこに?」

「あんたには関係ないでしょ」キャシーが鋭い口調で言う。

「今、何時?」アリーは時計を眺めてから、視線をキャシーに戻した。「よくわかんないんだけど」だがその言葉が口からこぼれたとたん、アリーの表情が困惑から理解へと変化した。じっと口をつぐみ、それ以上の質問を控えている。そのときジェンナは、二人の娘が無言のうちに心を通わせたことを理解した。今この瞬間まで、母親である自分の知らないところで、二人のあいだにこんな絆ができていたことなど知らなかった。

「もう一度ぐっすり眠って、朝になってから話をしましょう。キャシーもアリーもベッドに戻りなさい」

二人は階段をあがっていった。キャシーの足音は、外に出るときの忍び足とは違って荒々しかった。これまでに何度、こっそり家を抜けだしたのだろうか。ジョシュに会うために、何度警報システムを解除し、夜の闇へと出ていったのだろう。

胃のあたりがこわばる。二人でなにをしていたの? お酒? セックス? マリファナやクラックは? このあたりではどんなドラッグが手に入るのかしら?

ジェンナは大きなため息をついた。キャシーがすでに妊娠している可能性さえある。

もう少し、自分の娘を信じないと。

しかし、いくらそう思おうとしても、週に二度もこっそり家を抜けでたあとだ。信頼するのは難しかった。

「最高だわ」そう声に出したあとで、ジェンナはカーターがまだキッチンに立っていることに気づいた。両手をジャケットのポケットに入れ、茶色の目でじっと彼女を見つめている。

「迷惑をかけてしまったわね。キャシーを家まで連れ帰ってくれて、本当に感謝しているわ」ジェンナは慌てて言った。

「それはいいんだ」カーターはうなずいたが、表情は暗いままだった。「だが、問題はまだ終わったわけじゃない。キャシーには少年裁判所に出頭してもらわないと」

「そのほうがいいのかもしれないわ。キャシーには怖い思いをしたり、ショックを受けたりすることが必要なのかもしれない。責任というものを肝に銘じるためにね」ジェンナは髪をかきあげて頭を振った。「あの子は誰の言うことも聞こうとしないの」

「父親は？」

「ロバートのこと？」ジェンナは短く乾いた笑いをもらした。「そうね、明日の朝にでも連絡してみるわ。あるいはキャシーに電話をかけさせて、なにをしたのか自分の口から言わせたほうがいいかもね」気が重かった。ロバートは監督不行き届きだとジェンナを責めるだろう。解決策を見いだすより、他人をなじるほうが得意な人だ。

ジェンナは再び、自分に注がれているカーターの視線に気づいた。私はひどい格好をしている。髪はくしゃくしゃだし、口紅もつけていない。眉間にしわを寄せて、着古したガウンの下にチェックのネルのパジャマを着ているだけだ。ハリウッド女優のイメージは、これですっかり崩れてしまったに違いない。

「こんな格好でごめんなさい。朝の四時にお客が来るなんてことには慣れていないから」

「客として来たんじゃないさ」カーターの声は深みがあり、以前のようなとげとげしさもなかった。ジェンナが心に大きな傷を受けたことをしっかり理解しているような口調だった。

「せっかくだから、コーヒーでも飲んでいって」彼女はカウンターに置いてあるコーヒーメーカーに目をやった。ポットの底には、いれてから一日たったコーヒーが澱《おり》のようにたまっている。

カーターもジェンナの視線の先を追った。

「いれなおすわ」

「いや、いいよ。もう行かないと」彼はドアのほうに足を踏みだしかけた。

「でも、コーヒーくらいごちそうさせて」ジェンナは昨日の残りのコーヒーをシンクに捨ててポットを洗った。「よかったら、車のなかで飲めるように魔法瓶に入れるわ」

「いや、本当に結構だ」

「これぐらいなら賄賂《わいろ》にはならないんじゃない？」ジェンナは肩越しに言った。「おかしな話だけれど、最近あなたとはよく会うでしょう？　それだけトラブルに見舞われてるということなのかしら」

「トラブルあるところに保安官あり、だからね」

「このところ、振り向くたびにあなたが姿を現すような気がするの」

「悪夢みたいだってことかい？」

「そんなところかしら」振りかえると、カーターが笑みを浮かべていた。ひげの奥に白い歯が見える。笑うととてもハンサムだった。いかついアウトドアタイプの男性。今まで一度も惹かれたことのないタイプだ。けれどもカーターが目尻にしわを浮かべてほほえんでいると、ほかの誰より魅力的に思えた。私はどうしてしまったのかしら？　きっと朝の四時という、とんでもない時間のせいね。彼もここ何時間か、不良のティーンエイジャーたちの相手をしてきたところだし。「お互い睡眠不足だものね」彼女はつぶやくとポットに水を入れ、コーヒーメーカーのスイッチをオンにした。

「なにか言ったかい？」

「いいえ、なにも」

コーヒーの香りのおかげで、キッチンがあたたかくなった気がした。

「お子さんはいるの？」ジェンナは尋ねた。

「いいや」カーターは食器棚に背中をもたせかけ、ジェンナからシンクの向こうの窓へと視線を移した。窓枠に雪が積もっている。

「子供がいるというのは最高にすばらしいことだけれど、時には……」

「最悪だと思えることもある？」

「最悪とは言わないけれど、つらいこともあるわね」彼女は認めた。

「でも、子供がいたほうがずっといい。そうだろう？」

「もちろんよ。物事にはいい面もあれば、悪い面もあるんだもの」ジェンナは食器棚を開けた。だが使おうと思っていたカップは、彼女の手が届かない高い棚に置いてあった。爪先立ちになって手を伸ばしても、指先がかすかに触れるくらいだ。それでも精いっぱい手を伸ばしていると、カーターが近づいてきた。

「とってあげるよ」ジェンナがよける間もなく、カーターは目の前に立っていた。彼女は突然、カーターの存在感に圧倒された。彼の体からは、煙草とアフターシェーブローションの香りがした。「これかい?」カーターの顔はジェンナの鼻の先にあった。茶色い瞳に金色の筋が走っているのがわかるくらいの距離だ。

「そう」彼女はようやく言った。

「ほかには?」カーターがカップを渡しながら言う。

「ないわ」

彼が離れると、ジェンナはようやく一息つくことができた。すっかり狼狽《ろうばい》してしまったことを隠すため、慌ててコーヒーを注ぐ。

「お砂糖とミルクは?」

「ブラックで結構だ」そのとき、カーターのポケットの携帯電話が鳴り響いた。「カーターだ……なんだって?」顔の筋肉がこわばり、唇が引き結ばれた。「どこでだ?」彼はじっと耳を澄ましている。「わかった。三〇分でそっちへ行く。キャットウォーク・ポイントでつかまえたやつらは署にとどめておいてくれ。どこでもいいから空いている房に入れて……ああ、常連たちと顔なじみにしてやるといい」電話を切ってジェンナを見る。「もう行かなきゃ。また連絡するよ。君が受けとった手紙に関してはまだ鑑識から返答がないんだが、今日きいてみるつもりだ。ほかにトラブルは抱えていないだろうね？」

「キャシーのほかに？　ないと思うわ」

カーターは笑みを浮かべた。「警報システムがきちんと作動しているかどうか確かめるんだ。それから門も。どうして開けっ放しだったんだい？」彼は窓の外を示しながら尋ねた。

「壊れてるの」鉄製の門は大きく開いたまま、雪と氷に閉ざされて動かなくなっていた。

「電動で鍵がかかる仕組みなんだけど、故障してるのよ。二度も直したのに」ジェンナは肩をすくめた。「身のまわりの電気仕掛けのものがすぐにだめになってしまうの」

「もし助けが必要なら、僕の知りあいに警報システムと門の修理と、監視カメラの設置を頼めるやつがいる」カーターは額に深いしわを刻みながらつけ加えた。「嵐や停電のせいで、ほとんどの電気工はあちこち駆けまわってるとこだ。誰かを呼ぼうと思っても、雪解けまでは無理かもしれないよ」

「わかってる。だけど、手伝ってくれる人は何人かいるの」

「よかった」カーターはクリッターを見おろした。老犬は激しく尻尾を振っている。「ああ、お前はいい番犬だ」彼はクリッターの頭をなでた。

「この子を手放すつもりはないわよ」ジェンナはカーターにカップを手渡した。

「僕も同意見さ」カップを掲げる。「このお礼はいつかするよ」

「そんなのはいいの」

「じゃあ、おやすみ。いや、おはようと言ったほうがいいのかな」彼は一口だけコーヒーを飲み、裏口へ足を向けた。「僕が出ていったら鍵をかけてくれよ」

ジェンナは言われたとおりにした。キッチンの窓から、風のなかを歩いていくカーターの後ろ姿を見送る。彼は自分の足跡をたどるようにして、ブレイザーまで戻っていった。車に乗ったカーターは、家の前を通るときに手を振った。

ジェンナも手を振りかえした。テールランプの赤い光が闇のなかにすっかり消えてしまうまで、彼女はその場を動けなかった。

ジェンナは体を震わせた。フォールズクロッシングに引っ越して以来、これほど孤独な気分になったことはなかった。外は真っ暗だ。東の空を金色に染める夜明けは、まだやってこない。

20

「〝医者の不養生〟と言いますけど、保安官にもあてはまるのかもしれませんね」B・Jはすっかり疲れきって肩を落としていた。目の下にくまを作り、髪はくしゃくしゃだ。「自分の子供が法を犯すなんて」うんざりした様子で椅子にどさりと腰をおろす。

「未成年でよかったじゃないか」カーターは言った。

「そうですか？　でも、立ちなおってくれるのかしら」いつもは感情豊かなB・Jが、抑揚のない話し方をしている。「陸軍士官学校にでも送ったほうがいいのかしらね」

「そのうち大人になるさ」

「いつです？　あの子が精神的に大人になったときには、私はとっくに死んでいるかもしれません」

カーターは笑った。「考えすぎだよ」

「そうだといいんですけど」B・Jは背筋を伸ばした。「それで、男の子たちには話を聞いたんですか？」

「ああ、スパークス警部補やほかの警察官と一緒にね」彼はジョシュ・サイクスや、ミーガンのボーイフレンドのイアン・スワガートたちのふてくされた顔を思いだした。留置場に一晩入れられたことが怖かったにしても、みなそれを押し隠していたようだ。「亡くなった女性とはなんの関係もないと思う。あいつらはただ、死体が見つかった現場へ行って肝試しをしようと思っただけさ」

「一発お見舞いしてやりたいわ。とくにあのスワガートには」

「おいおい、暴力沙汰はまずいからな」

「だけど、そうでもしないとわからない子供たちばかりなんですよ」

「ミーガンは大丈夫なのかい？」

「大丈夫です。あの子の抱えている問題はただ一つ……母親が口うるさくて頭のかたい副保安官だってことだけですね」B・Jは目を閉じて額を指で押さえた。「夫にはまだなにも言ってないんです。彼に知れたら、男の子たちは足腰が立たないくらい殴られるに違いないんですもの」彼女は長いため息をついた。「夫は娘がお酒もドラッグもやらずに、バージンのまま結婚すると思いこんでいるんです。それで、ほかになにか事件は？」

「キャシーを家まで連れていったあと、タナーのところに泥棒が入ったという知らせがあった。それを処理したあとは、ずっと不良たちの取り調べさ。おまけに遺体の身元はいまだにわからない。捜索隊が捜しているが、ソーニャ・ハッチェルの行方もさっぱりだ」

「彼女の車は？」

カーターは首を振った。「発見されていない。修理に出されたという報告もないんだ。天気が回復したら州警察がヘリを飛ばして、車が乗り捨てられていないかどうか捜索する手はずになっている。だがそのころには、生存の可能性は低くなっているだろう」

「最悪ですね」B・Jが言った。

「何者かに拉致された可能性はある。脅されて無理やり連れ去られたのかもしれない」

「だったら、車がどこかに乗り捨てられているはずでしょう？　それに犯人はどうやってダイナーまで行ったんでしょうか。徒歩で？　それとも乗ってきた車を隠していたとか？」

「誘拐だとしても、犯行現場はダイナーではないかもしれないな」カーターは指摘した。「帰り道のどこかで連れ去ったとか。自分の車が故障したふりをしてソーニャの車を道ばたでとめ、無理やり乗りこんで脅すのさ。彼女にしてみれば、この天候で立ち往生している人を助けてあげようとしただけかもしれない」

「それなら、犯人の車がどこかにあるはずですよね」

「あとでとりに戻ったんだろう」

「歩いてですか？」

「あるいは共犯者がいたとか」

「そんな。複数犯の可能性もあるっていうんですか？」

「それも念頭に置いておくべきだな」カーターは言った。「スパークス警部補もその線を洗っているところなんだ。情報を集めるために記者会見を開くことも考えているようだ。僕も同意見だよ」マスコミはたいていの場合、捜査の邪魔にしかならない。しかし捜査が行きづまったときには、役に立ってくれることもあった。「犯人は地元の人間だと思うかい?」

「そうかもしれませんね」B・Jは答えた。「女の勘みたいなものですけれど。それに、ソーニャの失踪と女性の遺体発見がどこかでつながっているような気がしてならないんです」

カーターはB・Jを見つめた。「女の勘なんかじゃないさ。僕も同じことを考えていた」

「どちらも奇妙な事件です。こんな田舎町で起こりそうもないような。偶然にしては出来すぎですよ。レスターはどうしてるんですか?」B・Jが尋ねた。

「なんとか耐えているよ。子供たちのためにね」

「ひどい話だわ」B・Jは窓辺に歩いていった。「それにこの天気。みんな、頭がおかしくなってしまいますよ」

「ロバートには必ず伝えておきます」秘書が約束してくれた。

「ありがとう」ジェンナは電話を切った。子供のことで問題が起きているというのに、父親はまたもや不在だった。今回も私一人で乗り越えなければならないのだろう。だがそのほうがむしろ、事態が複雑にならなくていいかもしれない。

朝の一〇時だというのに、娘たちはどちらもまだ起きてこない。ジェンナは静かに階段をあがるとアリーのベッドルームの前を通り過ぎ、キャシーのベッドルームのドアをノックしてから開けた。部屋は散らかり放題だった。脱ぎ散らかした服が丸めてある。床にはCDや本が散らばっていて、棚には化粧品が乱雑に並べられ、ごみ箱にはごみがあふれていた。

キャシーはとてつもなくだらしないか、それとも落ちこんでいるかのどちらかだ。たぶん、両方なのだろう。

ジェンナが離婚して以来、キャシーはつらい日々を送ってきた。オレゴンに引っ越してくるのも、楽なことではなかったはずだ。しかしそれは、親に反抗したり、豚小屋のような部屋で暮らしたりする言い訳にはならない。

「キャシー、起きて」ジェンナはベッドの端に腰をおろした。

返ってきたのは、くぐもったうなり声だけだった。

「話をしないと」

「今じゃなきゃダメ？」キャシーが頭をもたげ、眠そうに目を開けてナイトテーブルに置かれたラジオつきの時計を眺めた。「あたし、すごく疲れてるの」

「そうでしょうね。だけど、アリーが起きだす前に下へ来てちょうだい。猶予は五分だけよ」ジェンナはそう言うと、キャシーが文句を並べ立てる前に急いでベッドルームを出た。

昨夜ほど強い怒りを感じているわけではなかったが、道理はきちんと教えておきたかった。

ほうっておけば彼女が大きなトラブルに巻きこまれるのは火を見るより明らかだ。それはなにより避けたい事態だった。

キッチンカウンターを拭いていると、階段をおりてくる足音が聞こえた。

「ほら、起きたわよ」キャシーがキッチンに入りながら、ふてくされて言った。短いパジャマの上下のあいだからへそが見えている。「でも、話はまた今度にしたいんだけど」

「これまでだって、ずっと先延ばしにしてきたでしょう？」

キャシーはあくびをしながらコーヒーメーカーのほうへ行き、マグカップに注いでから椅子に乱暴に腰をおろした。「じゃ、話してよ」

「どうしてそういう態度しかとれないの、キャシー？　うんざりだわ。まず、今日中に自分の部屋を片づけなさい。それからパパに電話をかけて、ゆうべのことを自分の口から洗いざらい話してちょうだい。さっきママが連絡したらパパは外出中ってことだったけど、あなたが電話したらすぐにつながるかもしれないわ。それが全部終わったら、あなたの友達とのおつきあいについて話をしましょう」

「つまり、ジョシュのことね」

「わかってるでしょう？　ママは気に入らないわ」

「大嫌いなんでしょ？」キャシーがコーヒーを飲みながら険しい口調で言った。

「あなたのことが心配なのよ。こっそり家を抜けだしてキャットウォーク・ポイントへ行くなんて、どういうつもりだったの？」

「たいしたことじゃないと思うけど」

「じゃあ、保安官にもそう言えば？」

キャシーは椅子の背もたれに寄りかかった。「あの人もママのことが好きなんだよね？」

「どういう意味？」

「いいかげんにしてよ。ママだってバカじゃないでしょ？　あの人はママのことを気にしてる。ママはまたしても男の視線を浴びてるってわけ。最初はハリソン・ブレナン。それからトラヴィス・セトラー。そして今度は保安官。このあたりに住んでる人がどれだけインターネットでママのサイトをチェックしてるか知ってるの？」キャシーは目をしばたたかせ、こみあげてくる涙をぬぐってはなをすすった。「ロスにいたときのほうがずっとよかった」

「そうかもしれないわね」ジェンナは譲歩した。「だけど、ここに住んでいる人のことを悪く言う必要はないし、今は私のサイトの話をしているんじゃないわ。あなたの話をしているのよ。あなたは今、道に外れた生き方をしようとしているわ。一度選択肢を間違えただけで、一生後悔することだってあるのよ」

「あたしは大丈夫よ」キャシーは言った。涙はもう乾いたようだ。

「本当に？」ジェンナは詰問した。自分の気持ちを理解してもらえないことが情けなく、腹立たしかった。

「ママにもわかってるんじゃない？　問題を抱えてるのは、あたしだけじゃないのよ。ママだって、このところずっといらいらしてる。クリスマスのことは話題にものぼらないし」

確かにキャシーの言うとおりだ。『ホワイト・アウト』での悲劇的な事故以来、クリスマスに関連したことはすべて避けてきた。

キャシーはむきだしのおなかのあたりにマグカップを置いた。「クリスマスって、たいていの家族には楽しいものなのよ。パーティをしたり、ツリーを飾ったりね」

「あなたもそうしたいの？　キャロルを歌ったり、ショッピングに行ったり、そりに乗ったり？」ジェンナは自分にもコーヒーを注ぎながら尋ねた。かすかに手が震えている。ジルのことは事故だった。だがジェンナは、妹が死んでしまったというのに自分は生きのびたという事実に、ずっと罪の意識を感じてきた。

「たぶんね」キャシーがどうでもいいというように答えた。「あたしはただ楽しみたいだけ。それがそんなに悪いことなの？」

「家をこっそり抜けだして、事件現場でマリファナを吸ってハイになるのがあなたの楽しみ方だっていうの？」

「そうよ！　こんな家でなにもせずにいるより、ずっと楽しいもの！」キャシーは恨めしそうに窓の外を眺めた。「パパに電話をかけるわ。もしかしたらクリスマスのあいだだけでも、家に帰れるかもしれないし」

〝家に帰れる〟——ジェンナの胸にキャシーの言葉がこだました。キャシーはここを自分の家だとは思っていない。今も自分がいるべきところは南カリフォルニアだと考えている。

「そうしたいならかまわないわ。でも、今はセックスとドラッグとアルコールの話をするのよ」

キャシーがうめき声をもらした。「本気？」

「もちろん」ジェンナはコーヒーを一口飲んだ。「話さなければならないことだもの」

男は注意深く女の顔に色をつけていた。男が自分で設置した二〇台のスピーカーから流れているのは、『傍観者』のサウンドトラックだった。彼のいちばんのお気に入りだ。マネキンが並んでいるステージに目を向けると、男の心に誇らしい気持ちが満ちてきた。

ほとんどのマネキンは、ジェンナ・ヒューズが映画で着ていたのと同じ衣装を身につけている。だがまだ、裸のマネキンや顔のないマネキンもあった。男はステージを見つめた。いつかここを、ジェンナの映画と同じくらい完璧なものにしてやる。

『夏の終わり』の孤独な教師、マーニー・シルヴェイン。その隣には『失われた純潔』のカトリーナ・ペトロヴァ。カトリーナはジェンナが最初に演じた役――一〇代の娼婦だった。カトリーナの隣にいるのは『復活』のサイコキラー、アン・パークスだ。その向こうは『闇に紛れて』の若い母親であるパリス・ノウルトンと、未完に終わった『ホワイト・アウト』のスキーヤー、レベッカ・ラング。遠くの隅には『静かに降る雪』の自閉症の女性、ゾーイ・トラメルがいた。そして今、男の手のなかでできあがりつつあるのは、セクシーで男好きなフェイ・タイラーだ。

仕事は山ほどあった。死体も始末しなければならない。コロンビア川を見おろす崖まで運んで、車ごと突き落とせばいい。閉じこめられた肉体は、川のなかでゆっくりと腐っていくだろう。

顔の形を作り、色を塗る作業は難しかった。何度やってもうまくいかない。ジェンナの美しさを再現するのはほとんど不可能に思える。彼女に似ている女どもから型をとって作った顔は、どれも満足できなかった。ジェンナのイメージを安っぽくしたものでしかない。

手のなかのフェイの顔に向きあって、男は作業を続けた。室温は低いというのに、額に汗が浮かんでくる。眼球の輪郭を絵筆でなぞり、まつげを植えるラインをまぶたに描いた。ここへ義眼を埋めこんだら、どう見えるだろうか。澄んだ緑の目。ジェンナがフェイ・タイラーを演じたときと同じかつらは、すでに用意してある。顎までの長さのボブカットだ。

男は絵筆を置いてリモコンを手にし、一息つこうとした。大画面テレビの電源を入れると、DVDプレイヤーに入れたままになっている『傍観者』の映像が流れはじめた。見たいシーンがどのあたりにあるかは、もう覚えている。ジェンナの美しい顔がアップになり、つかまえてごらんと言わんばかりの官能的な目で、カメラを凝視している箇所だ。

ジェンナに実際に見つめられるところを想像しただけで、心臓が激しく打った。俺を誘うジェンナ。俺を求めるジェンナ。画面のなかの彼女が髪をかきあげ、ゆっくり立ち去っていく。カメラは形のいいヒップを映しだしていた。

男の心は震えた。ここだ。フェイ・タイラーがゆっくりと肩越しに振りかえる。

男は一時停止ボタンを押した。ジェンナの蠱惑《こわく》的な表情を見るだけで高ぶった。

ジェンナは完璧だ。

男の目に涙がにじんだ。「お前は俺の女だ。今日も、明日も、永遠に。絶対につかまえてやるからな」

21

嵐は小康状態に入っていた。しかし、最初のものよりもさらに強烈な寒冷前線が近づきつつあるという。ソーニャ・ハッチェルはいまだ発見されていない。夫のレスターには言っていないが、カーターは、彼女はもう生きていないのではないかと思っていた。

カーターは無線に耳を澄ましながら、フォールズクロッシングに至る曲がりくねった道を進んでいた。朝の光が高速道路沿いの凍った木々のあいだから差しこんでくる。彼は疲労困《こん》憊《ぱい》していた。肩甲骨のまわりがすっかり凝っていて、疲労感が消えなかった。

ぐっすり眠れない。

おそらくこの天気のせいだろう。いや、身元不明の遺体やソーニャ・ハッチェルのせいかもしれない。

あるいはジェンナ・ヒューズのせいだろうか。彼女は今や、カーターの生活の大きな部分を占めるようになっていた。彼はジェンナに届いた手紙を調べ、なくなった私物の行方を捜してネット・オークションをチェックしたり、ポートランドの質屋に連絡をとったりした。レンタルビデオの会社にも電話をかけ、ジェンナの映画を頻繁に借りている顧客の名簿もあたった。だが今のところ、不審な人物は浮かんでこない。さらに困ったことには、彼女の夢まで見るようになってしまった。ジェンナの出ていた映画のシーンが夢に出てくるたびに、カーターは汗をびっしょりかいて目覚めた。なんという愚かなことだろう。

ジェンナには二度電話をかけてみたが、あれ以来不審な手紙は来ていないし、持ち物がなくなることもないという話だった。

町に入ってコロンビア・シアターの前を通りかかったとき、カーターはジェンナのジープがないかと駐車場に目をやった。しかし、車は一台もとまっていない。見えたのは、次の演目を宣伝する看板だけだ。『素晴らしき哉、人生!』クリスマスにはうってつけの舞台だ。

郡庁舎の駐車場に車をとめ、気持ちを奮い立たせながら保安官事務所に入る。コーヒーをカップに注いでからデスクにつき、報告書やEメールのチェックを始めた。

一〇時ごろ出勤してきたB・Jは、ほっとしたような表情を浮かべていた。キャットウォーク・ポイントで騒いでいた子供たちは誰一人事件とかかわりがなく、遺体発見現場を荒してもいなかったことが判明したからだろう。スパークス警部補も事を荒立てず、子供たちは裁判所へ出頭する代わりに奉仕活動をすることになった。妥当な解決案だったが、そんな軽い処分で不良どもが更生することはないだろう。

B・Jは、スパークスが最善の策をとってくれたと思っているようだが、カーターは尋問を行ったときのジョシュ・サイクスの顔をはっきりと覚えていた。椅子の上でふんぞりかえって無精ひげが生えた顎を突きだし、なにもしゃべることはないとふてくされた表情を浮かべていた。どうしてキャシーはあんな若者に惹かれたのだろう。

カーターの向かいのデスクで仕事をしていたB・Jが、突然立ちあがってオフィスを出ていった。しばらくするとコップを手に戻ってきて、彼のデスクに置いてあるしおれかけた植物に水をやった。「クリスマスの時期にだけ花を咲かせるサボテンなんですからね」

「ありがとう」カーターはさほどありがたくもなさそうな声でこたえた。「ところで、ヴィンセント・パラディンに関する情報が入ってきたよ。以前ジェンナ・ヒューズにストーカー行為を働いていた男だ。今はフロリダにいて、保護観察下に置かれている。担当の保護観察官には週二回きちんと会っているそうだ。あの手紙がポートランドから投函された日には、フロリダ州のタンパにいたらしい」

「でも、共犯者がいる可能性もありますよね」

カーターはコーヒーを飲み干し、紙製のカップを手のなかでつぶした。「いや、それはないだろう。ストーカーというのはたいてい単独犯だ。もちろん、容疑者のリストからは外さないけれどね」


夜のリハーサルはうまくいかないことばかりだった。まず、役者が二人来られなくなった。一人は車が動かなくなり、もう一人は氷で滑って足を捻挫《ねんざ》したという。約束どおり姿を現したほかの役者もセリフを覚えていなくて出来は最悪だったし、ピアノは調律ができておらず、照明や音響もトラブル続きだった。

リハーサルが終わり、最後の役者が出ていったときには、ジェンナは髪をかきむしりたい気分だった。どうして私は演技指導を手伝うなどと言ってしまったのだろう。それほど町の人たちに仲間として認められたかったのだろうか。もう二度とこんなことにはかかわるまいと彼女は心に誓った。

ピアノのところにいるブランチは帰り支度の途中で、衣装担当のリネッタは後方の座席に座っていた。ウェスとスコットは、天井のどこかで照明を修理しているはずだ。ジェンナとヨランダとリンダは、以前は説教壇として使われていた舞台端の席に腰をおろしていた。

「そんなに悪くなかったわよね？」ブランチが楽譜を片づけながら言った。

「そうね」リンダが憂鬱そうに答える。「そんなに悪くはなかったわ。最低だったもの」

ブランチがバッグのファスナーを閉めた。「あなたは演目が変わるたびにそんなことばかり言っているわね」

「だけど、私も同意見よ」ヨランダ・フィッシャーが、えんじ色のマフラーを巻きながら言った。昼は保険外交員をしながら、火曜と木曜の夜は劇場でダンスを教えているアフリカ系アメリカ人の女性だった。「ひどいなんてものじゃなかった。絶望的ね。非難するつもりはないけど」

ブランチが鼻を鳴らした。「ジェンナ、あなたはどう思う？」

「神のご加護にすがるしかないってところかしら」

リンダとヨランダが声をあげて笑った。はしごの上のどこかにいるウェスも、くすくす笑いをもらしている。だがリンダの息子のスコットは、どこかにいるのだろうが気配が感じられなかった。そのことに気づいたとき、ジェンナは背筋に寒けが走るのを感じた。思わず黒い梁が渡してある高い天井を見あげる。以前は聖歌隊用のバルコニーや育児室があったあたりから、階段が鐘塔へ続いている。ジェンナに言わせれば、二〇年前に撤去されてしかるべきぼろぼろの階段だった。

ブランチが不満をあらわにして言った。「こういうことは時間がかかるのよ。それはわかっていたはずでしょう？　ひたすら練習するしかないんだから」彼女はベレー帽をかぶり、手袋をはめた。

「そのとおりね」ジェンナは同意したが、役者やスタッフには練習だけでなく多少の才能も必要であることを知っていた。しかし、ここは田舎町の小さな劇団だ。役者も給料をもらっているわけではないし、チケットの売り上げは教会の修理代にあてられる。文句を言う筋あいなどどこにもない。

「私は帰るわ。みんな、またね」ヨランダが出ていった。

リネッタも針山に針を刺し、ドレスをたたんで腕にかけた。「役者たちには、もう少し猶予を与えたほうがいいんじゃないかしら。みんなちょっといらいらしすぎよ」

「そうかもしれない」リンダが認めた。「今夜のことは忘れましょう。一つずつ課題をこなしていけばいいわ。二日後のリハーサルには、全員そろうことを期待するしかないわね」

「きっと集まるわよ」ブランチがスニーカーを脱いで、スエードのブーツに履き替えた。

「〝信じるものは救われる〟ってこと」彼女はほほえんだが、口もとはどこかこわばっていた。

「それじゃ、二日後に。七時だったかしら？」

リンダがうなずいた。「天気が大丈夫ならね」

「あら、この冬、天気が大丈夫な日なんて一日もないはずよ」ブランチはもう一度無理やり作った笑みを浮かべると、ブーツのかかとを鳴らして劇場を出ていった。

「どうしてあんなに陽気でいられるのかね？」ウェスが鐘塔へ続く階段をおりてきながら声をかけた。

「みんなの気持ちを軽くしようとしているだけよ」リンダが答えた。

しかし、ジェンナにはそうは思えなかった。ブランチにはどこか奇妙なところがあった。五匹の猫と三台のピアノとたくさんのアンティークのガラス器やペーパーバックに囲まれて独り暮らしをしているということだが、以前は何度か結婚していたという噂も聞いたことがあった。離婚したのか死別したのかはわからない。才能ある音楽家であると同時に、エキセントリックな面も感じさせる人だった。

「みんなもっと前向きにならないとね」リネッタがたたんだドレスのしわを伸ばし、バッグにしまいながら言った。

「わかったわ」リンダは時計を見て目を丸くした。「もうこんな時間！　一日中犬を家に閉じこめたままなの。もう帰らないと」劇場内を眺めまわし、はしごに向かって大声をあげる。「スコット！　もう行くわよ！」だが、返事はなかった。リンダはウェスのほうを向いた。

「あの子と一緒じゃなかったの？」

ウェスがうなずいた。「最初はね。だけど、第二幕あたりから姿が見えなくなったな」

「スコット！」リンダが叫んだ。

それでも返事はない。

「先に出たんじゃないんでしょうね」リンダは立ちあがって窓際へ行った。ステンドグラスの透明な部分から、暗い駐車場をのぞく。「車はまだあるわ」

「先に帰ったりはしないわよ」リネッタが言ったが、確信はなさそうだった。

「スコット？」リンダが不安のにじむ声で呼びかけた。「スコット！」

「一時間前まではコントロール・ルームにいたはずだ。見てこよう」ウェスが階段を駆けあがった。リンダの顔には、いらだちを通り越したパニックが浮かんでいた。「誰もいないぞ！」ウェスが上方から出した大声が劇場に響き渡った。

「でも、建物のなかにいるはずよ」リンダがそう言いながら地下の楽屋へおりようとしたとき、スコットが戸口にひょっこり顔を出した。「ああ、びっくりした！　いったいどこにいたの？」リンダは心臓のあたりを押さえた。

「下で掃除をしてたんだ。やっておけって言ってただろう？」

「ああ……確かに言ったけど……もういいわ。遅いから帰りましょう」コートをはおるリンダの顔から怒りはすでに消えていた。彼女は息子とともにドアの外へ出ていった。

ジェンナもあとに続いた。戸じまりはウェスとリネッタに任せておけばいいだろう。

外に出ると風はおさまっていたが、空気はぴんと張りつめていた。星の見えない暗い空から、雪がちらちら舞い落ちてくる。ジェンナの視線は、以前は実際に鐘の音を響かせていた塔へ吸い寄せられた。そこで、なにかがちらりと動いたような気がした。誰かいるのだろうか。凍てつくような闇のなかから、じっとこちらを見つめているのだろうか。

そんなことがあるわけないわ。ただの思いすごしよ。

劇場にいるのはウェスとリネッタだけだ。ウェスは塔のほうまでのぼっていって、誰もいないと言っていた。

リンダとスコットにさよならを言おうとしたが、二人はすでにワゴンに乗りこんでいた。スコットが運転席に座り、リンダはこちらに向かって手を振っている。車は静かに駐車場を出ていった。通りに出たとたんにスコットがアクセルを踏みこんだせいで、ワゴンは横滑りして右車線に入った。もう二四歳になるというのに、いまだにティーンエイジャーのようなふるまいしかできない男性。スコットは精神的に大人になれず、過保護の母親とともにいまだ実家で暮らしている。

私に人のことを批判する権利なんてない、とジェンナは思った。自分の娘のことを考えてごらんなさい。あの子だって、天使のような娘ではないでしょう？

ジェンナはジープのドアを開け、なかへ滑りこんだ。

駐車場から出ようとしたとき、携帯電話が鳴った。「もしもし？」

「ママ、ピザを買ってきてくれない？」アリーだった。

ジェンナはほほえんだ。「いいアイデアね。お店が開いていたら買って帰るわ」

「ダニーのところへ行ってもいい？」

「今？」彼女はちらりと時計を見た。九時半だ。「明日は学校でしょう？」

「今じゃなくて、明日の放課後」

「明日はピアノのレッスンがあるわ。天気によるけど」

「ピアノのレッスンなんて嫌い」

ベレー帽をかぶってブーツを履いたブランチの姿が目に浮かんだ。どこか風変わりな女性。

「ミスター・セトラーがいいって言ったら、金曜日に行ったらどう？」

「そういえば、ダニーのパパが電話をくれたって」

「わかったわ」ジェンナは一時停止の標識で車をとめ、あたりを眺めた。「ラッキーね。マルティーノが開いているわよ。どんなピザがいい？」

「ペパロニがいいな」

「わかったわ。キャシーと話をさせて。なにがいいかききたいから」

「シャワーを浴びてる」

「それじゃあ、ペパロニだけにしておくわ。すぐに戻るから」

ジェンナは携帯電話を切り、雪の積もった駐車場に乗り入れた。黒いバンと赤いピックアップ・トラックのあいだに車をとめると、大音量の音楽が聞こえてきた。ほんの少し開いた車の窓から、ベースの音が響いてくる。ピックアップ・トラックには野球帽を逆さにかぶった三人の若者が乗っていて、煙草を吸いながら話をし、大声で笑いあっていた。なかの一人はジョシュ・サイクスだった。

それまでの明るい気分が、一瞬のうちにかき消えた。今、ここでジョシュと対峙《たいじ》するのは考えものだ。仲間の前で侮辱されたら、いきり立つだけだろう。ジェンナはコートの襟を立て、顔を隠すようにして車から降り、店に入ってピザを注文した。

焼きあがるのを待つあいだ、ブースに腰をおろしてソーダを飲んだ。残りの二つのブースには客がいたが、誰もジェンナのほうを盗み見たりしなかった。彼女はほうっておいてもらえることのありがたさを満喫した。

だが数分もしないうちに、ジョシュと仲間たちが店内に入ってきた。ぶかぶかのジーンズをはいて金のネックレスをした一人の若者が、カウンターに肘を突いて店員の女の子をからかった。もう一人は窓辺に寄りかかって外を見ている。そのとき、ジョシュがジェンナに気づいた。彼の喉仏がかすかに上下した。

黙って店を出るのがいちばんだとわかっていたが、ジェンナはこれもいい機会だと思い、ソーダをテーブルに置いてジョシュに近づいた。「こんにちは、ジョシュ」

ジェンナがすぐ目の前に来るまで、彼は反応を示さなかった。「どうも」

「調子はどう?」

ジョシュはうんざりした顔をした。「別に。ピザを注文しに来ただけだし」

「私もよ」彼女はほかの若者たちを見た。二人とも何事かと肩を怒らせている。「こっちのブースへ来て話をしない？　ソーダをおごるわ」

「喉は渇いてないんで」

「それならソーダはなしでこっちへ来て。まだピザはできあがらないんだから。こんなところで会うなんて運命みたいなものでしょう？」

ジョシュは押し黙ったままジェンナの言葉に従った。冷静さを失わないようにしなければ。この年ごろの若者を追いつめても、反抗されるだけだろう。彼女は自分を抑え、彼と向かいあって座った。

「本当になにもいらないの？」

「いらない」ジョシュは両手を組みあわせてテーブルに置いた。

「わかったわ。話っていうのはキャシーのことよ。あの子、あなたのことを気に入っているようね」

ジョシュは勘弁してくれと言いたげな目でジェンナを見た。

「あなたもキャシーのことを気にかけてくれているんでしょう？　守ってあげたいと思っているのよね？」言葉を一つ一つ押しだすようにしなければならなかった。ジョシュがキャシーを守りたがっているわけがない。彼は騎士としては最初から失格だ。

「まあね」ジョシュがどうでもいいというように答えた。

「でも、犯罪の現場にキャシーを連れだしてお酒を飲んだりマリファナを吸ったりしても、あの子を守ることにはならないのよ」

「ヘンなことをしようとしてたんじゃないさ」ジョシュは言ったが、ジェンナの目に宿る怒りに気づいて言い添えた。「ただ楽しいことがしたかっただけだよ」

「わかってる」ジェンナは心からそう思っているように言った。ジョシュに想像力が欠如しているのは、両親からあまりかまってもらえなかったせいだ。「だけど、あなたたちがしていた楽しいことというのは、危険なことでもあるの。逮捕されたらどうなっていたかわかる？　正直に言うけど、私はキャシーにもあなたにもひどく腹を立ててたわ。でも今はただ、後悔するようなことが起きなければいいと思ってるだけなの」彼女はジョシュの視線を真正面からとらえた。心にあるのは理解してほしいという思いだけだった。「だからこうしない？　うちに来るときは堂々と来てキャシーを誘って。こそこそするのはもうなしよ。あなただって、キャシーを危ない目に遭わせたくないでしょう？」

「まあ、そうだけど……」

「ピザができました」カウンターから店員が声をかけてきたので、ジェンナは立ちあがった。

「話を聞いてくれてありがとう」彼女はそう言うと、ほとんど飲んでいないソーダと驚いた顔のジョシュを残してピザを受けとり、店を出た。

22

再び降りはじめた雪が強い風に舞っていた。

ジェンナが郡庁舎の前を通り過ぎたとき、カーターのオフィスに明かりがついていた。まだ仕事をしているのだろう。彼は勤勉なことで有名な保安官だった。とくに妻を亡くしてからは、仕事に没頭しているという。噂好きな地元の住人の話によれば、カーターの妻が亡くなったのはちょうど今のような厳しい冬のさなかに、車で事故を起こしたせいらしかった。

そのとき、携帯電話が鳴った。アリーが待ちきれなくなったのだろうと思ったのだが、表示されていたのはロサンゼルスの番号だった。

ロバートだ。

ジェンナは胃が重くなるのを感じながら電話に出た。「もしもし?」

「やあ、ジェンナ」ロバートのなめらかなバリトンが雑音の向こうから聞こえてきた。「トラブルが……って話だが……キャシーが電話を……」

「ロバート、よく聞こえないの」

「警察に……それで……」

「私の声は聞こえる？」

「……破って……」

「家の電話からまたかけるわ。わかった？」

「……キャシー……」

「聞こえないって言ってるでしょう！」ジェンナは叫びながら角を曲がり、スピードを緩めようとした。けれどもタイヤが滑り、対向車線に飛びだしてしまった。とり落とした携帯電話が足もとを転がっていく。ピザの箱も助手席側の床に落ちてしまった。

アドレナリンが駆けめぐるのを感じながら、彼女はハンドルを握りしめ、なんとかもとの車線に戻った。携帯電話が雑音をたてたので拾いあげて電源を切り、目の前に続く凍ったアスファルトに神経を集中した。

雪が激しくなっている。再び携帯電話が鳴ったが無視した。おそらくロバートだろう。今は話す余裕などない。それにキャシーが補導されてから、すでに一週間がたっている。今ごろ電話をかけてくるなんて、まったくなんて父親なのかしら。

早く家に帰って、チーズがたっぷりのったペパロニ・ピザにかぶりつきたかった。

そのとき、バックミラーでヘッドライトが光った。ありがたい。運転しているのは私だけではないようだ。川沿いの曲がりくねった道をたどっているドライバーがほかにもいる。そう思っただけで、ジェンナはほっとした。

ちらりと後ろを見ると、後続車は速度をあげて接近しつつあった。前方をハイビームで照らしている。ジェンナが次の角を曲がると、その車も同じように曲がった。そしてさらに加速し、彼女のジープをあおってきた。「いったいなんのつもり？」ジェンナは軽くブレーキを踏み、後ろのドライバーにさがるよう警告した。

道路はかちかちに凍っているというのに、どうしてこんなにあおってくるの？

恐怖に心臓が早鐘を打った。ジェンナはジョシュ・サイクスのことを考えた。友達の前で恥をかかされた腹いせに、こんな仕返しを考えついたのだろうか。背後の車はどんどん距離を詰めつつあった。ヘッドライトに目がくらみそうだ。ジェンナはさらにスピードを緩めて警告したが、逆効果にしかならなかった。今やわざと事故を起こそうとでもいうように、バンパーが触れそうな距離まで近づいている。「なんてことをするの」ジェンナは冷や汗を浮かべてつぶやいた。一人で運転している女性を危ない目に遭わせて楽しむ人間がいるという話を聞いたことがあった。怒った女性が車をとめて出てくると、銃かなにかで脅して拉致するらしい。そうなったら殺されるか、運がよくてもレイプされることになる。

ジェンナは顎を引きしめた。

彼女は手紙のことを思いだしていた。何者かに見られていると感じたことや、山中で女性の遺体が発見され、別の女性が行方不明になっていることも。

やめなさい。どこかの愚かな若者が、私をからかおうとしているだけよ。ジョシュか、彼の仲間の一人に違いないわ。

ジェンナは唇をなめ、もう一度バックミラーをのぞいた。恐怖が血管のなかを駆けめぐる。

後続車は速度を緩めない。ジェンナがアクセルを踏むと、向こうもアクセルを踏みこんだ。林や標識が後方に飛びすさっていく。

そのとき、背後から来る衝撃を感じた。追突されたのだ。骨が凍りつく思いだった。コントロールしようとしても、タイヤが滑ってしまう。ああ、もうだめかもしれない。

対向車がやってきたので、ヘッドライトを明滅させて異常を知らせようとしたが、そのかいなく車は行き過ぎてしまった。どうしたらいいの？　どこへ行こうともついてくるだろうから、とまることはできない。

バン！

もう一度追突された。今度は先ほどより激しく。

ジェンナはののしりの言葉をつぶやいた。考えるのよ。あんなやつを家まで誘導してはだめだわ。

保安官事務所からは遠く離れてしまったし、ガソリンもあまり残っていない。携帯電話はまた床に落ちている。拾いあげている余裕などなかった。

でも、携帯電話をかけているふりをすることならできる。

ジェンナは右手をハンドルから離し、バッグを探った。前方に視線を向けたまま、ガレージを開けるときのリモコンを探しだすと、片手でボタンを押すふりをして耳にあてた。あれだけ強いヘッドライトで前を照らしているのだから、後ろのドライバーにもこのしぐさは見えるはずだ。彼女は運転しながらうなずき、口をぱくぱくさせてしゃべっているふりをした。

もう一度、バックミラーをのぞきこむ。気のせいか、後ろの車はスピードを緩めたようだった。お願い、このままいなくなって。ジェンナは唾《つば》をのみこんだ。家のほうに曲がる道はとっくに過ぎてしまったが、それでもうねうねと続く道を走りつづけた。ようやく車間距離が広がっていった。「よかった。早く消えなさいよ」彼女はリモコンに向かって言った。そして次のカーブを曲がり、揺れる車体を立てなおしながらまっすぐ前を向かせた。

バックミラーを確かめる。

なにも映っていない。ヘッドライトも見えなかった。

ジェンナは、今にも強烈な明かりが見えるのではないかとおびえながらアクセルを踏んだ。

彼女を包みこんでいるのは、暗闇だけだった。

でも、ヘッドライトを消して追ってきているのかもしれない。劇場の鐘塔から見ていた人間が、ピザの店からここまでつけてきたのだろうか。

「もう大丈夫よ」思わず口に出してそう言っていた。ジェンナはもう一度バックミラーをじっと眺め、ようやく誰もついてきていないことを確信した。

誰がつけてきたにせよ、車はどこかで道を外れたのだろう。ただの悪質なドライバーだ。だけど、そんな人がわざと追突してきたりするかしら?

彼女はジープの前後に気を配りながら、家へ戻る道をたどりはじめた。タイヤが路面をきちんとかんでいることがわかるとスピードをあげ、ようやく自宅の門の前まで来た。

門は開いていた。ハンスに氷を溶かしてもらって閉めたはずなのに。

ジェンナの心臓は再びとまりそうになった。何者かが家に侵入したのだろうか？　考えすぎよ。一年半も門は壊れたままだったのに、なにも起きなかったでしょう？　悪いほうに考えるのはやめなさい。

彼女は石の門柱のあいだを抜け、リモコンのボタンを押した。門がゆっくりと閉まっていく。それから別のボタンを押し、ガレージの重たいドアを開けた。ジープをなかに入れると、アリーがキッチンの窓辺に立って、激しく手を振っているのが見えた。ジェンナが車を降りるやいなや、娘はパジャマとスリッパ姿で駆けだしてきた。

「頭がどうかしたの？」ジェンナはアリーを叱りつけた。「外に出るなら、ジャンパーとブーツを忘れちゃだめでしょう」彼女はバッグとピザの箱を手にとった。

「だって、おなかがすいたんだもん」アリーは口答えをすると、ジェンナを突き飛ばさんばかりにしてピザに飛びついた。

「これでも急いだのよ。さあ、家に戻って」ジェンナはアリーとキッチンに入った。心にしみ渡るようなあたたかさが彼女を包みこむ。「アリー、いったいなにを考えてたの？」

キャシーはリビングルームにいた。椅子に座り、暖炉に向かって足をあげて雑誌をめくっている。「アリーってなにも考えてないことがよくあるのよ、ママ」

「でもあたし、黙って外に出たりしないもん」

「やめなさい！」娘たちのけんかにつきあうつもりはなかった。「今日はどうだったの？」

「別に」キャシーが答える。「いつもどおりよ」

「嘘ばっかり」アリーがピザの箱を開けながら言った。チーズとペパロニが片側に寄ってしまい、ピザの上にはトマトソースしかのっていない状態だ。「これ、どうしたの?」

「急ブレーキを踏んだときに箱が落ちちゃったのよ」

アリーが鼻にしわを寄せた。「最悪」

「味は変わらないわ」言い争いたくなかった。とくに今夜は。

キャシーがテーブルのところに歩いてきて言った。「ママの言うとおりよ」ジェンナは驚いた。キャシーが私の言うことに同意するなんて、いったいいつ以来だろう。キャシーは箱からピザの生地を一切れとり、具をのせてかじりついた。「おいしいじゃない」

アリーも姉のまねをして、しぶしぶ一切れ手にとった。

「じゃあ、ママが出ていってからあったことを話して。ハンスはもう帰ったんでしょう?」

「うん、馬に水と餌《えさ》をやってから帰っちゃった。手伝わせてくれたけど」アリーがむきだしの生地にモッツァレラチーズを巻きつけながら言う。

「そう。ほかには? 電話はなかった?」

「トラヴィス・セトラーが電話してきた。また連絡するって」キャシーが言った。「それに、出たらすぐ切れた電話が何度かあったわ。たぶん、向こうの携帯の電波状態が悪かったんだと思うけど」

「そうかもしれないわね」ジェンナはそうこたえたが、胸騒ぎを感じた。帰り道にあんなことがあったあとだ。

キャシーははっきり聞こえるほど大きなため息をつき、紙ナプキンの上にピザをのせると暖炉の前に戻っていった。アリーは次のピザにペパロニを積みあげているところだ。

「ロバートからは？」

「パパがどうかしたの？」キャシーが尋ねた。

「電話があったんじゃない？」

キャシーは首を振った。「そういえば、アリーが出た電話があったけど」

「アリー、パパから電話がかかってきた？」ジェンナは尋ねた。

「今晩？　ううん」

「もっと前は？」

「あったよ」

「いつのこと？」

アリーが肩をすくめた。「わかんないけど……昨日かな。もっと前だったかも」

「ママに話があるって言ってた？」

アリーはひるんだように唇をかんだ。「うん」

「そういうことはきちんと教えてくれないとだめよ。メモに書いておいて」

「わかった」アリーが小声で言った。

「だけど今夜、ほかの電話を受けたんでしょう？　誰からだったの？」

「どこかの男の人」

ジェンナのうなじの毛が逆立った。「どこの人?」

「わかんない。また電話するって」

「どんな用か言っていなかった?」ジェンナはおびえていることを悟られないよう気をつけながら尋ねた。

「ママと話がしたいんだけどどこにいるのかってきくから、知らないって答えただけ」

パニックがわきあがった。「ちょっと待って。あなた、家に一人でいるって言ったの?」

「言ってないよ。一人じゃなかったもん。ハンスもエリーもキャシーもいたから。一人なのかってきかれたから、違うって答えた」アリーは顎を突きだしたが、唇はかすかに震えていた。「あたし、バカじゃないもん」

キャシーが鼻を鳴らした。「どんなことでも知らない人に教えちゃダメなんだよ。ロスでパラディンってやつがママのこと追いまわしてたの、もう忘れたの?」

ジェンナは今や、ぞっとするほどの不安に陥っていた。手紙。誰かに尾行されたこと。見られている感じ。劇場からなくなった私物。

「どうして門を閉めておかなかったの?」ジェンナは努めて平静な口調で尋ねた。

「またおかしくなったから。ハンスが直そうとしてくれたんだけどね」そう言ってから、キャシーはジェンナの顔をまじまじと見た。「ママ、どうしたの?」

「もうちょっとセキュリティに気を配ったほうがいいみたいね」

キャシーが目を細めた。「あたしがこっそり外出しないようにってこと?」

「そんなことを言っているんじゃないわ。覚えてるでしょう？　妙な手紙が来たこと」

「どのくらい妙だったわけ？」

「とんでもなく、よ」

アリーも母親の不安を感じとったようだ。「その手紙を書いた人が、電話をかけてきたんだと思う？」不安そうに唇をかむ。

「わからないわ」ジェンナは正直に答えた。そのあと彼女は、家中をまわってきちんと施錠されているかどうか確かめ、ブラインドを閉めた。

アリーが子犬のようにあとをついてきた。「この家って、安全？」

「もちろんよ」ジェンナはそう答えたが、自信などかけらもなかった。

23

「どうしてもかけなきゃダメ?」ジェンナが電話の子機を渡すと、キャシーは不満そうに言った。

「だめよ」

キャシーはしぶしぶロバートの電話番号を押し、リビングルームへ行ってジェンナに背を向けた。「もしもし、パパ?」

「ああ、キャシーか」

声を耳にしたとたん、キャシーは父親に会いたくなった。ママの夫として失格だったことはわかっているし、父親としても失敗ばかりだったけれど、それでもパパはパパだ。

「どうした?」

喉がつまった。パパをがっかりさせたくない。だがため息をつき、涙をこらえながら話しはじめた。「あたし、大変なことをしちゃったの」彼女は自分がしたことを父親に伝えた。もちろん、マリファナを吸っていたことは言わなかった。しかし、夜中に家を抜けだしてジョシュと一緒に犯罪現場へ行き、保安官に補導されたことは包み隠さず話した。

ロバートは黙って聞いていた。

「それだけかい？」キャシーが話し終えると、彼は尋ねた。

「うん」

「大切なことを学んだな」

「次はつかまらないようにするってこと？」冗談のつもりだったが、涙が頬を伝った。

「ママに心配をかけちゃいけないよ」

「わかってる」彼女ははなをすすった。「ねえ……あたし、そっちに帰っちゃダメ？」

沈黙。

キャシーの心はしぼんでいった。

「クリスマス休暇にかい？」

「そうじゃなくて――」

「いい考えだな！」ロバートは、キャシーがロサンゼルスに引っ越したいと言う前に、答えを出してしまった。「クリスマスにはタホー湖のあたりにスキーをしに行こうと思っていたんだ。長いあいだしていないからね」

『ホワイト・アウト』のロケが中止になって以来だ、とキャシーは思った。パパは、あたしを引きとらないですむ方法を考えようとしている。「だけどママがアリーもあたしもここにいなきゃいけないって言ってるから、どうせ無理だと思うけど」

「じゃあ、春休みなら……いや、春は無理だな。三月に次の撮影が始まるんだ。それならパパが何日かそっちへ行ってもいいし、ヴァンクーヴァーでロケをするから、お前たちが遊びに来るって手もある。とにかく、ママと相談してみるよ」

「わかった」キャシーは涙をこらえながらこたえた。どれだけ傷ついたか、父親に悟られたくなかった。

「また連絡するよ。そうだ、アリーは起きているかい？　あの子とも話したいんだ」

胸が苦しい。「呼んでくる」キャシーはそう言うとキッチンへ行った。「パパが話したいって」妹に受話器を渡すと急いで階段をあがり、部屋に戻ってベッドに身を投げだした。泣きたくないのに、次から次へと涙があふれてくる。

ベッドルームの隣にあるバスルームに入ってドアに鍵をかけ、置いてあったラジオを大音量で鳴らした。それからタオルを顔にあて、思いきり泣いた。

「パパなんて、大嫌い」けれども問題は、父親を心から愛していることだった。こんな子供っぽい感情なんて早く忘れなきゃ。パパはあたしのことなんて、少しも気にかけてないんだから。ママと離婚したときだって、親権を争おうともしなかったじゃない。

キャシーは突然、自分が置かれた状況に怒りを覚えた。家族にも、この世界全体にも。ママにああしろこうしろと言われるのはうんざりだ。間抜けな妹もうっとうしい。パパはあたしたちを避けてばかりだし、ジョシュは、あたしがしたくないことばかりさせたがる。

「なんとかしなきゃ」キャシーはうなるように言った。そろそろ、自分のことは自分で決めてもいい年だ。ほかの人なんて、もうどうでもいい。だって結局、あたしのことをわかってくれる人なんて、どこにもいやしないんだから！

男は双眼鏡を注意深く家に向けた。木立のなかの凍った枝の上からでも、門が閉まってい て、家に明かりがともっていることが見てとれた。ジェンナはキッチンで子供たちとなにやら話していたが、ちらちらと外を見ていたと思ったらブラインドをおろしてしまった。

それじゃ見えないじゃないか。男はそう思ったが、どうしようもなかった。

ブラインドをあげてくれ。心のなかで念じながら、あちこちの窓を確認する。けれども、ジェンナの姿は見えなかった。

男の心は、ずっと以前の冷たい冬の記憶へと戻っていった。事故として処理されたあの事件のあと、彼の家の窓やドアは常に閉ざされていた。

男は震えながら、あのときの忌まわしい音を思いだしていた。

そのとき彼は、ニーナの部屋の窓をたたいて外に誘いだした。〝さあ、ニーナ〟男は彼女の手をとった。二人で湖まで走るあいだ、ニーナはずっと笑っていた。彼女の笑い声は、それまでに聞いたどんな音よりけがれのないものだった。ネグリジェの裾が白い足首のまわりで揺れている。漆黒の髪は乱れ、目は彼が想像することしかできなかった歓《よろこ》びを約束していた。

森は静まりかえっていた。家の明かりが木々の奥に見える。船着き場は氷のなかに首を突きだし、カヌーが一艘《そう》凍りついていた。男はニーナの髪に触れ、美しい顔をのぞきこんだ。

ニーナがからかうように言った。〝つかまえられるものなら、つかまえてみなさいよ〟

彼はニーナを抱きしめた。〝もうつかまえたさ〟

だが彼女は身をくねらせて男の腕をすり抜けると、足もとを滑らせながら駆けていった。危ない、と彼は思った。いつも母親に、湖は危ないから行ってはいけないと警告されていたからだ。しかし、今夜の湖には魔法がかかっていた。

男はすぐにまたニーナをとらえた。彼女は笑いながら腕のなかに飛びこんできた。息を切らしながらニーナの瞳を見つめる。彼女の冷たい唇が彼の唇に触れると、血がわきかえった。男はうめき、夢中でニーナのネグリジェをたくしあげた。彼の高まりは激しい欲望を訴えていた。二人は何度もキスを交わした。彼女の乳房は丸みを帯び、頂をかたく尖らせていた。最初は自分自身の血が全身を駆けめぐる音か、とどろく鼓動の音だと思っていた。だが、違った。低く響くその音を耳にして、彼は体をこわばらせた。

男は顔をあげた。岸からは遠く離れてしまった。どうしてこんなところまで来てしまったんだろう？　〝動かないで〟彼は震えながら言った。低くうなるような音が、もう一度谷間にこだました。全身に鳥肌が立つ。〝まずい〟

〝どうしたの？〟

〝逃げよう！〟そのとき、なにかが裂けるような音が響き渡った。ブーツの下で湖面が揺れる。男はニーナの腕をつかんだ。鋭い音がして、湖の氷が割れはじめた。〝走るんだ！〟

ニーナが氷の上で転んだ。男は彼女の手首をつかんだまま、引きずるようにして岸を目指した。自分の家の方角を見ると、あたたかな窓明かりが目に入った。煙突から立ちのぼる煙のにおいさえ漂ってきそうだった。

ニーナは泣いていた。〝ママ！〟男は叫んだ。〝ママ、助けて！〟足もとが大きく揺らぎ、彼女の手が男の手をすりぬけていった。彼は大声をあげて振りかえった。恐怖の叫びが夜をつんざく。

鋭い音をたてて、氷に大きな裂け目ができた。

男は足を滑らせながら、ぱっくりと開いた割れ目を見た。まるで生きているように、どんどん広がっていく。

そんな！

ニーナはあえぎながら、懸命に走ろうとした。男は彼女のもとへ駆け寄った。けれども氷はさらに大きく口を開け、叫び声をあげるニーナをのみこんでいった。

〝ニーナ！〟男は暗い水に腕を突き入れ、ニーナが消えていったあたりを探った。周囲の氷が細かくひび割れていく。彼は氷の裂け目に飛びこんだ。凍えるように冷たい水が全身を包み、湖底へ引きずりおろそうとした。肺は空気を求めて暴れていた。なにも見えない。

どこだ？　ニーナ、どこなんだ？

あたりを泳ぎまわっても、彼女のネグリジェは見えなかった。だが、なにかが足に触れた気がした。ニーナかもしれない！　遠くから彼女の声が聞こえたような気がした。しかし、もう限界だった。意識が遠のく。口から泡がこぼれ、鼻に水が入ってきた。男は必死に水を蹴って水面を目指した。なんとか氷の上にあがると咳きこみ、水を吐きながら叫んだ。〝ニーナ！〟その叫びは冷たい闇のなかに消えていった。〝ニーナ！〟彼女の優しい声は聞こえてこなかった。男は意識を失った。

目を覚ましたとき、男は病院のベッドに横たわっていた。ニーナが死んだのは彼のせいだということになっていた。母親は怒りの表情を浮かべていた。警察官やカウンセラーがやってきて彼と話をした。

逮捕されることはなかったが、責任の所在は明白だった。

ニーナを誘いだしたのも、湖の真ん中まで連れていったのも彼だった。ニーナを救うことは可能だったのだろうか？　おそらく無理だったに違いない。それでも男は、あのとき自分の足首に感じたのはニーナの指だと思っていた。だったらどうして、もっと深いところを捜さなかったんだ？　あと数秒なら頑張れたはずじゃないか。

彼がニーナを殺したも同然だった。

男は唇をゆがめ、再び双眼鏡の焦点を合わせた。枝のあいだに隠れながら、じっとジェンナ・ヒューズの家を監視する。

最初に死んだのはニーナだった。自分が人の生殺与奪権を手にできるのだと気づいたとき、男はその興奮を抑えつけようとした。悲しい思いをしたこともあったし、罪の意識にさいなまれたこともあったが、そんな感情は時間とともに消えていった。

そうしてジェンナ・ヒューズに出会ったとき、彼はすべてを理解した。彼女こそ、俺が求めている女だ。

それ以来、ほかの女はどうでもよくなった。あのかわいそうなニーナでさえ。

男はポケットに手を入れ、盗んできた手袋をいじった。小さな黒の革手袋。ジェンナが『復活』でアン・パークス役を演じたときに使ったものだ。彼は目を閉じ、黒のブラジャーとショーツ、そしてこの手袋だけを身につけたアン・パークスが、恋人に忍び寄っていくシーンを思い浮かべた。四肢を大きく広げられてベッドに縛りつけられた恋人は、そのあとセックスの快感ではなく、官能的な死を味わうことになる。

完璧だ。

男は双眼鏡をおろし、ゆっくりとファスナーをおろしていった。手袋をはめた手で、自らの欲望の証に触れる。目の前でひざまずいているジェンナ・ヒューズを思い描きながら。

24

長い一日だった。いや、長い一週間だった。ワイパーが夜の空から降りしきる雪をぬぐい、ヘッドライトが氷の白さを闇に浮かびあがらせていた。

道の片側には樹齢一〇〇年以上になる樅の木がそびえ、反対側では凍ったコロンビア川が西へと続いている。その支流であるパイアス・クリークを越えようとしたとき、カーターの携帯電話が鳴った。

「カーターです」

「スパークスだ。キャットウォーク・ポイントの遺体の身元がわかったかもしれない」

カーターはハンドルを強く握りしめた。

「メイヴィス・ゲットという女性が浮かびあがってきてね」

名前を耳にしても、思いあたるふしはなかった。

「二八歳で、カリフォルニア州のヨーバリンダに住んでいた。天涯孤独で、家族も友人もいない。ポートランド在住のいとこの女性から、ゲットの写真を送ってもらったんだが、われわれがコンピューターで作成した人相書きにそっくりなんだよ。明日の朝、歯科医の記録も届くことになってる。顎の骨の形や、治療痕からなにかわかるかもしれないからな。最後にいとこが彼女と話をしたのは、昨年の一月だって話だ」スパークス警部補が言った。

「それから行方がわからなくなってるわけですね？」

「最後の電話は楽しいものではなかったそうだ。ゲットは金の無心をしたが、いとこが断ったことでけんかになったらしくてね。以来、音沙汰なしだそうだよ」

解決の糸口が見つかったことに、カーターは気分が高揚するのを感じた。「いとこと電話で話をしたとき、メイヴィス・ゲットはどこにいたんですか？」

「カリフォルニアからヒッチハイクをして州間高速五号線を北上していたらしい」

「ヒッチハイク？」

「高校を二年で中退したあと、ぶらぶらしていた女性がしそうなことだと思わないか？　いとこは、ゲットがメドフォードまで行ったんじゃないかと言ってた。ゲットと離婚した二人の男や、前科がある恋人にも話を聞いてる」

「人相書きをEメールで送ってくれませんか？」

「もう送ってあるさ。報告書と一緒にね」

カーターは耳を澄ましながら目を細め、角を曲がってスピードを落とした。「そのいとこのことも調べてるんでしょうね」

「ああ、もちろんだ。ＦＢＩとカリフォルニア州警察にも報告した。身元が判明したら記者会見を開くつもりだよ。誰か彼女を見かけた人間が名乗りでてくるかもしれない」

「そうですね」カーターは言った。「念のためにレスター・ハッチェルに会って、ソーニャがそういう名前の女性と知りあいだったかどうか確認してみましょう」

「二つの事件が関連していると思ってるのか？」

「そうかもしれませんし、そうではないかもしれません」

「確かめてみても損はないな」スパークスが同意した。カーターはしばらく話して電話を切り、さまざまな可能性について思いめぐらした。

数分後、家にたどりつくと、暖炉に火をおこしてコンピューターの前に腰をおろした。Eメールが何通かスパークスから届いていた。報告書や写真も添付されている。

メイヴィス・ゲットは美しい女性だった。頬骨が高く、シャープな輪郭をしている。そんな女性が、骨となって木のうろに押しこめられていたわけだ。

誰がそんなことをしたのだろう。ヒッチハイクをしている彼女をつかまえたサイコ野郎か？　それとも知りあいだろうか？　写真のメイヴィス・ゲットは、確かにコンピューターで作った人相書きに似ていた。茶色の髪の大きな目をした女性が、不機嫌そうな表情を浮かべている。

「君の身にいったいなにが起きたんだい？」カーターは写真の女性をしばらく見つめたあと立ちあがり、冷蔵庫から缶ビールをとりだした。喉を鳴らして飲み干すと、もう一度デスクに戻り、キーボードをたたいてソーニャ・ハッチェルに関する情報と写真を呼びだした。

カーターは二人の女性の画像を隣同士に並べてみた。重ねあわせる必要はなかった。二人の顔が酷似しているのは明らかだった。おまけに、体つきまでそっくりだ。ソーニャは一六一センチで、メイヴィスは一六三センチ。メイヴィスの身長は、鑑識が推定した身元不明の女性の身長とほぼ同じだ。ソーニャの体重は五一キロ。メイヴィスの体重は、カリフォルニア州が発行した運転免許証によれば五二キロだった。

おまけに二人の女性の身長と体重は、ジェンナ・ヒューズとほぼ同じだ。

しかし、二つの事件につながりがあると断定できたわけではない。遺体とソーニャ・ハッチェル、そしてジェンナ・ヒューズを結びつける線は、はっきりとは見えてこなかった。

今はまだ。

「ブレスレットが見つかんないの」アリーが朝食をつつきながら膨れっ面をした。

「どのブレスレット？」ジェンナはリビングルームでインターネットを検索していた。昨夜のこともあったので、カーターの忠告を受け入れてボディガードをつけたいと三つの警備会社に電話をかけてみたが、どこも予約でいっぱいだった。今も誰かに見張られているような気がする。神経質になりすぎだと自分に言い聞かせたが、神経質すぎるくらいのほうが身の安全は保てるだろう。

アリーがいらだったような声で言った。「白と黒のちょっと伸びるやつ」

「フェイクのパールでできたブレスレットよ」キャシーが言った。ついさっきまで、しおらしく自分のベッドルームの片づけをしていたところだ。

「私の宝石箱のなかじゃない？　クローゼットの」ジェンナは別の警備会社のホームページを眺めながら言った。

「ないよ。確かめたもん」

「本当？」

「本当だったら！」アリーがかみつくように答えた。家のなかに閉じこめられているせいで、誰もがいらだっていた。ジェンナは神経を張りつめさせていたし、キャシーは部屋の片づけを言い渡されたせいで不機嫌だ。いつもは陽気なアリーでさえ、つまらなそうにしている。

「ダニーの家に行くときに、つけていきたかったのに」

「捜してみるわ」ジェンナは自分のベッドルームへ行き、クローゼットの宝石箱を開けた。問題のブレスレットは見あたらなかった。あまり身につけていない宝石類をしまった別の箱も調べたが、そこにもなかった。どこへ消えてしまったのだろう？　最後に使ったあと、きちんとしまった覚えがある。つい先週も、箱のなかにあるのを確かめたはずだ。

ジェンナはさらに室内を捜し、子供たちのベッドルームや客用のベッドルームも見てみた。アリーがときどき遊んでいる屋根裏部屋も確かめた。だが、どこにも見あたらない。

ものがなくなるなんて、しょっちゅうあることだ。しかし、ジェンナは心配でたまらなかった。その安物のブレスレットは、彼女が『夏の終わり』でマーニー・シルヴェインを演じたときに使用したものだったからだ。

家の掃除を頼んでいるエステラに電話をかけてみようかとも思った。だがブレスレットが一つ見つからないだけで、そこまでするべきだろうか。ジェンナはベッドに座り、落ち着きなさいと自分に言い聞かせた。目の奥がずきずきと痛みはじめている。

バスルームへ行き、痛みどめをのんでからベッドルームに戻った。ナイトテーブルを確認していなかったことに気づいて引き出しを開けると、そこにはいつも使っている品々があった——小銭、懐中電灯、ポケットティッシュ、読みかけのペーパーバック。それから、ベッドの反対側にあるもう一つのナイトテーブルに目をやった。普段は使っていないものだ。

こんなところにブレスレットが入っているわけがない。そう思いながらも引き出しを開け、なかをのぞいた。

心臓が凍りつきそうになった。

「なんてことなの」全身に悪寒が走る。

引き出しのなかには、一通の封筒があった。彼女宛の封筒だ。

以前見たのと同じブロック体で書かれている。数日前に配達された封筒のあの字だった。

ジェンナは唾をのみこんだ。誰がこんなものを？　いつからここにあったのかしら？　手紙を書いた人間が、私のベッドルームに侵入したってこと？

背筋を冷たい汗が伝っていった。叫び声をあげないようにするのが精いっぱいだった。恐怖が肌を突き刺す。

「どうしてこんなことを……」彼女は低い声でつぶやいた。「許せない」だが、内心はおびえきっていた。

指紋をつけないようにティッシュを使って注意深く封筒をとりだし、爪の先で封を開けた。一枚の紙が滑り落ちた。またしても詩だ。今度は『傍観者』のプロモーション用の写真に書かれていた。

俺はあらゆる男。
飢えて、強くて、抜け目がない。
俺は唯一の男。
理解し、見守り、そして待つ。
俺はお前の男。
今日も、明日も、永遠に。
俺はお前を迎えに行く。

25

ジェンナは秘書のジェリーの制止を振りきって、カーターのオフィスに飛びこんだ。「助けてほしいの」アドレナリンが体中を駆けめぐっている。なにかせずにはいられなかった。

「どうしたんだ？」カーターが真剣な表情で応じた。

「またおかしな手紙を見つけたのよ」彼女は身の毛がよだつほどの恐怖を感じながら、封筒を入れたビニール袋をバッグからとりだし、カーターのデスクに置いた。「それに昨日の晩、誰かが私の車に追突してきたし、映画の撮影で使ったブレスレットも家の宝石箱からなくなってるの。おまけにいろいろなものが故障して、頭がおかしくなりそう。それとも、すべて気のせいなのかしら……ああ、もう」髪をかきあげ、深呼吸をする。

「もう一度、最初からゆっくり話してくれないか？」カーターは背もたれに寄りかかった。口もとは引きしめられていたが、目にはいたわりが浮かんでいた。「ちょっと待ってくれ」電話をとって内線ボタンを押す。「ジェリー、悪いがミズ・ヒューズに……」ジェンナのほうへ眉をあげてみせる。

「なんでもかまわないわ」

「カフェイン抜きのコーヒーを頼む。それと、スパークス警部補と鑑識のジャコボスキーからの電話以外はつながないでくれ」カーターは内線を切ってジェンナを見つめた。茶色の目で、彼女をじっと観察する。「じゃあ、もう一度頼むよ。ゆっくりとね」

「わかったわ」ジェンナは最初から順序立てて話した。カーターが封筒のなかの写真に書かれた詩を読み、眉間に深いしわを刻んだ。「それで、あなたのアドバイスを受け入れることにしたの」彼女は話の最後につけ加えた。「警備会社に電話をかけて、ボディガードも派遣してくれるところはないか探してるところよ。天気のせいでしばらく時間がかかりそうだけど。でも、ウェス・アレンが……彼のことは知ってるでしょう?」カーターが顎をこわばらせてぎこちなくうなずいた。「劇場で一緒に仕事をしてるの。彼が警報システムの応急処置をすると申しでてくれたわ」

「いいアイデアだ」

「あとはボディガードだけど、誰か心あたりはないかしら?」ジェンナは尋ねた。「この町の住人のことならよく知ってるでしょう？　電話帳やインターネットをあたってみたけど、どこもだめなの」

カーターがほほえんだ。「何人かあてがあるからきいてみるよ」

「よかった。もし家に泊まりこむのがよければ、ガレージの上に一部屋あるから」

「本当に何者かが忍びこんだのかどうか、君の家をチェックさせてくれないか」デスクに並んだファイルを指でなぞり、ジェンナの名前が書かれたものをとりだして広げる。探していたページを見つけると、彼女に差しだした。「この二カ月のあいだに君の家に出入りした人間のリストだ。訂正したり、つけ加えたりしたい名前はあるかい？」

ジェンナはファイルを手にとり、一つ一つ名前を確認していった。家族や友人、仕事を依頼している人、配達関係、家々をまわって聖書を売っているカップルの名前まであった。

「これでいいと思うわ」

「手紙はいつ置かれたんだと思う？」

「わからないの。普段は使っていない引き出しだから。昨日かもしれないし、もっと前かもしれない」

「家の掃除に来ている女性は、勝手に引き出しを開けたりするような人かい？」

「そんなふうには思えないけど」

「じゃあ、子供たちは？　子供は、開けちゃいけないって言われたところを開けたくなるものだろう？」

「きいてみたけど、二人ともあの引き出しを開けたことはない、って」

「今は家に二人きりなのか？」

「いいえ。上の子はもう一六歳だけど、家に娘たちだけを残すのは……」ジェンナは言いかけて思いとどまった。カーターはキャシーのことならよく知っている。「キャシーにはもう会ってるわね。あの子は、私が子供扱いすることに腹を立ててるのよ」

「一六歳なんて、みんなそういうもんじゃないのか？」

「残念だけど、あなたの言うとおりね」

カーターはもう一度手紙を眺めた。「この詩人はくりかえしがお好きなようだな」

「ボキャブラリーが貧困なのよ」冗談のつもりだったが、笑いを誘うことはできなかった。

「これも鑑識にまわしておこう」カーターが言った。「副保安官をやって、君の家で指紋採取を行わせるよ。僕もあとで行く。近所の住人に話を聞いて、不審な人物を見かけなかったかどうか確かめてみよう」彼はこわばった笑みを浮かべた。「ボディガードの件は探しておくよ」

「ありがとう」ジェンナは礼を述べた。少しだけ気分が軽くなり、カーターのオフィスを出てアウトドア用品店へ向かった。弾をこめた散弾銃を家に置いておくのは気が進まなかったが、娘たちを守るためならしかたがない。

だけど紙の標的以外のものなんて、撃ったことないじゃないの。

「そうだけど、なんにでも最初ってものがあるのよ」彼女は郡庁舎の階段をおりながら、口に出して言い、首のマフラーを巻きなおした。

カーターはジェンナの後ろ姿を見送った。すっかりおびえているようだが、それも当然だ。彼女が階段をおりて見えなくなると、カーターは立ちあがって背伸びをし、窓辺へ行って外を眺めた。凍った窓枠の下に駐車場が見える。風のなか背中を丸め、通行人が何人か歩いていた。通りの向こうの家具店はセール中で、サンタクロースが店の窓に描かれていた。

まさにアメリカのスモールタウンだな、とカーターは思った。そのスモールタウンで、一人の女性が行方不明になり、もう一人が死体で発見された。まったく気に食わなかった。

スパークス警部補が電話をかけてきた。歯が削られていたため、メイヴィス・ゲットの歯科記録は役に立たなかったという。あとはDNA検査の結果を待つばかりだ。いとこの話によれば、メイヴィスは昔、鎖骨を折ったことがあるということだった。検死官は、現場で発見された鎖骨に古い傷が見つかったと言っていた。あれはメイヴィス・ゲットの遺体だ。FBIもその線で捜査を始めているらしい。それにしても、どうして遺体の歯が削られていたのだろう？　それになぜ、髪にアルギン酸塩が付着していたんだ？　犯人は頭のおかしくなった歯科医なのか？　メドフォードで最後に確認された女性が、どうやってキャットウォーク・ポイントまで行ったのだろうか？

彼は凝りをほぐそうと首をまわした。そのとき、足早に駐車場を歩いていくジェンナ・ヒューズの姿が目にとまった。足もとを滑らせ、慌てて車につかまったところだった。

ジェンナといると、妙な気分になってしかたがなかった。彼女はハリウッドの女王様で、ちやほやされることに慣れきった女性だと思っていたが、それは間違いだったようだ。少なくともここフォールズクロッシングでは、スター気どりの態度を見せてはいなかった。ジェンナはごく普通の女性だ。心底おびえている、一人のシングル・マザー。カーターは、彼女のボディガードを引き受けてくれそうな人物を思い浮かべた。どの候補者にも満足できなかったが、その理由に思いあたると、自分自身に蹴りを入れたくなった。僕はただ、候補者に嫉妬しているだけじゃないか。

知りあいがジェンナのボディガードを務めるなんて耐えられない。しかし、身辺警護をつけないと、さらに悪いことが起こる可能性もある。それは、保安官である自分にはできないことだ。しなければならない仕事は、ほかにも山ほどある。

カーターは、ジェンナがジープに乗りこんで駐車場を出ていくのを見守った。

「私の勘が間違っていたらごめんなさい」B・Jの声が聞こえて、カーターはわれに返った。振り向くと、B・Jがドアのところに寄りかかっていた。「なんだい？」

「わかってるでしょ？　あなたも、この国にいるほかの男性たちと同じだということですよ。ジェンナ・ヒューズにのぼせあがってる男性たちとね」彼女がからかうように言う。

カーターは鼻を鳴らした。

「否定しないんですね」B・Jが満面に笑みを浮かべた。「こんな日が来るとは思わなかったわ」

彼はため息をついた。「それより仕事をしよう」

「保安官は恋をしてるんでしょう？」

「なんともたくましい想像力だね」

「とんでもない嘘つきですね」彼女はそう言ったが、顔はほほえんだままだった。「こんなに長いあいだ、恋に興味がないふりをしていたなんて」

恋をしない人間なんていないさ、と思いながらカーターはデスクへ戻った。「彼女は問題を抱えてるんだ」そう言って、二通目の手紙を見せる。「ストーカーであることは確実だ。君のコンピューター方面の才能を使って、そいつをあぶりだす手助けをしてほしい」

「喜んで」B・Jが答えた。「今、彼女の映画のDVDやビデオを借りた人間のリストを作っているところなんですが、ウェブ方面も探ってみますね」

「助かるよ」そのときカーターは、B・Jが呼ばれもしないのに彼のオフィスまでやってきたことに気づいた。「なにか用があったんだろう?」

「私じゃなくて、マスコミです。情報を出せと言って大勢集まってるんですよ」

「州警察へ行けと言ってやれ」

「そう言ったんですが、聞く耳を持たない記者がたくさんいて。いちばん頑固なのは、『バナー』紙のロキシー・オルムステッドですね。あなたに直接話を聞きたいと言って頑張ってます」

カーターはその女性記者のことを覚えていた。美人で、小柄で、執拗《しつよう》。頭痛の種だ。

「人気者は大変ですね」B・Jはそう言うと、オフィスを出ていった。

本当に大変だ、とカーターは思った。彼はモンティネロに連絡をとり、ジェンナの家へ向かうよう指示した。犯人の指紋がとれるとは思わなかったが、やってみなければわからない。

それにしても、B・Jの勘は鋭すぎる。ジェンナのことを考えて物思いにふけるなんて、どうしてしまったんだ? どうやら僕は、自分で思っていたよりずっと愚か者らしい。

「ボディガード？」キャシーが〝クリスマス・デコレーション〟と書いてある箱を開ける手をとめ、警戒心に満ちた目で母親を眺めた。「知らない人を家に入れるの？　イヤよ。絶対に、イヤ」

「泊まるのはガレージの上の部屋なのよ」ジェンナは引きさがらなかった。二度目の手紙を受けとったことで、精神状態は限界に来ていた。ずっとびくびくしどおしで、物音が気になってしかたがないし、鍵がかかっているかどうかも何度もチェックせずにいられない。しかし散弾銃の銃弾は買ってきたものの、まだ装塡《そうてん》してはいなかった。

アリーが雪だるまの形をしたクリスタルの飾りを包みからとりだした。「ダニーのパパだったらいいんだけどな」

「いいかげんにしてよ」キャシーが小声で言う。

「だってあの人、ときどき探偵の仕事もしてるよ」

「本当なの？」ジェンナが尋ねた。

「うん」アリーはテーブルに飾りを置いた。暖炉の炎を受けて、クリスタルが赤く輝いた。

「本人がそう言ったわけ？」キャシーが詰問する。

「ダニーが言ってたよ」

「ダニーの言うことなんて信用できないわ」

「でも本当だもん。あたし、銃を見たんだもん」

「なんですって？」箱を開けかけていたジェンナは目をあげ、鋭い視線をアリーに向けた。

「セトラーさんの家をあちこちのぞいてまわったの？」

「そんなことはしないよ。ミスター・セトラーが身につけてたの。肩からさげたホルスターに入ってるのがジャケットの下に見えたんだもん」

「あの人が探偵だなんておかしいわよ」キャシーが箱から電飾をとりだしながら言った。

「セトラーさんにボディガードを頼むのはやめておくわ」ジェンナは言った。

「よかった」キャシーがそっとつぶやく。

「だけどカッコいいのに」

「ただダニーにうちに来てほしいだけでしょ」キャシーが言うと、アリーは顔を赤くした。

「ミスター・セトラーがいいのに。前は、特殊部隊にもいたことがあるんだよ」

「でたらめを言わないでよ。アリー、いいかげんにしたら？」

「本当だってば！」

「そうでしょうよ」キャシーが電飾のスイッチを入れると、床の上で無数の電球がさまざまな色に明滅しはじめた。

「もうやめましょう。私たちはセトラーさんのことをよく知らないんだから」

「でも、ママに色目を使ってることは事実だけどね」

「キャシー！」カッターの刃が滑って、ジェンナは親指を切ってしまった。「もう！」

「本当のことでしょ」

アリーがキャシーのほうを向いた。「あの人、軍隊にいたんだよ。ダニーがそのときの写真を見せてくれたもん。勲章とかも。エリートみたいに軍服を着てたんだよ」

ジェンナは親指を押さえ、肩の筋肉をこわばらせた。シンクのそばの棚から絆創膏《ばんそうこう》をとりだして傷口に貼る。どうしてトラヴィスは、自分にそんな経歴があることを話してくれなかったのだろう。「それで、あなたはセトラーさんの家をあちこちのぞいてまわったのね？」アリーの目をまっすぐに見つめて問いただす。「アリー？」

「ダニーがいいって言ったんだもん」

「いいって言われても、やっちゃいけないことはあるのにね」キャシーが電飾をほどきながら言った。

これではクリスマス気分になれるわけなどない、とジェンナは思った。ジルの死がまだ心に重くのしかかっているうえに、新たなストーカーの問題まで……。

メリークリスマス。ジェンナは心のなかでつぶやいた。

26

近所の聞きこみをしても、意味などなかった。ジェンナの隣の家は空き家だった。反対側の家に住んでいるのは老夫婦で、変わったことはなにもなかったと言った。ただハリソン・ブレナンが、ジェンナを困らせている輩がいると聞いて、多大なる興味を示しただけだ。

もう午後だった。ブレイザーをジェンナ・ヒューズの屋敷の私道にとめたとき、カーターは、ちょうど帰ろうとしていたモンティネロとでくわした。「家にはうんざりするほどいろいろな指紋がありましたよ。二人の子供や友人、掃除婦、エクササイズの個人トレーナー。子供たちにも友人がいるし、修理の人間も家に入ってますからね」

「ベッドルームの指紋はどうだった？」カーターは大きな屋敷を見あげた。木立に守られ、屋根からつららがさがっているその家は、まるでクリスマス・カードから抜けだしてきたようだ。

「ジェンナ・ヒューズのものより大きな指紋がいくつかありました」

カーターはうなずき、ジェンナのベッドルームに男が侵入したところを想像して顎をこわばらせた。

モンティネロが小さなバッグを持ちあげた。「家族の指紋もとってあります。ジェンナには、セキュリティを厳重にするよう注意しておきました。それから私がここにいるときに、ウェス・アレンとスコット・ダリンスキーが警報システムの修理に来ましたよ。一応直ったみたいです」

警報システムが修理できたと聞いても、カーターは安心できなかった。この家はどこか暗い影を帯びている。小屋の数が多すぎるせいかもしれない。馬小屋、納屋、ガレージ、風車小屋、ポンプ小屋……隠れようと思えばどこにでも隠れられる。

「なにかわかったら、知らせてくれ」

「了解です」

モンティネロの車が行ってしまうと、カーターは裏口にまわり、鋭いノックの音を響かせた。犬が吠え、ジェンナがほんの少しドアを開ける。

「クリッター、静かに！」彼女は犬に命じてから、ドアを押しあけた。犬は喜びのあまり猛烈な勢いでカーターの周囲をまわった。「これじゃ、番犬なんて無理よね」ジェンナは笑いながら言った。髪をアップにしてピンでとめ、カーターが以前にもかいだことのある香水の香りをかすかに漂わせている。

「でも、やる気を見せているじゃないか」

「きっとブルドッグにペットの座を奪われるんじゃないかと戦々恐々なのよ」ジェンナが犬の首輪をつかんでにっこりした。「よかったら、どうぞ」彼女の目がきらめいたように見えた。調子にのるんじゃない、とカーターは自分に言いきかせた。会えてうれしそうにしているのは、僕が保安官だからだ。演技をしている可能性さえある。芝居の経験ならたっぷりあるのだから。「悪夢の館《やかた》へようこそ」彼女はカーターを招き入れた。

カーターはブーツを脱いだ。ジェンナが犬を放すと、犬はカーターの脚に飛びつき、鼻先をこすりつけて尻尾を振った。

「クリッター、失礼なことをしちゃだめよ」ジェンナはそう諭してから、カーターをキッチンへ案内した。

クリスマスの装飾や箱が散らかっている部屋のあちこちに、黒や銀の粉がこぼれていた。モンティネロが指紋を採取していった跡だ。下の娘がクリスマスの飾りをいじりながら、電球を替えている。

「アリー、カーター保安官よ。覚えている？」

「うん」アリーは目もあげずに答えた。

「ジェーンと呼んでくれ」彼はジェンナにそう言ってから、アリーに向かってつけ加えた。「そのほうが親しみが持てるだろう？」

アリーは肩をすくめて作業を続けた。

「僕は子供受けがいいんだよ」カーターが冗談を言うと、ジェンナが笑った。一瞬、視線が絡みあう。それだけで彼はどぎまぎした。

「そうみたいね」ジェンナは散らかった床を眺めた。「子供たちといると、毎日がクリスマスみたいな騒ぎよ」その口調は午前中に会ったときよりずっと落ち着いていた。

「そうだろうな」カーターはジャケットの内ポケットから一枚の紙をとりだした。そこには、彼が信頼している三人の男たちの氏名と電話番号が書かれていた。「まだ電話はかけていないが、こいつらなら役に立つかもしれない」

「ボディガードの件？」

「そうだ。この三人なら僕が保証するよ」カーターはうなずいた。

ジェンナが表情を和らげた。「ありがとう。こんなことまでしてもらって」

「これも仕事の一部さ」

彼女が眉をあげた。「本当に？」

「もちろん」カーターは言った。ふたりのあいだに沈黙が広がった。ジェンナのまつげは、まばたきをすると頬に触れそうなほど長い。時計が時を刻む音が聞こえ、どこかからかすかにテレビの音がする。「手紙が見つかった場所を見せてほしいんだ」

「ええ……こっちよ」ジェンナは咳払《せきばら》いをしてから、先に立って階段をあがっていった。カーターは、揺れる彼女のヒップや、背中に落ちかかる後れ毛を努めて見ないようにした。だが、いやでも目に飛びこんでくる。ジェンナが階段のなかほどにあったドアを開けた。部屋に入ったカーターは、さらに困った事態に陥ったことを悟った。石鹸《せっけん》と杉とライラックの香りに圧倒されたからだ。クイーンサイズのベッドの柱には、白いシルクのローブがかけてあり、キャンドルやポプリがあちこちに置かれ、分厚いラグがフローリングの床を覆っていた。

ここでも、黒や銀の粉が目についた。ナイトテーブルやドレッサー、窓枠、ドアノブ。

「見てまわってもいいかな？」

「どうぞご自由に」

ジェンナの許しを得て、カーターはまず隣のバスルームに入った。バスタブとシャワーがあり、ジェットバスやサウナもついている。その隣は、彼のリビングルームほどの広さがあるウォークイン・クローゼットだ。多くの棚や引き出しが並び、さまざまな服がかけられていて、その下に靴やハンドバッグが置いてある。服の数は、カーターが知っているどの女性の持ち物より多かった。引き出しの一つが少しだけ開いていて、赤のレースのブラジャーが顔をのぞかせていた。目にしたとたん、そのブラジャーを身につけたジェンナを思い浮かべてしまい、彼は喉をつまらせた。慌ててクローゼットを出て、ベッドルームに戻る。

彼女はナイトテーブルのそばに立って、カーターを待っていた。

「ここで見つけたの」ジェンナが引き出しを開けた。「前にも言ったけれど、この引き出しは使ってないの。引っ越してきて以来、開けた記憶さえないわ」

「しかし、あの手紙を残していったやつは、この引き出しを開けたわけだ」

「そうね」ジェンナは両腕を自分の体にまわして窓辺へ行った。振り向いてカーターを見据え、ラグに視線を落とす。「気のせいだろうけれど、いやな感じがするの。誰かにいつも見られているような感じ。最初の手紙を受けとったときよりもずっと前から、そんな気がしてたわ。でも、気にしすぎなのよね？」彼女は顔を赤らめた。

「そうじゃないかもしれない」

ジェンナはナイトテーブルに目をやって体を震わせた。「何者かがここに入ってきたってわけね。私の家に。私のベッドルームに。そのとき私は、眠っていたのかもしれない。その人は、娘たちのベッドルームにも忍びこんだのかもしれないわ。それがどれほどぞっとすることか、わかってくれる？」

カーターはうなずいた。そのとき、トラックのエンジン音が近づいてきた。「しばらくホテルで暮らしたほうがいいかもしれないな」

「相手がどんなおかしな人間でも、そんな人のせいで家を捨てるのは絶対に耐えられない。だから、人を雇うわ。今朝も鍵の修理店に電話をかけて、すべての鍵を替えてもらったの。ウェスとスコットも警報システムを直してくれたし、散弾銃の銃弾も買ってきたしね」

「散弾銃だって？」カーターはショックを受けた。「扱い方はわかってるのか？」

「使わないですめば、それに越したことはないけど」

「だが、家には子供たちがいるわけだし、それに――」

「私はその子供たちを守らなきゃいけないの。もう何年も前だけど、『復活』の撮影をしてたときに、使い方を教わったのよ。アン・パークスは殺人者だったんだもの。もちろん、実際に撃ったわけじゃないわ。でも子供たちを守るためなら、それも厭《いと》わないつもり」

「映画のときに使ったのは拳銃だったんだろう？」

「ええ」

「それなら、散弾銃を扱う練習もしておいたほうがいい。僕なら散弾銃なんてすすめないけどね」

「この家にはそれしかないんだし、用心するに越したことはないでしょう?」

カーターは、銃を使って自殺したり、愛する人々を傷つけてしまったりした人々のことを考えた。「だが、絶対に注意してくれよ」

「そうするつもりよ」ジェンナがそう言ったとき、犬が頭をもたげて大きくうなった。床に爪音を響かせて、吠えながら階段を駆けおりていく。「クリッターは自分の役目を果たしてくれてるわ」彼女は言い、犬のあとを追った。

そうであればいい、とカーターは思った。本当にそうであればいいのだが。

裏のポーチにいたのは、ハリソン・ブレナンだった。ドアの窓からなかをのぞきこんでいる。怒ったような表情だ。

ジェンナは憂鬱になりながらドアを開けた。犬が不機嫌そうに吠え立てた。クリッターは、ハリソンのことがあまり好きではない。二人の娘たちも同じだった。

「保安官はいるのかい?」ハリソンが尋ねた。「ちょっと前にうちへ来たんだが」ジェンナの背後に目をやる。顎の筋肉がかすかにこわばり、唇も不快そうにゆがんでいた。

「ハリソンじゃないか」カーターがジェンナの背後に近づき、彼女のうなじに息がかかるほどの距離で言った。ぞくぞくする感じが背筋を走ったが、ジェンナは無視した。

「質問に答える必要はなさそうね」ジェンナはいらだちを表に出さないようにしながら答えた。ハリソンは悪い人ではない。けれどもうなりつづけているところを見ると、クリッターはそうは思っていないようだ。「しーっ。静かにしないと、雪のなかにほうりだすわよ」

「こいつは少しも私に慣れようとしないんだな」ハリソンはそう言いながらも、しゃがんでクリッターの頭をなでようとした。うなり声はやんだものの、クリッターはまだ背中の毛を逆立てていた。ただ頭をさげ、ハリソンの動きに細心の注意を払いながら頭をなでられているだけだ。「きっと私の手を食いちぎってやりたいと思ってるんだろうよ」

「どうぞ入って」ジェンナはハリソンを招き入れ、クリッターをにらんだ。「おとなしくしてるのよ」

クリッターはこそこそと、テーブルの下へ潜りこんだ。

「僕は家のなかを見させてもらうよ。部屋の配置を頭に入れておきたいんだ」来客に気をつかったのか、カーターが言った。

「必要なことはなんでもしてちょうだい」カーターが脅迫状のことを真剣にとらえてくれていることを知って、ジェンナはほっとした。彼が家にいてくれると安心できるし、緊張がほぐれていくのがわかる。カーターは一階の部屋を一つ一つチェックすると、再び階段をあがった。ジェンナはハリソンをリビングルームに連れていき、アリーに声が聞こえないよう気をつけながらここ数日間に起きたことを説明した。

彼女が話し進むにつれて、ハリソンの表情が険しくなった。顎を引き、唇をかたく引き結んだまま一言も発さず、青い目でじっとジェンナを見つめている。

話が終わると、ハリソンは顎をさすりながら言った。「つまり、誰かが脅迫状を家に置いていったというのに、私に連絡もしなかったわけだね？」

「保安官の仕事だと思ったから」ジェンナは言った。階段がきしむ音が聞こえた。

「いや、隣に住んでるんだから、それは私の仕事だよ」ハリソンは眉をひそめた。「私にはコネもある。FBIに捜査してもらわないと。いったいなにが起きてるんだ？」

「それを探ろうとしてるところだよ」カーターが言った。

ハリソンが顔を紅潮させた。「あんたは彼女がここにいて安全だと思っているのか？」

「私は大丈夫よ、ハリソン」ジェンナは割って入った。

「でも、警報システムのこともある。あれは故障してばかりじゃないか。セスに電話をかけるよ。あいつに直せなきゃ、私が直せる人間を見つけてやるさ」

「もういいのよ。ウェスとスコットが修理してくれたから」彼女は言った。

ジェンナの隣でカーターが体をこわばらせた。ハリソンは鼻を鳴らした。「ウェスなんかになにが直せるっていうんだ？」

「でも、もう大丈夫なんですってば」ジェンナはぴしゃりと言った。

「私がもう一度確認してみよう」彼女が反論しようとすると、ハリソンはカーターに視線を向けた。「あんたはこのことをどう考えてるんだ？」カーターの胸に指を突きつけて言う。

「やれることはやっている」カーターは腕を組み、一歩も引かなかった。

「ふん」ハリソンは疑うように銀色の眉をあげ、ジェンナに向きなおった。「君には守ってくれる人が必要だ。女性三人だけで住んでいるなんて不用心すぎる」

「ここは私の家なのよ」

「だが、ちっとも安全じゃない」彼は首の後ろをさすった。「私が泊まりこもう」

「そんなことをしてもらう必要はありません。ボディガードを雇うことにしたんですから」

「ボディガード？　誰だ？」ハリソンがきつい口調で尋ねた。

「まだわからないけれど、今日面接をするつもりです。保安官が紹介してくれて――」

「ジェイク・ターンクィストがいい」ハリソンが独り合点して言った。「まあ、私のほうが確かだと思うが、ジェイクでも問題ないだろう。私の友人で、元海軍の軍人だ。ポートランド市警を退職したあと、私立探偵をしていたこともある。独り暮らしをしているから、ここに泊まりこむことも可能だよ」

ジェンナは全身に力を入れて、なんとか怒りを爆発させないよう努力した。どうしてこの人は指図ばかりしたがるのだろう。私のことをそんなに頼りない女だと思っているのだろうか。「でも、まず保安官が推薦してくれた人たちと会うことにするわ」思わず握りしめていたこぶしをほどきながら、ジェンナは言った。

「ターンクィストもリストに入ってるよ」カーターがハリソンをにらみながら言った。「確かに、ターンクィストは信頼できる男だ。彼が引退する前に、僕も何度か一緒に仕事をしたことがある」

ハリソンが少し表情を和らげた。「じゃあ、決まりだな」

「まだ決まってません」ジェンナはきっぱりと言った。「その人に連絡はしてみますけど」

カーターはもう一度家を眺めまわした。「また連絡するよ。トラブルが起こったり、なにか必要なことがあったりしたら、すぐに電話をくれ」

「そうするわ」ジェンナは約束した。しかし、裏口までカーターを送っていくあいだにも、再び恐怖が忍び寄るのがわかった。ドアの窓から、彼の車が遠ざかっていくのを見送る。ジェンナは、ハリソンという名の厄介事とともにとり残された。

ハリソンはキッチンで彼女を待っていた。電話の子機を手にしている。「もうジェイクに連絡したよ」彼は誇らしげな笑みを浮かべていた。「これで万全だ」

「どういうこと？」

「引き受けてくれるらしい」

「まだ会ってもいないのに？　この家を見てもいないのに？」ジェンナは家のなかを指し示した。「料金の話は？　勤務時間は？　ハリソン、こういうことはもうやめてくれないかしら？　あなたの指図は受けません」荒々しい足音をたてて彼のほうへ近づいていく。その表情からは、怒りが波のように放射されていた。

「私は力になろうとしているだけだよ」

「こっちは息がつまりそうなの」

「ジェイクのことは気に入るさ」ハリソンは聞く耳を持たなかった。ジェンナの言葉などなに一つ理解できないという顔をしている。

彼女は肩を怒らせて顎を引いた。「そういうことじゃないの。あなたに守ってもらう必要なんかないってことよ」

「自分の身は自分で守ると言いたいのかい？」彼はからかうように目を光らせながら尋ねた。

「あなたの助けなんていらないと言ってるの！　もう出ていってください」

ハリソンは、頭がおかしくなったのかと言わんばかりの目でジェンナを見た。「ちょっと待ってくれ。さっぱりわからない。君には助けが必要だろう？」

「だけど、あれこれ指図される必要はありません！　私は大人の女なの。私のことはほうっておいて」

ハリソンは突っ立ったままあんぐり口を開けていたが、ようやく理解したのか息を吸って歯のあいだから声をもらした。「しかたがないな」そう言ってジャンパーのファスナーをあげ、裏口へ向かう。「差しでがましいことをして悪かったよ、ジェンナ」片手をドアノブにかけ、振りかえる。「私はいつもこういう調子なんだ」

ジェンナはただ彼をにらみつけていた。

「こうしよう。警報システムだけは確認させてくれ。そうすればもうちょっかいは出さない。だが、君の気持ちが変わったら連絡してくれないか」

連絡などしない。それはわかっていた。

熱い血が全身を駆けめぐっていた。むきだしの肌に落ちてきた雪が溶け、水滴となって流れ落ちていく。身につけているのは手袋だけだ。男は筋肉をきしませながら、懸垂を続けた。ゆっくりと体を持ちあげ、さらにゆっくりとさげていく。

天候がどうあれ、屋外でのエクササイズは男の日課だった。雨が降ろうが雪が降ろうが、休むことはなかった。

今は、冬がこの体を鍛えてくれている気がする。筋肉が悲鳴をあげるのを感じていると、またしても殺しの欲望が頭をもたげてきた。歯を食いしばって一〇〇回の懸垂を終え、雪の吹きだまりに素足を突っこむ。

肌に浮かんだ汗が雪とまじりあった。熱いものと冷たいもの。凍てつく空気が裸の体をなでていく。

夜の邪悪さが男の体に潜りこんできた。彼は目を閉じ、狩りを思い浮かべた。

そろそろ、殺しの時間だ。

27

ロキシー・オルムステッドは、保安官事務所から〝ノー・コメント〟という返答をもらうことにうんざりしていた。カーターに会えないことも腹立たしい。きっと私を避けているのだろう。

メッセージも残したし、Eメールも出した。郡庁舎のまわりをうろついてカーターをつかまえ、メイヴィス・ゲットに関する情報を得ようともした。しかし、遺体の身元が判明してからも、カーターは電話をくれなかった。何度連絡を入れても、あの傲慢《ごうまん》な秘書のジェリーが〝保安官は外出中です〟とか〝今はお会いできません〟とか答えるだけだ。

ロキシーは悪態をつき、『バナー』紙の編集部を出た。ノートパソコンと魔法瓶とバッグをわきに抱え、吹雪のなかをカローラへと向かう。ドアを開け、錠剤を二錠口のなかにほうりこんだ。また胃の調子がおかしくなっている。キーをまわすと、デフロスターが窓をあためはじめた。この車は私をどこにでも連れていってくれる。保安官の家にだって。

笑みを浮かべながら、カーターのことを思い浮かべた。背が高くてハンサム。保安官というより、ハリウッド映画に出てくるカウボーイのようだ。今日こそ、あのカウボーイをつかまえてやろう。

ワイパーを動かして氷を払い、お気に入りの局にラジオを合わせて八〇年代のポップスを聞いていると、車のなかがしだいにあたたまってきた。ほかの車のあいだをゆっくりと抜け、通りに出る。タイヤが少し滑ったが、それでも彼女はほほえんでいた。雪が宙を舞い、ヘッドライトのなかで躍っているのを見るのは大好きだ。赤信号でとまっているあいだに、バッグのなかからリップグロスを見つけて唇に塗った。

町の外に出ながら、頭のなかでカーターに会ったときの予行演習をしてみる。彼が家にいなければ待つだけだ。魔法瓶にコーヒーを詰めてきたし、毛布だってある。

カーターは話をしてくれるだろうか。ロキシーはこれまで何度も、カーターの姿をうっとりと心に思い描いてきた。あの口数の少ない秘密めいた男性には、不思議な魅力がある。

ロキシーはカーターの家へ向かう道をたどった。エンジンが心地よい音をたてている。ヘッドライトが夜の闇を切り裂き、汚れた雪を浮かびあがらせた。彼女はちらりとバックミラーを見た。すぐ後ろに車がいた。今にも追突しそうな距離だ。「なんのつもり？」そう言って、まるで相手に聞かせるようにつけ加える。「あのね、ここはロスじゃないのよ」ロキシーはスピードをあげたが、それでも後続車はぴったりついてきた。先に行かせて、ナンバープレートを確認しよう。そう思って速度を緩めたが、後ろの車は前に出ようとしなかった。

二キロ先には、カーターの家のほうへ曲がる道がある。あそこでまいてやればいい。だが、後問題の角まで来ると、ロキシーはカローラをいきなり減速させて方向を変えた。だが、後続車はぴったりついてくる。いったいどういうつもりだろう。そう思いながら、カーブを曲がりきろうとしたときだった。

ドン！

頭ががくりとのけぞる。

バンパーに追突されたらしい。カローラは激しくスピンした。猛烈な勢いで巨大な樅の木が近づいてくる。「いや！」

鈍い金属音が響いて、ロキシーは顔を覆った。衝撃が走り、車がとまる。ハンドルに頭をぶつけたが、シートベルトがそれ以上の被害を食いとめてくれた。しかし、唇を切ってしまったようだ。口のなかに血の味が広がっていく。

めまいを覚えながらもシートベルトを外し、サイドミラーを確かめた。誰かが近づいてくる。後ろの車に乗っていた大ばか野郎だ。彼女はドアを開けた。吐きそうだった。

「大丈夫かい？」男の声がした。

大丈夫じゃないわよ、この間抜け。ロキシーはふらふらする頭でそう思った。

「手を貸そうか」

ドアがさらに大きく開かれた。ロキシーは身をよじり、雪に向かって嘔吐《おうと》した。手袋をはめた手で口もとをぬぐったが、体の震えはおさまらない。「どうしてあんな運転をしたのよ？」彼女がなじったとき、がっしりした手で腕をつかまれた。視線をあげてその男を眺めたが、見覚えのない顔だった。

「ただ、君の注意を引きたかっただけさ、マーニー」

「なんですって？　マーニー？　私はそんな名前じゃないわ！」

「僕は手を貸そうとしてるだけだよ」男がにやりとした。ロキシーは彼の笑みに残酷な悪意を感じた。

「手を離してよ。もう平気だから」バッグには催涙スプレーが入っているし、車のサイドポケットにはアイスピックがある。

「そうは思わないな」男はロキシーを車から引きずりだそうとした。抵抗しようと体をひねったとき、男の手に銃のようなものが握られているのが目に入った。心臓がとまりそうになる。

「なんのつもりなの？」彼女は男の氷のように冷たい目をのぞきこみながら尋ねた。

「君を救ってあげようと思ってね」

「だけど、私はマーニーじゃないのよ」ロキシーはあらがいながら手を伸ばした。催涙スプレーでもアイスピックでもどちらでもよかった。

「わかってるさ」男はそう言うと、武器をロキシーに押しあてて引き金を引いた。全身に電気ショックが走った。男がもう一度スタンガンの引き金を引くと、彼女はぐったりとなった。

「もちろんマーニーじゃないことはわかってる。でも、お前で間に合わせなきゃいけないんだ」

ドクター・ランドールは腕時計を眺めた。最近、この男が訪ねてくる回数は減りつつある。彼は最初の予約をキャンセルして、早朝に変更したいと言ったと思ったら、それもまたキャンセルして別の時間を指定してきた。残念なことに、今夜のカウンセリングもそろそろ終わりだ。こんな天気だというのに、あと一五分で次の患者がやってくる。

「つまり、私は自分の恐怖に立ち向かわなければいけないということですね？」

「基本的にはね」ランドールはうなずいた。

「日々、そうしているつもりなんですが」

「ほう？」ランドールは言った。患者は疑がうような表情を浮かべていた。ソファに座って、両のこぶしを握りしめ、親指で神経質そうに人差し指をなでつづけている。

「こういう話をすることに、なにか意味があるんでしょうか？」

「君のほうから、私のところへやってきたんじゃないか」

「人にすすめられたんです」無精ひげの生えた顎が斜めにかしいだ。「役に立つかと思ったもので」

「役に立ったかい？」

「それはあなたが判断してください。医者はあなたなんですから」

「君の心を読むことはできないさ」

患者はかすかな笑みを浮かべた。「だったら私は、金をどぶに捨ててきたも同然だ」

「君は罪の意識を克服したかったんだろう？」

こぶしが開いて、また閉じた。「それは難しいようですね」

「前進はしていると思うがね」

「そうですか？」

「ああ。だが治療をやめるというなら、それは君の自由だ」ランドールは眼鏡越しに男の顔をのぞきこみ、相手の判断を待った。

「わかってます」

「君はデイヴィッドの死に関して責任など感じる必要はないんだぞ」

患者の顎がこわばった。

「キャロリンの死についても同じだ」

患者は窓の外に目をやりながら、革張りのソファの縫い目をつまんだ。

ランドールは、不信感をあらわにしている保安官を見守った。カーターは冬の悪魔との格闘を続けている。「私の言葉が信じられないようだね」

「あなたはあの場にいたわけじゃない。私の話を聞いただけです。デイヴィッドかキャロリンがここにいたら、また別の意見があるかもしれない」カーターは真剣な面持ちで精神分析医と向きあった。「二人とも、私を頼りにしていた。私はその信頼を裏切ったんです」

「二人にしても、君を裏切ったことにならないかね？」

カーターは鼻を鳴らした。「私が助かったのは、友人が大ばか者だったからであり、妻が不倫をしていたからですよ」

「君が殺したわけじゃないんだ。デイヴィッドを助けることは不可能だったわけだし、奥さんが愛人に会いに行く途中、車ごと谷に落ちたからって、君にとめるすべはなかったんだよ」

「妻とは口論をしました。彼女が車に乗ろうとしたとき、引きとめるべきだったんです」

「引きとめていたら、奥さんはとどまってくれたかね?」暖炉の上の時計が大きな音をたてて時を刻んでいた。

「わかりません」カーターは頭を振った。「無理だったかもしれないですね」カーターはソファの上で身じろぎし、ポケットを探ってバッジをとりだした。「〝保護と奉仕〟——ここにそう書いてあります。私は親友も妻も救えませんでした」

「デイヴィッドが死んだときは、まだ警官じゃなかっただろう?」

「ですが私がキャロリンに離婚を申しでて、彼女が泣きながら家を出ていったときはそうでした」

「あとを追わなかったのか?」

「町外れまでは行きました」カーターは答えた。ランドールには、保安官の瞳が窓の外ではなく、自分の内面を見つめていることがわかった。妻の命が奪われた交通事故の現場を思い浮かべているのだろう。

「どうしてだ?」

「妻があいつの家に行こうとしていたからです」カーターはランドールに向きなおった。

「こんなことを話しても、どうにもなりませんよ」コートとジャケットをつかむと、ドアに向かって歩いていった。

ランドールはほほえんだだけだった。「好きにしたまえ。だが、よく考えたほうがいい」

カーターは部屋を出ると、裏手の階段をおりていった。ランドールはしばらく待ってから、先ほどまでカーターが見つめていた窓に近寄った。カーターが車のフロントガラスから雪を払って車に乗りこみ、駐車場を出ていくのと同時に、次の患者の車が入ってきた。

ランドールはデスクに戻り、引き出しを開けた。罪の意識を感じながら、テープレコーダーの停止ボタンを押す。

本人に自覚はないようだが、カーターは冬になると自殺願望を抱いてしまう男だった。大切な人を真冬に二人も失ってしまったことが原因だ。このままだと、カーターはいつか自分を抑えられなくなってしまうだろう。

28

車のなかで、携帯電話がけたたましい音をたてた。

「カーターだ」彼は吠えるように応じた。

「ヒックスです。リヴァークレストで事故があった模様です。事故車はカローラで、所有者はロキシー・オルムステッド」

例の新聞記者だった。それに僕の家に近い。

「彼女は大丈夫なのか？」

「わかりません。車のなかにはいないようなんです」

「じゃあ、どこにいるんだ？」

「それがわからないんです。オフィスは七時前に出ているようですが、家にはまだ戻っていませんし、オルムステッドらしき人物が病院へ来たという報告もありません。レッカー車を呼んだ記録も、警察や保安官事務所に通報があったという記録もないんです」

「酔っ払い運転で事故を起こして、どこかで酔いを覚ましてるのかもしれないぞ」

「ですが、連れ去られた形跡があります。別の車のタイヤ痕と足跡が発見されました。彼女のバッグとノートパソコンは車に残されてます」

カーターの背筋に戦慄が走った。

「そしてもう一つ。車のなかに地図があったんですが、どうやら保安官の家に向かっていたらしいんです」

「僕の家だって？」とたんに恐れは罪の意識へと変化した。オルムステッドは、ここ一週間ほど、彼につきまとっていた。「現場を保存しておいてくれ」カーターは携帯電話を切り、タイヤをきしらせながらスピードをあげた。

ソーニャ・ハッチェルやメイヴィス・ゲットのことを思えば、最悪の事態も考えられた。二つの事件が関連しているかどうかは定かでない。しかし、どちらもこの町で起きたことだ。結論を急いではいけないが、どうにもいやな予感がしてならない。角を曲がって保安官事務所の車と州警察の車が並んでいる現場へ到達したときも、悪い予感は消えなかった。『バナー』紙だけでなく、ほかのマスコミの車も見えた。

カーターはレポーターを無視して、現場へと足を進めた。状況は、ヒックスが電話で説明してくれたとおりだった。カローラのフロント部分は完全につぶれていた。

予感は正しかったようだ。

ロキシーは冷たい石の板の上で目覚めた。あちこちの筋肉が痛んだ。頭もずきずきするし、なにより今にも凍えそうだ。息がうまく吸えないほど寒い。片目をそっと開けると、記憶がよみがえってきた。そうだ、私は保安官に会うために車を走らせていたんだった。そうしたら誰かの車が追突してきて、スタンガンで意識を失ってしまったんだ。

　彼女は一糸まとわぬ姿にされていた。

　あいつ、私になにをしたの？

　縛りつけられているせいで、ほとんど動けない。死ぬほど怖かったが、なんとか恐怖を抑えつけようとした。早く脱出しなければ。余計な物音をたててはいけない。冷たい石の上でゆっくり首をねじり、あたりを見まわしてみる。

　周囲は暗かったが、倉庫のようなところであることはわかった。天井が高く、あちこちにポスターや写真が貼られている。すべてジェンナ・ヒューズのものだ。いったいどこまで頭がおかしいやつなんだろう？　窓もドアも見あたらないが、出入口がどこかにあることは間違いない。部屋には、五、六人の人影が並んだステージがあった。服を着た女性もいれば、一糸まとわぬ姿の女性もいる。顔にペイントを施された女性も、のっぺらぼうの女性もいた。

　いや、あれは人間ではなく彫像だ。ロキシーは心臓がとまりそうになった。シュールな人形。彼女は二度まばたきをして、それらがすべてデパートに飾られているようなマネキンであることに気づいた。

　どういうこと？　それに、どうしてこんなに寒いの？　もしかすると、私を拷問にかけるつもりなの？　ああ、それだけはやめて。そのとき、マネキンが椅子を囲むようにして立っていることに気づいた。ただの椅子ではない。歯科医用の椅子だ。

物音がして、ロキシーは凍りついた。

音楽が流れてきた。ジェンナ・ヒューズが主演した『夏の終わり』のテーマ曲だ。ロキシーも、ケーブルテレビで見たことがある。主人公はマーニー・シルヴェイン。孤独な女教師。そういえばあの変態男は、私を〝マーニー〟と呼ばなかっただろうか？

視界の端に、男の姿が見えた。コンピューターの画面をじっとのぞきこんでいる。新たな恐怖がわきおこってきて、ロキシーは身を震わせた。男はそれを感じとったように突然振り向き、視線を彼女に集中させた。

「ああ、マーニー、起きたんだね？」男はぞっとするような笑みを浮かべると、ロキシーのほうに近づいてきた。

「私はマーニーじゃないわ」

「いいや、そうなんだよ」

「私はロキシー・オルムステッド。新聞記者よ」脚を動かそうとしたが、足首に太いロープが巻きつけられているせいで、身動きすることさえままならなかった。だが、手首のほうはなんとかなるかもしれない。「私がいなくなったことに気づいたら、夫が捜しに来るわ。見つけたら、きっとあんたの首をへし折るわよ！」

「君は結婚なんてしていないじゃないか、マーニー」

「私はマーニーじゃないってば！　何度言ったらわかるの？」

「君はただ恥ずかしがってるだけだろう？」

「なんですって？」

「俺の前であんな醜態をさらしたんだからね。だけど、俺が治してあげるから大丈夫だ」

「なにを言ってるの？　治すって、どういうこと？」

男はスタンガンを手にしていた。「いい子にしてるんだぞ」男の声が音楽にかぶさる。ロキシーはスタンガンを穴があくほど凝視した。「さあ……リラックスして」

男は気がついていないようだったが、手首のロープはほどけかけていた。ロキシーはタイミングをはかってロープを振りほどき、上体を起こして男の頬を爪で引っかいた。男は悲鳴をあげたが、スタンガンを彼女に押しつけて引き金を引いた。

ロキシーは頭が破裂しそうなほどの衝撃を感じて、石の板の上で動けなくなってしまった。

「ばかな雌犬め」男は傷跡を確かめながら吐き捨てた。左目の下から血が流れていた。「お仕置きをしてやる」

いや！　絶対にいやよ！　だがロキシーは、声をあげることさえできなかった。男がポケットから注射器をとりだして得体の知れない液体を吸いあげ、ゆっくりと笑みを浮かべた。

この一五年間で初めて、ロキシー・オルムステッドは神に祈りはじめた。

29

ジェイク・ターンクィストは意外にも、ハリソン・ブレナンが言ったとおりの人物だった。アスリートのようにがっしりした体つきと、何事も見逃さない青い瞳。彼はジェンナと会って条件をとり決めると、家の周囲を調べ、ガレージの上の小さな部屋を住居とすることに決めた。そこからだと、敷地全体が眺め渡せるからだ。ジェンナが自分よりも娘たちのことを心配していたせいで、ジェイクは二人を学校まで送迎すると申しでてくれた。ジェンナは彼のすすめに従って、GPSつきの携帯電話とトランシーバーを身につけ、娘たちにも同じものを持たせることにした。ジープにもGPSが必要だという話だ。

「なんだかヘンな感じ」窓辺に立ったキャシーが、車から荷物をおろしているジェイクを眺めて言った。ジェイクはダッフルバッグを肩に担ぐと、機材の入ったケースを二つ抱えて、ガレージの外階段をのぼっていく。

「このほうがママは安心なの」ジェンナは食器洗い機のドアを閉めてキャシーを見た。

「あの人、どれくらいここにいるの?」

「必要な限りはずっとよ」

ジェイクは白い息を吐きながら走って車まで戻ると、今度は寝袋とコンピューターのケース、そしてスコープつきのライフルをとりだした。

「あんなもの、危ないのに」キャシーが小声で言う。

ジェンナは娘の手を握った。「だけど、あったほうが安全なの。どんな仕事ぶりなのか、とりあえず見てみましょう」彼女は前もって、ジェイクのことを知っている人たちに話を聞いていた。彼のことを悪く言う人は一人もいなかった。

荷物を運びこんでいるジェイクを眺めていると、心に安堵の気持ちが広がっていくのがわかった。もちろんジェイクは、ジェンナにとってボディガードの第一候補ではない。本当はカーターに自分と娘たちを守ってほしかった。彼がこの屋敷を見張り、夜にはそばについていてくれたらどんなにいいだろう。

カーターと一緒にいると心がざわめくのは今でも変わらなかったが、ジェンナは彼の警官としての本能を信頼するようになっていた。リンダの話から、人間的にすばらしい人であることもわかっている。カーターは、私や娘たちを守るためならなんでもしてくれるだろう。だが、彼には郡全体の住民を守るという使命がある。私たちのことだけにかまけているわけにはいかない。それでも……。ジェンナは、荷物を持ってガレージの外階段をあがるカーターの姿を想像した。

嘘ばっかり。本当はガレージになんて住んでほしくないくせに。彼に抱きしめられ、キスをして、愛を交わしたいと思っているんでしょう？

わきあがる思いを抑えつけ、ジェンナは心のドアを閉めた。

確かにカーターは男らしくてセクシーな保安官だけれど、それがなんだというの？ 私の車をとめたときの彼は、すごくいやみな感じだったじゃない。なのにどうして、あんな人に恋い焦がれてるの？ カーターは、まるで私がハリウッドスター気どりだと言わんばかりだったでしょう？

でも、それは知りあう前のことだ。今のカーターは、私や娘たちのために気を配ってくれている。その瞳には笑みどころか、ある種の優しさまでたたえながら。現実を直視しなさい。あなたは彼に恋をしようとしているのよ。

「そんなことないわ！」ジェンナは思わず声に出して言っていた。

「なにがそんなことないの？」キャシーがたずねた。

「なんでもないの。考え事をしていただけよ」ジェンナはもう一度窓の外に目をやった。荷物を運び終えたジェイクが門のほうへ歩いていく。そう言えば、敷地の入口と警報システムを再確認すると言ったんだっけ。

ジェイクが提案することには耳を傾けるつもりだった。

事故の二日後、カーターは車で町へ向かいながら、ロキシーの車が樅の木に衝突した現場を通りかかった。彼女の消息は依然としてわからないままだ。捜索隊も何一つ発見できていなかった。木の幹には大きな傷がつき、生木がむきだしになっている。

州警察とFBIが合同捜査を続けていたが、スパークス警部補はカーターにも情報を流してくれた。今のところ、ロキシーがカーターの家に向かっていた途中であったこと以外、たいしたことはわかっていないようだ。ただ、後部バンパーにへこみが見つかったという。何者かが彼女の車に追突したのかもしれない。しかし残念なことに、バンパーのくぼみから別の車の塗料は検出されなかった。

ロキシーは車内に、バッグとノートパソコン、コーヒーが入った魔法瓶、毛布、そしてカーターの家にしるしがつけてある地図を残していた。『バナー』紙の編集長の話によると、ソーニャ・ハッチェルの失踪事件を追っていたという。その彼女自身が行方不明になってしまったわけだ。

もし僕が取材を許可していたら、ロキシーはまだ生きていたんじゃないのか？

いや、ロキシーが死んだという証拠は出ていない。それを肝に銘じておけ。お前は行方不明の女性を捜しているだけだ。死体を捜しているわけじゃない。

だが心の奥底には、直視できないほど恐ろしい予感がわだかまっていた。予感が正しければ、この町には〝連続殺人犯〟が潜んでいることになる。それは決して口にしたくない言葉だった。

「絶対に許さないからな」そうつぶやいたとき、ちょうどコロンビア・シアターの前に差しかかった。窓にはクリスマスの電飾が輝き、ライトをあてられた看板には、『素晴らしき哉、人生！』のチケットが発売中であると書かれている。

いつから上演されるのだろう？　カーターは空を見あげた。彼の気分と同じ灰色の空だ。しかし、少なくとも雪は降っていない。道路の凍結を防ぐための措置は完了していたし、ごく一部の地域を除けば、電力の供給も復旧していた。それでも気温は相変わらず低い。川も凍りかけていたし、すぐに寒さが和らぐとは思えなかった。

カーターは、駐車場にジェンナのジープがとめられていることに気づいた。彼女はターンクィストを雇い入れたのだろうか。それとも、まだボディガードを探しているのだろうか。母と娘たちだけであの家にいてほしくなかった。出勤時間には、まだ余裕がある。カーターは駐車場に車をとめると、理性が働きはじめる前に急いで正面階段を駆けあがり、劇場に入った。

音楽が流れていて、人の声が聞こえた。木の床にブーツの音を響かせながら、声がする方向を目指す。リンダとジェンナがコンピューターの画面の前にかがみこんでいた。

「あら、ハンサムさん」リンダは背筋を伸ばすと、カーターを抱きしめてじっと彼を観察した。「今朝は気分が晴れないみたいね？」

「誰だってそうだよ」

リンダはあきれたような顔をしたが、デスクにもたれかかったジェンナは笑みを浮かべていた。なんというほほえみだろう。光り輝くようだ。あんな笑みを浮かべられるようになるまで、どれだけ修練を積んだのだろうか。

「君のジープが目にとまったんでね。ターンクィストを雇ったのかな、と思って」

ジェンナがうなずいた。

「だが、ここにはいないようだね」

「彼は子供たちを学校に送ってから、まっすぐ家に戻ったわ。敷地全体を俯瞰《ふかん》できるように、ガレージの上の部屋で暮らしてもらうことにしたの。それに、三人ともGPSつきの携帯電話とトランシーバーを持たされたわ」彼女はカーターの目に浮かんだ思いを読みとったようにつけ加えた。「もちろん、今でも怖い。でも、誰かに看視されながら暮らすのはいやなの。プライバシーは守らないと」

「警報システムはちゃんと作動してるのかい？」

「今のところはね。ジェイクが確認してくれたし、毎晩家のまわりを歩いて警戒してくれてるの。おかげで安心していられるわ。ありがとう」

「彼の言うとおりにしてくれよ」

リンダがため息をもらした。「作法どおりに言うなら『どういたしまして』でしょう？ねえ、シェーン、どうしてあなたはそんな受け答えしかできないの？」

「安全を第一に考えてるんでね」

「絶対に安全なものなんてないのよ」リンダが指摘した。いつもは機嫌のいい彼女が表情を暗くしている。「それに今は、ソーニャやロキシーのことがあってこの町も物騒なんだしね。なにか新しいことはわかった？」

「まだだよ」

劇場のドアが開き、足音が聞こえた。ウェス・アレンの登場だ。「なんの話をして……」ウェスの視線がカーターの視線と衝突した。「カーターか」彼はそう言ってうなずいたが、笑みはこわばっていた。「ここでも犯罪撲滅にあたってるってわけだな?」

「必要とあらばどこでも、さ」カーターは挑発にのらないよう気をつけながら答えた。以前はウェスの顔を見るたびに殴り倒してやりたくなったものだ。実際に一度だけ、妻を誘惑したこの男にパンチを見舞ったこともあった。だが、それも昔の話だった。カーターはいつしか、誘惑したのはキャロリンのほうだろうと考えるようになっていた。そして、妻が不倫に走るよう仕向けたのはカーター自身だ。彼はジェンナに会釈した。「また来るよ」

ジェンナの緑の目が輝いたように思えたのは、カーターの想像力のなせるわざだったのだろうか?「ぜひそうしてね」彼女は言った。

「了解」カーターは約束した。そのとき、ここ二週間で初めて、暗いトンネルの向こうに光が見えたような気分になった。「それじゃ、また」カーターはリンダに言い、ウェスの肩をポンとたたいて彼を驚かせた。

30

コロンビア・シアターを出た一五分後、カーターは自分のオフィスにいた。Eメールに返信したり、報告書を作成したり、電話をとったりしているだけで、ほぼ午前中いっぱいかかった。だがそのあいだもずっと、頭のなかでは行方不明の女性たちのことを考えていた。それに、メイヴィス・ゲット。ジェンナ・ヒューズが受けとった手紙。すべては関連しているのだろうか？　それを裏づける証拠はまだ見つかっていない。

しかし、あきらめるつもりはなかった。

地方検事局からもせっつかれている。今朝もアマンダ・プラットがやってきて、メイヴィス・ゲットの件はどうなっているのかと尋ねられた。鎖骨の骨折の跡やＤＮＡ検査で、身元不明の遺体がメイヴィス・ゲットであることは判明していたが、もちろん犯人の目星はついていない。

〝そろそろ答えを出さなきゃ〟アマンダが言った。

〝出すべく努力はしているよ。なにかわかったら、まずそっちに知らせるから〟

〝ありがとう、カーター〟アマンダはカーターの手に自分の手を重ね、鼻にしわを寄せてほほえんだ。魅力的な笑みを浮かべたつもりなのだろうが、カーターにはそうは思えなかった。タイトスカートを身につけ、八センチのハイヒールを履いてはいても、彼女は鮫《さめ》のような女性だ。頭のなかには、地方検事に昇格することしかない。そのためなら、容赦なく人を蹴落とす女性だった。

カーターはメイヴィス・ゲットと行方不明になっている二人の女性の写真を眺めた。三人とも体格的には小柄な部類に入る。身長は一六〇センチを少し超えるくらいで、年齢は三〇歳前後。白人。かわいらしい顔立ち。だがメイヴィスはただの通りすがりの女性で、ロキシーはキャリアウーマン、そしてソーニャは働いて家計を助けている母親だった。メイヴィスとソーニャはカリフォルニアで暮らしたことがあるが、ロキシーにはない。

それでも三人をつなぐ線はあるはずだった。今はまだ見えないだけだ。カーターは一人一人の名前を紙に書き、じっとにらみつけた。

数時間後、カーターはB・Jとキャニオン・カフェで昼食をとった。食事が終わってカフェを出ると、B・Jが言った。

「ジェンナ・ヒューズの映画のDVDやビデオを、レンタルしたり買ったりした人間のリストができあがりました。あなたの名前もありましたよ。このあたりの店に片っ端からあたってみましたが、実に多くの人たちが彼女の映画を見ています」

「それで、僕以外に興味深い名前はあがってきたのかい?」

「いちばんのファンは、どうやらスコット・ダリンスキーみたいですね」

「リンダの息子の？」

B・Jがうなずいた。「彼はジェンナの全作品を持ってます。すべてインターネットで注文してますね。それから、ネット・オークションで映画の小道具も」

「ほかにはどんな名前が？」

「この町に限定するとしても、あまりに多すぎて」彼女はトラックが通り過ぎるのを待って、横断歩道を渡った。「リストを持っていきますから、オフィスで待っていてください」

五分後、B・Jがカーターのオフィスに姿を現した。紙の束を三つも抱えている。リストは最初の一束だけで三〇ページ以上あった。

「こんなに？」

「そうなんです」彼女は言った。「おまけにこれは、フォールズクロッシングから半径一五〇キロ以内に住んでいる人間の、過去二年分の記録だけなんですからね。ポートランドや、手紙が投函された場所と同じ郵便番号を持つ地域が含まれるようにして範囲を絞りました」

B・Jは、最初のリストの上に二番目のリストを積みあげた。

「人気のあるレディだな」カーターはリストをめくってつぶやいた。

「ありすぎるようですね」

彼はB・Jを一瞥《いちべつ》して、リストに目を走らせた。最初に書かれているのは、スコット・ダリンスキーの名前だった。「ジェンナの知りあいでリストにあがった人間の名前は？」

「最後のページにまとめてあります」

カーターがそのページをめくると、彼も含めて少なくとも三〇人の名前が並んでいた。スコット・ダリンスキー、ハリソン・ブレナン、ウェス・アレン、トラヴィス・セトラー、ヨランダ・フィッシャー、ルー・ミューラー、ハンス・ドヴォラク、リンダ・ダリンスキー、エステラ・トレヴィーノ、セス・ウィテカー、ブランチ・ジョンソン、ジム・スティーヴンス……。「君の夫もか?」

「あら、ジムも健全なアメリカ人男性ですよ。例外じゃありません。それに、ダーウィン・スワガート。イアンの父親の牧師です。彼女の映画をミサの説教に使う気かしら」

カーターは鼻を鳴らした。「スワガート家には手厳しいんだな」

「あの家の息子に対してだけです。ああ、それから七ページを見てください」B・Jは急いで紙をめくり、指先でリストを追った。「ほら、ロキシー・オルムステッドも失踪の数日前に『失われた純潔』を借りてます。考慮に入れる必要があるかもしれませんね」

「そうしよう」彼はもう一度分厚いリストを眺めた。「それにしてもとんでもない量だな」

「あら、シャーロック、あなたの推理の役に立つと思ったんですけど」B・Jはカーターをからかい、二つ目のリストをぽんとたたいて続けた。「それからこれは、ジェンナ・ヒューズの公式ホームページをあたってみた結果です。Eメールをたくさん送ってきたり、頻繁に掲示板に書きこんだりしている人間ですね」

「仕事が早いんだな」

「それなりに頑張ってますから」

カーターは顎を引いた。ジェンナを追いまわしている変態野郎がどれだけいるのだろうかと考えると、腹が立ってくる。

お前も同類じゃないのか？　心の声がカーターを問いつめた。だが彼はそんな疑問をあえて無視した。今はそんなことなど考えたくない。

「なかにはひどいサイトもありました。ヌード写真に彼女の顔を貼りつけたり、下品なことを話題にしたり」

「こういうことを有名税っていうんだったら、僕は有名にはなりたくないね」

有名人と言われる人間が抱えている暗い側面なら、以前から知らないわけではなかった。プライバシーの欠如。決定的瞬間を待ち構えているパパラッチ。執念深いファン。人を人とも思わないタブロイド紙。けれどもジェンナの人生をかいま見た今では、そういったことがより生々しく感じられた。彼女は危険な目に遭っている。カーターは怒りがこみあげるのを感じながら、ジェンナをおびえさせて喜んでいる犯人を絶対につかまえてやる、と心に誓った。

31

「家にいると、刑務所に入ってるみたい」キャシーは、迎えに来たジョシュに向かって口を尖らせた。次の授業はさぼるつもりだった。見つかってもかまわない。どうせ授業にはついていけないのだから。ジョシュがピックアップ・トラックのドアを開けてくれたので、彼女は助手席に飛び乗り、煙草に火をつけた。「軍隊の教官みたいなボディガードが家にいるの。いつもスパイみたいに目を光らせて、あたしがなにをしてるのか全部知りたがるのよね」

「全部？」ジョシュが眉をあげた。

「そう」キャシーは白い煙を吐きだした。「イライラする」

「そいつはどれくらいお前のところにいるんだ？」

「ママにおかしな手紙を出したやつがつかまるまでじゃない？」

ジョシュは学校の駐車場を出て、スピードをあげた。後部車輪が氷の上で激しく滑った。

「ちょっと、気をつけてよ！」キャシーが大声をあげると、ようやく大きなタイヤが路面をとらえはじめた。「やめてよね。あたし、そういう気分じゃないんだから」

ジョシュは愉快そうにキャシーの顔を盗み見て、交差点の手前で速度を落とした。

まるでインディ五〇〇の優勝者気どりだ、とキャシーは思った。どうしてあたしはこんなやつとつきあってるんだろう。

「で、誰が手紙を置いていったんだ？」

「わかんないってば」キャシーはうんざりして息を吐いた。「でも、保安官が来たわ。手紙を書いたやつをつかまえようとしてる」

「あんな保安官、虫眼鏡を使っても自分のケツのありかさえわからないぜ」

「あんたって、どうしていつもそう下品なの？」

「ほんとじゃねえか。俺のあとばっかりつけまわしやがって」

キャシーは保安官の短い焦げ茶の髪や茶色の目、まっすぐな鼻、そして白い歯並びが大好きだった。健康でたくましく、いつも怖い顔をしているけれど、たまに笑ったときはテレビのコマーシャルに出てくる海兵隊員のようだ。おまけに頭がいいこともすぐにわかった。キャシーは車の窓を少し開けて空気を入れかえた。ジョシュがCDをプレイヤーに入れ、低音を最大限にあげた。スピーカーのウーファーが揺れはじめると、彼はハンドルで指をたたき、頭を上下に振りながらリズムをとった。

「お前の親はまだ俺のことを怒ってるんだろうな」

「あたり前でしょ」

ジョシュが顔をゆがめた。「くそっ」

「どうして気になるの？」

「お前に会いにくくなるからに決まってるだろ」そう言ってにやりとする。自分ではセクシーな表情だと思っているらしい。「今、うちには誰もいないんだ。俺たち二人きりになれるぜ」

セックスをすれば、すべてがうまくいくとでも思っているのだろうか。「やめとく。学校が終わる時間にジェイクが迎えに来ることになってるし」

「ジェイク?」

「ボディガードよ」

「お前の親のボディガードじゃなかったのか?」

「あたしと妹のボディガードでもあるの。彼が来る前に、学校へ戻ったほうがいいわ」ジョシュを見やると、彼はようやくキャシーがうんざりしていることに気づいたようだった。

「そんなの、どうだっていいだろう、キャシー――」

「ダメなんだってば。これ以上ママに心配をかけたくないの。山で警察に見つかってから、ずっと心配しどおしなんだから」

ジョシュは悪態をつくと、怒った表情を浮かべて乱暴にピックアップ・トラックを運転し、学校へ戻った。そしてキャシーを降ろすとキスもせず、音楽を大音量で響かせながら行ってしまった。彼女は、焼けたゴムのような苦い思いをかみしめた。

もっと大人になるのよ、とキャシーは思った。死体発見現場でつかまってからというもの、彼女はジョシュをそれまでとは違う目で見るようになった。愛していると言われても、心から信じられなくなっていた。ジョシュはただの向こう見ずな田舎の若者だ。楽しむことがなにより好きで、カーレースをしたり、狩りに行ったり、ポルノ映画を見たりするだけで満足するような男。いくらピックアップ・トラックを飾り立てても、結局はなんの意味もない。

キャシーには、ほかにするべきことがたくさんあった。

カーターはB・Jが作成したリストをくりかえし眺めた。リンダの息子は少々変わった若者だが、他人に危害を及ぼすような人間ではない。それとも僕は、あいつの名づけ親だから過大評価しているのだろうか。怪しいのはハリソン・ブレナンも同じだ。あまりにジェンナに干渉しすぎる。

カーターは指でデスクをドラムのように叩きながら、リストを追っていった。次に目にとまったのは、ウェス・アレンという名前だ。以前は友人だった男。個人的な経験から、ウェスが全幅の信頼を置ける人間でないことはわかっていた。だが、キャロリンとのあいだにあったことで判断を狂わせてはならない。

ほかの可能性はどうだろう。たとえば、ジェンナの個人トレーナーであるロン・ファレッティは？　そして、レスター・ハッチェル。彼は妻が行方不明になるよりかなり前に、ジェンナの映画を二作購入している。しかしそれを言うなら、部下のラニー・モンティネロも、あのアマンダ・プラットも同様だった。ドクター・ディーン・ランドールの名前もある。

町の住人全員が、ジェンナ・ヒューズの作品を所有しているかのようだ。

電話が鳴り、カーターは受話器をとった。そのあいだも、目の端でリストを追いつづける。このページのどこかに、ストーカーの名前があるはずだ。きっとあぶりだしてやる。

今日のリハーサルも散々だった。ジェンナはバッグのストラップを肩にかけ、リンダやブランチとともにコロンビア・シアターの正面玄関へ向かいながらそう考えていた。役者の一人のティファニーは喉頭炎《こうとう》にかかって休んでいたし、メアリー・ベイリー役のマッジ・キンタナは、イースター島のモアイほどの感情しか表現できずにいる。メアリーの夫を演じるジョージは、セリフの七割しか頭に入っていない。照明はなぜかちかちかとまたたき、そのせいでリンダはウェスをなじり、ウェスはスコットにやつあたりする始末だった。

もうくたくただ。ゆっくりお風呂に入って、ペーパーバックでも読んで眠りたい。そう考えていると、ブランチが言った。「ティファニーが飲まないといけないのは熱いレモネードよ。市販の薬なんかより、喉頭炎にはそのほうがずっと効くわ。ウイスキーを入れるのもいいって話だけど、うちの子にはお酒なんて飲ませたくないからまだ試してないの。電話をかけて教えてあげるべきよね。私はちっとも手間じゃないから」

「それでなんとかなると思ってるなら、言ってあげれば？」リンダが言うと、ブランチは皮肉にも気づかない様子で外へ出ていった。ドアが音をたてて閉じる。

ジェンナは首にマフラーを巻いた。「ブランチに子供がいるなんて知らなかった」

「考えただけでぞっとするでしょ？」リンダがジョークで応じる。

ジェンナはくすくす笑いながら、リンダと並んで正面玄関へ向かった。

ドアのところでリンダが立ちどまった。「私たちで最後よね？」

「いいえ、リネッタがまだ楽屋で衣装を片づけてるはずだけど」

「ああ、そうだったわね。リネッタ！」リンダが呼んだ。古い劇場のなかに声がこだまする。

「なあに？」やわらかい声が聞こえた。

「帰るわよ」

「あと少しだけ。先に行ってちょうだい。戸じまりはきちんとしておくから」

リンダは肩をすくめた。「わかったわ。電気もちゃんと消してね」

「はいはい」リネッタが、今度は大きな声でこたえた。

「待ってましょうよ」ジェンナはマフラーを結びながら言った。「彼女を一人残していくのはなんとなくいやなの」

だが、リンダは聞く耳を持たなかった。「平気よ。変な人が入ってこないように、外から鍵をかけておくから」

「女性が二人も行方不明になってて、もう一人は死体で見つかったのよ。ここで待ちましょう」

「リネッタのことだから、あと三〇分はかかるわよ。心配しないで。彼女の家はここから二、三ブロックだし、帰るときには牧師のご主人に必ず連絡を入れるはずだもの」

「でも、この町はもう安全じゃないわ」

「だから、外から鍵を閉めるって言ってるでしょ?」リンダはジェンナの腕に手を置いた。

「本当に大丈夫だから」

「じゃあ、もう一度だけ確かめさせて」ジェンナは舞台のそばの階段に向かって叫んだ。

「本当にいいの、リネッタ?」

「ええ、問題ないったら!」

リンダが、だから言ったでしょ、というような視線を向けて低い笑いをもらした。ジェンナは二重になったドアを引き開けた。刺すような風が吹きつけてくる。外に出ると、星もない空を見あげて体を震わせた。「いつになったら寒さが緩むのかしら」

「まだまだ先よ」リンダはそう予言して、外から鍵を閉めた。二人は階段をおりていった。

翌朝一〇時にキャニオン・カフェでリンダと芝居の相談をすることを決めると、ジェンナはジープに乗りこみ、震えながらエンジンをかけた。ドアをロックしてデフロスターをつけ、ヒーターのつまみを最大限まであげる。だが駐車場を出ようとしたとき、劇場の窓明かりが目に入って、またリネッタのことが心配になってしまった。

「大丈夫よ」そう自分に言い聞かせても、胸騒ぎはおさまらない。この数週間というもの、絶えずこんな状態だ。雪が降り積もった通りを進みながら、ジェンナはあたりが異様なほど静まりかえっていることに気づいた。クリスマスのディスプレイを施した店が並ぶ通りには、行き交う車さえほとんどない。

クリスマスの照明も装飾も、喜びや慰めをもたらしてはくれなかった。妹のジルがこの世を去ってから、彼女にとってこの季節は厭わしいものでしかない。心が冷えきり、罪の意識にさいなまれる季節だった。

ジルじゃなくて、私が死ぬべきだったのよ。

そんな言葉が今までに何度、頭のなかでこだましたことだろう。

「やめなさい！」ジェンナは口に出して言った。女性が二人も行方不明になったうえにあんな手紙を見つけて、神経が過敏になっているだけよ。気分を変えようとラジオをつけたが、流れてくるのはクリスマス・ソングばかりだった。ラジオを消し、携帯をとりだして家に電話をかける。二度目の呼び出し音でアリーが出た。

「ママ？」

「なあに？」

「あたしのバックパック、持ってるでしょ？　車のなかに置いたまま忘れてたんだけど、これから宿題をしなきゃいけなくて――」

「ちょっと待っててちょうだい」ジェンナはジープを運転しながら天井のライトをつけ、後部座席を振りかえった。「ここにはないみたいよ」

「ずっと後ろのほうなの。覚えてるでしょ？　昨日、クリッターがあたしと一緒に車に乗りこんできたから、荷物を入れるところにバックパックをほうり投げたの。ほら、ママが劇場に持っていくって言ってたものが積んであったとこ」

「私が寄付しようとしてた服やバッグのこと？」今朝、駐車場に車を入れたときのことを思いだしてみた。ちょうど車から降りようとしていたウェス・アレンが、荷物をおろすのを手伝ってくれたんだったっけ。「じゃあきっと、バックパックも劇場のなかだわ」

「でも、ないとダメなの」アリーが泣き声になった。

「今、とってきてほしいっていうの？」ジェンナは町へ戻るのを避ける方法をなんとかひねりだそうとした。

「ママ、お願い！　宿題をしておかないと、先生に殺されちゃう！」

「そんなことにはならないと思うけど」

「なるんだってば！」このままだとアリーはとんでもない癇癪を起こしてしまうだろう。それだけは避けたかった。とくに今夜は。

「わかりました」ジェンナは運命に逆らうのをやめた。すでに、Uターンできる場所を目で探していた。「落ち着いて。ママがとってきてあげるから」

「ありがとう！」

「どういたしまして」またしても落ちてきた雪が、街灯の下で躍りはじめた。「ジェイクはそこにいる？」

「うん」

「じゃあ、代わって」

道幅の広い場所を見つけてスピードを落としたとき、男性の低い声が聞こえてきた。「ターンクィストだ」

ジェンナは事情を説明した。「それで、今からアリーのバックパックをとりに戻らなきゃいけないの」

「ちょっと待ってくれ」ジェイクが心配そうな声で言った。「一人で戻るのはよくない。劇場には誰もいないんだろう？　私に任せてくれないか」

「時間がかかりすぎるわ。それに、一人でもないと思うの。ほんの一〇分前まで、なかにリネッタ・スワガートがいたのよ。もうすぐ彼女のご主人が迎えに来るはずなの。ほんの少しの距離だから、私がとってきます。携帯電話もトランシーバーも持ってるんだし。一時間たっても戻ってこなかったら、そのときは特殊部隊を派遣して」

ジェイクはまだ不服そうだったが、ジェンナはなにかあったら必ず連絡すると約束して電話を切った。

運がよければ、まだリネッタがいるはずだ。そうでなくても、ほんのわずかな距離なのだから。

32

気のせいかもしれないが、先ほど通ったときより、町はさらに寂しくなってしまったようだった。劇場の駐車場は空っぽのまま氷に閉ざされていた。古い劇場の尖塔が、落ちてくる雪をナイフのようにえぐろうとしている。

あっというまに曇っていくフロントガラスを見つめながら、ジェンナは首筋から背中へと寒さが伝わっていくのを感じた。まるで、ここから先には行くなと警告されているようだ。考えすぎよ。ほんの三〇分前までは、あの建物のなかにいたじゃないの。

気持ちがなえる前にジープを飛び降り、ドアをロックする。首筋に氷の粒が落ちかかった。ジェンナは駐車場を走り抜け、階段を駆けあがった。だが、鍵を開けようとしても、錠があく手ごたえはなかった。「開いてよ、開いてったら」これもまた悪い予兆なのだろうかと思ったとき、かちりと音がした。「よかった」

劇場のなかは暗く冷えきっていた。ステンドグラスからもれてくる光が、奇妙な模様を形作っている。恐怖が頭をもたげてきた。暗がりのなか、壁に飾られているのが聖人ではなく、悪魔の像のように思えた。

「しっかりしなさい」ジェンナはつぶやき、明かりをつけた。古い聖堂に光があふれて、少し気持ちが落ち着いた。ゆっくりと通路を歩いても、足音が大きく反響する。「リネッタ?」彼女は自分以外の声が聞こえるのを待った。「まだいるの? 私よ、ジェンナよ」耳を澄ましてみたが、返事はなかった。尖塔に吹きつける風のせいで、建物全体がきしむ音がするだけだ。やはりリネッタはもう帰ったようだ。きっとご主人と腕を組んで。

ジェンナは急いで階段をおり、地下まで一気に駆けおりた。楽屋には、リネッタの香水の匂いがまだほんのりと残っていた。ジェンナは、明かりのスイッチに伸ばしかけた手を途中でとめた。

なにかがおかしい。「リネッタ?」建物内に誰かいるような気がする。彼女は呼吸をとめて耳を澄ました。

なにも聞こえない。

「なんなの、もう」神経がピアノ線のように張りつめていた。心臓が激しく打つのを感じながら、部屋の明かりをつける。雑然とした楽屋の風景が、蛍光灯の光に浮かびあがった。

衣装がクローゼットの近くに積みあげられていた。ジェンナはその山をかきまわしてアリーのバックパックを捜した。だが、見つからない。バッグや靴のたぐいが傷だらけの古いチェストの上に置かれていたが、ピンクと紫の迷彩柄のバックパックはどこにもなかった。

アリーは車のなかにバックパックを置き忘れたりしなかったのかもしれない。そう思ったとき、物音が耳に飛びこんできた。

床でなにかを引きずっているような音だ。うなじの毛が逆立ち、鳥肌が立った。「誰かいるの?」ジェンナはバッグのなかの催涙スプレーに手をかけながら叫んだ。「ねえ?」

静寂。

なのに……一人きりだとは思えなかった。なにかが近くにいる。

声を出すべきではなかった。悪意を持った人間が暗がりに潜んでいるのだとしたら、こちらの位置を教えてしまったことになる。このままだと地下室に閉じこめられたも同然だ。

冷たい汗が吹きだし、恐怖に喉がつまった。

バックパックなんて、もうどうでもいい。ジェンナは催涙スプレーをつかみ、ゆっくりと階段をのぼっていった。携帯電話をポケットから出して開くと、電子音が鳴った。ああ、どうして消音モードにしておかなかったんだろう? 自分の鼓動の音が聞こえる。浅い呼吸しかできなくなり、口のなかはからからだ。彼女は唾をのみ、短縮ボタンを押して家に電話をかけた。出て、お願い。

耳をそばだてたまま、踊り場まで来たときだった。

「なんなの?」ジェンナは催涙スプレーをつかんだまま身を翻した。携帯電話が手からこぼれ、床の上で大きな音をたてた。

なにかが脚の裏側をこすっていき、危うく飛びあがって悲鳴をあげそうになった。しかし見てみると、そこにいるのは猫のオリヴァーだった。大きな緑の目でジェンナを見あげている。

「オリヴァーなの？　もう、びっくりさせないでよ！」オリヴァーがにゃあと鳴いた。ジェンナはほっとして、猫の頭をなでながら声をかけた。「でも、あなたでよかったわ」オリヴァーはごろごろと喉を鳴らした。彼女は携帯電話を拾いあげてポケットに戻した。「やっぱり、神経過敏になってるみたいね」ジェンナを心の底から震えあがらせたことが誇らしいのか、猫は彼女の脚に体をこすりつけている。「あなたはここで見張りをしていてね」ジェンナが言うと、オリヴァーはリンダのオフィスに入っていき、デスクに飛びのって体をなめはじめた。

ドンドンドン！

大きなノックの音が窓を震わせ、劇場全体に響き渡った。

喉から心臓が飛びだしそうになった。

「ジェンナ？　僕だよ、カーターだ」ドア越しに、保安官の太い声が聞こえてきた。

膝からくずれおちそうになるのを必死にこらえる。カーターがどうしてここに？　ジェンナは通路を駆け抜けてドアの鍵を開けた。

カーターは夜のように暗い表情を浮かべ、ひさしの下に立っていた。

彼がなかに入ってくると、ジェンナの目から安堵の涙がこぼれた。

「大丈夫かい？」

「なんとかね」

「本当に？」

「ええ……平気よ」彼女は急に恥ずかしくなって涙をぬぐった。パニックを起こす一歩手前だったことを悟られたくなかった。「でも、安心したわ。来てくれてよかった」

カーターがジェンナを両腕で抱きしめて優しく言った。「もう安心していい」彼の唇が額に触れると、ジェンナの心臓はとまりそうになった。「大丈夫だ」

彼女は笑った。「どうしてわかるの?」とても大丈夫とは言えなかった。

カーターは彼女の背後に目を凝らし、劇場の内部を見渡した。「誰かほかにいるのか?」

「オリヴァーだけよ」

「誰だって? ああ、リンダの猫か」

「さっきはオリヴァーのせいで、危うく心臓発作を起こすところだったわ」

カーターは彼女の肩を強く抱きしめてから手を離した。「家まで送るよ」

「ありがとう」まさに天国からのプレゼントのような言葉だった。ジェンナは、ワインのグラスを片手に、熱い風呂に入っている自分を思い浮かべた。恐怖や緊張が湯に溶けだしていき、蒸気となって消えていくところを。けれども問題は、どうしても一緒にジェットバスに入っているカーターの姿を想像してしまうことだ。なんてことだろう。欲望が手に負えないほど増大する前に、彼女は劇場の明かりを消した。

外に出て鍵をかけようとすると、またしてもうまくいかなかった。だがようやく、かちりと鍵がかかる音がした。

カーターが確認したが、鍵はきちんとかかっているようだった。「じゃあ、行こうか」

「どうして私がここにいるってわかったの?」二人は体を寄せあうようにして歩いた。白い息が空中を漂う。カーターのブレイザーは、ジェンナのジープの隣にとめてあった。

「ターンクィストが連絡してくれたんだ。君がこんな時間に一人で劇場に戻るのは気に入らないってね。だから僕がやってきたってわけさ」カーターがジェンナの目をまっすぐに見つめた。「もちろん、僕から言いだしたことだよ」

ジェンナの心臓が激しく打ちはじめた。「警官としての義務?」

彼は眉をあげた。「どうせ家に帰る途中だしね」

ジェンナはすっかり落胆した。どうしてあんなに舞いあがってしまったんだろう。なにを期待していたの?　カーターが私に会いたいと思って、それで助けに来てくれたとでも?　私のことが気になってしかたがないから?　いいかげんにしなさいよ、ジェンナ。

カーターが先を続けた。「ターンクィストが連絡をくれてよかったよ。こんなところに一人でいちゃだめだ。少なくともストーカーがつかまるまではね」

「大丈夫だって思ったのよ。オリヴァーも私を攻撃したわけじゃなかったし」

「今回はね。でも、あの猫はどうも信用がならないからな」カーターがまじめくさった口調で言ったので、ジェンナはくすくす笑った。けれどもジープの前まで来ると、彼はジェンナの腕をつかんでさらに真剣な口調で言った。「気をつけてくれ。君を危ない目に遭わせたくないんだ」ジェンナはカーターに触れられたことがうれしかった。「この町いちばんの有名人の身になにかあったら、次の選挙のときに不利になっちまうからね」

この人にもユーモアのセンスがあるんだ、と彼女は思った。「私だって、あなたのぴかぴかの経歴に傷なんてつけたくないわ」冗談のつもりで口にしたのに、なぜか顔が赤くなってしまった。まるで高校生みたいに。私ったら、いったいどうしたっていうの？

「そんなふうに憎まれ口をきいているほうが君らしいよ」

ジェンナはカーターのほうを向いた。青白く冷たい光を放つ街灯の下で、一瞬キスをされるのかと思った。彼の強烈なまなざしが、今この場できみを抱きしめたいと言っているような気がした。息もできないほどのキスをしたい、と。ジェンナの体は誘惑の甘い香りに震えた。だがカーターは突然、ポケットに手を突っこんで咳払いをした。

「まじめな話なんだ」彼は先ほどより低い声で言った。「気をつけてほしい」

思わず涙がこみあげそうになった。「気をつけるわ」

「細心の注意を払ってくれ。僕も気をつけるから」カーターがかすかにほほえんだ。

体から力が抜けていった。胸が苦しくなって、ふうっと息をつく。「ありがとう。本当に気をつけます」そのとき、理性が押しとどめるより早く、彼女は爪先立ちになって、無精ひげの生えたカーターの頬に唇を押しあてていた。「ありがとう、保安官。今夜ほど誰かの姿を見てうれしかったことはなかったわ。さっきドアの向こうにいるのがあなただってわかって、わたし、ほんとうにほっとしたの。あなたも気をつけてね」ジェンナはジープに乗りこむと、彼に顔を向けた。「私にはわかってるの。そのタフな表情の裏には、実はとってもいい人が隠れているんだ、って」

「そんなことはないさ」カーターの目に再び欲望の炎がともったようだった。

「ううん、いい人よ」

「じゃあ、そういうことにしておいてもいいけど、人には言いふらさないでくれよ。僕の評判ががた落ちになっちまうからね」

ジェンナは手袋をはめた指を唇に押しあてた。「二人だけの秘密ね」

「そうだ。じゃあ、凍死する前に家へ帰ろう。後ろからついていくよ」

「そんなこと、してもらわなくても——」

「いいや、やらなきゃだめだ」

雪が舞うなか、あたりの空気にはまだ情熱の甘い香りが漂っていた。二人のあいだに生まれた欲望の香り。喉がからからになっていることを意識しながら、ジェンナは鼓動を静めようとした。頭がおかしくなったんじゃないの、ジェンナ？　男性に恋をする余裕なんてないはずよ。それも、カーターにですって？　現実を見つめなさい。

バッグを探ってキーを見つけ、イグニションに差す。手袋をつけているというのに、指先が震えていた。自分を抑えなさい。そう言い聞かせていたとき、カーターがこつこつと窓をたたいたせいで、ジェンナは飛びあがった。彼はガラスに顔を押しつけていた。

ボタンを押して窓をさげると、カーターの顔が目と鼻の先にあった。

「念のために言っとくけど」彼は言った。「僕の名前はシェーンだからね」

「でも、みんなはあなたのことをカーターって呼ぶんでしょう？」ああ、身を焦がすようなこの感じは、いったいなんなの？　アフターシェーブローションの香りがジェンナの鼻孔をくすぐった。「あるいは、保安官、って」

「僕のいないとこじゃ、ほかにもいろんな呼び方をしてるはずさ。でも君は、シェーンと呼んでくれないかな」

「わかったわ、カーター」ジェンナはからかった。

カーターが顔をしかめた。「まあ、それでもいいかな」一瞬、二人の視線が絡みあう。彼の髪や広い肩には雪が積もっていた。ジェンナは再びキスの予感に震えたが、またしてもがっかりするはめになった。「じゃ、また」カーターはジープのボンネットを二度叩いて、自分の車へ戻っていった。

「深呼吸しなさい」窓をあげながら、ジェンナは自分に向かってささやいた。カーターが大きな体を折りたたむようにして運転席に乗りこんだ。あの人の頬にキスをするなんて、私はなにを考えてたんだろう？「神経が高ぶってるせいだわ」カーターは安全の象徴であるだけ。決してセクシーなんかじゃない。あのほほえみも、あたたかい吐息も、茶色の目も。けれども彼のことを思い浮かべただけで、体がとろけてしまいそうだった。

心配することは山ほどあるのに、男性——しかもよりによって、カーターのことが気になってしかたがないなんて。あの人のことをそんなふうに考えちゃだめ！

息を大きくついてバックミラーを見る。約束どおり、カーターはついてきてくれるらしい。ジェンナは彼の車のヘッドライトを受けながら、劇場をあとにした。

だが、寒気がよみがえってきた。どうしようもないほどの寒気が。あの古い教会はどこかおかしかった。尖った鐘塔が凍てついた夜を背景にそびえ立っていた。雪のなか、悪意をにじませながら。

なにを考えてるの？　あの建物には誰も隠れていなかったし、恐ろしい秘密なんてなにもない。ただの古い教会じゃないの。多くの人が神様をたたえたところでしょう？

しかし、そこに悪魔が潜んでいるような気がしてならなかった。

前方に目を据えたまま、携帯電話をとりだして家にかける。すぐにアリーが出た。「もしもし」床に落としたせいか、電波の状態がよくない。娘の声は雑音まじりだった。「アリー、バックパックは車のなかにも劇場にもなかったわ」

「でも、なきゃおかしいんだもん！」

「学校に置いてきたんじゃない？」ジェンナはそう言って返答を待った。

「ううん」

「それともジェイクの車のなかとか――」

「ママ！」アリーが怒りに声を震わせてジェンナの言葉をさえぎった。「絶対ジープの後ろに置いたの！」今にも泣きそうな声だ。

「じゃあ、ママが明日の朝、先生に電話をかけてあげるから」

「よく聞こえない」

ジェンナは大声で、同じことをくりかえした。だが、アリーは相変わらず文句を言っている。ジェンナはついに我慢できなくなった。「アリー、ママはできる限りのことをしたの。なのにあなたは文句ばっかり。怒ってもなんにもならないのよ」

長く重苦しい沈黙があった。電話が切れてしまったのかと思ったとき、アリーがほとんど聞きとれないくらいの声でつぶやいた。「ジェイクが代わりたいって」

「わかったわ」ジェンナは努めて明るい声でこたえた。

数秒後、ボディガードが電話に出た。

「なにも問題はなかったかい？」

「バックパックが見つからないことと、携帯の調子が悪いことを除いてはね」彼女は再びバックミラーをのぞいた。カーターはちゃんとついてきてくれている。「聞こえる？」

「かすかにね」

「特殊部隊が本当に助けに来てくれたわ。ありがとう」

「私は自分の仕事をしたまでさ」彼の声はとぎれとぎれにしか聞こえなかった。

「感謝してます。あと二〇分で着くから」

ジェイクがこたえる前に、電話は切れてしまった。

今回は見逃してやる。

暗視ゴーグルをかけ、物陰に隠れた男は、ジェンナがジープで去っていくのを見送った。後ろから、あのいまいましい保安官がついていく。

保安官がやってくるとは思わなかった。だがそれより予想外だったのは、ジェンナ本人が姿を現したことだ。そして彼女が、あの保安官の頬にキスをしたこと。男の体のなかを激しい怒りが駆けめぐった。ジェンナがほかの男にキスをしたり、話しかけたり、笑ったりするなんて！　それが許される相手は、この俺だけのはずだ！

保安官さえ現れなければ、今夜はジェンナを我がものにする絶好の機会だったはずだ。彼女はあと少しで手が届くところにいた。

しかし計画どおり、正確に事を進めるのがなにより大切だ。あのまま彼女を襲っていたら、おそらく保安官に見つかっていただろう。

男は目を閉じ、寒風に頬をなぶらせながら怒りが静まるのを待った。細かな氷のかけらが顔を伝っていく。彼は保安官にキスをするジェンナを思い浮かべた。いや、ほんとうのキスではない。ただ爪先立ちになって、あいつの頬に唇を触れさせただけだ。

男が劇場に忍びこんだのは、ゾーイ・トラメルのスカーフを捜すためだった。『静かに降る雪』で彼女がいつも身にまとっていた、金の縁どりをした緑のスカーフ。ジェンナが衣装や小物を劇場に持ちこんでいるという話を耳にしたとき、少しばかりコレクションの品を増やそうと思い立ったわけだ。運がよければ、あのスカーフが手に入るかもしれない。ジェンナが身につけたものを顔に押しつけ、においをかぎたかった。もしかしたら、ショーツやブラジャーもあるかもしれない。しかし、期待は裏切られた。ショーツやブラジャーどころか、スリップやテディーさえ見つからなかった。

激しいいらだちに、血がわきかえる思いだった。

だが、収穫はあった。男は自分の計画を思いかえし、にやりとして目を開けた。高みから、コロンビア川沿いに広がる町の明かりを見おろす。川は凍りつく寸前で、流れも遅くなっていた。支流はもはや完全に凍結している。周囲の崖から流れ落ちる滝も、氷の柱となりつつあった。

殺しには絶好のタイミングだ。

快感が背中を伝っていく。この雪は俺にとって吉兆だ。準備が整った徴《しるし》だ。

男はしばらく駐車場を観察し、保安官が舞い戻ってこないかどうか確かめた。そしてようやくその可能性がないことを確信すると、再び仕事に戻った。

男は螺旋階段を足早におりていった。体重で階段がきしむ。彼は地下に戻ってくると歩みをとめた。このあたりのことならよく知っている。

壁に立てかけられた背景のそばを通り、メーキャップ用の鏡がある通路を抜けると、あたりは真っ暗になった。そこを曲がれば物置がある。ちょうど舞台の真下あたりだ。

なじみ深い物置のクローゼットに近づくと、男の鼓動は速くなった。子供のころ、よく隠れた場所だ。自分だけのささやかなスペース。男はよくこの秘密の隠れ家で、牧師が説教をする声や、頭上を行き交う足音を聞いた。ここは彼の聖域だった。

男は自分の鍵を使ってクローゼットを開けた。黴《かび》くさい空気をかぎながら、ペンライトで積みあげられた箱やトランクを照らしだす。もう何年も前にしまいこまれ、忘れられたものばかりだった。それから鍵束のなかから最も小さな鍵をとりだし、大きなトランクを一つ開けた。

蓋が音をたてて開いた。

体中に電流が走るような興奮を覚えた。なかに入っているのは女性だった。自分の運命も知らずに意識を失っている女。

小さな手が見えた。ゾーイの手とは若干異なっているが、それでも、適当な指輪を見つけてやれば……。しかし彼は、女性の薬指を見つめて眉をひそめた。そこには安っぽい結婚指輪がはまっていた。ゾーイは未婚の女だ。こんなものはいらない。指輪を外したあと、この指をどうしてやろうか。男の体をアドレナリンが駆けめぐり、股間がかたくなった。

「行こうか、ゾーイ」男は優しくささやいて、小柄な女性の体を引きずりだした。「開幕の時間だ」

33

「夕食でも一緒にどうかと思ってね」頭と肩に挟んだ受話器から、トラヴィスの声が聞こえてきた。ジェンナはシェーン・カーターのことを考えないようにしながら、ワインの瓶にコルク抜きをねじこんだ。家に寄っていってくれればいいのにと思ったのだが、彼は何事もなかったように門の前を通り過ぎて行ってしまった。彼女は落胆して家に入ると、ジェイクや子供たちと話をした。そしてようやくトラヴィス・セトラーから電話があったことを思いだし、電話をかけてみたところだった。

しかし、こんなときにトラヴィスとディナーだなんて、気が進まなかった。

それって、誘ってほしい相手がトラヴィスではなくてあの保安官だから？　トラヴィスもシングル・ファーザーだし、ハンサムだし、ユーモアのセンスだってあるでしょう？　なのに、一匹狼《おおかみ》の保安官のほうがいいっていうわけ？　ジェンナ、いいかげんに目を覚ましなさい！

「道路が通りやすくなったら、あなたとダニーがうちへ来るってのはどう？　私が料理をするわ。レパートリーは限られてるけど」

「道路が通りやすくなったら？」受信状態がよくないせいで、彼女はトラヴィスが雪のなかを運転しながら話しているのではないかと思った。「いつになるんだろうね。五月かな」「だったら七月まで待って、バーベキューでもしましょうか」ジェンナは冗談を返し、窓の外を眺めた。ひさしからつららが垂れさがり、吹きつける突風が窓枠を揺すっていた。彼女はコルクを抜き、背の高いワイングラスに中身を注いだ。「四日はどう？」

「いいよ。だけど、もっと早いタイミングじゃだめなのかい？　君に会いたいんだよ、ジェンナ。娘たちは抜きでね。二人だけでポートランドあたりまで行きたいって思ってたんだけどね。ダンヴァーズ・ホテルのレストランは評判がいいんだよ」

ジェンナはワイングラスをまわしながら尋ねた。「今、どこにいるの？」

トラヴィスは一瞬、返事をためらったようだった。「ピックアップ・トラックのなかだよ。家に帰るところなんだ」

「ダニーは一緒？」

「シッターが面倒を見てくれてるよ」

「家で？」

「いや、これからシッターの家まで迎えに行くところさ。どうして？」

そう質問されて、ジェンナはふとわれに返った。なぜ私は根掘り葉掘り尋ねてるんだろう。トラヴィスのことまで疑ってるの？「ただ、道路の状態が心配だっただけよ」彼女は嘘をついてその場をとり繕った。

「まったくひどいもんだ。この吹雪が終わったら、デートしよう」トラヴィスが提案した。

「またこっちから連絡するよ」

「そうして。あのね、ずっとあなたにききたいことがあったんだけど」

「なんだい？」

「アリーが言ってたの。あなたは以前、特殊部隊に所属してた、って」

「アリーがそんなことを？」

「本当なの？」

「ああ。でもそのことに関しては、僕の口から直接話したいな」

「アリーはあなたが私立探偵をしてるとも言ってたんだけど」

「うちの子はおしゃべりだな」トラヴィスは長いため息をついた。「すぐに自慢したがるんだから。だけど、本当だよ。保険会社からの依頼を受けたり、弁護士の手伝いをしたりね。テレビで見るような派手な仕事じゃない」

「牧場の経営をしてるんだとばかり思っていたわ」

「牧場経営もしてるけど、家計の足しにと思ってね」

「銃は携帯してるの？」ジェンナは尋ねた。

「必要があるときはね。許可証も持ってるよ。どうしてそんなことに興味を持つんだい？」

「好奇心をそそられただけ」そう言いながらも彼女は、なぜトラヴィスに対して心を開けないのだろうと考えていた。どうして彼のことが信頼できないの？

「今度会うときに全部話すよ。ダニーが言うほど刺激的でも謎《なぞ》めいてもいない仕事だけどね。ああ、シッターの家が見えてきた。もう切らないと」

「ダニーによろしくね。あまり叱っちゃだめよ。いい?」

「そんなことはしないさ」娘の話になったせいか、トラヴィスは口調を和らげた。「あの子は僕のファンクラブの会長だからね。会員は一人きりだけど。じゃあ、また連絡する」

電話が切れた。ジェンナのなかで二つの思いがせめぎあっていた。トラヴィスはこれまで私が考えていたとおりのいい父親なのかしら? それとも、秘密を抱えて生きている人?

いいかげんにして! そんなにびくびくしてどうするの? トラヴィスはいい人よ。自分の直感を信じなさい。それに、カーターに恋い焦がれるのも、もうやめるのね!

ジェンナは窓辺に近づいて吹雪を見つめた。そのとき、馬小屋の近くの人影に気づいた。一瞬どきりとしたが、すぐにジェイクだとわかった。敷地内を巡回しているのだろう。それが彼の毎晩の仕事だった。ときにはクリッターを連れていくこともあるし、暗視ゴーグルをかけていくこともある。馬小屋や納屋などを確認して、門や玄関や窓にしっかりと鍵がかかっているかどうか調べるわけだ。だがジェンナは、いまだに心の底から安心できずにいた。いつか不安から解放される日が来るのだろうか。コルクをワインの瓶の口に詰めて冷蔵庫に入れ、半分中身が残ったグラスを持って階段をあがった。水の音とラジオの音が聞こえる。キャシーがシャワーを浴びているのだろう。アリーのベッドルームをのぞくと、彼女は足もとに飼い犬を従えてベッドの上でテレビを見ていた。クリッターがジェンナの足音に気づいて頭をあげ、キルトを尻尾でたたいてやわらかい音をたてた。

「なにも問題はない？」ジェンナは部屋に入りながら尋ねた。

アリーが肩をすくめる。「たぶんね」

「バックパックを見つけてあげられなくてごめんなさい。でも、あそこにはなかったの」

アリーは黙りこくっている。

「だけど、明日は休校になりそうでしょ？　だったら宿題を提出する必要はないわね」ジェンナは娘にウインクをした。

アリーがかすかに笑みを浮かべた。「休みになればいいけど」

「きっとなる。じゃ、おやすみ」

「おやすみなさい、ママ」

キャシーはまだシャワーを浴びているようだ。ジェンナは自分のベッドルームに戻った。誰かが忍びこんだ部屋。そう考えるたびに、寒気がして気分が悪くなる。おかしな男がここを歩きまわり、さまざまなものに触れ、引き出しを開けたなんて。ジェンナの視線はナイトテーブルに吸い寄せられた。まさか……いいえ、そんなことは不可能だわ。

恐怖感を抑えこみながら残りのワインを一息に飲み干し、近づいていってゆっくりと引き出しを開けた。

なかは空っぽだった。

よかった！　安堵のため息をもらしたとき、部屋の照明がまたたいた。一度、二度、三度。

キャシーの金切り声が聞こえ、シャワーの音とラジオの音が同時にやんだ。

小さな足音と爪の音が、ジェンナのベッドルームの正面にやってきた。「ママ？」アリーがドアを開けながら、震える声で呼びかけた。「テレビがついたり消えたりするの」

「わかってる。いらっしゃい」

アリーが部屋のなかに飛びこんできた。クリッターもとり残されまいと、慌てて駆けてきてベッドにあがる。

今度はぺたぺたとぬれた足音が聞こえた。「いったいどうしたってわけ？」バスローブをまとったキャシーが、タオルをターバンのように頭に巻いて姿を現した。額や頬にはまだ泡が残っている。

「停電しかけてるみたいね」

「冗談でしょ？　最悪」キャシーは腕を組んで膨れっ面をした。「こんなところに住むなんて悪夢よ。ううん、それよりもっとひどいんじゃない？」

明かりがもう一度またたいて、キャシーがそっと悪態をついた。ジェンナは無理に笑みを浮かべた。「みんな落ち着いて。火はおこせるし、あたたかいパジャマもキルトも、懐中電灯やキャンドルもあるでしょう？　ジェイクもいるから大丈夫よ」

「これで大丈夫だなんて、マジなの？」キャシーはそう言い捨てて部屋を出ていった。

「いいかげんにしなさい、キャシー」ジェンナは娘の後ろ姿に向かって言ったが、キャシーは乱暴にドアを閉めて行ってしまった。

「キャシーって怒ってばっかり」アリーがベッドに飛びのり、クリッターと一緒に丸くなった。「あたし、しばらくここにいてもいい？」

「もちろん」キャシーのことはほうっておこう。少し頭を冷やさせたほうがいい。いらだっているのはみんな同じだ。「一緒に映画でも見ましょうか？」

「でも、怖いのはイヤ」

「じゃあ、コメディがいいわね」ジェンナはテレビをつけ、二本ほどキャンドルに火をともすと、予備の枕を出してきて二人分の背もたれを作った。子供たちの前では口にできなかったが、彼女自身も停電するのではないかと思うと怖くてたまらなかった。電気も使えない状態でこの家に閉じこめられるなんて絶対に避けたい事態だ。

それにどこかで誰かが……。

ジェンナは窓辺へ行って、ブラインドをしっかりとおろした。そのときちらりと、ジェイクが馬小屋の向こうへ行こうとしているのが見えた。黒いジャケットや帽子を雪で白くしながら、地面に新しい足跡をつけていく。

寒い夜の、孤独な見張り番。

ジェンナは、これ以上怖い目に遭わずにすみますように、と心のなかで祈った。

〝俺はお前を迎えに行く〟と手紙には書いてあった。

絶対にそんなことはさせないわ。彼女はベッドの下に隠した散弾銃のことを思いだしながらそう考えた。

駐車場にいたとき、お前はなにを考えていたんだ？　カーターは自分を叱り飛ばした。管轄区域で一人の女性が死体となって発見され、二人の女性が行方不明になっているというのに、どうしてジェンナのことしか思い浮かばないんだ？　まるでハリウッドの女王様のことばかり考えている高校生みたいじゃないか。

「ちくしょう」彼はつぶやいた。やめたはずの煙草が恋しかった。

フロントガラスから外をのぞきながら、カーターはジェンナの目に欲望の色が浮かんだときのことを思いだしていた。いいかげんにしろ。僕は義務を果たした。彼女はもう安全だ。それに、感謝のキスをされただけじゃないか。たいしたことじゃない。

ロキシー・オルムステッドの事故現場を通り過ぎ、カーターは頭を切り替えた。州警察やFBIは二つの行方不明事件が関連しているのかどうか断定できずにいたが、カーターは自分の勘を信じていた。行方不明事件だけでなく、メイヴィス・ゲットの事件も同一犯のしわざだ。三つの事件を結ぶ線はまだ見えなかったが、絶対になにか見落としていることがある。

それはいったいなんだ？

雪のカーテンを切り裂いて、ヘッドライトが彼のキャビンを照らしだした。ジェンナのガレージほどの広さしかない家。カーターはエンジンを切った。彼女とは身分が違う。僕は現実主義者を自認していたはずじゃないか。

それなのに、どうしてジェンナの姿が脳裏から消えないのだろう？　なぜ夜になると、彼女のベッドにもぐりこむ夢まで見てしまうんだろう？

ジェンナの夢はあまりに生々しかった。夢のなかで彼は、あらゆる形でジェンナと愛しあった。彼女の体はしなやかで、すべてを受け入れてくれた。唇はあたたかく、目には純粋な官能があふれていた。二人の交わりは獣のように荒々しく、二つの体が汗まみれになるまで、欲望はつきようとしなかった。

カーターは目を覚ますたびにむなしい思いにとらわれた。僕はなにを考えてるんだ？現実主義者だって？冗談じゃない。

それを言うなら、キャロリンも僕よりずっと身分が上だったじゃないか。元州知事の娘だっただろう？『オレゴニアン』紙の広告モデルまで務めた女性だぞ。どうして身分相応の相手で我慢できないんだ？おまえには地元のベーカリーで働いていたり、保険の営業をしているような女性がお似合いなんだよ。お前を心から尊敬してくれるような女性がな。

カーターは歯を食いしばって全身に力をこめ、キーをイグニションから引き抜いた。空腹で疲れきっているというのに、欲望が頭をもたげていた。「くそっ」吐き捨てるように言って車を降り、玄関に入ってブーツとジャケットを脱ぐ。

僕にはしなければいけないことがあるはずだ。女性にかまけている暇などない。彼はホルスターを椅子の背にかけ、カウチにブリーフケースを置くと、火をおこして冷凍ディナーを電子レンジに入れた。

ジェンナのことを頭からぬぐい去るため、強い酒を一杯グラスに注ぐ。彼女はストーカーにつけ狙《ねら》われて困っている女性というだけで、それ以上の存在ではない。そのことを肝に銘じておかなければ。

しばらくすると電子レンジが鳴った。カーターはもう一杯酒を注いだ。あたたまったプラスティックの皿をリビングルームまで運び、テレビの天気予報を見る。

予報は芳しくなかった。また別の寒冷前線が近づいており、ここ五〇年間で最低の気温までさがるらしい。レポーターが立っているのは、凍りついた巨大なマルトノマ滝の前だった。全米で二番目に大きな滝をのぼろうと、アイス・クライマーたちが集まっているらしい。

「ばかなやつらだ」カーターはラザニアを口に運びながらつぶやいた。デイヴィッドと同じじゃないか。デイヴィッドが氷で足を滑らせて落下し、命を落としたあの日のことなど考えたくもなかった。カーターはテレビの音を消して食べかけの夕食をその場に残し、グラスを持ってデスクに向かった。コンピューターを立ちあげてEメールをチェックし、インターネットにアクセスしてジェンナ・ヒューズに関する情報を検索していく。

それにしても今、同じことをしている人間がどれくらいいるのだろう。アメリカ中、いや世界中で何人の人間がこの瞬間、ジェンナのことをインターネットで調べているのだろう。彼女の家に忍びこんだ変態野郎もその一人なのだろうか。

ブリーフケースからB・Jが作ったリストを出し、ジェンナの家に出入りしたことのある人間のリストと重複する名前を洗いだしていく。ウェス・アレン、ハリソン・ブレナン、スコット・ダリンスキー、リンダ・ダリンスキー、トラヴィス・セトラー、ヨランダ・フィッシャー、ロン・ファレッティ、ハンス・ドヴォラク、ジョシュ・サイクス、セス・ウィテカー、ラニー・モンティネロ、ブランチ・ジョンソン、エステラ・トレヴィーノ、そしてシェーン・カーター。彼は女性の名前と自分の名前を新たなリストから消した。これは容疑者のほんの一部でしかない。彼はジェンナの家の前の持ち主から鍵を盗んだやつがいたのかもしれないし、犯人はジェンナがまったく知らない人間かもしれない。

カーターは次に、ジェンナの主演作を調べていった。初主演映画の『失われた純潔』で彼女が演じたのは、一〇代の娼婦カトリーナ・ペトロヴァだ。『夏の終わり』のマーニー・シルヴェインは二重生活を送っている孤独な教師だった。『闇に紛れて』のパリス・ノウルトンは恐怖におびえる若い母親。ホームページには『ホワイト・アウト』からの写真も掲載されていた。当時の夫が制作しながら、妹のジルが事故死したために撮影中止となった映画だ。ジェンナが演じた役は、スキーヤーのレベッカ・ラングだった。

この映画でのジェンナの瞳は青色だった。きっと色つきのコンタクトレンズをつけていたのだろう。髪はブロンドに染められていたし、プロモーション写真のなかには、スキー事故を起こして病院に担ぎこまれたシーンのレベッカを写したものもあった。顔は青あざだらけで腫《は》れあがり、歯も折れている。とてもジェンナだとは思えなかった。すぐれた特殊メーク技術だ。

そのとき、なにかがひらめいた。特殊メーク！

カーターは猛烈な勢いで頭を回転させながら、登録しておいたサイトに飛んだ。アルギン酸塩のことが書かれたサイト。アルギン酸塩は歯科医が歯型をとるときに使われる物質だ。メイヴィス・ゲットの歯が削られていたのは身元をわからなくするためだと思っていたが、そうではなかったのかもしれない。

レベッカ・ラングを演じたときのジェンナの歯は、折れているように見えた。歯科医か特殊メーク担当者が一度彼女の歯型をとり、そのあと折れた歯を作って本物の歯の上にかぶせたに違いない。

カーターはある可能性を追い求めながら先を読みつづけた。そして、アルギン酸塩は義歯やマスクを作るときにも用いられるという記述に行きあたると、思わず息がつまるような感覚に襲われた。そんなことが可能なのだろうか？　ここまであからさまなことを、僕は見逃していたのだろうか？

カーターはそれからの数時間、マスクに関するサイトを調べてまわった。本人そっくりのマスクを作るときには、液状のアルギン酸塩を使用するらしい。映画の特殊メークの場合、アルギン酸塩を用いた型からマスクを作り、できたマスクにさらにアルギン酸塩やラテックスを重ねていくようだ。あるサイトには、一人の俳優が実際にアルギン酸塩でできたマスクをかぶって狼男へと変身していく様が動画でアップされていた。

「特殊メーク担当者だ」カーターはつぶやいた。「歯科医じゃなかったんだ」

僕たちは見当違いの捜査を続けていたわけだ。

カーターはもう一度動画を見た。アルギン酸塩を顔に重ねていくあいだ、俳優は鼻に差したストローで息をしていた。

すでに死んでいる人間の場合はどうだろう？　ストローなど使わず、死体をそのままアルギン酸塩につければいいだけだ。しかし鑑識の報告によれば、メイヴィス・ゲットの体内からもアルギン酸塩が検出されたという。つまり、メイヴィスは生きたままアルギン酸塩につけられたのか？　背筋に冷たいものが走った。抵抗しなかったのだろうか。いや、抵抗したくてもできない状態だったに違いない。薬を投与されたり、気絶させられたりしたあとで……。

彼は背もたれに体を預け、画面を見つめた。無性に煙草が吸いたかった。引き出しのなかを引っかきまわすと禁煙用のガムが見つかったので、とりあえず口にほうりこんだ。効き目は弱くなっていたが、かみながらネット・サーフィンを続ける。次は映画の特殊メークのサイトだ。

犯人はメイヴィス・ゲットのマスクを作製したのだろうか。そうだとすると、ソーニャ・ハッチェルも同じ目的で誘拐したのかもしれない。カーターはメモをとりながら考えをめぐらした。体や顔の型をとるために女性を殺すなんて、どれほど異常な人間なのだろう。メイヴィス・ゲットを殺した犯人は、ジェンナの特殊メークを担当した人間なのかもしれない。少なくとも、その手の仕事に携わったことがある可能性は高いだろう。

カーターはふと、ヴィンセント・パラディンのことを思いだした。パラディンには、メーク・アップの仕事をした経歴などなかったし、手紙が投函されたとき、ジェンナの家の近くにもいなかった。やつがフロリダにいたことは、保護観察官に確認ずみだ。

もう一度、B・Jが作ったリストを眺めてみる。ウェス・アレンは、カーターの知る限り特殊メークの仕事をしたことはないし、カリフォルニアで暮らしたこともなかった。だが、リンダ一家がロサンゼルスにいたころ、遊びに行ったことくらいはあるかもしれない。

暖炉では炎が音をたてて燃えていた。ウェスに対する個人的な感情を交えてはいけない、とカーターは自分を戒めた。そして、思いは再びジェンナへと戻っていった。美しくて、頭がよく、セクシー。そんな彼女が標的となっている。

崇拝の対象なのか？

それとも殺しの？

キーボードをたたいて、ジェンナの写真を画面に浮かびあがらせる。指を動かすたびに、写真は次から次へと変わっていった。どれも華やかで、けがれなく、なにかを訴えかけるような表情ばかりだった。それでもコンピューター上の画像は、現実のジェンナのレプリカでしかない。味気ないガムをかみつづけながら、カーターは、B・Jの言葉の正しさを思い知った――僕はジェンナを欲している。ほかの無数の男どもと同じように、あのハリウッドスターに思い焦がれている。

カーターはガムを吐きだし、先ほどとは別の引き出しを開けて小さな箱をとりだした。蓋を開けると、敷きつめたコットンの上にキャロリンの婚約指輪と二人の結婚指輪が並んでいた。彼は指輪を無視して、そっとコットンを持ちあげた。隠してあったのは一本のぼろぼろの鍵だった。これまで、何度この鍵を使おうと思ったかわからない。だが、実際に使用したことは一度もなかった。カーターは鍵をそっと財布のなかにしまった。もしものときのために。

そのとき、携帯電話が鳴った。

「カーターだ」

「保安官？　ドリーです」交換手は慌てふためいている様子だった。「緊急連絡がありました。ダーウィン・スワガートの奥さんが行方不明なんです」

「リネッタが？」ときがとまったように感じられた。三人目の女性が連れ去られたのだということはすぐにわかった。「いなくなってからどれくらいたつんだ？」

「まだ二時間ですが、ダーウィンは気も狂わんばかりになってます。市警察には連絡ずみです」

カーターは牧師の妻の姿を思い浮かべた。小柄で優しそうな女性。信仰心があつく厳格な夫と、反抗的な息子。「彼女が最後に目撃された場所は？」

「コロンビア・シアターです」

僕がいた場所だ。

そして、ジェンナがいた場所。

「最寄りの保安官事務所の車両にはすでに連絡しておきました。まだ報告はありません」

「ありがとう、ドリー」彼はホルスターに手を伸ばした。「すぐ向かうよ」

34

リネッタが……そんな、リネッタが……。

カーターに支えてもらわなければ、ジェンナはその場にくずれおちてしまったかもしれない。「残念だが」彼が言った。朝の六時。二人はキッチンに立っていた。冷蔵庫がブーンとうなり、暖炉で薪がはぜた。しかし、その音もジェンナの耳には届かなかった。

カーターは電話でそちらに向かうと言った五分後に姿を現した。リネッタ・スワガートが行方不明になったという恐ろしいニュースを伝えるために。

彼はすっかり憔悴《しょうすい》しきっていた。睡眠不足のせいで目の下にくまができ、額のしわも深くなっている。一日分の無精ひげが顎を覆っている。「君には直接伝えたかったんだ。それに、昨日僕が劇場へ君を捜しに行ったときのこともきこうと思ってね。リネッタを最後に見たのは、君とリンダかもしれないんだよ」

生きたリネッタを、でしょう？　ジェンナは顔をそむけ、涙をこらえた。どうしてリネッタが？　ソーニャ・ハッチェルやロキシー・オルムステッドが生きて発見される可能性はかなり低くなっている。リネッタだって、もう亡くなっているかもしれない。

「リネッタはご主人に連絡しなかったの？」

「ああ。あんまり遅いから、九時半ごろ、ダーウィンのほうから電話をかけたらしいが、リネッタは出なかったそうだ」

「私たちが劇場を出たすぐあとね」ジェンナは背筋をこわばらせながら、先ほどよりはっきりした口調で言った。

カーターの電話で早朝にたたき起こされたばかりの彼女は、とりあえずジーンズとセーターを身につけ、髪を頭のてっぺんでまとめただけの格好だった。

「リネッタが安全に劇場を出た可能性はまだ残っている」カーターは言葉を選びながら言ったが、二人とも、それがただの慰めでしかないことを知っていた。

「車は残っていたのよね？　こんな寒いなかを歩いて帰るのはおかしいもの」

「誰かが迎えに来たのかもしれない。顔見知りの誰かがね」カーターの目には決意と悲しみが浮かんでいた。

「そんなことは信じていないんでしょう？」

「少しもね」彼は認め、ジェンナの腕をつかんでいたことにようやく気がついたように手を離した。「だから、昨日のことをもう一度振りかえってみよう。劇場に誰がいたのか。リネッタは電話をかけたのか。立ち寄った人間はいたのか。リネッタに最近、困っている様子はなかったたか。州警察のスパークス警部補からも電話がかかってくると思う。一見とっつきにくい印象を持つかもしれないが、根はいい人だ。とにかく、犯人は絶対につかまえるよ」

「ほかの誰かが誘拐される前に？」

カーターが口もとを引きしめた。彼女はそんな質問をしたことを後悔した。

「そのつもりだ」

「今後はもっと大変になるわね」ジェンナはコーヒーメーカーのところまで行き、ミルで豆を挽いた。「犯人は自分を抑えられなくなっているみたいだから」

裏口のドアが開いたことに気づいたクリッターが小さく吠えた。「私だよ」ジェイクの声だった。ジェンナが廊下の先をのぞきこむと、彼は洗濯室のそばでブーツの紐《ひも》をほどいているところだった。「なにがあった？」

カーターは帽子をテーブルに置き、ジャケットを椅子の背にかけた。しかし、ホルスターと拳銃は身につけたままだ。ジェンナは改めて、彼の仕事が多くの危険をはらんでいることに気づいた。そして、フォールズクロッシングの住民の生活が、同じく多くの危険をはらんでしまったことにも。

コーヒーの芳香が部屋を満たした。カーターは椅子に座り、詳しい事情を説明した。ダーウィン牧師は昨晩のうちに、知りあいをすべてあたってみたという。だが、リネッタの行方を知っている者はいなかった。

「つまり犯人は、私が劇場を出てからバックパックをとりに戻るあいだに、リネッタを連れ去ったということね？」ジェンナは胃のあたりがこわばるのを感じた。もしリンダと一緒にもう少し残っていれば、リネッタは無事に家へ帰れたかもしれないのに！

「いや、君が戻ったとき、犯人はまだ劇場にいた可能性もある。リネッタと一緒にね」

ジェンナは総毛立った。バックパックを捜しているとき、何者かがすぐ近くにいるような気がしてならなかった。誰かがそっと息をしながら、音もなく動きまわる感じ。あのとき犯人は、今カーターがいる場所ぐらいの距離に潜んでいたのだろうか。オリヴァーが歩きまわっていただけだと思ったのに。コーヒーを注ぐ手が震えたが、なんとかマグカップを持ってテーブルまで行き、保安官と向かいあわせに座る。ジェンナは劇場に誰かがいるような気配を感じたことも含めて覚えている限りのことを話し、リネッタ本人に関することも伝えた。彼女が信心深い人だったこと。夫のダーウィンには何度か会ったことがあるが、それほどよくは知らないこと。二人には息子がいて、ジョシュ・サイクスと友人であること。彼女が劇団の衣装を担当していたこと。見た目は実年齢の三八歳よりも若く、活動的だったこと。地元の会計事務所で仕事をしていたこと。

「彼女のプライベートについては？」

「不幸せだったとは思わない。もしそうだとしても、文句を言うのを聞いたことはないわ」リネッタは自分の人生や仕事、夫や息子のイアンについて、いっさい不満をもらさない人だったから、プライベートなことはほとんどなにも知らなかった。

話を終えると、彼女は寒けを覚えて腕をこすった。すべての責任が自分にある気がした。

コーヒーはまだ手をつけないまま、目の前にあった。

「手がかりは見つかりそう？」ジェンナはメモをとり終えたカーターに尋ねた。

彼は眉をひそめ、コーヒーを飲んだ。「これだけではなんとも言えないな。あと、もう一つききたいことがあるんだ。ハリウッドにいたとき、特殊メークを担当した人たちとつきあいがあったかい？」

「モンスターを作る人のことね。その手の仕事をする専門会社があるの。前の夫のロバートがホラー映画を制作していたころ、そういう会社とつきあいがあったわ。でも、どうして？」

「いや、単なる思いつきだよ。そういった会社のリストを作れるかな？」

「いいわよ」

「ハリウッドの特殊メーク担当者がジェンナを狙っているのか？」ジェイクが尋ねた。

「すべての可能性を考慮しておきたいんでね」カーターがコーヒーを飲み干すと同時に携帯電話が鳴った。「カーターだ」話に耳を傾けている彼の表情がどんどん暗くなっていった。カーターは電話を切った。「もう行かないと。アイス・クライマーが一人、パイアス滝から落ちたんだ。ジェンナ、特殊メークの会社のリストアップを頼んだよ」

「あとでファックスしておく」ジェイクが代わりに答えた。そのとき、ハンス・ドヴォラクの車が門の前でとまった。彼が窓をおろして暗証番号を打ちこむと、門がゆっくりと開いた。

それを見ていたカーターが尋ねた。「暗証番号を知っている人はどのくらいいるんだ？」

「六、七人かしら。ここで働いている人たちは全員よ」ジェンナが答える。

ジェイクがコーヒーを飲み終えてうなずいた。「名前なら控えてあるが」

「それもファックスしてくれないか。それと、暗証番号は毎日変えてほしい」

「毎日?」彼女は驚いておうむがえしに尋ねた。

「そうだ」

「ウェス・アレンに連絡して、毎日暗証番号を変えられるようシステムを設定してもらおう」ジェイクが言った。

　カーターは顎をなで、頬を指でかいた。「ほかの人間に頼めないかな?」眉をひそめながら質問する。

ジェイクがいぶかしげに目を細めた。「ウェスじゃまずいのか?」

「いや、劇場の仕事で手いっぱいだろうと思ってね」カーターは椅子からジャケットをとった。

「ウェスなら時間を作ってくれるわ」ジェンナは、カーターの言葉に含みを感じながらも、そう答えた。そういえば以前リンダが、ウェスとカーターのあいだにはちょっとしたもめ事があったと言っていた。

「わかった。セス・ウィテカーに頼んでみよう」

「じゃあ、セスにシステムを直してもらってくれ。暗証番号は、ジェンナと子供たちとあんただけしか知らないようにしてほしいんだ」

「それから、ハンスとエステラもね」ジェンナはつけ加えた。

「いや、君たち以外の誰かが来たときは、なかから操作して門を開けるんだ」

「いちいち面倒だわ」毎日暗証番号が変わるだなんて、娘たちはどんな反応を示すだろう。そう考えると気分が重くなる。

「永遠に変えつづけるわけじゃない」カーターは帽子をかぶり、ドアに向かった。「犯人をつかまえるまでのことさ」

それから一時間もたたないうちに、リンダが震える声で電話をかけてきた。彼女は打ちのめされていて、その日の劇場での活動はすべてキャンセルしていた。「あなたの言うとおりだったわ。私たちはリネッタのご主人が来るまで待つべきだったのよ。絶対に彼女を一人きりにするべきじゃなかった」

「だけど、待っていてもどうにもならなかったかもしれないわ。犯人がリネッタを狙っていたんだとしたら、ほかにもチャンスはあったはずだもの」

「ああ、誰がリネッタをさらったのかしら。私たちがいなくなるのを待って、彼女に襲いかかったわけでしょう？　ずっと見張っていたんだわ。鍵も持っているのかもしれない」

ジェンナは暖炉の炎を見つめた。リネッタを傷つけるような人間など、一人も思い浮かばなかった。

リンダがはなをすすった。「シェーンはそっちへ行った？」

「ええ、今朝早くにね」

「私のところにも来たの。いろいろなことをきいていったわ。州警察の人と一緒に、劇団員全員に話を聞くそうよ。信じられないかもしれないけど、スコットにもね」

ジェンナは当然だと思ったが、口には出さなかった。リンダがさらにとり乱してしまいそうだったし、彼女の声には悲しみとともに怒りがまじっていたからだ。

「こんなことになるなんて信じられない」リンダがつぶやいた。「リネッタが無事でいてくれればいいけれど……」だが、彼女がそう信じていないことは明らかだ。それはジェンナも同じだった。

「希望は捨てずにいましょう」

「捨ててないわ。でも、つらいの。あなたも気をつけてね。テレビのレポーターが、二度もうちに電話をかけてきたのよ」

「劇場のことがなにかと取り沙汰されるわね」

「ええ。悪い評判ばっかり。今が大事なときだっていうのに。それに……ゆうべのことが頭から離れない。ああ、ジェンナ、この町はいったいどうなってしまうの？」

「私にもわからないわ」しかし、いい方向へ進んでいないことだけは確かだ。

「もう切らなきゃ」リンダが言った。「スコットにも伝えないと。あの子、リネッタのことをまだ知らないのよ。それに昨日の晩は、こんな天気なのにポートランドで行われたコンサートに出かけてたね。だからシェーンに疑われてるなんて知らないってわけなの。シェーンには本当に腹が立つわ！　あの子がなにか知っているかもしれないと思ってるなんて。名づけ親のくせに、スコットのことを信用してないのかしら」

「それが彼の仕事なのよ。今は誰かを信じられるような状況じゃないわ」ジェンナはいつのまにかカーターを弁護している自分に気づいた。

「ああ、もう最悪」リンダがあえぐように言った。

「どうしたの?」

「今、私の家の前に市警察の車がとまったの」

「リネッタが見つかったのかもしれないわ」

「そうだといいけど」リンダが電話を切った。

その日は誰も外に出なかった。娘たちはじっと我慢していたが、死ぬほど退屈しているのは明らかだった。二人とも、クッキーを焼くことにも、クリスマスの飾りつけをすることにも、トランプやゲームをすることにも興味を示さなかった。キャシーは電話をかけたり、Eメールを送ったり、テレビを見たりして過ごし、アリーはジェンナに言われてしぶしぶピアノの練習をした。

セス・ウィテカーに警報システムの変更を依頼したことを聞きつけたのか、ウィテカーの車が到着すると同時にハリソン・ブレナンもやってきて、ジェンナの制止も聞かずに友人の手伝いを始めた。ウィテカーは一人で仕事を進めたいようだったが、ハリソンはまったく気づかない様子で作業の指示までしている。

ジェンナはスキージャケットに身を包み、コーヒーを入れた魔法瓶を持って外に出ると、ウィテカーに声をかけた。「もし仕事の邪魔になるようだったら、ハリソンに帰ってもらうように言うわ」ハリソンはウィテカーのトラックの向こうで、長いコードを巻きなおしているところだった。厚手のジャケットを着て、スキーマスクをかぶっている。

「私なら大丈夫だ」同じく分厚いジャケットとズボンに身を包み、耳あてつきの帽子をかぶったウィテカーが、作業をしている手もとから目もあげずにこたえた。そばにある道具箱は、今にも雪に埋もれてしまいそうだ。

「そう？　だけどあの人、すぐに指図したがるから」

「軍隊のときの癖が抜けないんだろうよ」ウィテカーはそう言って、門柱のキーパッドの蓋をねじでとめた。「これでいい。じゃあ、やり方を教えておこう」彼は手袋をはめた手で魔法瓶を受けとった。「まず、このPIDと書かれたボタンを押すんだ。個人番号という意味だがね。それから、好きな三桁《けた》の番号を押して、もう一度PIDボタンを押す」

ジェンナは〝二、二、六〟と押した。「私の誕生日よ」

ウィテカーが鼻を鳴らした。「今回はいいが、次からはもっとわかりにくい番号にしたほうがいいな。さて、これで準備段階は完了だ。次は新しい暗証番号を打ちこむ。毎日変える番号だ。どんな数字でもいいから、四桁の番号を打ちこんでくれ。番号はまたあとで変えられる」

彼女は〝一、二、三、四〟と押していった。

ウィテカーは目尻にしわを寄せてにやりとした。「いいだろう。それじゃあ、リセットボタンを押して」彼がドライバーの先でボタンを指し示したので、ジェンナは言われたとおりにした。「よし。さっきの番号をもう一度押してくれ」ジェンナが再び四つの番号を打ちこむと、門がゆっくり開いていった。さらにもう一度押すと、今度は閉じて鍵がかかった。ウィテカーは足を使って道具箱の蓋を開け、レンチやペンチが並んだトレイにドライバーを落とすと、また足を使って閉め、それから魔法瓶のカップになっている蓋をひねって開けた。顔には満足そうな笑みが浮かんでいる。「家のなかでも同じ操作ができるように線をつないでおこう」

「もし誰かが外から忍びこんで、暗証番号を打ちこもうとたくらんだら？」

「ＰＩＤコードを知られなければ大丈夫だ。だからさっき、誕生日よりももっとわかりにくい番号にしろと言ったんだよ」ウィテカーは魔法瓶のカップにコーヒーを注いだ。

「なるほどね。新しい暗証番号を毎日覚えていられたらいいんだけど」

「子供たちとあんただけが知っている計算の手順を作っておけばいいんだよ。たとえば最初の番号に三三を足していく、とか。つまりさっきの〝一、二、三、四〟を〝一二三四〟と考えて三三を足せば、明日は〝一、二、六、七〟になって、あさっては〝一、三、〇、〇〟になるわけだ」

ジェンナの頭のなかで数字が渦を巻いた。「もう少し簡単な方法にするわ」

ウィテカーは肩をすくめてコーヒーをすすった。「あんたたちが覚えやすいようにするといい」

「やり方はわかったかな？」ハリソンが巻き終えたコードを持って近づいてきた。

ジェンナは風に背を向けてポケットに手を入れた。「難しいわ」そう言って、小さなカップをとりだす。「なにかあったまるものが欲しいかなと思って」

ハリソンはまじまじとジェンナを見つめた。スキーマスクのせいではっきりとはわからなかったが、口の端にかすかな笑みを浮かべているようだ。最近、激しい口論をしたばかりなので、彼女の優しさが身にしみたのかもしれない。「ありがとう。外はどうしようもなく寒いからね」彼はカップを受けとった。

三人のまわりで雪が舞った。ウィテカーがハリソンに魔法瓶を渡しながら、ジェンナに尋ねた。「あんたはいいのか？」

「私はあなたたちがここで凍死するのを眺めながら、あたたかい暖炉のそばで飲むことにするわ」彼女は二人をからかった。

「そりゃあ最高だ」ウィテカーが応酬する。

「作業が終わったら、なかに入ってね。体をあたためないと」

「もうすぐ終わるよ。配線はチェックしておいた」ウィテカーが言った。

「ありがたい。本当に凍え死にそうだからな」ハリソンが青い目で値踏みするようにジェンナを眺めた。「いや、普段は寒いのなんて気にしないんだがね。冬は私のいちばん好きな季節だから」

35

保安官事務所は混乱状態に陥っていた。ＦＢＩや州警察が行方不明事件の捜査に絡んできただけでなく、ほかにも次々に問題が持ちあがってすっかり手が足りなくなっている。吹雪の被害、凍った道路、雪に閉ざされた家々、停電、パイアス滝をのぼろうとして腰骨を折った愚かな若者。例をあげればきりがない。おまけに悪天候をものともせず、マスコミが続々とフォールズクロッシングに詰めかけていた。

リネッタ・スワガートの捜索隊のメンバーはほとんどがボランティアだったし、ソーニャ・ハッチェルやロキシー・オルムステッドの捜索にも参加していたせいで、すでに疲弊しきっている。

カーターはコーヒーを何杯も飲みながら、デスクワークに追われていた。だが、このままずっとデスクにへばりついているわけにはいかない。行方不明の女性たちの捜索が最優先だ。ダーウィン・スワガートは何度もテレビのインタビューに答え、涙をこらえながら身を震わせて、神のご加護や人々の祈りを求めた。住民全体の士気がさがっていた。人々にも保安官事務所にも休息が必要だった。

　Ｂ・Ｊがカーターの部屋に来て、イアン・スワガートがいまだに娘につきまとっているという話をしていると、ジェリーがドアをノックして入ってきて、デスクに二枚の紙を置いた。

「ジェンナ・ヒューズからファックスが届いています」

　ジェリーが部屋を出ていくのと同時に、Ｂ・Ｊがきいた。「なんのファックスですか？」

「モンスターの特殊メークを専門にしている会社のリストだよ」カーターは並んだ名前に目を通しながら答えた。「アルギン酸塩を使って、顔や体の型をとっている会社さ」

　彼女は好奇心をむきだしにしてヒップを彼のデスクにのせ、リストを逆さまにのぞきこんだ。カーターは、メイヴィス・ゲットの殺人とジェンナ・ヒューズのストーカーがアルギン酸塩で結びついているかもしれないという仮説を披露した。

「本気でそう思っているんですか？」

「もちろんだ」

　Ｂ・Ｊが腕をかいた。「手がかりとしては弱いかもしれませんね。ＦＢＩや州警察に連絡は？」

「スパークス警部補には教えておいたよ。ＦＢＩにも照会してチェックしてくれるそうだ」

「笑われるだけかもしれませんよ」

「笑われるのには慣れているさ」カーターは名前の上に指を走らせた。「あとは、社員の名簿を調べて、この町と関係のある人間がいるかどうか確かめてみないと。あるいは以前この手の会社で働いていて、のちに北部に引っ越してきたとかね」目を細めて指で顎をなぞり、椅子に背中を預けてうなり声をあげた。「それから、どこかの会社で大量のアルギン酸塩が紛失していないかどうかも調べる必要がある」

B・Jがリストを手にとって尋ねた。「コピーをとってもいいでしょうか?」

「そうしてくれ。最近こういった会社を辞めたり、長期休暇をとったりしている人間のリストを作ってほしいんだ。完成したら、ジェンナのDVDやビデオをレンタルしたり買ったりした人間のリストと参照してみよう」カーターは空になった紙製のカップを握りつぶしてごみ箱にほうり投げた。「犯人は絶対この近辺にいるって気がしてならないんだ。おそらく被害者とも顔見知りだろう」

「わかりました。やってみます」B・Jはリストを持って部屋を出ていこうとした。「そうそう、あの手紙にあった〝今日も、明日も、永遠に〟という文句ですけど、インターネットで調べたらレオ・ラスキンの詩の一部だってわかったんです。彼のことはご存じですか?」

カーターは首を振った。

「ニュー・エイジのティモシー・リアリーみたいな人なんですけど、ラスキンが書いている詩は私にはさっぱりわかりません。ですが興味深いことに、その文句は製作中止になった『ホワイト・アウト』の宣伝にも使われてたんです」

カーターは顔をあげ、射抜くようなまなざしでB・Jを凝視した。「だったらジェンナが覚えているはずじゃないか。あの映画のプロデューサーは、当時の夫が務めていたんだし」

「女優はそういうことにはかかわらないのかもしれないでしょう? それに当時は妹が事故

死して、いろいろ大変だったはずです。記憶から抜け落ちていてもおかしくはありません」

カーターの体中をアドレナリンが駆けめぐった。「ラスキンってやつはどこに住んでいる？」

「今、捜しているところです」

「見つけてくれ。以前住んでいた住所も全部洗いだすんだ。それとロスの特殊メークの会社をあたるときは、『ホワイト・アウト』で仕事をしていた会社を最優先してほしい」

「了解」B・Jは部屋を出ていった。そのとき、電話が鳴った。受話器をとりながら、カーターはこの手がかりが本物であればいいがと思った。


これはなに？

いったいなにが起きているの？

リネッタはうっすらと目を開け、身を震わせた。寒い……凍えそうだ。それなのに、頭のなかは泥でも詰まっているかのようにはっきりしない。目をしばたたかせてあたりを見まわすと、どうやら広い部屋にいるようだった。倉庫だろうか？　椅子のようなものに座らされていて、どこか遠くから音楽が流れてくる。そのとき彼女は、ステージの上に何人かの女性が立っていることに気づいた。いや、あれは人形だ。顔のないものや裸のものもある。服を着ているのは三体だけだった。そしてその顔は……。リネッタはごくりと唾をのんだ。みんな、ジェンナ・ヒューズじゃないの！

なんのために？

彼女は頭上を見あげた。歯医者のドリルの長いアームが、薄暗い部屋のなかで光っている。純然たる悪意で輝いているように。

そんな……。気をしっかり持って、頭をすっきりさせないと。すると、やすりをかけるような音が聞こえてきた。まるで兎《うさぎ》の穴に落ちたアリスになったみたいだ。なにもかも、現実とは思えない。もう一度まばたきをして、頭と視界を明瞭にしようとする。

しかし、体全体を包みこむだるさは消えなかった。

そのとき、視界の隅に男の姿が見えた。劇場で私を襲った男だ。今は、なにも身につけていない。

リネッタは劇場にいたときのことを思いだした。衣装を片づけていると物音がした。てっきりオリヴァーだと思って呼んでみたが、鳴き声が聞こえなかったので、リンダのオフィスまで行こうと通路の角を曲がったときだった。男は暗がりに身を潜め、彼女を待ち構えていた。逃げようとしたが、冷たい金属を首に押しあてられ、全身に電流が走った。リネッタはその場に崩れ落ちた。男はそれだけでは飽き足らず、彼女の腕に注射針を突き刺した……。

恐怖が背中を伝って広がっていく。逃げようとしても、椅子に縛りつけられているせいで少しも動けない。おまけに、リネッタもまた一糸まとわぬ姿だった。肌が直接冷たい革に押しつけられている。ああ、神様、あの人は私をレイプしようとしているの？　なぜ？　どうしてこんな目に遭わなければいけないの？

涙がこみあげてきた。かすむ視界のなかで、男が下腹部を露出させているのがわかった。手になにかを持っている。

助けてください。彼女は心のなかで祈った。神様、助けてください。

見覚えのある男だった。だが、彼女の記憶よりずっと細身で、髪も薄くて染めてあるようだ。変装でもしたかのように。

目の光も違っていた。残忍な目。冷ややかな光を放つ青い石のようだ。これほどまでに強烈な悪意をみなぎらせた目は見たことがなかった。

リネッタは意識を集中して、男の手もとに焦点を合わせた。手に握られているのは、歯科医用の道具だった。無理やり口をこじ開けるための道具だ。

彼女はパニックを起こした。ここから逃げないと！　今すぐ！　ああ、だけど逃げられない。音楽と自分自身の激しい鼓動の向こうから声が聞こえた。

「落ち着くんだ、リネッタ。私が一緒にいるじゃないか」

神の声だろうか？　それとも薬を注射されたせいで、ありもしない声を聞いているのだろうか？　彼女は自分の手を眺め、五本の指が包帯でぐるぐる巻きにされていることに気づいた。いったいなんのために？　包帯には赤いしみができている。薬指のあたり……間違いなく血だ。しかし、痛みは感じなかった。これもきっと注射のせいだろう。私は抵抗したのだろうか。あの男と戦ってけがをしたのだろうか。思いだせない。

男が近づいてくる。

恐怖が全身の血管を駆けめぐった。

「私を信じるんだ」再び声がした。ああ、神様、お慈悲を。彼女は目を閉じて祈った。悪魔の冷たい息が今にも首筋に吹きかかりそうな気がした。だが、もしかしたら神は私に試練を与えようとなさっているのかもしれない。もしそうなら、怖がってはいけない。必ずご加護がある。悪魔からどんな拷問を受けようと、神を信じる心だけは失ってはいけない。絶対に。

神様、もうすぐあなたのもとにまいります。

目を閉じていると、無理やりあの道具を突き入れられた。顎が外れそうなほど大きく口を開かされ、舌や歯をむきだしにされる。ブーンというドリルの音が聞こえたとき、リネッタはびくりと体を震わせた。彼女はすべてのことを心からしめだして祈りをささげた。

天にましますわれらが父よ……。

歯にドリルが押しあてられた。耳障りな金属音が聞こえ、エナメル質の焦げる独特なにおいが鼻孔に充満した。もうすぐ、悪魔のドリルは神経にまで達するだろう。

36

無理やり押し入る必要はなかった。鍵があるのだから。

もう何年も前、ウェス・アレンがキャロリンに渡した鍵。その鍵が今、カーターのジーンズのポケットに入っている。

だが、捜索令状もないんだぞ。なにを見つけたって、法廷じゃ証拠にならない。おまけにお前はクビだ。

リネッタ・スワガートが消えて以来、カーターは四日間迷いつづけた。地方検事局に捜索令状を申請したが、アマンダ・プラットも彼女の上司である地方検事も、ウェスがジェンナの知りあいで、彼女のDVDを所有しているという理由だけでは発行してくれなかった。それにウェスには、レオ・ラスキンという詩人とのつながりがない。そのラスキン自体、杳として行方が知れなかった。

第六感などというものが地方検事に通用するはずがない。それはわかっていたが、アマンダのあの言いぐさは……。

〝ねえ、この人ってあなたの知りあいでしょ？　そうだ！〟彼女はデスクの端に座って足を揺らしながら指を鳴らした。〝あなたの奥さんと関係を持っていた人だわ。あのときあなたは、あいつを殺してやると言ってたわよね。精神分析医のところでカウンセリングを受けはじめたのも、彼と奥さんとのことが原因じゃなかった？〟

〝はるか昔のことさ〟カーターは言った。

〝時間がたてばたつほど復讐《ふくしゅう》の快感は増す、って言うでしょう？〟

結局、捜索令状の申請は却下された。だからカーターはこうして、農家を改造したウェスの家から五〇〇メートルほど離れた山道に車をとめ、家に忍びこんでこれまで築いてきたものを台なしにするべきかどうか悩んでいたというわけだ。

しかし、カーターには確信があった。

被害者がジェンナであるせいで、熱くなりすぎていることはわかっていた。思いつめると、まわりがよく見えなくなる。ドクター・ランドールの指摘を待つまでもなく、それが僕の悪い癖だ。そのせいでキャロリンを失ってしまったし、今は職まで失おうとしている。

だが、しかたがない。カーターは車を降り、森のなかを歩いていった。履いているのは一まわり大きいサイズの古いブーツだった。これで足跡から身元が割れることはない。彼は懐中電灯で照らしながら注意深く歩いた。子供のころデイヴィッドとよく狩りをしたせいで、この付近の獣道なら頭に入っている。

気味が悪いくらい静かな夜だった。ただ谷を吹きおろしてくる風がうなりをあげているだけだ。分厚い雲の隙間から月がのぞいていたが、星はすっかり隠れていた。

男には決断しなければいけないときがある。たとえそれが法に反することでも。

丘をおりていくと、木立のあいだから家が見えた。防犯用のライトが、古い家と納屋、そして小さな農場を照らしている。ウェスのピックアップ・トラックはなかった。彼がラッキー・セヴン・サルーンというなじみの店に行っていることはすでに確認ずみだ。トレイル・ブレイザーズの試合がある夜は、その店のテレビでゲームを見て過ごすのが常だった。試合が始まったのは一時間前だから、まだたっぷり余裕はある。

B・Jに頼んで、ラッキー・セヴン・サルーンでビールでも飲みながらウェスの行動を監視してもらおうかとも考えたが、そんなことを頼めば彼女はあれこれ質問してくるだろう。たとえ承知してくれたとしても、B・Jを不法行為に巻きこむことになってしまう。

大きな樅の木に寄りかかって白い息を吐きながら、あたりに人けがないことを確かめた。はるか遠くで、ごくたまに車のヘッドライトが光るだけだ。広いポーチがついた二階建ての家は、ひっそりと静まりかえっていた。

カーターは木立をまわって納屋へ近づいた。足をとめて耳を澄ましたが、なんの物音もしない。古い門を抜けて裏のポーチにあがった。歯を使って手袋をとり、素手でポケットから財布を出して鍵をとりだす。

鍵は鍵穴にすんなり入っていき、くるりとまわった。警報が鳴るかと思ってひやりとしたが、あたりはしんとしたままだ。今のところはうまくいっている。

ブーツをポーチで脱ぎ、靴下で室内に入ると廊下を歩いていった。カウンターには空のクアーズの缶がいくつも並んでいる。リビングルームにはリクライニングチェアと長いカウチ、そして大画面のテレビがあった。

床をきしませながら、一つ一つ部屋を捜索していく。ダイニングルームを調べたあと、階段わきの小部屋に入った。書斎代わりに使われているようだ。デスクの上の最新式のコンピューターの隣に郵便物が積んであった。とくにおかしなところはない。請求書やクレジットカードの勧誘、雑誌のたぐいだ。

コンピューターは自分のものと同じタイプだったので、記録を調べるのは簡単だった。インターネットの履歴を見てみると、最近ウェスが訪れたのは、ネット・オークションのページとジェンナ・ヒューズの公式ホームページであることがわかった。その二つは、ポルノ関係のサイトや、バスケットボール、エレクトロニクス、修理、アート関係のサイトとともに〝お気に入り〟に登録してあった。カーターはそのリストをメモした。

キーボードを丁寧にぬぐってから二階へあがり、二つの部屋をチェックする。どちらもベッドや家具が置いてあるだけの寒々とした部屋だった。普段は使われていないらしい。箱がいくつか見つかったが、古い書類や税金関係の証明書が入っているだけで、めぼしいものは見あたらなかった。

カーターは最後に、ウェスのベッドルームを確かめた。錬鉄製のベッドと編みこみのラグ、テレビ台代わりに使用されているチェストが一つ。ナイトテーブルの上には、読書用の眼鏡やティッシュペーパーの箱やリモコンが並べられている。

腕時計を確かめた。そろそろ試合が終わるころだ。急がなければならない。懐中電灯で照らしながら手早くナイトテーブルの引き出しを探ると、スナップ写真が見つかった。

写っていたのは、キャロリンだった。

カーターはわきあがる怒りを必死になって抑えながら、写真の束を眺めていった。笑っているキャロリン。指を差しているキャロリン。唇をかんでいるキャロリン。ジーンズとセーター姿のものも、ビキニ姿のものも、レースのテディーを着ているものもあった。そして、乱れたベッドに横たわっているものも。

彼は目を閉じ、大きく息を吐いた。「あの野郎」顎が痛くなるほど奥歯をかみしめる。古傷が大きく口を開け、熱い痛みが走った。僕はこんなものを見つけるために忍びこんだのか？　ここに来たのは自分のためでもキャロリンのためでもなく、ジェンナ・ヒューズを守るためだったはずだ。

それなのに、写真を引き出しに戻すことができなかった。自分の愚かさを心のなかでののしりながら、写真の束をポケットに突っこむ。写真がないことがわかったら、ウェスはどんな行動に出るだろう。まっすぐ保安官事務所にやってきて、僕を泥棒呼ばわりするだろうか。

カーターは思考を停止させて階段を駆けおりた。そのとき大きな振り子時計が時を打ち、彼は飛びあがった。裏口へと向かいながら、途中にある食器棚や本棚、クローゼットなどを調べていく。外に出ると、しっかりドアを閉めて鍵をかけた。急げ。もう時間がない。

しかしブーツを履いて歩きはじめようとしたとき、家の外の地下室へおりる階段に気づいた。ドアには鍵がかかっている。そういえば、裏口の近くの引き出しに鍵束があった。

残された時間はどんどん減りつつあった。だが、これほどの危険を冒したというのに、手ぶらで帰るわけにはいかない。カーターは再び裏口を開け、鍵束をつかむと地下室に続くドアまで走った。

七つ目の鍵でドアが開いた。懐中電灯の明かりを頼りにゆっくり足を踏みだし、後ろ手でドアを閉めると、古い階段をおりてすえたにおいが漂う地下室へ向かう。天井が低く、ようやく立っていられるほどの広さしかない空間を、懐中電灯の細い光が照らしだした。見えたのは古い瓶や狩りや釣りの道具、長靴、カヌーなどだった。今はもう使われていないらしい。

怪しいものはなにもなかった。

明かりに浮かびあがるのは、黄色い梁や蜘蛛《くも》の巣ばかりだ。しかしそのとき、部屋の隅に、錠前がついた別のドアが目に入った。

これはなんだ？

腕時計を確認する。もう時間はない。けれども、ここでやめることなどできなかった。何本目かの鍵を差しこんだところで錠前が外れた。ドアを開け、そばの壁にあった明かりのスイッチを入れる。

いきなり腹にパンチを食らったような衝撃を受けた。

ついにつかまえた。満足感が広がっていく。そこにあった小さな部屋は、ジェンナ・ヒューズにささげられた神殿だった。

地下室のほかの部分とは違い、部屋はきれいに片づけられていた。床にはカーペットが敷かれていて、壁はくすんだゴールドに塗られ、壁にはテレビがはめこまれている。ビデオデッキやDVDプレイヤーがあり、サラウンド・スピーカー、ビデオカメラ、デジタルカメラ、三脚などがあった。ヒーターのそばの本棚はビデオテープやDVDでいっぱいだ。そして、ジェンナの写真。無数の写真が壁に飾ってある。ブレスレットやネックレス、ヘアクリップといったアクセサリー、ガーターや黒髪のかつらまであった。部屋の真ん中には、テレビを真正面から見られるように、革張りのリクライニングチェアが置かれていた。

カーターはハンカチを使ってティアラを手にとった。見覚えがあるティアラだ。『失われた純潔』で一〇代の娼婦を演じたとき、ジェンナが身につけていたものではなかっただろうか？　そしてこのイヤリングは『闇に紛れて』でパリス・ノウルトンの耳もとを飾っていたものでは？

ジェンナの映画なら、このところ何度も見かえしている。見覚えがあって当然だった。彼はもう一度時間を確かめた。あまりにも長居しすぎたようだ。

部屋を出ようとしたそのとき、本棚に置かれた一本のビデオテープが目にとまった。ジェンナ・ヒューズの作品やポルノまがいの映画が並んだコレクションのなかで、そのビデオテープのタイトルだけが手書きだった。そこには〝キャロリン〟と書いてあった。

「くそっ」カーターは吐き気を覚えながらつぶやいた。ビデオテープを粉々に破壊したかった。けれどもどんな映像が映っているのか知りたいという思いのほうが勝り、彼はビデオテープもポケットに忍びこませた。

もうここを出なければならない。そう思ったとき、大きな音が静寂を切り裂いた。慌てて明かりを消し、闇のなかでドアの鍵を閉める。だが、地下室を出ようとして足をとめた。ピックアップ・トラックのエンジン音がすぐそこまで迫っている。地下室のドアを少しだけ開けると、ヘッドライトが家の外壁を照らしだしたのが見えた。ウェスの車だ。

カーターは凍りついた。背中を壁に押しつける。

エンジン音がやみ、車のドアが閉まる音が聞こえた。ウェスが雪をかき分けるようにして家に近づいてくる。カーターは息をとめ、裏のポーチへとあがってくる足音に耳を澄ました。ウェスは鍵を開けるために一度立ちどまってから、家のなかに入った。頭上で床がきしんだ。

さっさとテレビをつけるとか、Eメールをチェックしに行くとか、寝るとかしてくれ。しかし、足音はキッチンでとまった。あとは静まりかえっている。ウェスはなにか気づいただろうか。誰かが侵入した形跡を目にとめたのだろうか。そういえば、鍵束はまだこの手にある。もしウェスが地下室の鍵を探していたら……。パニックを起こすんじゃない。なんとか逃げだすすべを考えるんだ。頭上でそわそわと動きまわる足音がし、悪態をつく声が聞こえた。

今、行動を起こさなければ、とりかえしがつかないことになってしまう。

カーターはポケットから携帯電話をとりだした。凍てつくような寒さだというのに、汗をかきはじめていた。まず消音モードにしてから、B・Jの番号を押す。

二度目の呼び出し音で彼女の声が聞こえた。「もしもし?」

「ウェス・アレンに電話をかけてくれ」カーターはささやき声で言った。

「なんですって?」

「僕だ。カーターだ。ウェス・アレンの自宅に電話をかけてくれ。町にある彼の店の前を怪しい人間がうろついているという通報があったから、今すぐ行ってほしいって言うんだ。僕もすぐ店へ行く。君から連絡を受けたって言ってね」

「保安官? なにを言ってるんですか?」B・Jが尋ねた。「なにがあったんです?」

頭上で床がきしんだ。「どこだよ?」とウェスが怒鳴った。

「こっちから直接ウェスに電話をかけることはできないんだ。言うとおりにしてくれ。頼む!」カーターは大きな声を出せないもどかしさを感じながらも語気を荒らげ、ウェスの自宅の電話番号を教えた。

「わかりました。これは貸しにしときますからね」B・Jが怒ったような声で言う。

カーターは携帯電話を切った。じめじめした地下室のなかでじっと息を潜める。ウェスの足音がキッチンから裏口へと向かっているのがわかった。早く、早く、電話をかけてくれ。B・J、早く!

ウェスは外に出てしまったようだ。地下室へ向かっているのだろう。そのとき、家のなかで呼び出し音が鳴った。

カーターはじっと耳を澄ましたまま待った。

電話に出ろ、ウェス。出るんだ。

「ちくしょう」ウェスはポーチの階段を駆けあがった。「もしもし!」ドアを乱暴に閉めたあと、いらだたしげな声で電話に出る。「なんだって? 店に? それはあんたたちの仕事だろう……ああ、わかった……ありがとう。行ってみるよ」彼は電話を切って呪いの言葉を吐くと、ピックアップ・トラックまで走っていった。車のドアが乱暴に閉められ、エンジンがかかった。

カーターはぐったりと壁にもたれかかった。B・Jには花束を贈るか、野球の試合に招待するかしよう。

タイヤのきしる音がした。ピックアップ・トラックが遠ざかっていく。カーターはウェスが戻ってこないと確信できるまで二分間待ってから、急いで地下室を出て鍵を閉めた。もう一度家に入って鍵束を引き出しに戻し、裏口を出てキャロリンの鍵で戸じまりをする。そして、一気に森を駆け抜けた。また雪が降りはじめていた。僕はついているかもしれない。明日の朝までには、新雪が足跡を覆いつくしてくれるだろう。

37

「ダメだったら。今夜は無理」キャシーはベッドに寝転がったままささやいた。真夜中過ぎに電話をかけてくるなんて、ジョシュはなにを考えてるんだろう。

「説き伏せようとしたって無駄よ。わかった？　もうあんたに指図なんてされたくないの」

「親にはあれこれ指図されてるくせに」

「なにを言ってもダメ。あたし、行かないから」

「じゃ、明日はどうだ？　イアンの母さんのために祈りの夕べが開かれるんだ。お前も行きたいって親に言えばいいだろう？　なあ、会いたいんだよ」

「わかんないけど……」だが心のなかの自分は、うっとうしい家やぴりぴりしている母親や間抜けな妹、いつも目を光らせているボディガードから逃げだしたいと思っていた。

「考えといてくれよな」ジョシュは電話を切った。

キャシーは唇をかんで窓の外を見た。このいまいましい雪はいつになったらやむんだろう。死ぬほど退屈だったし、いらいらしているせいでママとけんかしてばかりだ。

一度はジョシュと別れようと考えたけど……。

だけどリネッタ・スワガートのための祈りの夕べを口実に家を抜けだすなんて、あんまりじゃない？

彼女は頭からシーツをかぶって涙をこらえた。

こんな生活なんて、もういやだ。


「お前をつかまえてやる……」凍った大地をささやき声が渡ってきた。月のない空から粉雪が舞い落ちている。

声はあらゆるところから響いてきた。山から、ふもとを流れる川から、暗い森から。

「どこにいるの？」ジェンナは恐怖におびえつつ叫んだ。彼女は全力で走っていた。あえぎながら肩越しに振りかえり、あとをつけてくる人影を確認しようとする。なにも見えなかったが、男がどこかに潜んでいることは間違いなかった。私を追っている。私のすべての動きを見ている。ジェンナには男の存在が感じられた。

逃げ場は見つからなかったし、凍りついた地面は滑り、黒のタイトドレスが足にまつわりついた。それでも彼女は走りつづけた。

「ジェンナ……ジェンナ……」

男の声がするたびに寿命が縮まる思いだった。「どこなの？」ジェンナは尋ねたが、ただ風が髪を乱し、頰をなぶるだけだった。鉛のように重くなった足がどんどん雪に沈んでいき、ドレスがめくれあがって破れそうになった。肌に突き刺さる雪に耐えながら、はうようにして、並んで立つ墓石のあいだを進む。

「俺はあらゆる男」低く、太く、腹の底からわきでてくるような声が墓場に響き渡った。

「私につきまとわないで」彼女は雪に隠れた低い石の壁につまずいて転んだ。

「今、迎えに行くからな」

「つきまとわないでったら！」金切り声をあげて振り向いても、そこにはなにもいなかった。人食い鬼も、死霊も。ただ雪が舞い落ちながら、闇のなかで躍っているだけだった。

「お前は俺の女……」

「私は誰の女でもないわ」ジェンナは再び走りだそうとしたが、なにかに足首をつかまれた。視線を落とすと、じっと見あげているリネッタ・スワガートの顔があった。

きれいに髪をとかしたリネッタは、雪の上に横たわったまま、後光さえ差しそうなほど清らかな笑みを浮かべて言った。「ドレスが裂けちゃうわよ、ジェンナ」青い目に気づかわしげな表情が浮かぶ。「気をつけてね。私はもう直してあげられないんだから」

「リネッタ！　無事だったのね」

しかしリネッタの美しい笑みは、邪悪なものへと変わっていった。「みだらで……官能的で……」なにかを復唱するかのような機械的な口調だった。

「こんなところでなにをしているの？　誰に連れてこられたの？」ジェンナは尋ねた。

「お前はあらゆる女」

「なにを言いだすの？」

「これはお前の運命だ」

「運命？　違うわ」途方もないパニックに襲われながら、ジェンナはまわりの墓碑銘に目をやった。「私は運命なんて信じない」

「信じなきゃだめさ。俺は神のことを話してるんだ、ジェンナ」リネッタが男の口調で言った。「救いの道は神に至る道なんだからな」

「神様なんて関係ないでしょう」

「神はいつも神秘的な方法でみわざをなされる」

「いいかげんにして、リネッタ」

「お前の服はどこへ行った？」

「なんですって？」ふと下を見ると、なにも身につけていなかった。黒のドレスはもはや体を包んでいない。寒い……ただ寒かった。凍えるほどに。みぞれの粒が肌を打ち、赤いみみず腫れを残していく。「どうして？」

「服を見つけろ、この罪深い女め。ジェンナ、恥を知るんだ。あんなにいやらしい映画に出て……」だが、リネッタはもういなくなっていた。彼女のいたところには、汚れた雪が積もっているだけだ。そばには背の高い墓石があった。

ジェンナは恐怖をたたえた目で、墓碑銘を読んだ。

〝カサンドラ・リン・クレイマー――愛《いと》しき娘〟

そんな！　心臓が痛いほど大きく鼓動を刻んでいる。これはキャシーのお墓なの？

「いや、いや、いや！」ジェンナは過呼吸に陥りながら叫んだ。涙が頬を伝って……。

彼女は目を開けた。

あたりは真っ暗だった。悪夢が消え去っていく。「よかった」ささやいて涙をぬぐった。

ジェンナは家にいた。

自分のベッドに。

鼓動が落ち着いてくると、ようやく普通に呼吸ができるようになった。それにしても、あの暗く悪意に満ちた存在はなんだったのだろう。まるで誰かが眠っているジェンナの上にのしかかり、悪夢にうなされるのを楽しんでいたかのようだった。しかし、そんなことはありえない。グロテスクな夢のせいでおかしな気分になっただけだ。彼女はじっと耳を澄まし、誰かの息づかいや靴音が聞こえないかどうか確かめた。だが屋根に吹きつける風の音と、凍った大地に立つ柱のきしむ音がするだけだ。

それなのに、まがまがしい雰囲気がかすかに立ちこめていた。邪悪な存在に冷たい息を吹きかけられたみたいに。

そんなふうに考えちゃだめよ。ジェンナは自分を戒めてそっとベッドをおり、ガウンを手にとった。速い鼓動を意識しながら廊下に出て二階にあがる。なぜか空気が動いたような気がした。

キャシーのベッドルームのドアは開いていた。なかで青白い光がまたたいている。ジェンナはそっとドアを押し開き、娘が寝入っていることを確かめた。音を消したテレビの光に青く照らされたキャシーの表情は、いかにもはかなげであどけなかった。

ジェンナはほっとため息をつき、音をたてないようにしてアリーのベッドルームへ向かった。注意してドアを開けたはずなのに、ベッドの足もとにいたクリッターが毛むくじゃらの頭を持ちあげて床を尻尾でたたいた。アリーは気配を察したのか、なにやらつぶやいたが、すぐにキルトの下に潜りこんだ。

二人とも安全だ。

悪意に満ちた存在が廊下をうろついたりはしていない。

「ジェンナ？」

思わず飛びあがりそうになった。あえぎながら振り向くと、階段の途中に立ったジェイクの頭と肩が見えた。

「なにかあったのか？」

「いいえ、大丈夫……だと思うわ」彼女は目の前に落ちかかった髪をかきあげ、激しく打つ心臓をなだめながら早足でジェイクのほうへ歩いていった。「悪い夢を見ただけよ。リネッタの夢だったの。それと、誰かが部屋に入ってきて、じっと私のことを見ていたような気がして」

「私が家に入ったときの音が聞こえたのかもしれないな」

「ベッドルームを見に来たの？」

「いや、下にいた。ちょうど懐中電灯の電池が切れてね。買い置きがなかったから、ここにあるんじゃないかと思ったんだ。きっと君は、裏口のドアが開く音を聞いたのさ」

「そうかもしれないわね」ジェンナは頭を振り、ジェイクと一緒に下へおりた。「だけど、そうじゃないかもしれない。ああ、私……頭がおかしくなってるのかしら？」そう言いながら、最後にぐっすり眠ったのはいつだっただろうと考えた。

「そうは思わないな。自分の頭がおかしくなったと思ってる人間は、たいていの場合おかしくなっちゃいないもんだよ。念のためにもう一度、家の周囲を確認しておこう」

「ありがとう」

ジェイクは外へ出ていった。

ジェンナはリビングルームに腰をおろしてテレビをつけたが、目は風が吹き荒れる外の闇を見つめていた。星は見えない。ただ雪が降りつづいているだけだ。

窓に映る青ざめた自分の顔の向こうを歩いていくジェイクの姿を見送り、それから小一時間も彼の帰りを待った。熱いココアを作り、昨日の新聞を読み、深夜のトークショーを見るともなく見て、時を刻む時計の音を気にしながら過ごした。

ようやく裏口のドアが開いて、ジェイクが戻ってきた。ジャケットやズボンから雪を払っている彼の顔は、寒さと風と雪のせいで赤らんでいる。

「異状はなかった？」ジェンナはココアを差しだしながら尋ねた。

ジェイクは手袋を外し、ありがたそうにカップを包みこんだ。「なに一つね」

「きっと私が神経質すぎるのね」ジェンナは恥ずかしくなった。眠っている自分を誰かが見つめていたような気がするからというだけで、わざわざジェイクをこの寒さのなか、外に追いやるなんて。表情には出さないようにしていたが、彼が喜んでいないことは明らかだった。帽子にはまだ溶けかけの雪が残っているし、分厚い手袋をはめていったにもかかわらず、指はすっかりかじかんでいるようだ。

「君の頭がおかしいなんて、少しも思わないさ。だが、神経がまいってきてるのかもしれないな」ジェイクは火のそばに手を突きだし、きちんと動くかどうか確かめながら言った。優しい口調ではなかった。「よく眠れるように薬でものんだらどうだ?」

「睡眠薬ってこと?」

ジェイクが青い目で値踏みするようにジェンナを眺めた。「あるいは精神安定剤か」

「そんな必要はないわ」

彼はなにも言わず、カップを持ちあげてココアを飲み干した。

「ジェイク?」

「うん?」

「ありがとう」

「私は自分の仕事をしているだけだ」ジェイクはカップをキッチンまで運びながら、少しだけ口調を和らげた。「もう眠るといい。戸じまりは私がしておくから」

「わかりました。おやすみなさい」

ジェンナはベッドルームに戻った。以前は自分の聖域だったのに、今はすっかり荒らされてしまった場所。ここで再びリラックスできる日は来るのだろうか。彼女はガウンをベッドの足もとに置き、あくびをした。それでもとりあえず、みんなが無事だった。

そのとき、ドレッサーの上に出してあった宝石箱が目に入った。以前とは位置が違っているような気がする。ただの思いすごしだと自分に言い聞かせようとしたが、小さな引き出しが一つだけ、少し開いていた。

私が閉め忘れたのだろうか？

もういいかげんにして。引き出しが一つ、完全に閉まっていないからといってそれがなんだというの？　ジェイクの言うとおりよ。薬でものんで神経を静めなさい！　ジェンナは自分にうんざりしながら宝石箱に近づき、引き出しを閉めようとした。

全身の筋肉がこわばった。ラベンダー色のティッシュペーパーがなかに詰めこまれているのが見えたからだ。

これはなに？

ティッシュペーパーに包んだものなど入れた覚えはなかった。

鼓動が速まるのを感じながら、ジェンナは薄い紙を開いていった。そこにあるものを見た瞬間、彼女は恐怖に目を見開いて悲鳴をあげていた。

入っていたのは血まみれの指だった。

38

　ジェンナは州の半分の住人をたたき起こしかねないほどの悲鳴をあげた。がくがくと震えながらおびえた目で切られた指を見つめる。そのとき、足音とアリーの声が聞こえた。「ママ！　ママ！」クリッターが狂ったように吠えはじめた。「ママ、大丈夫？」

　振りかえると、アリーがドア枠を握りしめて立っていた。キャシーが妹を守るように、背後から両手でアリーの肩を包んでいる。キャシーのまなざしがジェンナの目をとらえた。「どうしたの？」声にははっきりと恐怖がにじんでいた。

　娘たちの前でとり乱してはいけない。気をしっかり持たないと。ジェンナは大きく息を吸いこみ、もう一度箱の中身を見つめた。この血糊は偽物ではないかしら？　つけ根に骨のようなものが少し見えているけれど、それにしては……。彼女はそれが本物の指ではないことに気づいた。指輪を二つつけている指は、映画で使われるような精巧な模造品だ。

「ママ？」キャシーが答えを促すように言った。

「私は……大丈夫。ただの悪い冗談よ。気分が悪くなるようなひどい冗談」まだ動揺しているものの、なんとか笑みを浮かべる。「誰かがプレゼントを置いていったの」

「見せて」母親の顔色をうかがいながら、キャシーが部屋に入ってきた。おびえた表情のアリーもあとからついてくる。「なに、これ?」キャシーが息をのんだ。「ひどい」

「偽物よ」

「あたしも見たい」アリーがドレッサーに近づいた。「うわあ!」小さな顔をゆがめる。

キャシーが頭を振った。「だけど、誰が——」

玄関のドアがぎいと音をたてて開いた。

ジェンナの心臓は凍りつきそうになった。思わず二人の娘を抱き寄せた。

「ジェンナ!」ジェイクが足音も荒く階段を駆けあがってきた。「ジェンナ!」

彼女の心に安堵の思いが広がっていった。「ここよ! 私の部屋!」

ジェイクが銃を手に飛びこんできた。「悲鳴が聞こえたぞ」

「またお客が来たのよ」ジェンナは宝石箱を指し示した。

ジェイクが大股で部屋を横切った。「くそっ」彼は目をやっただけで、触れようとはしなかった。「こいつはいったいなんなんだ?」

「偽物よ。誰かが私に最低の冗談を仕掛けようとしたの」

「最低以下だな。本物そっくりじゃないか」

「そうね。まがい物にしてはよくできてるわ」彼女は小声でこたえた。誰がこんなことをしたのだろうと考えると吐き気がこみあげてきた。「この二つの指輪はリネッタの婚約指輪と結婚指輪じゃないかしら」

「そんな！」キャシーがさらに青ざめた。「でも、指輪も本物じゃないんでしょ？」

「この前リネッタが衣装を縫っているときに、手もとをよく見ていたの。本物じゃないとしたら、またしても驚くほどよくできた偽物ね」

アリーは目を見開いて自分の体に腕をまわしている。ジェンナは娘をそばへ引き寄せた。

「ママ、あたし怖い」

「ママもよ」この家はもはや安全な場所ではない。侵入者が好きなときに出入りできるのだから。警報システムを直し、ボディガードまでつけたというのに。

ジェンナは外に目をやって降る雪を見つめた。娘たちをどこへ連れていけばいいだろう。安全に暮らせる場所があるだろうか。いや、今はこの家から抜けだすことさえできない。道路はほとんど通行できない状態だ。しかし犯人は明らかに、私がここから逃げだすように仕向けている。そうでなければ、私をこれほどまでに怖がらせる理由があるだろうか？

「大丈夫よ」ジェンナはきっぱりした口調で言うと、アリーの髪をなでた。

キャシーは無言でにらみながら、母親のついた嘘をなじっていた。だがその視線が物語っていたのは、いつものような怒りでも軽蔑《けいべつ》でも皮肉でもなく、純粋な恐怖だった。「クリスマスのあいだだけでもロスに行こうよ」

ジェンナは諭すように言った。「それこそ犯人の思うつぼなんじゃないかしら」

「いつまでここにいるつもり？　ロスに行けば、こんな目に遭わずにすむでしょ？」

それは確かだった。犯人はあたかも、一家をカリフォルニアへ追いかえそうとしているようだ。なぜだろう。私がここにいると、都合が悪いのだろうか？　それとも、カリフォルニアへ戻って映画に出てほしいから？

ロバート。

娘たちに戻ってきてほしがっているのは、元夫なのかもしれない。

「保安官に連絡しよう」ジェイクが言った。「家中を徹底的に捜索したい。カーターが来たら、私がここにあるものをすべて引っくりかえして証拠を捜すよ」

「そうしてちょうだい」ジェンナがこたえると、ジェイクは携帯電話を出してボタンを押した。壁を壊してもかまわない、とジェンナは思った。それで犯人がつかまるなら。

カーターは雪のなか、制限速度を超えて車を走らせていた。不審者がウェスの店をのぞきこんでいるのを発見し、逃げだした男のあとを追いながらB・Jに連絡したが、吹雪のせいで見失って再び店の前まで戻ってきた——ウェスに会ったときはそう説明するつもりだった。なんとか本当らしく聞こえるだろう。

ウェスのピックアップ・トラックは彼の電気工事店の前にとめてあった。ウェスは明かりをつけ、オフィスの真ん中に立っていた。

「いったいなにがあった？」ウェスが顔をしかめ、きつい口調で問いただした。体にはビールと煙草のにおいがしみついている。

「男が店をのぞきこんでたんだよ」

「誰だ？」

「わからなかった」

「なくなったものはない。窓も壊れちゃいない。ドアもしっかり鍵がかかってたんだ」ウェスは傷だらけのデスクに尻を乗せた。

「お前はラッキーだったんだよ」

「俺がここに店を開いてから何年になる？　九年か？　そのあいだ、盗みに入られたことなんて一度もないんだ。なのに今夜に限ってお前は怪しい人影を見て、おまけに雪のせいでそいつを見失ったっていうのか？」

「ああ、そういうことだ」

「この町で死体が一つ見つかって、三人の女が行方不明になっているときに、お前は俺の店を見張っていたっていうわけだな。ほかにやることはたくさんあるだろう」

「家に帰る途中だったんだよ」

「逆方向じゃないか」

「最後にこのあたりをパトロールしてから帰ろうとしたんだ。ウェス、信じようが信じまいが、僕はお前みたいなやつの安全まで守らなきゃいけないんだよ。今日はいろいろあって疲れ果ててるっていうのに、そんな言い方をされる筋あいはないはずだぞ」カーターは実際に腹を立てていた。だったら怒りを素直にぶつけたほうがいい。「お前の言うとおり、ほかにしなきゃいけないことは山ほどあるんだからな」

ウェスは考えこむように顎をなでていたが、納得したようには見えなかった。

「それにしては、ここに戻ってくるまでたいそう時間がかかったじゃないか」

カーターはドアノブをつかんだ。「そんなたわ言は聞きたくない。僕はただ、お前の店に誰かが忍びこもうとしてると思っただけだ。間違いなら悪かったよ。じゃあな」

「——今夜、俺の自宅に忍びこんだやつがいた」

「誰だ?」

「わからない。だが、誰かがいたことは確かだ。たぶん、俺が帰ってきたときに逃げだしたんだと思う」

「盗まれたものは?」カーターは尋ねた。ポケットのなかの写真とビデオテープが鉛のように重かった。

「まだわからない」

「僕が行って見てみようか?」

ウェスがまばたきをした。目に一瞬、パニックが浮かんだ。「俺の勘違いかもな」

「確かなんだろうな?」

「なにが確かなのか、さっぱりわからないよ、シェーン」ウェスは腕を組んだ。

「僕もだ。じゃあ、用がないなら帰るよ」

「お前が真夜中に俺をこんなところへ呼びつけるなんて、どうも怪しい気がするんだがな」

カーターは眉をあげ、切り札を切った。「運転して帰るのはやめてくれよ」

「どうして？」

「ビール工場みたいなにおいをさせてるじゃないか」

ウェスはカーターをにらみつけた。「アルコールのテストでもするか？　でたらめを言って俺をここまでおびき寄せたくせに、そんなことまで言いだすのか？　どういうつもりだよ、シェーン。俺をハメようとしているんだろ？」

「呼びだした理由はさっき説明したはずだ」

「さっぱり信じられない理由だがな」

カーターはため息をついて首の後ろをもんだ。「そこまで言うなら——」

「おいおい、俺はなにも言っちゃいないさ。このまま家に戻って、今夜の出来事は忘れることにするよ」ウェスはデスクから立ちあがり、鍵束をつかんだ。カーターのそばを通り抜けてドアへ向かう。「もう時間も遅いしな」

「そのとおりだ」カーターはうなずいた。「家に戻ってなにかなくなっているものに気づいたら、僕に知らせてくれ。副保安官を向かわせるから、被害届を出してほしい」

「そりゃあご丁寧に」ウェスは吐き捨てるとドアを開けた。冷たい風がオフィスのなかに吹きこんできた。カーターは自分の車まで歩いていった。

「気をつけて帰ってくれよ」カーターは注意を促したが、ウェスが運転もできないほど酔っていないことはわかっていた。

「だいじょうぶさ」ウェスは風に向かって襟を立て、ゆっくりと車に戻っていった。

一応確認だけはしておこうと、カーターは六ブロックほどウェスの車の後ろについていき、そのあと角を曲がって逆方向へ向かった。対向車はほとんどいなかった。

それから州間高速八四号線に乗り、西を目指した。道路が封鎖されているせいで、車はまったく走っていなかった。彼は通行止めの表示を無視して数キロほど走り、ゴッズ橋のほうへ曲がってから車をとめた。外に出て道路わきまで歩いていき、ポケットからビデオテープをとりだす。ここにはどんなキャロリンが映っているのだろう。一糸まとわぬ姿で、ウェスと楽しんでいるのだろうか。しかし、そんなことを知る必要はない。驚くべきことに、古傷の痛みはほとんど消えかけていた。彼女がなにをしたにせよ、もうどうでもよかった。

カーターは寒さに震えつつ、ビデオテープから指紋をぬぐった。悪魔の吐息のように冷たい風が吹きつける。橋の下には、インクのように黒いコロンビア川の流れがあった。

歯をがたがた鳴らしながら、ビデオテープをアスファルトの上に落とし、ブーツのかかとで粉々に踏みつぶし、はみでたテープを引きちぎった。そうして散らばった破片をすべて拾い集めると、氷だらけのコロンビア川へ投げ捨てた。「さよなら《アディオス》」悲鳴をあげる風に向かって言うと、心が自由になったような気がした。

写真は家の暖炉で燃やしてしまおう。そうすれば、すべてが過去のことになる。ウェス・アレンの家が家宅捜索されたとしても、古いスキャンダルを蒸しかえすものはもはや存在しない。ウェスは、何者かが愛人の写真やビデオテープを盗んだと警察に訴えるほど愚かな男ではないはずだ。その愛人が保安官の妻だったのだから、なおさらだ。おまけにウェスは今や、保安官のかつての親友でもなければ、彼の妻を寝とった男でもない。ジェンナ・ヒューズのストーカーだ。

追いつめてやる。絶対に。

吠える風をついて、携帯電話の鳴る音が聞こえた。アスファルトに張った氷に足をとられながら急いでブレイザーに戻り、運転席に飛び乗る。「カーターだ」

「ターンクィストだが」ボディガードの声はほとんど聞きとれなかった。

カーターの全身の筋肉が緊張した。

「問題が起きた。全員無事だが、セキュリティが破られたようなんだ」

「どういうことだ？」カーターは息せききって尋ねた。

「またあいつが忍びこんだんだよ。いつかはわからないが、たぶん今夜だろう」

「なんだって？」カーターは電話の向こうに手を伸ばして、ボディガードの首をしめあげたかった。「ジェンナは大丈夫か？」

「ああ、けがをした人間はいない」

「キャシーとアリーも？」

「そうだって言っているだろ！」ジェイクが激しい口調で答えた。「だが、助けが欲しいんだ。本物そっくりの指が見つかった。家全体を捜索する必要があるが、ジェンナと娘たちだけを部屋に残したくない」

「なにがあってもそばについていてくれ！」カーターは突然、後悔の念に襲われた。どうして僕は、ウェスが家に帰りつくのを自分の目で確かめなかったんだ？　いや、ウェスが三〇分でジェンナの家まで行けるわけがない。でも、それ以前の時間はどうだろう。ラッキー・セヴン・サルーンにいるはずだと思っていた、あの時間は？　彼は車をスタートさせ、橋の上でUターンした。「ジェンナと話をさせてくれ」

「彼女は無事だ」

「話がしたいんだ！」アクセルを踏むと、タイヤが急回転しはじめた。

「もしもし？」ジェンナの声が聞こえた。思ったよりしっかりした口ぶりだ。カーターにとって、信じられないほど大きな救いだった。

「大丈夫かい？　ターンクィストのそばから離れないでくれ」

「心配しなくていいわ」

「それは無理な相談だな」

一瞬の沈黙が流れてから、再びジェンナの声がした。「カーター？」

「なんだい？」

「早く来て」

「待ってろよ、ジェンナ」彼は突然口調を荒らげながら言った。「すぐに行くからな」

39

時間がのろのろと過ぎていった。ジェンナは黙ったまま、今にもとり乱しそうになる自分と闘っていた。キャシーにアリー、ジェイク、クリッターまでもが小さな書斎に集まっている。家中のカーテンとブラインドが閉ざされ、テレビがまたたき、谷からおりてくる風が家のまわりで吹き荒れた。娘たちはカウチに置いた寝袋のなかに入って抱きあっている。なんとか気持ちを落ち着けなければ、とジェンナは思った。

だが、不可能だった。

早く来て、カーター。彼女は体中の筋肉をこわばらせながら念じた。

ジェイクも明らかにいらだっているようだ。一〇分ごとに銃を手にすると、あたりに目を光らせ、家中の窓に近づいてブラインドの隙間から外を確認していた。

ジェンナはロッキングチェアに座り、じっと時計を見つめつつ、ときおり手を伸ばしてクリッターの耳の後ろをかいてやった。

このままでは頭がおかしくなってしまう。そう思ったとき、クリッターが顔をあげてうなり声をあげた。ちょうど二階からおりてきたジェイクが、暗いままのキッチンへ行って窓の向こうを確かめた。「カーターのブレイザーだ」そう言うと、暗証番号を打ちこんで門を開ける。しかし、門は開かなかった。「どうしようもない門だな。私が行ってくる。凍りついてるんだろう」彼はジャケットをはおると外に出て、後ろ手でドアを閉め、鍵をかけた。

うとうとしているアリーの隣でキャシーが言った。「あの人、信用できるの、ママ？」

「誰のこと？　ジェイク・ターンクィスト？」

「そう。あんまり役に立ってないじゃない？　誰かがまた侵入したんだもん。それに、犯人はあの人かもしれないし」

「ジェイクの身元は調べてあるのよ」

「ハリソン・ブレナンと話をして？　そんなの、なんの意味もないよ」

「ジェイクの知りあいからも話は聞いたし、カーター保安官も保証してくれたのよ」

「もしかしたら、保安官も仲間なのかも」

「ありえないわ」

「ありえない？」キャシーが眉をあげた。「どうしてわかるの、ママ？　この町の人はみんなおかしいんじゃない？　半分の人間は雪男を信じてるし、キャットウォーク・ポイントで死体を発見したチャーリー・ペリーなんて、UFOに拉致されたなんて言ってるのよ。それにハリソン・ブレナンやトラヴィス・セトラーだって、昔のことを隠してる。ママの友達のリンダもそう。お兄さんも息子もすごく気持ち悪い。この町の人って、みんなヘンだよ」

「まともなのはジョシュだけだって言いたいの？」

「違う。そんなことは言ってないでしょ。あいつの家族だって変人ばっかり！　あたしにとってまともなのは、ママとあたしとアリーだけ。だけどそんなあたしたちだって、ママは元ハリウッドスターで、今は離婚してて、パパは別の人と結婚してて……」

「そんなふうに考えてたの？」ジェンナは尋ねたが、キャシーは背を向けてテレビを見はじめた。まとも？　冬になるといつも罪の意識に襲われるこの私が？

冬。『ホワイト・アウト』の事故で、ジルが死んだ季節。

あのとき山に行くはずだったのは、ジルじゃなくて私だったのに。

ジェンナは爆発音を聞いたときのことを思いだして、体を震わせた。高く噴きあがった雪と、恐ろしい地響き。雪の壁が轟音をたてながら、次に撮影が行われる場所に向かって崩れ落ちていくのが見えた。なにも知らないジルが待っていた場所に。ジェンナは悲鳴をあげてなだれに向かって走ろうとしたが、スタッフに押しとどめられた。

ジルが発見されたのは何時間もあとのことだった。

すべて私のせいだ。女優になれとジルに言ったのも、彼女を起用するようロバートを説得したのも私なのだから。

現場を調べた警察は、そのあとの撮影で使うために準備しておいた火薬が暴発し、なだれを引き起こしたのだと判断した。悲劇的な事故というわけだ。だがジェンナはすっかり打ちのめされ、ロバートは多額の借金を抱えた。二人は互いを責めた。ジェンナは、妹の命を奪ったプロジェクトの続行を拒み、しだいに演技そのものを拒否するようになってしまった。

マスコミは大騒ぎだった。国中の新聞にジェンナや家族の写真が掲載された。映画がすでに大幅に予算をオーバーしていたことを指摘し、保険金目的の計画的な犯罪だったのではないかと主張するタブロイド紙もあった。

ジェンナは娘たちのことを思って、ひたすら嵐のような時期を耐え忍んだ。しかしもはや女優を続ける気はなかったし、すでに冷えかけていた夫との関係も決定的に壊れてしまった。罪の意識にさいなまれた彼女が引退を宣言すると、支援者たちとも疎遠になった。映画の出資者のなかには、ロバートやジェンナを訴えると脅す者までいた。

そして、彼女は冬を嫌うようになった。

だったらなぜこんな冬が厳しい土地に引っ越してきたの？　自分を罰するため？

いい質問だ。今後何年カウンセリングを受けても、答えは出ないだろう。

今さら考えてみても、どうしようもないことなのかもしれない。だが事故以来、ずっと心にわだかまっている疑念があった。あの事故は計画されたことだったのだろうか？　誰かが意図的になだれを起こしたのでは？　でも、なんのために？　警察はなにも証明できなかったし、結局ジルの死は事故として処理されたけれど……。

外を見ると、門が押し開けられ、カーターの車が雪をかき分けながら入ってくるところだった。ジェンナの心に安堵感が広がっていった。カーターから目が離せない。彼女は、背が高くて手足の長い保安官に、いつしかヒーローとしての姿を重ねあわせるようになっていた。気持ちを抑えきれずにキッチンへ駆けていき、勢いよく裏口のドアを開けてカーターを迎え入れると、彼の胸のなかに飛びこむ。カーターも太い腕で抱きしめてくれた。「来てくれて本当にうれしいわ」思わずこぼれそうになった涙を、冷たい風が押し戻した。「落ち着いて」足でドアを蹴って閉め、ジェンナの髪に吐息をかけながら、カーターがさらに腕に力をこめた。「僕が来たんだからもう大丈夫だ」

膝に力が入らなくなり、ジェンナはカーターにしがみついた。「ありがとう」そう言って顔をあげ、彼の耳の端に軽く唇を触れさせる。

カーターが顎を引きしめた。「礼を言うのはまだ早いよ。犯人をつかまえてからでいい」「そうかもしれないけど」彼女はカーターから体を離し、まばたきをして涙をこらえた。「ところで、レオ・ラスキンという詩人に会ったことはないかい？」

ジェンナは首を振った。「いいえ」

「何年か前まで南カリフォルニアに住んでいた詩人だよ。そいつの詩に〝今日も、明日も、永遠に〟という部分があってね。その文句は『ホワイト・アウト』の宣伝で使われることになってたはずなんだ」

「知らなかったわ」ジェンナは正直に言った。「でも、私の知らないことなんて、たくさんあったはずよ。宣伝やお金のことは全部ロバートに任せてたし、彼とはほとんど口をきかなくなってたから。あなたはそのラスキンって人と話をしたの？」

「まだどこにいるのかわからない。しかし、きっと見つけてみせる。それから、君の特殊メークを担当していた人間にもあたるつもりだよ」

「特殊メーク？　私の特殊メークを担当していた人と、今日見つかった指に関連があると思ってるのね？」

「君もそう思わないか？」

「わからない。あの映画で特殊メークを担当していた会社の名前もはっきり覚えていないし。だけど、ロバートに電話をかけてみるわ。記録が残ってるはずだから。詩のこともきいてみるわね」

　裏口のドアが再び開き、ジェイクが足踏みをして雪を落としながら、冷たい冬の風とともに室内へ入ってきた。ジェンナとカーターのあいだに流れる親密な雰囲気を見てとったのか、薄い唇の端をさげながら言う。「保安官はここにいてくれ。家の捜索は私がするから」

「雇われてすぐ、あんたが捜索したものだと思ってたんだが」

「今度は床板も全部引きはがすくらいのつもりでやるよ。犯人はこの家の様子を逐一知っているようなんだ」

「州警察が来るのを待ったほうがいい。もう連絡はしてあるから」

　ジェイクが赤らんだ顔をさらに紅潮させた。「私だけでできる」

「もしそうだとしたら、こんなことにはならなかったんじゃないのか？」カーターが厳しい口調で言った。「下手に捜索して、証拠を台なしにするのが怖いんだ。州警察が来るまで、ここで起きたことを詳しく教えてくれないか」そのとき携帯電話が鳴り、彼は電話に出た。

　ジェンナが書斎をのぞくと、アリーはカウチで寝袋に入って眠っていた。キャシーも妹の隣で、背もたれにぐったりと体を預けていた。さすがに疲れたようで、腕を枕にして軽いいびきをかいている。

あの恐ろしい夢を思いだして、ジェンナは再び不安を抑えられなくなった。どうして私とキャシーは心を通いあわせられなくなったのだろう。キャシーは子犬から飛行機まで、新しいものを目にするたびに笑って喜ぶような明るい子供だった。それなのに思春期に入ると、子供のころの幸せそうな表情がすっかり影を潜めてしまった。年ごろの子供なら、誰でもそうなのだろうか？　それともあの事故のあとの、ロバートと私の不仲が影響しているのだろうか？

いつものように、ジェンナの思いは事故のことへとさまよっていった。

カーターが電話を切った。「吹雪のせいで、州警察が来るまでにはかなり時間がかかるらしい。長い夜になりそうだな」

「もう充分長い夜だよ」ジェイクが不満げにつぶやいた。

「わかってる。じゃあ、きみたちの話を聞かせてくれ」カーターがうなずいて言った。

40

永遠に続くかと思われた長い数時間が過ぎた。スパークス警部補と州警察の警察官が到着すると、ジェイクも参加して屋敷の捜索が始まった。ジェンナはここ数日間に起きたことや家を訪れた人間の名前、宝石箱のことをカーターに伝えた。警察が指紋をとり、アルギン酸塩でできたものかどうかを分析するため、偽物の指を犯罪鑑識課に持っていった。

「つまり警察は、メイヴィス・ゲットをさらった人物と、あの指を置いていった人物が同じ人物ではないかと思っているのね。でも、なぜ？　どうして私がこんな目に遭うの？」ジェンナは唇をかんで、いらだちと恐怖をあらわにした。

「僕にもわからない。きっと君に常軌を逸した愛情を抱いている男がいるんだよ」カーターが答えた。暖炉の前に座って背中をあたためながら、両手を脚のあいだに挟みこんでいる。

「頭がどうかした人ってことね」

「そんなところだろうな」彼はジェンナの目を見据えた。「そいつは君を自分のものだと思ってる。手紙に〝俺の女〟というフレーズがあっただろう？　覚えてるかい？」

「忘れられるわけがないわ」彼女は腕をさすった。

「絶対につかまえるから安心するんだ」

「お願い」ジェンナはカーターの隣に腰をおろしていた。音をたてて燃える炎の熱が感じられたし、彼のすぐそばにいることで少しだけ元気が出た。「犯人は私を町から追いだそうとしてるんじゃないかしら。この家からも」

「理由に心あたりは？」

彼女は首を振った。

作業を終えたスパークスが帽子をかぶりなおし、分厚い手袋をはめながらカーターにきいた。「ここに残るのか？」

「ええ」

「ボディガードは？」

「夜明けまで外で見張るそうです。僕はジェンナと一緒にこの家にいます」

スパークスがうなずいた。「指紋の件でなにかわかったら連絡する。ダーウィン・スワガートにも署まで来てもらって、指輪がリネッタのものかどうか確認してもらうよ」

「お願いします」カーターが立ちあがってスパークスの手を握った。「もう一つ調べてほしいことがあるんですが」

「なんだ？」

「ウェス・アレンのアリバイを調べてください。二人の女性が消えた時間帯の」

「ウェスの？」ジェンナは驚いて尋ねた。「ちょっと待って。ウェスは私の友人よ」

カーターは彼女の言葉を無視してスパークスに告げた。「念入りにお願いします」

「わかった」スパークスがこたえた。

彼が警察官を引き連れて外へ出ていくと、カーターはドアの鍵を閉め、警報システムをオンにした。そうして窓の外をのぞき、警察車両が引きあげていったあとジェイクが門を閉めるのを確かめた。今は夜中の二時だ。

「どうしてウェスを疑うの？」

「あらゆる人間を疑ってるさ」

「でも、全員のアリバイを調べてるわけじゃないでしょう？」

彼は首の後ろを手でもみながら答えた。「ジェンナ、言えないことだってあるんだよ」

「脅かされてるのは私の生活よ！　それに二人の娘たちの生活も！　私には知る権利があるわ」

「教えるさ。もう少ししたらね」

ジェンナに引きさがる気はなかった。「今、教えて。どうしてウェスがかかわってるって考えてるの？ウェスはリンダのお兄さんなのよ！」

「あいつのことなら、僕もずっと前から知ってる」カーターは口もとを引きしめた。目が陰りを帯びている。「頼むからもう少し時間をくれないか？　捜査に支障を来すようなことは話せないんだ」

「ちょっと待って。爆弾発言を聞いたのに、黙って引きさがれると思う？　教えてちょうだい。なぜウェスなの？」

カーターはためらっていたが、やがて口を開いた。「わかった。確かに君には知る権利がある。だが、なにからなにまで教えるわけにはいかない」

「かまわないわ」

彼は顎に力をこめた。「たとえばあいつは、君のビデオやＤＶＤを買ったりレンタルしたりしている。ほかの誰より頻繁にね」

「それで？」ジェンナは尋ねたが、内心動揺していた。ウェス・アレンが私の映像をくりかえし眺めているなんて。今まで出演した作品を恥じているわけではないが、性的な目で見ようと思えばいくらでもできるはずだ。

「おまけにやつは、君のファンサイトを何度も訪れてる」

「そんなのはウェスに限ったことじゃないでしょう？」そう言いながらもジェンナは、彼が劇場で妙になれなれしい態度をとっていたことを思いだした。

「僕はただ、やつが事件とは無関係なことを確かめたいだけだ」

ウェスはやたらと私の肩や腕に触ってきた。あれは友情の証だったのかしら？　それともゆがんだ愛情？「あの人が犯人だなんて信じられない」喉もとにいやな味がせりあがってくる。

「僕はあらゆる可能性を考えてるだけだ」カーターの目には強い決意が浮かんでいた。ウェスが関与しているという確信があるのだろう。「もう寝たほうがいい」彼はジェンナの様子を見て言った。

「あなたは?」

「僕は大丈夫さ」

「じゃあ、お言葉に甘えさせてもらうわ」ジェンナは手を伸ばし、無精ひげが生えたカーターの頬に触れた。自分のベッドルームでは眠れない。指紋採取用の粉と恐ろしい記憶にまみれたあの部屋では。彼女は枕とキルトを二組とってきて、一組をカーターに渡した。「よかったら使って」そう言って、リビングルームのカウチに横になる。カーターはもう一度家のなかを見てまわり、しばらくするとリビングルームに戻ってきて椅子に腰を落ち着けた。

「体を休めるんだ」カーターが言った。

ジェンナはあくびしながらこたえた。「あなたもね」

カーターがかすかな笑みを浮かべた。ジェンナが大好きなほほえみだ。彼女はウェス・アレンを頭からしめだし、カーターのことだけを考えながら目を閉じた。

カーターはブーツを脱いで、もう一度家のなかを歩きまわった。もう丸一日寝ていない。神経がささくれだって頭が朦朧としているが、とりあえず、ジェンナ一家は安全だ。あと数時間もすれば日がのぼり、嵐もおさまるだろう。まだ気温は低いままだが、風も弱まってきたし、雪もやんだ。

キッチンに行って、リビングルームで寝ているジェンナと、その隣の書斎で寝ている娘たちの姿が両方見えるところに座ってコーヒーを飲んだ。今後するべきことを頭のなかで整理する。犯罪の証拠を集めること。ウェスのアリバイを確認すること。そして捜索令状をとり、やつの家をくまなく調べること。あの地下室の神殿以外にも、なにか隠しているものがあるかもしれない。

リビングルームからうめき声が聞こえた。

カーターは慌てて立ちあがると、ジェンナが寝ているカウチまで行った。「いや」ジェンナが目を閉じたまま言った。「いやよ、お願い」

「ジェンナ」カーターは彼女が震えていることに気づいてそっと声をかけた。「ジェンナ、起きて。大丈夫だよ。僕がいるんだからね」

「やめて、やめて」

「ジェンナ」彼は先ほどより少し大きな声で言い、震える肩をそっとつかんだ。「起きてくれ。夢なんだよ」

ジェンナが突然目を開けた。今にも叫びだしそうな表情だ。

「しーっ、静かに。大丈夫だ」カーターはジェンナの顔に自分の顔を寄せた。暖炉から放たれるぼんやりとした明かりのなかで、彼女もカーターを見つめていた。

まばたきをすると、ジェンナの目から涙がこぼれた。顔は死人のように青ざめ、骨まで凍りついたように体を震わせている。

「心配することはなにもないんだよ」

ジェンナははなをすすって首を振った。カーターがカウチに腰をおろすと、ジェンナは彼の肩に頭をもたせかけた。「キャシーの夢だったの。のっぺらぼうの男が、あの子を連れてったのよ！」

「キャシーは隣の部屋で寝てる」

だが自分の目で確かめないと気がすまなかった。ジェンナはキルトで体を包んで立ちあがり、書斎のドアまで行ってなかをのぞきこんだ。キャシーとアリーはぐっすり眠っていた。クリッターさえ動こうとしない。「今、何時？」

「まだ早いよ」

「家の様子は？」

「君が眠ってから、おかしなことはなに一つ起きていない」

「よかった」ジェンナが背伸びをするとキルトの前が開き、着ていたセーターが持ちあがって腹部が見えた。カーターは股間がこわばるのを感じた。

「もっと眠らないと」

「あなたは？」彼女は腕をおろしながらあくびまじりに言った。

「僕は平気さ」

「鋼鉄の男ってわけ？」

カーターは笑った。「それは大げさだよ。アルミホイルの男、くらいかな」

ジェンナが笑みを浮かべた。唇の向こうに白い歯並びが見えただけで、カーターは欲望を覚えた。つい危険な考えを抱いてしまいそうだ。「鋼鉄でもアルミホイルでもいいわ」彼女が近づいてきた。「あなたがここにいてくれてうれしいの。ありがとう、カーター。あなたが来てくれなかったら、どうしていいのかわからなかったわ」

思わずカーターは、キルトの下に手を滑りこませてジェンナを抱きしめていた。そして彼女を抱いた手に力をこめ、キスをした。最初はあたたかい唇の感触を楽しんでいただけだったが、いつのまにか激しく口づけていた。

ジェンナがため息をつき、唇を開いた。それだけで欲望が燃えあがった。

女性とキスをするなんて、いったいいつ以来だろう。あの雪の降り積もる道でジェンナの車をとめたときからずっと、彼女にキスをしたいと思いつづけてきた。こうしてぴったりと体を寄せているところを見ると、ジェンナも同じ気持ちだったらしい。胸を僕の胸に押しつけて首筋にかじりつき、かすかに脚を開いて爪先で立っている。カーターは自分の片脚をジェンナの脚のあいだに割りこませた。脚がジェンナのジーンズのファスナー部分に触れると、彼女の口からうめき声がもれた。

カーターはセーター越しにジェンナの背中をなで、やわらかいアンゴラの下にある体の感触を楽しんだ。彼女の香りに溺れてしまいそうだ。ジェンナと愛を交わしさえすれば、この世界のまがまがしい出来事がすべて清められるような気がした。彼女はそれほどまでに美しく、セクシーだった。ジェンナが欲しい。すべての神経がそう叫んでいた。

やめろ、カーター。よく考えるんだ。彼女は被害者として保護されるべき人間じゃないか。

こんなことをしちゃいけない。

だがジェンナは、自分の体をさらにカーターに押しつけてきた。彼女の唇は彼の唇の前でなんの抵抗もなく開いていった。セーターとブラジャーを通して、かたくなった乳首が感じられる。もっと触れて、キスして、歯でかんで、と訴えているかたいボタン。

カーターの心臓は早鐘のように打った。血液が全身を駆けめぐり、欲望の証が張りつめる。ジェンナと愛しあい、そのあたたかさを感じられたらどんなにすばらしいだろう。彼女に包みこまれたらどれほど心地いいだろう。ジェンナは黒髪を顔にまとわりつかせ、うっすらと肌に汗を浮かべるにちがいない。そんな彼女を組み敷き、ゆっくりとなかに入っていく……。

しかし、そんなことはできない。ここではだめだ。

カーターはジェンナの潤んだ官能的な目をのぞきこんだ。それだけで意志が揺らぎそうだったが、なんとかこらえた。「いけない」彼は言った。体は欲望に猛《たけ》り狂っていたが、人生最大の間違いを犯すまいと思って耐えた。

「いいの」

「子供たちがいるじゃないか」カーターは書斎で眠っている娘たちを指さした。

「わかってるわ」

ジェンナは彼の手を引いて後ろ向きに歩きながら、書斎と反対の方向にある客用のベッドルームへといざなった。

「こんなこと、しちゃだめよね」彼女はそう言いながらも再びカーターの首に腕を巻きつけ、熱に浮かされたようにキスをしてきた。

　カーターのかたい意志はすっかり溶けてなくなってしまった。ジェンナが後ろ手でドアを閉めて鍵をかけたとたん、彼はジェンナのセーターを脱がせた。乳房の重みを自らの手で確かめたくてしかたがなかった。カーターの気持ちを悟ったのか、ジェンナがブラジャーのストラップをおろして胸をあらわにした。カーターは彼女を抱えあげ、乳房を口に含んでむさぼった。ジェンナは片手で彼につかまりながら、背中をそらして声をあげた。

　こんなことをしたら、なにもかもめちゃくちゃになる。お前のキャリアも、生活も、今まで築きあげてきたものすべてが台なしになってしまうぞ。だが彼は、そんな声を無視した。

　ジーンズのファスナーに伸びてきたジェンナの指を感じながら、カーターは彼女のブラジャーをむしりとり、ジーンズとショーツを引きおろした。さらに自分の服も脱ぎ捨てる。そしてジェンナを抱き寄せて彼女の吐息を聞きつつ、秘めた部分に自分のかたくなったものを押しつけた。そこは甘く、熱く、しっとりとぬれていた。腰を動かしはじめたとたん、全身に力がみなぎるのがわかった。

　ジェンナがカーターの肩にしっかりとしがみついた。二人の体が絡みあう。カーターは片手をジェンナのウエストにあて、もう片方の手を彼女の髪に差し入れた。

「ジェンナ」彼はかすれた声でささやいた。ジェンナの呼吸のテンポに耳を澄まし、乳房が上下するのを確かめながら、さらに腰を押しつけていく。彼女の体が震え、うめき声がもれた。それを合図に、カーターは深く強く自らを突き入れた。彼の首の筋肉はこわばり、ジェンナの呼吸のテンポが速くなった。甘く切ない吐息が聞こえてくる。カーターは動きを速めた。もっと速く。さらに速く。そしてもう一秒たりとも我慢できなくなるまで耐えたあと、頭をのけぞらせて一息に自らを解き放った。

二人の体ががくがくと震えた。ジェンナがさらにきつくしがみつき、カーターの喉のあたりでやわらかいすすり泣きをもらした。何度も何度も襲いかかる波に体を震わせながら、彼の首筋に顔をうずめて。「すばらしいわ」ようやくそう口にしたとき、ジェンナの顔は彼と同じように汗ばんで紅潮していた。カーターは壁際のベッドまで彼女を運ぶと、一緒になって倒れこんだ。いくつもの枕に囲まれてジェンナを抱きしめ、頭のてっぺんに優しくキスをする。彼女はカーターを見あげると、いたずらっ子のような笑みを浮かべた。「カーター……アルミホイルの男だなんて嘘ばっかり。あなたは鋼鉄の男よ」

「そうかい？」

「ええ」ジェンナは彼の頬に唇を寄せ、耳たぶをそっとかんだ。「私の言葉を信じて」

カーターは笑い声をあげた。心からの笑いだった。ほんのわずかな時間でも、二人でこうしていられることが幸せだった。またすぐに、現実と向きあわなければならないだろう。だが、あともう少しだけ……。彼はジェンナに顔を近づけ、再びキスを始めた。今度は彼女の反応を確かめながら、ゆっくりと。

「この売女《ばいた》め！」男は、ジェンナの家に仕掛けた隠しカメラの映像を見ながら吐き捨てた。

カメラは何台もとりつけてあった。彼女の行動は手にとるようにわかる。木立に隠れて見張っていたのは、カメラがうまく作動しなかったときだけだ。しかし、外で雪に肌をなぶられるのも至福の時間だった。

今夜は家のなかでゆっくりモニターを見られると思っていた。ところが、このざまだ。反吐《へど》が出そうだった。怒りに体中が熱くなり、男はペンキの缶を蹴り飛ばした。あたり一面がペンキで真っ赤になったことにも気づかなかった。

ジェンナがほかの男と一緒にいる。

キスをし、触れあい、盛りのついた雌犬のように交わっている。

最悪の裏切りだ。彼女を満足させられるのは、俺だけのはずじゃないか。ジェンナのための神殿は完成間近だというのに、本人があの保安官に向かって股を開くなんて。絶対に許せない。

俺のジェンナがこんなことを！

男は怒りの炎に全身を焼かれながら復讐のアイデアを練り、女たちが並んだステージをちらりと見やった。ここまで作りあげるのに何年かかったことだろう。ジェンナがオレゴン州のこの近辺に引っ越してくるという噂を耳にしたとき、男は先まわりしてこの家を買った。噂どおり、彼女はフォールズクロッシングへやってきた。運命のなせるわざだ。俺とあの女は見えない糸でつながっている。出会ったときからわかっていたことだが。

男は大きく息を吸った。ここはジェンナと彼女の作品のためにささげられた神殿だ。準備は整いつつあった。

マーニー・シルヴェイン、フェイ・タイラー、パリス・ノウルトン、ゾーイ・トラメル。残りはあと二体。カトリーナ・ペトロヴァとアン・パークスだけだった。ジェンナが代表作で演じた役柄だ。

男は立ちあがるとバスルームへ行き、着替えはじめた。まずはコンタクトで瞳の色を変える。それからかつらをつけ、ボディスーツで体をしめあげた。靴も五センチほど、あげ底になっている。

支度が終わると、鏡で自分の姿を確認した。上出来だ。そして、仕上げに野球帽をかぶった。

さあ、狩りの時間だ。

41

ジェンナはコーヒーの香りで目を覚ました。人生が大きく変わってしまった。二本の脚のあいだには、まだかすかに違和感が残っている。彼女は笑みを浮かべた。シェーン・カーターと何時間も愛を交わした余韻。そして今は……ちらりと時計を確かめて低い声をもらす。七時をまわったばかりだというのに、彼はもう起きている。おろしたブラインドの隙間から、朝の光がこぼれていた。

けれどもカーターが到着する以前の出来事を思いだすと、再び恐怖がよみがえってきた。カーターはウェスが犯人だと思っている。ジェンナにはとても信じられなかった。確かにウェスは彼女に関心があるようだが、ストーカー行為を働いたり、ましてや人を殺したりするだろうか。

発見されたのはメイヴィス・ゲットの死体だけだったが、今では誰もが、ソーニャ・ハッチェルやロキシー・オルムステッドも同じ運命をたどったのだと考えていた。

カーターは電話で話をしているらしい。やわらかい声が聞こえてくる。ジェンナは服を身につけると、娘たちが寝ている書斎をのぞいて様子を確かめ、キッチンへ行った。

電話を終えたカーターはジェンナの姿を目にすると、かすかに顔を赤らめながらコーヒーのカップを置いた。「おはよう、べっぴんさん」そう言うと、ジェンナが挨拶を返す暇も与えずに抱き寄せ、永遠に続くかのようなキスをしたあと、頭をあげて鼻と鼻とがつきそうなくらいの距離でウインクをした。

ジェンナの胸は狂おしいほどに高鳴った。唇にははっきりとキスの感触が残っている。彼女は心臓のあたりを押さえた。「女性に対する挨拶のしかたを心得てるみたいね」

カーターの口もとに笑みが浮かんだ。

「毎朝こんなふうにおはようの挨拶をしたいわ」ジェンナが言うと彼は眉をあげ、昨晩のことを思いかえすような表情になった。

二人の姿はジェンナの頭のなかにも浮かんでいた。荒い息をつきながら絡みあう二人。カーターは筋肉をかたく緊張させながらあえぎ、決して放さないと言わんばかりの力で彼女を抱きしめた。カーターと一緒に暮らすのはどんな感じだろう。愚かな考えだとわかっていても、想像せずにいられなかった。確かに彼はきまじめだし、仕事には常に危険がつきまとっている。それでも夜の生活は最高だろう。

ジェンナ、あなたってどれだけふしだらな女なの？

「コーヒーは？」カーターが声をかけてきた。ジェンナは妄想を心のなかからしめだした。

「ええ、ちょうど飲みたかったとこ」

彼女は、背を向けてポットからコーヒーを注いでいるカーターを眺めた。あの引きしまったヒップに爪を立てたのだと考え、喉がからからになる。なだらかな首筋。ジャケットのなかで張りつめた肩。いいえ、たった一晩、二人で楽しんだだけじゃない。ほんの何時間か欲望をぶつけあっただけ。もう彼のことを考えてちゃだめ。あのときは、二人とも誰かが必要だった。夢物語はもう終わったの。

カーターがジェンナにカップを渡しながら顔をのぞきこんだ。それだけで彼女がなにを考えているのか察したらしく、いかにも保安官らしい口調に戻って言った。「一度家に戻ってから事務所に行くよ。あとで連絡する」

「ええ」ジェンナはこたえた。

「さっきスパークス警部補と話したが、捜索令状が出るまでウェス・アレンを監視するそうだ。君たちは、ターンクィストとここにいてくれ。なにかおかしいと思ったら、必ず僕の携帯電話にかけるんだよ」

「約束するわ」

カーターは腕時計を確かめた。「もう行くよ。出がけにターンクィストと話をしておくからね」

ジェンナはカップを置き、カーターのあとについて客用のベッドルームまで行った。彼はポケットに手を入れたまま立っている。ジェンナはカーターの体に腕をまわし、キスをねだるように顔をあげた。

「ジェンナ」彼がたしなめるように言った。

「お別れのキスをしてくれないの？」

カーターはうなるような声をあげたが、意を決したようにジェンナを抱きしめると唇を重ねた。全身に歓びが広がり、稲妻のような速さで新たな欲望が駆けめぐる。彼と一緒に、床に倒れこんでしまいたかった。

「本当に行かないと」カーターがゆっくりと体を離した。

「しようがない人ね」ジェンナがからかって一歩さがろうとしたとき、左手がカーターのポケットに引っかかり、中身が床に散らばってしまった。たくさんの写真だ。カーターの体が凍りつくのがわかった。彼は慌てて拾いあげたが、そこに写る女性の姿がジェンナの目に焼きついた。美しくグラマーでセクシーな女性。小さな下着だけをつけて、腕で胸を隠した写真もあったし、愛を交わしたあとの余韻を楽しんでいるような全裸の写真もあった。

ジェンナはさらに一歩さがった。心が粉々に砕けていく。私はなにを考えていたの？　カーターのことをほとんど知りもしないのにあんな空想をするなんて、どれだけ愚かなの？

「説明させてくれ」カーターが言った。

「そんな必要はありません」

「これは妻の写真なんだ。僕の死んだ妻なんだよ」

「裸の奥さんの写真をポケットに入れて持ち歩いてるわけ？　カウンセリングでも受けたほうがいいんじゃないの」

彼は目を細めただけでなにも言わなかった。

ジェンナは片手で髪をかきあげ、視界の端でちらりとベッドを眺めた。枕のいくつかは床に落ち、キルトやシーツはくしゃくしゃになっている。再び、あの熱い時間が脳裏によみがえった。考えてみれば、彼は避妊具も使わなかった。シェーン・カーターはいつもそうやって女性と遊んでいるのかもしれない。

「まだ君の知らないことがあるんだ」カーターが言ったが、ジェンナにはメロドラマのセリフのようにしか聞こえなかった。

「そうでしょうね」言い訳をする隙も与えず、ジェンナはベッドまで歩いていって、甘い時間の残り香をたたえたシーツを引きはがし、枕の位置を整えた。「あなたには説明する必要も謝る必要もないはずよ」シーツを両腕に抱えて向きなおる。「あなたはストーカーをつかまえてくれればいいの。それがあなたの仕事なんだから」

ジェンナがシーツを持って洗濯室へ向かったとき、裏口のドアが開いてジェイクが姿を現した。カーターが彼と話をしているあいだに、ジェンナはシーツを洗濯機に突っこみ、洗剤を入れてスイッチをひねった。彼女は出ていくカーターを見送りもしなかった。だが、ドアが開いてまた閉じる音がすると、乾燥機の上に突っ伏した。

しっかりしなさい、ジェンナ。ただ、セックスをしただけでしょ？　そんなの、たいしたことないじゃないの。

けれども、彼女にとってはたいしたことだった。男性とこんなふうに関係を持ったことなどない。傷つくのが怖かったからだ。

なのに、あのいまいましい保安官と会ってからは、すべてが変わってしまった。

カーターは顎が痛くなるほど奥歯をかみしめた。なんという失態だろう。よりによって、キャロリンの写真を見られてしまうとは。「ちくしょう!」家路をたどりながら、ハンドルを何度もたたく。それに、ジェンナ・ヒューズと愛を交わしてしまうなんて、僕はなにを考えていたんだ?

きっとなにも考えていなかったのだろう。問題はそこだ。長いあいだ独身生活を続けてきたうえに、捜査で疲れきっているせいだと思いたかった。しかし事実は、ハリウッドの女王に焼けつくほどの欲望を覚えてしまったということでしかない。

カーターは車を自宅の私道に入れた。それから積もった新雪をかき分けるようにして家に入ると、薪を大量に使って火をおこし、キャロリンの写真を燃やしてしまった。Eメールをチェックしたあと、レオ・ラスキンや『ホワイト・アウト』の特殊メークを担当した会社のことをインターネットであたってみたが、たいした情報は得られなかった。ウェス・アレンが事件とどうかかわっているのか考えながら、ベーコンエッグとポテトの朝食を作り、食べ終わると皿を洗って屋根裏部屋にあがった。

ウェスは特殊メークを手がけたことなどないし、ジェンナの作品の制作にもかかわっていない。やつはシロなのだろうか。

カーターはののしりの言葉を吐きながら服を脱いだ。難解な事件だった。しかし、誰かがジェンナの家に忍びこんだことは確かだ。映画関係者だとすれば、彼女の前の夫だろうか。いや、彼がまだロサンゼルスに住んでいることは確認ずみだ。だとすると恋人か？　だが、ジェンナには深い仲になった男性などいない。

お前を除いてはな。カーターは自らに語りかけた。

シャワーを浴びているときも、ジェンナの面影がちらついて下腹部が張りつめる始末だった。あのときの彼女は、どんな映画に出ていたときよりもずっと美しかった。タオルを腰に巻いてシャワーを出ると、剃刀《かみそり》を使ってひげをそった。湯気で曇った鏡に映る自分の顔が疎ましくてしかたがなかった。疲れきっていらだった顔。カフェインとニコチンが必要かもしれない。

今日こそウェスを追いつめてやる。カーターは、ちくちくと胸を刺す不安を無理やり抑えこんだ。

「ウェス・アレンにはアリバイがあった」携帯電話の向こうから、スパークス警部補の声が聞こえてきた。

車がコロンビア・シアターの前に差しかかり、カーターは駐車場に目をやった。車は一台もとまっていない。がらんとしたスペースに雪と氷が積もっているだけだ。

「ソーニャ・ハッチェルが拉致された夜、やつは真夜中過ぎまでラッキー・セヴン・サルーンでビールを飲んでいたそうだ。ウエイトレスが証言したよ」

「本当ですか？　ロキシーやリネッタがいなくなった時間のアリバイは？」

「まだ捜査中だ」

「共犯者がいるのかもしれません」

「いや、捜査の方向が間違っているんじゃないか？」

それはありえないと思いながら、カーターはスパークスに礼を言って電話を切った。心の片隅から声が聞こえた。お前がウェス・アレンをつかまえたがっているのは、やつに妻を寝とられたからじゃないのか？　いや、寝とられたという言い方は正確じゃない。お前がキャロリンをあいつのもとへ追いやったんだよ。

郡庁舎の駐車場に入り、ブレイザーを降りてドアをロックした。保安官事務所のなかは、むせかえるほどの暑さだった。カーターはオフィスに行くと、少しだけ窓を開けて冷たい風を入れた。

「頭がおかしくなったんですか？」Ｂ・Ｊがデスクの椅子に座りながらからかった。「それにひどい顔ですよ」

「ゆうべは一睡もしていないんでね。で、なにかわかったのか？」

「ラスキンや特殊メークに関してはまだ調査中ですが、メイヴィス・ゲットの遺体から発見されたアルギン酸塩がカナダの会社で製造されたことがわかりました。ここ五年間の発注元もリストにしてあります」

そのとき、携帯電話が鳴った。はやる心を抑えながら画面を見ると、発信者はジェンナ・

ヒューズだった。

「ジェンナよ」抑揚のない声だ。キャロリンの写真を見て、すっかり気持ちが冷えてしまったのだろう。「ロバートにラスキンのことをきいてみたの。会ったことはないらしいわ。詩の一節を書きつけた紙がロケ先の彼のデスクに置いてあって、それが気に入ったから、宣伝に使うことにしたそうよ」

「スタッフのしわざかな」カーターは片手でメモ帳を開いてペンを握った。

「たぶん、そうでしょうね」

「使用許可をとったのか？」

「事故で撮影が中止になったから、そこまでは話が進まなかったらしいの。それと特殊メークを担当したのは、ハザード・ブラザーズという会社だったわ。バーバンクにあって、オーナーはデルとマックのハザード兄弟よ」

「ありがとう」

「役に立ったかしら？」

「もちろんさ」

「よかった」

「ジェンナ――」

カチリ。電話は唐突に切れてしまった。

カーターは鼻から息を吐いて、じっとこちらを見ていたB・Jと目を合わせた。

「ジェンナ、って呼んでるんですね」

「たいしたことじゃないさ」

B・Jが口の端を曲げた。「まあ、いいですけど」

彼女の好奇心をかき立てるようなことを打ち明けるつもりはなかった。「ハザード・ブラザーズという会社のことを調べてくれないか。特殊メーク専門の会社だ。カリフォルニアのバーバンクにある」そのとき、再び携帯電話が鳴った。「カーターだが」

「おい、シェーン、いったいなんのつもりだ？」ウェス・アレンが大声で叫んでいた。「俺に尾行をつけるなんて。理由を聞かせてもらおうか」

「ここまで来てくれたら、ちゃんと説明するよ」

「なにをだ？　いや、わかっている。お前は俺を殺人犯に仕立てあげるつもりだろう？」

カーターは体をこわばらせた。「それを言うなら、拉致犯じゃないのか？」

「いいかげんにしろ。いなくなった女たちがとっくに死んでいることくらい、みんなわかってるさ。それとも、犯人はとらえた女たちを監禁しているとでも言いたいのか？」

「それはお前が教えてくれ」

「ふざけるな！　いいか、弁護士に連絡するからな。俺は法律に触れるようなことはなに一つしていないんだ」

「お好きなように」

「このくそったれの偽善者が！　保安官なんて二度とできないようにしてやるぞ」

「せいぜい頑張ってくれ」だがすでに、ウェスは電話を切っていた。

「保安官のファンからですか？」Ｂ・Ｊが尋ねる。

「ファンクラブの会長からさ」

「あなたっていつも、自分をまずい立場に追いこんでしまうみたいですね。気のせいかしら」Ｂ・Ｊはほほえんでいたが、冗談のつもりではないようだ。

「勘が鋭いな」

「いったいなにをしようとしてるんです？」

「犯人をつかまえたいだけだよ。だからハザード・ブラザーズに電話をかけて、最近アルギン酸塩が紛失しなかったかどうか確かめてくれないか。『ホワイト・アウト』のロケ以降、会社を辞めてこっちに移ってきた社員がいないかどうかもね。もしかしたら、前に作ったリストと重複する名前があがってくるかもしれない」彼はジェンナが出演した映画をレンタルしたり買ったりした人間のリストをつついた。「いや、絶対に出てくるはずなんだ」

42

「家族みんなで行くわ」ジェンナは食器棚に体をもたせかけながら言った。電話の向こうではリンダがはなをすすっている。

「申し訳ないわね。あなたはあなたで大変なことはわかってるんだけど、祈りの夕べには参加したいの。スコットと行こうと思っても、最近いつも家にいないのよ」リンダは重いため息をついた。「あの子のことがわからなくなってきたわ。もう二四歳だっていうのに、少しはしっかりしてくれないと」

「スコットなら心配はいらないわよ」陳腐な慰めだとわかっていたし、ジェンナも自分自身の言葉を信じていなかった。リンダの息子にはどこか不審なところがある。しかしリンダがリネッタの事件の責任を感じている今、正直な気持ちを口にすることなどできない。

「そうだといいけど……待ちあわせはどこにする？」

「六時半にジャヴァ・ビーンズでコーヒーで、どう？　始まるのは七時でしょう？」

「わかったわ。ジェンナ、ありがとう」

「こちらこそ、誘ってくれてうれしいわ」それは本音だった。内心、家から出たくてたまらなかったからだ。キャシーは鼻風邪を引いたらしく、いつもの不機嫌な調子に戻ってしまったし、食料品の買い置きも残り少なくなっていた。なにより問題なのは、ジェンナ自身の精神状態だ。さっきまで偽の指を発見したときのことが頭によみがえって恐怖に震えていたと思ったら、次の瞬間にはカーターとの情熱的な交わりを思いだしている始末だ。それと、床に散らばったキャロリン・カーターの写真のことを。

案の定、ジェイクは反対した。「なにかあったらどうするんだ?」夕食にスパゲッティを食べていたとき、彼は言った。

「キャンドルをともした教会で?　まわりにたくさん人がいるのよ」

延々とフォークをまわしていたアリーが耳をそばだてた。「あたし、行きたくないな」

「どうして?」

「だって……」アリーは大きなため息をついた。「わかんないけど」

「あたしだって行きたくない」キャシーも言った。

「ちょっと待って。リンダと約束したのよ」

「じゃあ、ママだけ行けば?」キャシーがこたえる。

「あなたたちを残して?　昨日、あんなことがあったのに?」

「指が置かれたのが昨日なのかどうか、わからないでしょ」キャシーが言った。「見つけたのが昨日っていうだけで、何日も前に置かれてたのかもしれないし」

「それならもっと早くに気づいたわ」

「そうかな」キャシーは疑わしげな顔をした。「ママって最近、ぼんやりしてる気がする」フォークにスパゲッティを巻きつけて口に運ぶ。

「とにかく、リンダに約束したの」

「だったら勝手に行ってよ。あたしはやめとく。風邪を引いてるし、おなかも痛いから」キャシーはそう言って、ジェイクの表情をうかがった。

「そう」おなかが痛いというのは生理が来たためだろう。ジェンナはジョシュ・サイクスのことを考えて胸をなでおろし、テーブルにナプキンを置いて立ちあがった。「わかったわ。ママは行くわね。でも、リンダと一緒だから心配ないわ」

「一人で行くのはよくないな」ジェイクが割って入った。

「だけど、あなたは娘たちといてくれないと」

ジェイクが携帯電話をとりだしてボタンを押した。彼が話しだしてからしばらくして気づいたが、話の相手はカーターだった。

「ちょっと待って！」ジェンナは慌てて言った。

だが、遅かった。ジェイクは携帯を閉じながら宣告した。「カーターが迎えに来てくれるそうだ。六時にね」

「そんなのだめよ」彼と顔を合わせられるわけがなかった。

「私は君たちを守るために雇われたんだ。一人で行かせられるわけがないだろう。私はこの子たちと一緒にいるから、君は保安官と一緒に行ってくれ」

「雇主は私のはずでしょ？」

「私のやり方が気に食わないなら、クビにすればいい」ジェイクは顎を引いた。青い目は決意に満ちあふれている。

血がわきかえりそうなほどの怒りを覚えたが、ジェンナはなんとか気持ちを抑えた。「わかったわ。今日のところはあなたを立てるけど、次からはきちんと話しあいましょう」

「了解」

とりあえずは、カーターの車に乗っていくしかないようだ。


「言っておくけれど、私が言いだしたわけじゃないのよ」ブレイザーの助手席に乗りこみながら、ジェンナはドアを開けてくれたカーターに向かって言った。「ジェイクが私一人で行くことを許してくれなかったから、あなたの車に乗るしかなくなっただけ」

「どっちでもかまわないさ」カーターは応じたが、返ってきたのは鋼鉄をも貫くような視線だった。彼はドアを閉め、車をまわって運転席に腰をおろした。エンジンをスタートさせて、ジェイクが開けてくれた門を出ながら言う。「お互いもっと明るい気分で接することにしないか？　そのほうが快適なドライブになると思うけどな」

「わかりました」ジェンナがうなずいた。「だけど、ゆうべのことを説明させてほしいの」

「説明することなんてあるのかい？」

「あるわよ。あなたは、ロスから来た女は誰とでもベッドをともにすると思ったんでしょう？」

「そんなことは思ってないさ」

「私はそういう女じゃないから」ジェンナは窓の内側についた水滴を指でかき集めた。「セックスに関してはあまり開放的なほうじゃないし、それに……避妊具をつけてって頼むべきだった」

「妊娠したんじゃないかって心配しているのかい？」

「それもあるわ。でも、われを忘れてしまったことに腹が立つの。いつもキャシーにえらそうなことを言ってるくせに、私ったら……」

「僕にも責任はあるさ」

「責任があるだなんて、まるで恋人みたいな口ぶりね」

「あれが恋だったのかどうか、僕にはわからない」カーターはジェンナの眉間にしわが寄ったことに気づいた。

「そのとおりよ。ただ、お互いつんけんするのはやめたほうがいいと思ってるだけ」

「それで充分だ」カーターは速度を落としながら角を曲がった。丘のふもとで町の明かりがまたたいている。「念のために言っておくが、僕だってセックスに関して開放的なほうじゃないし、誰彼かまわず寝る男でもない。それに今は、君を守ることと犯人をつかまえることに専念してる。それだけは信じてくれないか？」

「ええ」彼女は息を吐きながら言った。

「じゃあ、次の問題はリンダだ。彼女は僕に不満を持っている。兄貴に尾行をつけて、息子を疑っているんだから当然だろうけどね」

「そうなの？」

彼は口の端をゆがめて笑った。「あらゆる人間を疑うのが僕の仕事だからね。そのなかにウェスやスコットも含まれてるだけだよ」

カーターはコーヒーショップの二ブロック手前で車をとめた。祈りの夕べがとり行われるファースト・メソジスト教会の周辺は、すでにマスコミの車両でいっぱいだった。彼は人ごみをかき分けるようにして、ジェンナと一緒にジャヴァ・ビーンズに入った。ざわめきのなかでエスプレッソ・マシーンが口笛のような甲高い音をたて、スピーカーからはクリスマス・キャロルが流れている。カウンターでカプチーノを飲みながら携帯電話で話をしていたリンダは、二人に気づくとカーターに向かってしかめっ面をした。「あなたが来るとはね。罪もない人間を追いかけるのに忙しいんじゃなかったの？」

カーターはにやりとして矛先をかわした。「休憩も必要だからね」

「いいかげんなことを言わないで」

「君こそいいかげんにしてくれないか。僕は仕事をしてるだけだ。ウェスやスコットがどうのこうのっていう問題じゃない。女性が三人も失踪していることが問題なんだ」

リンダが鼻の穴を膨らませた。だが少なくとも、人前でけんかを始めることはあきらめたらしい。まわりには知った顔がたくさんあった。これから祈りの夕べに参加するのだろう。

キャシーは時間を確かめた。そろそろジョシュに会いに行く時間だ。彼はフェンスの向こうの森で待っていると言っていた。けれども、まずはボディガードの目をかすめなければならない。ジェイクは一階でアリーと一緒にいた。とりあえずシーツの下に枕を入れて眠って見えるよう細工をしておいたが、すぐに見破られてしまうだろう。急がなければ。

ママのベッドルームの窓からテラスに出て、テラスを支える柱を伝って地面におりよう。キャシーはバックパックに服を詰め、忍び足で自分のベッドルームを抜けだした。ジェイクの大きな人影が見えないことを確かめてから母親のベッドルームに入り、急いで外のテラスに出て柱にしがみつく。

こんなときになにをしてるの? 心のなかでそう叫んでいる声は無視した。むしろ、家のなかにいるほうが危険だ。指を置いていった犯人が自由に出入りできるんだし、ジェイクだってどこまで信用できるかわかったもんじゃない。

キャシーは地面におり立ち、窓から見えないよう姿勢を低くして駆けだした。しかし肩越しに後ろを振りかえったとき、自分のベッドルームの窓辺にアリーが立っているのが見えた。

そんなのありえない! もう一度目を凝らすと、人影は窓から消えていた。しっかりしなさい。彼女はファスナーを首もとまであげながら自分を叱りつけると、全速力で風車小屋の前を通り抜け、納屋の背後にまわった。足跡があちこちについてしまったが、そのうちに雪が消してくれるだろう。

空気があまりに冷たいせいで、肺が焼けつくように痛んだ。谷から吹きおろしてくる風が、雪まみれの木々を揺らしている。あたしはいったいなにをしているんだろう。確かにジョシュは退屈な男だ。だけど、この町に退屈じゃない男なんているの？　それに、あたしのことを待っていてくれるのはジョシュだけじゃない？

フェンスのところまで行くと、バックパックを向こう側へほうり投げる。それから身を躍らせて雪の上におり立った。「ジョシュ？」小声で呼びかける。「どこ？」

返事はなかった。腕時計を眺め、遅れているのだろうかと考える。もしかすると、からかわれたのかもしれない。ジョシュの携帯電話にかけても、聞こえてくるのは留守番電話のメッセージだけだった。

「ジョシュ、いいかげんにしてよ」キャシーはメッセージを吹きこんだ。「せっかく抜けだして来たのに。あと五分たって来なかったら、あたし、帰るから」電話を切ると、あたりは真っ暗になった。それにしても気になるのは、さっき目にしたアリーの姿だった。

いいえ、あれはアリーじゃない。罪の意識のせいで、妹がいるような気がしただけよ。

風が不気味な音をたてた。キャシーは木陰に隠れると手袋を外し、バックパックのポケットを探って煙草とライターをとりだした。震える指で火をつけ、再びバックパックを担いで森の奥へ続く小道を歩きだす。もしかしたら車のなかでがんがん音楽を流しているせいで、携帯電話の呼び出し音に気づかなかったのかもしれない。

でも、ジョシュが携帯に出ないなんて初めてだ。あたりを見まわすと、雪のカーテンの隙間から明かりが見えた。煙草の煙を吸いこみながら、もう一度目を凝らす。確かになにかが光った。ヘッドライトだ！　森のなかを歩いていくと、ＣＤプレイヤーから流れる音楽が聞こえてきた。ジョシュが運転席に座っている。

あたしが近づいてるのに、出迎えもなし？「ねえ！　約束した場所で待ってたのに！」キャシーが叫んでも、ジョシュは動かなかった。もううんざりだ。あんな男とは別れてやる。誰もいないよりはましだと思ってたけど、それは大間違いだった。

「キャシー！」

彼女は思わず歩みをとめて振りかえった。

「キャシー！」もと来た道の方角からアリーの声が響いてくる。

あの子ったらいったいなにを考えてるの？　もう最悪。キャシーは煙草を雪だまりに投げ捨て、助手席のドアを勢いよく開けた。「今日はやめとくわ」それでもジョシュは彼女のほうを見ようともしなかった。「ジョシュ、聞こえた？　今日は家に帰る――」

なにかが背後で動いた。

同時にジョシュも動いた。いや、動いたというより、滑り落ちたと言ったほうがいいだろう。横向きにどさりと倒れこんだ彼のシャツの前面は、どす黒い血にまみれていた。喉がぱっくりと裂けている。

キャシーは絶叫しながら振り向いた。すると、何者かが彼女を車に押しつけた。キャシーは死に物狂いで手足を振りまわした。襲撃者を蹴りあげ、顔を引っかいて鼻にこぶしをめりこませる。スキーマスクの下で、男が悲鳴をあげた。そのとき、視界の隅でまたなにかが動いた。誰かが助けに来てくれたのだろうか？　いや、アリーだ。

「逃げて！」キャシーは必死に抵抗しながら大声をあげた。「早く！　逃げるの！」

男が肩越しに振りかえってののしった。「ちくしょう！」

アリーが森のなかを逃げだした。

「くそっ！　アリー、待て！」

襲撃者の注意がアリーに向いた隙に、キャシーは男の手からかろうじて逃れた。だが、襲撃者は腕を伸ばして彼女の毛糸の帽子を髪ごとわしづかみにし、後ろに引き倒して馬乗りになった。片手でキャシーの両手首をつかんで頭の上に引きあげる。

キャシーは何度も身をよじったが、男はものともせず、空いたほうの手をポケットに突っこむと、銃のようなものをとりだして彼女の首に押しつけた。その瞬間、強烈な電流が走り、キャシーは大きく体を震わせた。意識が遠のいていく。目の前が真っ暗になるのを感じながら、彼女はアリーが無事でありますようにと祈った。

43

ジェンナとカーターとリンダは、ほかの参列者とともにゆっくりと教会から出た。祈りの夕べはマスコミのために作られたショーのようだった。ダーウィン・スワガートは参列者に祈りを求めて説教を行ったが、常にカメラを気にしていた。

教会の前の階段をおりていると、トラヴィス・セトラーが人ごみのなかから近づいてきた。

「ジェンナ！」彼は娘のダニーの手をしっかり握っていた。

「アリーは来てないの？」ダニーが尋ねた。スキー帽の下から茶色の髪が四方八方にはねている。

「アリーは家にいる、って」

「残念」ダニーが言った。

「今日はみんなで過ごせるといいね、って言ってたところなんだ」トラヴィスが娘の言葉を引き継いだ。

「それはまた明日ね。アリーの気分がよくなったら」

トラヴィスはちらりとカーターを見やった。「停電しないといいけどね」そういえば祈りの夕べの最中も、何度か天井の明かりがまたたいていた。

「だけど、停電っておもしろいよ」ダニーがはしばみ色の目を輝かせた。

「お前は薪を割って火をおこしたりしなくていいからだろう?」トラヴィスがからかった。

「違うったら。スポーツ番組なんて見ないで、ゲームができるからよ」

トラヴィスがほほえんだ。「この子はチェスやポーカーで僕を負かすのが大好きなんだ」

ダニーがにっこりした。「パパが勝たせてくれるんだけどね」

「そんなことはないさ。さあ、もう帰ろう。それじゃあ、また」トラヴィスはジェンナに向かって言い、カーターとリンダに会釈した。

「アリーに電話をかけてって言っといてね!」ダニーの声を残して、トラヴィスの車は行ってしまった。そのとき、カーターの携帯電話が鳴った。彼は話が終わると眉をひそめた。

「なにかトラブル?」ジェンナはきいた。

「ああ。どうやらこのあたり一帯が停電しそうなんだ。それに、ゴッズ川で大きな事故が起きた。すぐ現場へ行かなきゃ。その前に家まで送るよ」

「方向が逆でしょ?」リンダが口を挟んだ。「私がジェンナを送っていきます」

「ジェイクに電話をかけて迎えに来てもらうわ」ジェンナは反論した。

「なにを言ってるの」リンダはカーターのほうを向いた。「私が送るってば」

カーターはためらっていた。

「大丈夫よ。もう何年も運転してきた車だし、四輪駆動だから雪だってオーケーだもの」

「わかった。だが、なにか妙な気配を感じたら、必ず連絡してくれ」彼はジェンナの腕をとり、その頬に唇でそっと触れてからブレイザーのほうへ歩いていった。

リンダが目を丸くした。「あのきまじめな保安官がお別れのキスだなんて、いったいどうしたの？」

「別に」ジェンナは受け流して、早足にリンダの小さなワゴンへと向かった。

リンダは車に乗りこむと、ヒーターとデフロスターをつけながら言った。「シェーンの奥さんのキャロリンは、私の昔からの友人だったのよ」彼女はジェンナの顔色をうかがい、背後を確認して車をUターンさせた。「それに、兄さんとシェーンとデイヴィッド・ランディスも仲のいい友人同士だった。だけどシェーンの目の前で、デイヴィッドは凍った滝から落ちて死んでしまったの。まだ一六歳だったわ。そのあとずっとふさぎこんでいたシェーンに、私がキャロリンを紹介してあげたってわけ。しばらくはうまくいっていたんだけどね」

「しばらくは？」

「そう。でも……」リンダは積もった雪に注意を払いながらフロントガラスに目を凝らしていた。「シェーンは仕事で忙しかったから、キャロリンはしだいに退屈するようになってしまった。それで……かいつまんで言うと、彼女は私の兄さんと不倫関係になったのよ」

「ウェスと？」

「ええ。シェーンは気も狂わんばかりだったわ。ある夜……ちょうどこんなふうに寒さの厳しい夜だった。キャロリンはシェーンと大げんかをしたあと家を飛びだして、ハンドルを切りそこねて事故死してしまった。それ以来、シェーンは自分のことが許せずにいるの。デイヴィッドだけでなく、キャロリンまで死なせてしまった、ってね」

これでいろんなことに納得がいったわ、とジェンナは思った。

「それでも彼とつきあいたい？」リンダが尋ねた。

「今はよくわからないわ」

「だけど、あなたたちは恋人同士になりつつあるんでしょう？　だってあの愛想のないシェーンが人前でキスをするなんて」リンダはハンドルを指でたたきながら雪のなかを進んでいった。「実際シェーンはキャロリンが亡くなってから、デートしたこともないんじゃないかしら。私が女性を紹介しても、いつも罪の意識が勝ってしまうみたいだから」

道のわきに乗り捨てられた車に雪が降りつもっていた。リンダがラジオの天気予報をつけた。相変わらず天気は回復せず、気温はさらにさがるらしい。

どの家も窓を閉ざしていた。ブラインドやカーテンの隙間から明かりがもれているだけだ。途中、農家のトラックがセダンと衝突するという事故があったせいで、二人は四五分間も足どめを食らってしまった。ジェンナは何度か携帯で家に電話をかけてみたが、なぜかつながらなかった。ジェイクやキャシーやアリーの携帯にも連絡したが、誰も出ない。

「どうして誰も電話をとらないのかしら？」ジェンナはつぶやいた。いやな予感が胸で渦巻いていた。

「変ね。みんな家にいるはずなんでしょ？」リンダがきいた。

「ええ」

「携帯電話の中継基地がだめになったか、雪のせいで回線がパンクしたかのどっちかね。シエーンに電話をかけてみたら？」

「もうちょっと待ってつながらなかったら、そうするわ」

リンダがCDをかけ、二人はクリスマス・キャロルを聞きながら待った。ようやく事故の処理が終わったらしく、リンダは疲れきった表情の警察官のそばを通り過ぎて、凍った道をゆっくりと進んでいった。

「ここ一〇〇年で最悪の冬ね」リンダが言った。

「でも、いつかは終わるわ」ジェンナはこたえたが、心配なのは天気より家族のことだった。もう一度家に電話をかけてもだめだったのでカーターに連絡したが、彼もまた出てくれなかった。

一五分後、リンダの車はようやくジェンナの家の私道に到着した。

門は開けっ放しだった。家の明かりも消えている。

ジェンナは体の奥から恐怖がこみあげるのを感じた。「変だわ」慌てて車を降り、ブーツを滑らせながら裏口へ走った。落ち着きなさいと自分に言い聞かせる。明かりが消えていたとしても当然でしょう？　このあたり一帯が停電しそうだって、カーターが話してたじゃないの。

だったらどうしてキャシーとアリーは、私の携帯電話に連絡してこなかったんだろう？

それにジェイクも。

鍵を差しこもうとすると、ドアは自然に開いた。家のなかは暗くて冷たかった。人の気配が感じられない。「キャシー！」ジェンナはパニックを起こしそうになる自分を戒めながら、声を張りあげた。「アリー！　キャシー！　ジェイク！」

「どうしたの？」リンダが背後から近づいてきて尋ねた。

「わからない」心臓は早鐘のように打ち、うなじの毛はすっかり逆立っていた。なにかが起きたに違いない。冷たい空気や異様なまでの静寂がそれを物語っていた。ジェンナはキッチンの引き出しを手探りして懐中電灯をとりだすと、スイッチを入れてもう一度叫んだ。「キャシー！　どこにいるの？　アリー！」

家は静まりかえったままだった。聞こえてくるのは、屋根に吹きつけ、窓を揺する風の音だけだ。

寒けが背筋を走った。「あの男が連れていったのよ」恐怖に喉もとをわしづかみにされながらささやく。「あの男が来たんだわ」

「誰のことを言っているの？」

リンダがたずねたとき、ジェンナの携帯の着信音が聞こえた。一瞬、少しだけ不安が消えた気がした。もしかすると停電のせいで、ジェイクが娘たちをどこか安全なところへ連れていってくれたのかもしれない。いいえ、きっとそうよ。そうに決まってる。「もしもし？」ジェンナは携帯に向かって言った。だが、聞こえてきたのは音楽だった。危うく悲鳴をあげそうになる。初めての主演作『失われた純潔』のテーマ曲。

あの男だ！　私をあざ笑ってるんだわ。

「誰なの？」ジェンナは声を絞りだした。「いったい誰なのよ？」しかし、電話は切れてしまった。カウンターにぐったりともたれかかる。もはや否定のしようがない。最も恐れていたことが現実になってしまった。頭がどうにかなった男が娘たちを連れ去ったのだ。

44

「みんな、どこへ行ったの？　クリッターは？　あの男はみんなをどこへ連れていったのよ？」ジェンナは答えを求めて大声で叫んだ。

「わからないわ、ジェンナ。でも、家のなかにはいないみたい」

ジェンナはパニックを起こしていた。「だけど、なにかしないと！」再びカーターに連絡してみたが、やはり電話は通じない。

「二人で順番に調べていくのよ、いい？　そうすればなにが起きたかわかるかもしれない」リンダが言った。

「ええ。じゃあ、階上《うえ》からね」二人はそれぞれ懐中電灯を手にした。家はとてつもなく広く、黄泉《よみ》の世界のように暗かった。

全身の筋肉がこわばり、神経がささくれ立って目の奥がずきずき痛みはじめた。ジェンナは上階から順にリンダを従えて調べていった。ベッドルームにクローゼット、サウナ、バスルーム……。

クリッターも含め、全員が消えていた。

「アリー！　キャシー！」ジェンナの叫びは、むなしく闇に溶けていった。涙がこみあげ、喉がふさがりそうになる。

あきらめちゃだめ。見つけるの！

「ガレージを見てくるわ」彼女は襲いかかるパニックと格闘しながら言った。「ジェイクがみんなを安全なところに連れていったのかもしれないから」

「だったら連絡があるはずでしょ？」

確かにそうだ。ボディガードはほとんど役に立っていなかった。能力も判断力も、ジェンナに言わせれば不充分だ。外に出ると、猛烈な勢いで風が吹きつけてきた。風車がうめき声のような音をたてて渦巻いている。

「キャシー！」ジェンナは風にあらがって声をあげた。「アリー！」

犯人はどうやって家に入ったのだろう？　無理やり押し入った形跡はなかった。だとすると、誰かが招き入れたのだろうか？

ガレージに行ってみると、車はすべていつもの位置にとめてあった。まるでなにも起きておらず、娘たちもひどい目に遭ったりしていないとでもいうように。

ジェンナはくじけそうになる心を必死に鼓舞した。壁にかけてあった鎌《かま》を護身用につかむと、外階段を駆けあがってガレージの上の部屋へ向かった。ジェイクが使っている場所だ。ドアに鍵はかかっていなかった。誰かが荒らした様子もない。カウンターには空き缶と冷凍ディナーの皿がいくつか散らばり、ドアのフックにはネルのパジャマのズボンがかけてあった。暗視ゴーグルや拳銃までもが、コーヒーテーブルの上に置きっ放しにされていた。ジェイクは銃も携帯してないの?

娘たちの身が危険にさらされているという予感は、確信へと変わっていった。でも、いったい誰が? なぜ? ジェイクもクリッターもいたというのに、どうやって娘たちをさらったのだろう? それとも、ジェイクも犯人の仲間だったのだろうか?

恐怖のせいで頭痛が激しくなった。家に戻ると、リンダが携帯電話で話をしているところだった。「ちょっと待って、ジェンナが帰ってきた。なにかわかった?」

「いいえ」

「そう」リンダは携帯電話を手渡した。「だけど、ようやくシェーンがつかまったわ」

ジェンナは安堵の思いに思わず叫びだしそうになった。カーターに電話がつながったと聞いただけで勇気がよみがえってくる。「リンダがすべて教えてくれたよ」彼の声が全身にしみ渡り、涙があふれだした。「さっきは出られなくてすまなかった。携帯電話が鳴りっ放しでね。ターンクィストもいないのか?」

「ええ、誰もいないの。子供たちも、ボディガードも、犬も」彼女は声を震わせた。今できることといえば、自分を見失わないでいることだけだ。

「わかった。よく聞いてくれ。まず、すべてのドアに鍵をかけてほしい。リンダと一緒に閉じこもってるんだぞ。州警察の連中がそれほど遠くない場所にいるから、そっちへ向かってもらう。僕もあと三〇分ほどで行くから」

「でも、まだ馬小屋や納屋を確かめてないの」

「警察に任せるんだ」

「いやよ、キャシーとアリーを見つけないと」

「ほんの数分待つだけだ。なにも変わりはしない」

「いいえ、数分ですべてが変わってしまうかもしれないわ。娘たちは外で凍えかけているかもしれない。一刻を争うことなの」ジェンナは暗い窓の外を眺めた。「犯人があの子たちを拉致したのよ。さっき妙な電話があったから、きっとそうだわ」

「妙な電話？」

「携帯電話にかかってきたの。私をあざ笑ってるんだわ」

「とにかく、じっとしてるんだ！」

「大丈夫。散弾銃もあるから」

「銃をそばに置いて、家のなかにいろ」

だがジェンナは、携帯電話を切ってリンダに返した。

「まさか、外に行くつもりじゃないでしょうね」

「もちろん行くわ。もしスコットがさらわれたら、あなただってそうするでしょう？」

その前に、もう一度キャシーとアリーの携帯電話にかけてみることにした。まずキャシーにかけたが、留守電のメッセージが流れただけだった。次はアリーだ。しかし、電話がつながったとたん、リビングルームのカウチのあたりから呼び出し音が聞こえた。アリーの携帯電話は、クッションのあいだに挟まっていた。

ジェンナは懐中電灯のか細い光を揺らしながら、二階へ駆けあがった。ベッドの下に隠しておいた散弾銃を手にとると、ナイトテーブルの引き出しにある銃弾を探す。そうして弾を装塡し、安全装置をかけてから階下に戻った。リンダは火が消えつつあった暖炉に薪をくべているところだった。燃えさしが赤く輝き、炎が新しい薪をちろちろとなめはじめた。

「私も一緒に行くわ」

「だめよ」ジェンナはリンダをにらみつけた。「あなたはここにいて。なにかあったら携帯電話で連絡するから」

「つながるかしら」

「大丈夫よ」

「愚かなまねはしないって約束して」リンダは散弾銃に目をやった。暖炉の火が盛大に燃えはじめた。

「なにがあってもキャシーとアリーを見つけます」ジェンナは言った。

彼女は吹きすさぶ風のなかへ出ていった。あられまじりの雪が降っていた。この雪のなかのどこかに娘たちがいる。どこかに。

「カーター保安官？」かすれてひび割れた男の声が携帯電話から聞こえてきた。カーターは事故現場に背を向けて耳を澄ました。「州警察のクレイグ巡査です。実はヒューズ家に向かう途中で事故現場を発見しました。二人がけがをしていて、一人は危険な状態です。救急車がこちらに向かっているところですが、あと三〇分はここから動けそうにありません」

ちくしょう！　カーターは腕時計を確かめた。本当なら今ごろ、州警察がジェンナのところへ到着しているはずなのに。

「署に応援を頼みましたが、全員出払ってまして」

「こっちでなんとかする」カーターは言った。

「われわれもできるだけ早く向かいます」

「頼む」

彼は電話を切り、手帳になにやら書きつけていたスパークス警部補に近づいた。

「僕はまだここにいなければいけませんか？」カーターが尋ねると、スパークスはいぶかしそうに顔をあげた。

「なにがあった？」カーターが事情を説明すると、スパークスはうなずいた。「君は彼女の家に急行してくれ」

カーターはあっというまにブレイザーのハンドルを握り、アクセルを踏みこんだ。心臓が喉から飛びだしそうなほど激しく鼓動している。

携帯電話が鳴った。発信元はB・Jだった。「カーターだ」

「お知らせしたいことがあるんです。ついに見つかりました」

「なにが？」彼はハンドルをきつく握りしめてきいた。

「保安官の言うとおりでした。『ホワイト・アウト』のロケに参加していたハザード・ブラザーズの社員で、事故の直後に辞めた者がいたんです。特殊メークと技術を担当していた男なんですが、事故に巻きこまれて大けがを負い、一〇〇万ドルもの保険金を手にしたあと、行方をくらましてます。その男の手紙の転送先がメドフォードになってたんですよ。会社を辞めてしばらくのあいだだけですが」

「メイヴィス・ゲットが最後に目撃されたのがメドフォードだったな」カーターは言った。「男の名前は?」彼は腹をくくった。今から告げられる名前は、おそらくウェス・アレンではないはずだ。

「スティーヴン・ホワイトです」B・Jが答えた。

「スティーヴン・ホワイト? 聞いたこともない名前だな」

「私もですよ。この町の電話帳にも記載されてません。ポートランドには二〇人ほど同じ名前がありましたから、そちらを調査中です。それにハザード・ブラザーズに頼んで、当時の男の写真をファックスで送ってもらう手はずになっています。たとえ偽名で暮らしていたとしても、きっとつかまえられますよ」

「事故のあと、このあたりに土地や家を買った男もリストアップしてくれ。ジェンナの家の近辺に住んでるに違いないからな」

「それにもう一つ。スティーヴン・ホワイトというのは、『復活』に出てきた役柄の名前なんです。ジェンナが演じたアン・パークスの恋人だった男ですよ」

「条件がそろったな」カーターは確信を持った。「スパークス警部補に連絡して、スティーヴン・ホワイトという名前をFBIに照会してもらおう。逮捕歴があるかもしれない」

「了解しました」B・Jが言った。

「またなにかわかったら連絡をくれ」カーターは電話を切るとすぐにスパークスと話をし、ジェンナの家を目指した。あと二〇分もあれば到着できるはずだ。


ジェンナは片手に散弾銃を、もう片手に懐中電灯を握りしめていた。打ちつける氷の粒に耐えながら、家やガレージのまわりについた足跡を確かめる。風車が強風にきしみをあげ、夜は雪の毛布に包まれて白く輝いていた。見ることも触れることもできない悪霊がどこかに潜んでいるようで、気味が悪かった。

馬小屋や納屋に向かっている大きな足跡は、おそらくジェイクのものだろう。ボディガードとしては、結局、役に立たなかったわけだ。そのとき、新雪に埋もれるようにして、小さな足跡がまっすぐ納屋に向かっているのを見つけた。アリーだ。それにクリッターの足跡も。お願いだから無事でいて。ジェンナは祈り、懐中電灯で照らしながら足跡を追った。恐怖のせいで鼓動が激しくなり、アドレナリンが体中を駆けめぐる。ソーニャ・ハッチェルやリネッタ・スワガート、ロキシー・オルムステッドのことが頭に浮かんだ。娘をさらったのはきっと同じ男だろう。心が鉛のように重たくなり、彼女は散弾銃を握りなおした。

犯人を見つけたら、迷わず撃つつもりだった。だけど、その男がキャシーとアリーを盾にしたら？　二人がもう死んでいたら？

ジェンナは顎を引き、膝まである雪をかき分けるようにして、納屋の窓にたどりついた。なかをのぞいても人の気配はなかったが、足跡は確かに納屋のドアのところでとぎれている。

深く息を吸いこんで、懐中電灯のスイッチを切った。このままでは、犯人の格好の標的になってしまう。だがドアのあたりの雪だまりを目にすると、かすかに残っていた希望も消えてしまった。新しく積もった雪になかば隠れていたが、それがなにかはすぐにわかった。血だ。深紅の血が滴ったあとだった。

むごたらしい姿の娘たちの姿が脳裏に浮かんだが、ジェンナは足を踏みだした。けがをしているだけかもしれない。それならすぐにでも助けなければならなかった。恐怖を力に変え、思いきってドアを開けた。

うなるような声が暗い洞窟《どうくつ》のような納屋に響き渡った。声が聞こえたほうを振り向いたとき、ジェンナは危うく銃をとり落としそうになった。

大きな声でクリッターが吠えた。彼女は心臓が喉から飛びだすかと思った。

「クリッター、だめ！」慌てたアリーの声が、屋根裏へ続く階段の裏から聞こえた。

「アリー？」ジェンナは安堵のあまり、その場にへたりこみそうになった。「ママよ。ママが来たの」彼女は懐中電灯をつけ、自分の顔を照らした。

「ママ？」アリーのおびえた声が聞こえた。「ああ、ママ！」

ジェンナは思わず声がするほうへ駆けだしていた。突然クリッターが足にまとわりついてきて転びそうになる。懐中電灯でアリーの姿を照らしだすと、娘は階段裏の隅で丸くなり、頬を涙でぬらしていた。ジェンナは散弾銃を床に置き、飛びつくようにして娘を抱きしめた。アリーもすすり泣きながらしがみついてきた。

「もう大丈夫よ。ママが来たんだから」ジェンナは言った。

真っ青な顔のアリーが目を見開いた。

「キャシーはどこ？」ジェンナはドアの外の血痕を思いだしながら、さらにきつくアリーを抱きしめてささやいた。

「あいつが……あいつが……」アリーは息もできないほど激しくしゃくりあげた。

「落ち着いて、もう心配ないわ。あいつって誰？　ジェイク？　それともジョシュ？」

アリーは激しく体を震わせていた。ジェンナも柱に寄りかかっていなければ、その場に倒れこんでしまいそうだった。クリッターも心配そうに鼻を鳴らしながらあたりを歩きまわっている。納屋は肉の貯蔵庫のように冷たく、異様なにおいが立ちこめていた。

「違う」アリーは勢いこんで否定した。「ジョシュじゃない。あいつ、あいつなの！」

「あいつって？」小さな窓から外をのぞいたが、州警察はまだ到着していない。ジェンナの心に恐怖の刃《やいば》が食いこんだ。「さあ、母屋に戻りましょう」

「いや！」アリーがはなをすすりながら、さらに力をこめてしがみついた。「あいつがいるもん。待ってるんだもん」

「家のなかで？」胃がよじれるような感覚を覚えた。家にはリンダがいる。「でも、家のなかはママが調べたわ。ねえ、聞いて。ほんの少しのあいだだけ体を離してもいい？　銃を拾って、家に電話をかけないといけないの」ジェンナは優しくアリーを押しやると、かがみこんで散弾銃を手にとった。「懐中電灯を持っててくれる？」

「う、うん」

ジェンナは携帯電話を開いて家に連絡した。バッテリーがなくなりかけている。

呼び出し音が一度。

あの、ぽたりという音はなんだろう？　アリーが静かになったせいで、急に聞こえてきた音。

二度。

それにこのにおい。金属的なにおいだ。

三度。

どうしてリンダは電話に出ないの？　ジェンナは再びパニックを起こしそうになっていた。

アリーの言うことは正しかったのかしら？　犯人が家に隠れていたの？

四度目の呼び出し音が鳴り、留守番電話のメッセージが流れはじめた。「どうして出ないのよ？」思わず口に出して言っていた。かたわらではクリッターが、甲高い鳴き声をあげながら行ったり来たりしている。彼女はいったん電話を切り、カーターにかけてみた。

「カーターだ」彼は最初の呼び出し音で返事をしてくれた。

「ジェンナよ。早く来て。キャシーとジェイクがいなくなったの。納屋のまわりには血のあとがあるし……」

ぽたり。

「なんだって？　五分でそっちに行く」

「それじゃ遅すぎるわ！」言ってから、ふとアリーに持たせた懐中電灯が照らしだしている場所に目をやった。床に、人やクリッターの足跡がついている。真っ赤な足跡だ。「なんてことかしら」ジェンナはアリーから懐中電灯を受けとると、真っ赤な足跡の行き先を追っていった。奥の壁際に大きな血だまりがあった。今もじわじわと広がりつつあるようだ。

恐怖がジェンナを押し包んだ。彼女は唾をのみ、ゆっくりと懐中電灯を上に向けた。天井の梁から、人間の体がぶらさがっていた。

納屋の闇のなかでジェンナの絶叫がこだました。しとめられた鹿のようにはらわたを抜かれ、裸で吊られているのは、ジェイク・ターンクィストだった。腹部を縦に切り裂かれ、内臓がグロテスクな塊となって床にぶちまけられている。

携帯がジェンナの手からこぼれ、血だまりのほうへ転がった。アリーが彼女にしがみつき、再び叫びはじめる。

ジェンナは嘔吐しそうになるのを必死にこらえた。誰がこんなことを？　感覚が麻痺してしまうほどの恐怖を感じながら、彼女は手を血まみれにして床を探り、携帯電話を拾いあげようとした。「シェーン！」ぬるぬるする手で電話を握って叫んだが、回線は切れていた。あちこちを血だらけにしながら散弾銃と懐中電灯を手にすると、アリーとともに裏手の家畜用の出入口から外に出て駆けだす。ガレージまで行けばジープがある。

ジェンナは懐中電灯のスイッチを切って、アリーの手を引きながら雪のなかを進んでいった。つながらないだろうと思いながらも、警察に通報しようとした。警察官の数は多ければ多いほどいい。クリッターも雪に足をとられ、荒い息をつきながらあとをついてくる。

そうだった、リンダがいる！　リンダを置いて逃げるわけにはいかない。

犯人が家にいるとは思わなかった。家の周囲に新しい足跡はついていない。しっかりしなさい、ジェンナ。アリーを安全なところへ隠して、それからキャシーを見つけるのよ。

だけど、どうやって？　ああ、助けが欲しい。

シェーン、早く来て！

どうして電話がつながらないのだろう？　血にまみれたせいでショートしたか、回線そのものがパンクしたのだろうか。

ガレージはすぐ目の前だ。しかし、いつのまにか前を走っていたクリッターが突然立ちどまった。背中の毛を逆立て、歯をむきだしている。

ジェンナもアリーをしっかり抱き寄せながらその場に凍りついた。人影が見える。いや、あれは風にそよぐ枝の影が動いただけだ。そうに違いない。

「さあ、アリー」彼女は娘を促して再び歩きはじめた。

怪しい物音はしなかった。ただ、あたりの空気が一変した気がした。うなじに冷たい風が吹きつけてくる。そのとき、またしても視界の端でなにかが動いた。ガレージの裏から、黒い影が飛びだしてきた。

アリーが悲鳴をあげた。

ジェンナは散弾銃の安全装置を外して構えようとした。だがそれより早く、大柄な男の体が覆いかぶさってきて、彼女は地面に倒れこみ、散弾銃をとり落とした。

「逃げて！」ジェンナはアリーに向かって叫んだ。必死になって銃を手にとろうとする。クリッターも大声で吠えながら、男にかみつこうと身構えた。スキーマスクをかぶった男が再びジェンナに飛びかかり、彼女は雪のなかを転がった。「逃げるの！」

ジェンナは手袋をした手で散弾銃をつかんだ。しかし、男のほうが早かった。なにかが首に押しあてられたと思った瞬間、電流が体を貫いた。彼女は甲高い叫びをあげて気を失った。

45

遅かった。開けっ放しの門を通ってジェンナの家の敷地に入りながら、カーターは思った。ジェンナの悲鳴が聞こえた瞬間、電話は切れてしまった。どれだけ叫んでも、もはや彼女の声はしなかった。

とてつもなく長い時間が過ぎたように感じられた。しかし、実際は一〇分もたっていないはずだ。あきらめるな、と自分に言い聞かせる。応援も要請してあったが、待っている暇はない。彼はブレイザーから降りた。

冬の突風が平手打ちを食らわせていった。カーターは分厚い雪のなかを家まで走った。窓明かりがついていた。銃を抜き、裏口に忍び寄る。鍵はかかっていなかった。いい兆候ではない。彼はドアを押し開け、室内へ滑りこんだ。「ジェンナ?」

家のどこかから、すすり泣きが聞こえてきた。「ジェーンなの?」リンダの声だ。「よかった。来てくれないのかと思ったわ」足音が近づいてくる。懐中電灯の弱い光がカーターの顔にあてられ、リンダが姿を現した。かたわらにはアリーがいる。

「落ち着いて、なにが起きたのか説明してくれ。ターンクィストはどこだ?」

た。

「納屋で死んでたそうよ。アリーがそこにいたの」

「死んでた？　本当か？」カーターが尋ねると、アリーは恐怖に目を見開いたままうなずい

た。

彼の体を冷たいものが走った。

「それだけじゃないわ」リンダが続けた。「ジョシュ・サイクスも死んでたらしいの。フェンスの向こうにとめたピックアップ・トラックのなかでね。アリーは、こっそり家を抜けだしたキャシーのあとを追っていって、殺人鬼がキャシーに襲いかかるのを見たって言うの。そのとき、すでにジョシュは死んでた、って」

「君が確認したのか？」

「いいえ。だけど、この子の言うことは正しいと思うわ」

「死んでるの、見たんだもん」アリーは緊張した声でささやいた。

「キャシーは？」

アリーが泣きはじめた。「あたしは逃げちゃダメだったのよ。だってあいつがキャシーをつかまえたんだもん。あいつが！」

「キャシーだけじゃない。犯人はジェンナも連れていったとアリーが言うの」

カーターはアリーに注意を向けた。ショックをあらわにしながら、じっとこちらを見つめている。頭がゆっくりと上下に動いていたが、それは承認の意味ではなかった。恐怖のあまり、動きをとめられずにいるだけだ。「なにが起きたのか、詳しく教えてくれないか？」ア

リーの唇が震えはじめた。カーターは彼女の肩にそっと触れた。「頼むよ、アリー。君が教えてくれないと、お母さんを助けられないんだ。その男を見たのかい？」

アリーはうなずいた。目に涙があふれてくる。

「知っている人だった？」

彼女はためらいつつ、首を振った。

「思いだしてくれ、アリー」カーターは優しく促した。

「わからないけど、でも……でも……」アリーは唇をかんだ。「あいつ、あたしの名前を知ってたの。あたしもどこかで見たことがある気がした」

「人相や体の特徴はわかるかい？」

「体が大きかった」

「僕くらい？」

「もっと大きかった……スキーマスクをかぶってて……だけど、キャシーのときは暗くて遠かったし……」アリーは早口になり、声もうわずってきた。「あたし、怖くなって納屋に逃げこんだけど、そこでジェイクを見てもっと怖くなった。どうしていいかわからなくなって、できるだけジェイクから離れたところでクリッターと一緒に隠れてたら、ママが来てくれて……」激しくしゃくりあげ、絶望に顔をゆがめる。「なのにあいつがママをさらっていったの！」はなをすすり、手の甲で涙をぬぐいながらも、彼女はカーターから目をそらさなかった。「見つけて、保安官さん。二人を見つけて」

「わかった。必ず見つけるよ」彼は約束した。キャシーが、そしてジェンナがまだ生きている可能性はどれくらいあるだろう。窓の外を見ると、青と赤のライトが近づきつつあった。応援が到着したようだ。

だが、もう遅すぎる。

キャシーは身震いした。突き刺さるように寒くて、体中が痛い。動こうとしたが、身動きできなかった。そして目を開いたとたん、パニックに陥った。彼女は吊るされていた。足もとには透明な液体が入った大きなタンクがある。どういうことなの？

彼女はなにも身につけていない姿だった。髪はどうしたの？　ああ、あいつ、あたしを裸にしただけじゃなく、頭までそってしまったんだ！　そうしてあたしの両手首を頭の上で縛って……。すべてがたまらなく恐ろしかった。ぼんやりした頭で、ジョシュのトラックに近づいたときのことを思いだす。ジョシュは血を流して死んでいた。それからアリーを逃がしたと思ったら、電気ショックを受けた。どこかで見覚えがある男だと思ったが、顔は見えなかった。

気絶してしまいたかった。このまま目を閉じて、深い眠りに落ちてしまいたい。目を開けたら自分のベッドに寝ているんじゃないかしら？　彼女はすすり泣いた。

いいえ、考えないとダメ。この状況からなんとかして逃げなきゃ。パニックを起こしてる場合じゃないわ。大きく息を吸ってあたりを見まわす。狂った男は近くにはいないようだ。

薄明かりのなか、下のステージに何体かの彫像が並んでいた。そのわきにはリクライニングチェアがあり、鋼鉄の腕のようなものがぶらさがっている。

キャシーは目を細め、頭をはっきりさせようとした。そのときあることに気づき、新たな恐怖が背中を伝った。あそこに並んでいる彫像は、ただの彫像じゃない。ママにそっくりのマネキンだ。映画に出ていたときのママに。

なんなの、これ？

『闇に紛れて』のパリス・ノウルトン、『傍観者』のフェイ・タイラー、『静かに降る雪』のゾーイ・トラメル、『夏の終わり』のマーニー・シルヴェイン。宝石類からヘアスタイルまで、それぞれの映画に出ていたときのママとそっくりに作られた、精巧なレプリカ。

仰ぎ見ると、天井には無数のポスターや写真が貼られていた。すべて、ママのものばかりだ。誰がこんなことを？

並んだマネキンの端には、未完成のものが二体あった。あれがきっと『失われた純潔』のカトリーナ・ペトロヴァと、『復活』のアン・パークスになるのだろう。

芸術家がこの部屋に戻ってきたときに。

だけど、あたしとなんの関係があるの？　あたしはどうなるの？　キャシーの脳裏に、喉を切られて白目をむき、運転席で血まみれになって死んでいたジョシュの姿が浮かんだ。

そんなことを考えちゃダメ。考えなきゃいけないのは、ここからどうやって逃げだすかよ。

倉庫のような広い部屋だった。モニター画面がいくつも並んでいる。出入口がどこかにあるはずだ。手首を縛りつけているロープさえほどけたら……。

男はそのうち、ここに戻ってくるはずだ。

ジェンナは目を開けた。体のあちこちが痛くて、頭もはっきりしない。だが、乗り物のなかであお向けに寝かせられていることはわかった。おそらく、幌《ほろ》つきのピックアップ・トラックの荷台だ。手首を縛られ、体を押さえつけるようにして何本もストラップがかけられている。冷たい金属の感触がじかに背中へ伝わってきた。

彼女は記憶を呼び戻そうとした。キャシーは連れ去られ、ジェイクは殺されてしまった。アリーはうまく逃げおおせただろうか。そして、あの電流のひどい痛み。

それだけでなく、薬まで注射されてしまった。男はジェンナの腕にそっと針を刺しながら言った。〝これでお前もようやく家に帰れるな〟。家に帰れるとはどういう意味だろう。

キャシーはどこにいるの？　神様、お願いです。私に娘を見つけて救いだすだけの力をお与えください。そのときピックアップ・トラックのエンジン音が一段と高くなり、荷台に角度がついたことがわかった。急勾配をのぼっているのだろう。しばらくすると、エンジンがとまった。彼女は息をひそめた。目的地へ着いたに違いない。逃げるとすれば、今がチャンスだ。このストラップから自由になれれば、男が幌を開けたときに体あたりしたり、両足で思いきり蹴りあげたりできる。

しかしそれでも、両手は縛られた状態だった。ロープがほどけない限り、結局はまたスタンガンを使われるだけだろう。

失神しているふりを続けるのはどうかしら？　まだ薬が効いているようなふりをすれば、男も隙を見せるかもしれない。

ジェンナは残った気力をかき集め、心のなかで祈りの言葉を唱えると、荷台の後方の闇に目を凝らした。だが幌が開けられることはなく、代わりにトラックの前のほうからチェーンを巻きつける音が聞こえたと思ったら、車が急に傾いた。

ストラップでつなぎとめられていなければ、荷台を滑り落ちそうなほどの傾き方だった。どうなってるの？　考えをめぐらしているうちに、ふと犯人が車をウインチで引きあげているのではないかと思いあたった。

私をどこに連れていこうとしているのかはわからないが、いずれにせよ人里離れた遠い場所だろう。山の奥深くの。

助かるかもしれないという希望が薄らいでいく。警察は決して見つけられないに違いない。この吹雪のなかでは絶対に。

ついにつかまえた！

ジェンナをつかまえたぞ！

男は『復活』のテーマ曲を口ずさんでいた。暗い旋律が、心のなかで聖歌のようにこだました。全身を熱い血が駆けめぐっている。すべてが完璧だ。森のなかを暴れまわる雪や風を感じながら、男はそう思った。ピックアップ・トラックは今、斜面に沿って山懐の高台までウインチで持ちあげられている。このときのために特別に作ったウインチだった。それにこの雪が、タイヤ痕も足跡もすべて隠してくれる。なにもかもが計画どおりだ。

この瞬間をどれほど待ち望んだことだろう。ジェンナが引っ越して来るという話を聞いたとき、男はすぐにここを手に入れた。このあたりのことなら子供のころからよく知っている。そんな土地へわざわざジェンナがやってくるなんて、神の導きだとしか思えない。

男が買いとったのは、オーナーが亡くなったあと放置されていたスキーロッジだった。男は、道路が自由に使える夏のあいだに資材を運びこみ、自らの手でロッジを改装していった。アルギン酸塩や薬、注射器、監視カメラなどは、すべて闇取引で手に入れた。

チェーンが巻きあがった。男は、道路の五メートルほど上の高台に引きあげたピックアップ・トラックを、木立に隠した。ロッジまで車で来ようとすれば、もう一本の道路を使って、山を反対側からまわらなければならない。通常でも四五分。吹雪のなかではさらに何時間もかかるだろう。

誰にも見つかる心配はなかった。

答えは目の前にあるはずだ。そうカーターは確信していた。リンダとアリーがリビングルームで肩を寄せあって座り、州警察が鑑識の到着を待っているあいだ、彼はジェンナのサイトを開き、彼女の作品をレンタルしたり買ったりした人間のリストを見て、必死に頭をめぐらした。けれども、時間はむなしく過ぎるばかりだった。

そのうちに鑑識の作業が始まった。二つの殺人現場に配置された副保安官たちは、寒さに震えているはずだ。州警察にはすでに、GPSを使ってジェンナやキャシーの携帯電話の位置を探知するよう要請してあった。それに、容疑者リストにあがっている男たちの犯行時刻におけるアリバイの確認も。ウェス・アレンはすでにリストから外してある。ウェスを尾行していた部下が、彼はラッキー・セヴン・サルーンで開店時間から飲んでいたと報告してきたからだ。

犯罪鑑識課のマリーン・ジャコボスキーが近づいてきた。「最初の死体はどこ?」

「納屋のなかだ」カーターはマリーンやほかの鑑識職員を納屋まで案内した。

「ひどいわね」マリーンは、床に広がった血だまりや、人間と犬の足跡、そして宙吊りになったジェイク・ターンクィストの死体を懐中電灯で照らした。「犯人は凶器を持って待ち構えてたんだわ。いきなり襲いかかって喉を切り、首にロープを巻きつけてから梁を使って死体を引っぱりあげたのよ。そして、腹部を裂いて内臓を引きずりだした。もちろん公式見解じゃないけど」彼女は明かりをジェイクの胴体部分にあてながら続けた。「鋭利な刃物で切られてる。たぶんハンティング用のナイフか、手術用のメスね。いずれにせよ、以前にもはらわたを抜いた経験があるはずよ」

「ハンターか」カーターはうずたかく積もった血まみれの臓物を見た。

「ええ」マリーンは嫌悪感を浮かべてこたえた。「もしくは、軍隊で訓練を受けた経験があるのかもしれない」部下にテープを張りめぐらして現場を保存するよう指示してからカーターに尋ねた。「もう一つの遺体は?」

「こっちだ」二人は襟を立て、手袋をした手をさらにポケットに入れて、新しく降り積もった雪をかき分けながら次の現場へ向かった。ジョシュのピックアップ・トラックのドアは開いたままで、車内灯がやわらかくあたりを照らしていた。

ジョシュは座席からずり落ちそうになりながら、あお向けに倒れていた。吹きこんだ雪が顔を覆っていたが、顎の下が大きく裂けていることはすぐにわかった。ひげや細いもみあげが血まみれになって凍りついている。

マリーンが歯のあいだから息をもらした。「まだ子供なのに。家族に連絡は?」

「まだだ」カーターは懐中電灯で車のそばの地面を照らした。争った形跡があり、座席からこぼれた血が雪を赤く染めていた。「鑑識の作業が終わったら、すぐに誰かをサイクス家に向かわせるよ」

「いやな仕事よね」彼女はつぶやくと、死体の上にかがみこんだ。「耳から耳まで切り裂かれてるわ。抵抗はしなかったみたい。ジェイクと同じように、いきなり襲われたのよ」

カーターは腕時計を眺めた。時間が刻一刻と過ぎていく。ジェンナを連れ去った殺人鬼はどこにいるんだ? 天気さえよければヘリコプターで上空から捜索することもできるが、この状態では不可能だ。彼は犯罪鑑識課の職員たちを現場に残し、母屋へ向かった。時間がたてばたつほど、ジェンナが無事である可能性は少なくなっていく。

僕は犯人について、なにを知っているのだろう。

まず、この近辺に住んでいること。

ジェンナ・ヒューズに病的な愛情を抱いていること。

詩人気どりであること。

狩猟の経験があり、かなり力があること。

ハリウッドで特殊メークの仕事をしていたこと。

この屋敷の内情に通じ、ジェンナの日常の行動を把握していること。

スティーヴン・ホワイトという偽名を使っていたこと。

カーターが家にたどりつくと、スパークス警部補が到着していた。暖炉のそばに立って、携帯電話で話をしている。リンダとアリーは犬と一緒にカウチの上で、キルトにくるまって丸くなっていた。州警察の警察官が一人、家のなかを捜索中だった。

「私たち、この家を出てもいいかしら？」リンダがきいた。「アリーも一緒に連れていくわ。それに、スコットを見つけないといけないし」

「行方がわからないのか？」カーターは息せききって尋ねた。そういえばスコットは、ジェンナの出演した映画のＤＶＤをすべて持っているはずだ。

「ポートランドへ行ってるだけよ。シェーン、そんな目で見ないで。ウェスと同じように、あの子も事件とは無関係なんだから」

カーターは黙ったままだった。そのとき、二階から州警察の警察官が大声で呼んだ。「ちょっと来てください！」

「アリーと一緒にいてくれ」カーターはリンダに命じ、スパークスと一緒に階段を駆けあがった。二人がジェンナの部屋に入ると、警察官は外した天井板の奥を指さした。断熱材に隠れるようにして細いコードと小さな球状のものが見えた。

「カメラです」警察官が言った。「プロのしわざですね。かなり高価な代物ですよ。断熱材は新しいものですから、家を改装したときにとりつけられたんでしょう。おそらく、ミズ・ヒューズがこの家を買ったときに。つまりカメラが設置されたのは、ミズ・ヒューズが引っ越してくる直前ということになりますね」

カーターはスコット・ダリンスキーの顔を思い浮かべた。確かに電気関係には詳しいだろう。ウェスはアリバイがあるから除外するとして、ほかに電気関係の仕事をしているといえば……。そのときふと、セス・ウィテカーの名前が脳裏をよぎった。

カーターは携帯電話をとりだし、B・Jに連絡を入れた。「ジェンナの家の改装工事を請け負った人間を確認してくれ。それから、セス・ウィテカーの住所も」

「それならわかっています。しばらく誰も住んでいなかったスキーロッジがあったでしょう？　あそこに二、三年前に越してきたんですよ」

ついにパズルが解けた。ロッジがあるあたりからは、ジェンナの家を一望することができる。ちょうどパイアス滝の上あたりの山深い土地だ。

セス・ウィテカー。独り者。便利屋。電気工。やつはロサンゼルスにいたことがあるのだろうか？　ジェンナの映画にスタッフとして参加したことは？

「ソーニャやロキシーやリネッタがいなくなった晩のウィテカーのアリバイを調べてくれ。去年メイヴィスがヒッチハイクをしていたころ、メドフォードに住んでいなかったかどうかもだ。それに、名前を変えていないか、ハザード・ブラザーズの社員としてジェンナの映画の制作に加わったことがないか、ほかにもやつに関してわかることはすべて調べあげてほしい」

「了解」

「もう一つ。ウィテカーの家に人をやってほしいんだ」

「保安官事務所にはもう誰も残ってません。それにさっき連絡がありましたが、ワイルドキャット山方面に向かう道は封鎖されてます」

「だったら森林警備隊に連絡してくれ。とにかく誰かをやつの家に行かせるんだ。頼むぞ」

カーターは電話を切り、スパークスに向かって言った。「セス・ウィテカーです。あいつが犯人ですよ」

「確信があるのか？」スパークスはいぶかしげな表情を浮かべた。ウェス・アレンの件があったのだから当然だ。

「やつは電気工で、この家を見渡すことができるロッジに住んでいます。フォールズクロッシングへ来てから、まだ二、三年しかたっていません」

スパークスは首を振った。「それだけじゃ弱いな」

「家を見に行く理由くらいにはなるでしょう」カーターはスパークスとともに階段をおり、リビングルームをのぞいた。アリーはカウチの端に座り、じっと窓の外を見ていた。カーターは誘導尋問にならないよう気をつけて尋ねた。「アリー、君のママを連れていったやつだけれど、君が知っているなかで似たような体格をした人はいなかったかい？　この家に来たことのある人で」

「いたと思う」アリーはおびえた目でカーターを見つめながら答えた。

「たとえば、誰に似ていた？」

「ジェイク。あんなふうに大きな人だった」

「背が高くて筋肉質だということかな？」

「そう……」彼女は目をそらし、指先で頬をかいた。

「誰かはわからなかったんだね？」

アリーの目の端から涙がこぼれはじめた。

「もう充分でしょ？」リンダが言った。

彼女の言うとおりだった。アリーは知っていることをすべて教えてくれたはずだ。

カーターがキッチンに行くと、そこにいたスパークスの携帯電話が鳴った。警部補は短い会話を終えると、目を光らせながら携帯電話を閉じた。「ＧＰＳが二人の携帯のありかを見つけた。ワイルドキャット山方面に向かう道のそばだ」

「ウィテカーの家の近くです」

スパークスが目を細めた。「本当にやつだと思うのか？」

「賭《か》けてもいい。ＦＢＩにも連絡して、応援を要請してください」

「お前も行くつもりなんだな？」

「ほかに選択の余地はありません」カーターは言うが早いか、ドアの向こうの凍てつく空気のなかへ飛びだしていた。「それから、捜索令状を頼みます」

「今すぐか？」

「ええ。アマンダ・プラットに電話をかけて、事件解決の最大のチャンスだと言ってもらえませんか」

「わかった。だが、やつの家まではどうやって行く？」

「方法は一つです」カーターはそう言って、ブレイザーのドアを開けた。

そう、方法は一つ。パイアス滝をのぼることだ。

46

ピックアップ・トラックから降りた男の体を、冷たい風が愛撫していった。雪をかき分けながら荷台にまわり、幌を開ける。ジェンナは乗せたときと同じ姿勢で横たわっていた。どうやら気を失ったままらしい。

脚に触れてみたが、反応はなかった。男はジェンナの体を荷台に押しつけていたストラップを静かに外していった。漆黒の髪が顔にまつわりつき、閉じられた長いまつげは彫刻のような頬に触れんばかりだ。男は、彼女がアン・パークスを演じたときのことを思いだした。『復活』は、すべてのセリフをそらんじられるくらいに何度もくりかえし見た映画だ。

だがアン・パークスのマネキンを作る前に、もう一体作らなければいけないものがある。『失われた純潔』のカトリーナ・ペトロヴァ。それには、ジェンナの娘、キャシー・クレイマーを使うのがぴったりだ。あのころのジェンナにそっくりの長女。

キャシーを使って型をとり終えたら、次は、ジェンナ本人を使ってアン・パークスを作るつもりだった。そうすれば、彼女の美しさは永遠のものとなる。

神殿はあと一体、『ホワイト・アウト』のレベッカ・ラングがあれば完璧になるはずだ。

ジェンナの妹、ジルを使って作ろうと思っていたマネキンだ。それにしても、あの事故を起こしたのは大失敗だった。噴きあがった雪や氷が斜面を滑り落ちていくのは最高の光景だったが、レベッカ・ラングの型をとるのに理想的な女を殺してしまうなんて。けれども当時はまだ、神殿は計画段階に過ぎなかった。ジェンナに対する崇拝の念をマネキンという形で表現しようと思いついたのは、同じ事故でけがを負い、多額の保険金を得てからのことだ。『ホワイト・アウト』の撮影は結局中止となり、ジェンナの結婚生活も終わりを告げた。そんなとき、彼女がハリウッドを離れて北部へ移りたがっているという話を聞いた。まさに神が与えたもうた予兆だ。俺とジェンナは一つになる運命にある、と男は思った。

ジェンナはようやく俺のものになった。

俺だけのものに。

しかし気に食わないのは、予定より早くジェンナを拉致しなければならなかったことだ。そのせいで、キャシー・クレイマーの歯を削る時間がなくなってしまった。いい兆候ではない。すべて計画どおりに進めなければならないのに。

男はジェンナをまるで花嫁のようにそっと荷台から抱えあげ、スノーモービルへ運んだ。後部には、けが人を搬送するときの担架がとりつけてあった。吹きすさぶ風のなか、ジェンナを担架に寝かせる。「もうすぐだからな」男は静かな声で言った。

ジェンナは男に飛びかかる機会をじっとうかがっていた。チャンスはきっと一度しかない。

辛抱するのよ、と彼女は自分に言い聞かせた。まず、この男にキャシーのいるところまで連れていってもらわなきゃ。ようやくうっすらとまぶたを開いたのは、どこかに寝かされてから出してエンジン音が聞こえ、前方へ強く引っぱられるのを感じたときだった。鬱蒼《うっそう》とした森が頭上を飛びすさっていく。どうやらそりのようなものに乗せられ、スノーモービルに引っぱられているらしい。

恐怖が全身に爪を立てていたが、歯を食いしばって耐えた。

私をキャシーのもとへ連れてって。すべてはそれからよ。

デイヴィッド・ランディスが亡くなって以来、再びアイス・クライミングの道具を手にするときが来るとは思ってもみなかった。カーターは自宅に戻り、ロープやアイゼンを納屋から出してブレイザーに積むと、滝へと続く細道を走った。

B・Jの言うとおり、ウィテカーの家へ向かう道は封鎖されていた。危険きわまりないルートだが、あとは滝をのぼるしかない。材木の搬出用に使われていた狭い坂道は、四輪駆動のブレイザーでさえ通行が困難だった。それでもカーターは木立のあいだをじわじわと進んでいった。道はすっかり雪と氷に閉ざされ、どこに絶壁が待ち受けているのかわからない。少しでも運転を誤れば、車輪が雪と小石を巻きあげながら空転し、車は谷底へ落ちてしまうだろう。彼は強く奥歯をかみしめ、しっかりとハンドルを握った。

ようやく目的地まで来ると車を降り、道具をおろして雪のなかを歩いた。斜面はさらに急になっていた。狭い獣道が長く続いたと思うと、突然滝が目の前に姿を現した。

懐中電灯の明かりに、銀色の分厚い氷が浮かびあがった。岩だらけの崖を落下しながら、そのまま凍りついた水の流れ。それを見た瞬間、滝をのぼろうとしたときのデイヴィッドの姿がよみがえり、滑落していったときの彼の悲鳴が聞こえた。

「今さら怖いなんて言うんじゃないだろうな」

だが、ほんとうは怖くてたまらなかった。あのときは、デイヴィッドを救えなかった。木立を駆け抜けていく風の音が、まるでデイヴィッドの叫びのようだ。

カーターは顎を引いた。

今はただ、ジェンナを救うことだけを考えろ。


速度が落ち、スノーモービルがとまった。

まだ気絶していると男に思わせるため、ジェンナは全身の筋肉を弛緩《しかん》させた。再び抱えあげられる。思わず嫌悪感に身を縮めそうになったがなんとか耐え、がくりと頭をのけぞらせた。垂れさがった髪を冷たい風がなぶっていく。

そのとき、男が歩みをとめた。感づかれたのだろうか。

体を緊張させずに、ゆっくりと呼吸しなさい。震えたり、眉を動かしたりしてはだめよ。

「なんてきれいなんだ」男がささやいた。声に聞き覚えがあった。「長いあいだ、このときを待ってたんだぞ」男がジェンナを抱えた腕を持ちあげ、顔を近づけてきたようだった。

「お前はあらゆる女……俺の女……」

吐き気がこみあげてきた。

男の唇が頬をなぞり、口の端でとまった。舌の先が唇に押しつけられる。ジェンナは反射的に顔をそむけそうになりながら、必死になって自分に言い聞かせた。これは映画のシーンなのよ。演技をしなさい、ジェンナ。あなたならできるはずでしょう？

男が興奮したように体を震わせた。ありがたいことに、彼はまた歩きはじめた。ドアが開き、また閉じる音がした。重く金属的な音だ。そのとき、声が聞こえた――キャシーの声だ。

ジェンナの心に、安堵と恐怖が広がっていった。

「ここからおろして！ 聞こえないの？ ああ、そんな。ママを拉致したのね？ その手を離しなさい！ 今すぐ！」

だめよ、キャシー！ この男を挑発してはだめ！

「ママをどうするつもり？ 放しなさいってば！」

男が体をこわばらせた。

「うるさい！」

男は冷たく滑らかな床にジェンナをおろした。部屋は凍えるほど寒かった。男の足音が遠ざかったので、彼女は細心の注意を払ってほんの少しだけ目を開いた。

そこは広い空間だった。ジェンナが寝かされているステージの上では、女優たちがポーズをとっている。いや、あれは女優なんかじゃない。私がこれまでに演じてきた役柄を模したマネキンだ。マーニー・シルヴェインは宝石箱からなくなったブレスレットを身につけて手に傘を持ち、ゾーイ・トラメルはやぼったい眼鏡をかけ、パリス・ノウルトンは劇場から消えたイヤリングをつけていた。まだ顔のないマネキンも二体ある。一つは白いレースのテディーを着て黒髪の巻き毛のかつらをつけているところを見ると、きっとカトリーナ・ペトロヴァだろうし、もう一つは、犬の首輪をして片手に大きなナイフを持っているから、間違いなくアン・パークスだ。

こんなことって……。

男の魂の暗部をのぞきこんだ気がして、思わず嘔吐感がこみあげてきた。これはなに？　私だけを展示した蠟《ろう》人形館？　パニックが全身を押し包む。ジェンナは薄く目を開けたまま、必死に震えを抑えようとした。ステージのそばには歯科医用の椅子があり、その上に金属製のアームがぶらさがっていた。肘かけやヘッドレストには黒いしみがついている。血のあとだろうか？　あの男はここでいったいなにをしてきたの？

頭上には、数えきれないくらいたくさんの彼女の写真が貼ってあった。コンピューターのモニター画面が暗く輝いている。どこかでブーンという音が聞こえた。自家発電機が作動しているのだろう。

それにしても、キャシーはどこ？

少しだけ頭を動かしたとき、ジェンナは思わず叫びだしそうになった。部屋の隅に大きなガラス製のタンクがあり、その上でキャシーが裸にされ、髪までそられて梁から吊るされていた。両手を頭上でくくられている。

絶望がジェンナをわしづかみにした。あの男は、私たち二人を殺そうとしている。


上へ。一つ一つ足場を確かめつつ、上へ。カーターはロープを使いながら、氷の柱をよじのぼった。悲鳴をあげる風が彼を吹き飛ばそうとし、雪が絶え間なく降ってくる。空は暗い。夜明けまでにはまだ時間があった。

厚手のウェアを着てきたというのに、歯の根が合わなかった。激しい運動で吹きだした汗が、どんどん体を冷やしていく。

ジェンナはもう死んでいるかもしれない。だとすると僕はまたしても、この冷たい冬のさなか、愛する人を救えなかったわけだ。キャシーもすでに殺されてしまっただろうか。

「ちくしょう」カーターは吐きだすように言うと、アイスピックを振り立てて凍った滝に新たなくぼみを作った。残りはあと五メートルほどだ。けれどもそれは、あまりにも長くつらい五メートルだった。

無駄な努力だとあざ笑うように、またしても突風が背中に吹きつけてきた。そのとき、氷のくぼみをつかみ損ねた。爪先が滑り、彼は氷の表面を滑落した。

「しまった！」

だが、命綱が落下をとめてくれた。カーターはロープにぶらさがりながら一〇〇メートルは下にある凍った水面を見おろし、デイヴィッドのことを思いだした。心臓が早鐘のように打っている。

歯を食いしばって全身の筋肉をきしませつつ、再び氷の壁にしがみついた。「今、お前のところに行くからな、変態野郎め」凍ったひげのあいだから声を絞りだす。「待っていろよ」

「まだ起きないのか、ジェンナ?」男の声が響いてきた。「ここは、お前にささげる神殿なんだぞ。起きて、俺の仕事ぶりを見てくれないか。お前のために作ったんだからな」

「ママのために?」キャシーが怒鳴った。ジェンナはなんとかして、娘をなだめたかった。あの男を刺激してはいけない。

「起きているのはわかってるんだ。寝ているふりをしてるだけだろう? もうそんな必要はない。ここはお前の家でもあるんだからな。それに、俺が誰かはもうわかってるはずだ」

「あんたが誰だろうが、そんなことはどうでもいいでしょ!」

キャシー、やめて!

まつげのベールの向こうで、男がブーツを脱ぐのが見えた。彼は次に分厚い迷彩柄のジャケットとズボンを脱ぎ、下着をとり、さらにスキーマスクもとり去った。ジェンナは思わず息をのんだ。

セス・ウィテカー。私の家の警報システムを修理した男だ。〝配線はチェックしておいた〟

——私はなんて愚かだったのかしら。

「この変態!」キャシーが叫んだ。

ウィテカーは彼女を見あげた。「お前に俺のことなどわかるわけがない」声は以前よりかすかに甲高い。かつらをとると、頭はほとんど禿《は》げかかっていた。コンタクトレンズを外すと、瞳の色が黒くなった。ウィテカーは義歯や顎の線を変えるためにつけていたインプラントもとり除いた。

絶対に見たことのある顔だ。でも、いつ見たのだろう？　カリフォルニアにいたころだろうか？　男がジェンナのほうを向くと、すぐに謎は解けた。『ホワイト・アウト』で技術を担当していた男だ。あの事故に巻きこまれてけがをした男。そういえば、私の恋人役と同じ名前だった——スティーヴン・ホワイト。

男は何枚も重ね着したボディスーツを脱ぎ去った。その下から現れたのは、激しい運動で鍛えあげられた筋肉質の体だった。

セス・ウィテカー。スティーヴン・ホワイト。本当の名前はなんなのだろう。

裸の男はキャシーを見あげた。「カトリーナ、もう時間だ」

「あたしはカトリーナなんかじゃないわ。ここからおろして」

「相変わらず口の減らない女だな」男はそう言い残してコンピューターの前へ行き、キーボードをたたいた。『失われた純潔』の音楽が部屋を満たした。娘たちを捜しているときにかかってきた電話——あのとき流れていた曲だ。

ジェンナは死に物狂いになって頭を働かせた。逃げようにも、両手はまだきつく縛られている。そのときガチャンという音が聞こえ、機械が低いうなりをあげはじめた。梁から吊られたキャシーの体が、透明な液体の入ったタンクへとゆっくり降下しはじめた。

「やめて!」キャシーが悲鳴をあげた。「あたしがなにをしたっていうの? お願い、こんなことはやめて!」ひび割れた、涙まじりの声だった。

男は戻ってくると、無言のままキャシーを見つめた。そのとき、ジェンナは驚くべきことに気づいた。キャシーの体がさがっていくにつれ、男の股間が硬度を増し、頭を持ちあげていく。キャシーを苦しめることに快感を覚えているらしい。男はキャシーから視線を離さず、ステージに近寄ると、アン・パークスを模したマネキンのそばに立った。

もはや猶予はない。ジェンナは動いた。

「ママ! やめて!」

男がぎらぎらした目で振り向いた。

今しかない。

ジェンナはマネキンに体あたりした。アン・パークスが手にしていたナイフが床の上を滑っていった。アンの腕がパリス・ノウルトンにあたった。命を持たない奇妙なレプリカが次々とドミノ倒しのように、音をたててステージから転げ落ちる。マネキンたちが身につけていたものがあちこちに散らばった。一つのマネキンの頭がありえない方向にねじれ、じっと天井を見あげた。

「そんな!」男は重なりあったマネキンの残骸《ざんがい》を見て口走った。かたく屹立したものがみるみる勢いを失っていく。「パリス! マーニー! フェイ!」男は顔をゆがめて叫ぶと、ジエンナをにらみつけた。「なんてことをしてくれるんだ！　お前のためにここまでしてやったのに、その見かえりがこれか？」

ジェンナは男に視線を据えたまま膝立ちになったが、視界の隅で床に転がっているアン・パークスのナイフをしっかりとらえていた。

そのあいだも、キャシーの体は降下しつづけた。液体の表面に爪先がつかり、長い悲鳴が室内にこだました。

「キャシーを解放して！」ジェンナは大声で言った。「あなたが欲しいのは私なんでしょう？　だったらこの子は放してやって」

「二人とも必要なんだよ」

キャシーは液体のなかに沈みつつあった。必死になって体をよじっている。「助けて！」

「お願いよ、セス」ジェンナは言った。

「俺はセスじゃない」

「じゃあ、スティーヴン、お願いだから！」ジェンナは膝を突いたまま男のほうへにじり寄った。誘うように。「あなたの言うことならなんでもします。だから、娘を逃がしてやって」

カーターは氷の壁をのぼりきると、雪だまりに転がった。汗まみれの体を震わせながらぜいぜいと息をつき、よろめくように立ちあがる。木立の向こうに、古いロッジが姿を見せていた。大きな窓にはすべて板が打ちつけてあった。

その家を見ているだけで、薄気味悪さが全身に広がるのがわかった。後部にレスキュー用の担架をつないだスノーモービルが、ドアのそばに乗り捨てられている。

ウィテカーはあれを使ってジェンナを運んだわけだ。カーターはポケットに手を入れ、連絡用のトランシーバーのスイッチを入れた。「こちらカーター。ロッジに着いた。ウィテカーもなかにいる。応援を頼む！」

返事も待たずに無線を切った。ぐずぐずしている暇はない。トランシーバーをしまうと同時に銃をとりだし、もう片方の手にアイスピックを握りしめる。

そのとき、家のなかから聞こえた悲鳴が森の静寂を切り裂いた。

カーターはためらわなかった。ロッジまで走るとドアを蹴り開け、姿勢を低くして銃を突きだした。

ウィテカーが振り向くと、そこには銃を構えたカーターがいた。ジェンナが安堵のため息をもらしたのが聞こえた。

ウィテカーが床を転がるようにしてジェンナに飛びかかり、背後にまわって盾にした。彼女の顎の下に腕をあててひねりあげる。

ジェンナは悲鳴をあげた。

ウィテカーは落ち着いた声で言った。「お前に撃たれることなど、俺はちっとも怖くない。この女と一緒に死ねるなら本望だ」

「助けて！」キャシーが悲鳴をあげた。体は液体のなかへ沈みかけていた。口を開け、必死に空気をとりこもうとしている。

「シェーン、あの子を助けて」ジェンナは叫んだ。「コンピューターで操作できるわ」

「ジェンナを放せ」

カーターが銃を構えなおしたが、ウィテカーはひるまなかった。

「放せと言ったんだ」カーターがくりかえした。

「うるさい」ウィテカーはうなるように言って片手でジェンナの首をひねりあげ、もう一方の手で彼女の胸をいじりながらカーターをにらみかえした。

部屋の隅からごぼごぼという音がした。キャシーが溺れかけている。

その音が聞こえたとたん、ジェンナは全身を激しく揺すり、縛られた手を振りまわした。同時にウィテカーが、彼女の首をへし折らんばかりに腕に力をこめた。

ナイフはジェンナの手の先、ほんの数センチのところにあった。彼女は後ろ向きに体を預けるようにしてウィテカーをのけぞらせ、コンクリートの床を探った。指先がナイフの柄に触れた。両手でそれをつかみ、体をひねりつつめちゃくちゃに振りまわす。

ウィテカーが悲鳴をあげ、ジェンナの喉をしめつけていた腕の力が一瞬だけ緩んだ。

そのとき銃声が響き渡り、ウィテカーが床に倒れこんだ。

「キャシーを助けて！」ジェンナはよろめくようにして立ちあがりながら叫んだ。

今や、キャシーは完全に液体のなかに沈んでいた。体の動きもとまっている。

カーターは躊躇せず、ガラス製のタンクに向かって引き金を引いた。

ジェンナが絶叫した。

ガラスが粉々に砕けるのと同時に、タンク全体が破裂した。液体が滝のように流れ落ち、床全体に広がっていく。

ロープをほどいても、キャシーはぐったりしたままだった。「毛布を探してくれ！」カーターはそう怒鳴ってからジェンナの手首のロープをナイフで切り、人工呼吸を始めた。キャシーの肺に口移しで息を送りこみ、それから胸を押す。もう一度。そしてもう一度。死ぬんじゃない。頑張るんだ。あのくそったれに勝つんだ！

ジェンナが近づいてくるのがわかった。「ああ、キャシーは――」

彼女がそう言ったとき、キャシーが大きく体を震わせ、口からごぼりと液体を吐いて咳きこんだ。あえぐようにして肺に空気をとりこみ、また咳きこむ。

「ああ、ハニー！」ジェンナはひざまずき、キャシーを毛布で包みこんで抱きしめた。「ああ、ベイビー、ベイビー、ベイビー……」

キャシーは身を震わせて泣きじゃくった。そして自分が一糸まとわぬ姿であることに気づくと、弱々しい動きでさらにきつく毛布を体に巻きつけた。「ひどい……こんなの、ひどすぎる」

カーターは、ウィテカーの傷口から流れでた血と氷のように冷たいタンクの液体で汚れた床を見おろした。赤く染まった液体のなかに、宝石類や折れた傘が転がっている。

犯人はあお向けに倒れ、かっと目を見開いて天井をにらみつけていた。視線の先には、ジェンナの写真がいくつも貼りつけてあった。口もとは血まみれで、背中からも血がしみだしている。

カーターはしゃがみこみ、ウィテカーの手首をとった。

脈はなかった。

セス・ウィテカー、別名スティーヴン・ホワイトは死んだ。

ジェンナとキャシーは生き残った。

もっとひどい事態になっていてもおかしくなかった。とてつもなく恐ろしい事態になっていても。

エピローグ

「意味がない治療はもう受けないんだと思っていたよ」カーターがやってきたとき、ドクター・ランドールは言った。前回のカウンセリングから一〇カ月が過ぎていた。

「そのとおりです」カーターは部屋に入ると、やわらかい革張りのソファや心理学関係の本が並んだ棚に向かって顔をしかめた。

晩夏の日の光が、窓辺の羊歯《しだ》の緑をいっそう色濃く見せていた。二人は駐車場を見おろす窓辺に立った。

「お手間はとらせません」カーターは言った。「ただ、釘を刺しに来ただけです。あなたが本を書いていると聞いたものですから」

「本を書くなんて、いろいろな人間がしていることじゃないか」

「ですがあなたの本は、セス・ウィテカーのジェンナに対する異常な愛情をテーマにしているそうですね」

ランドールは顎ひげをしごいてから、てのひらを上に向けた。「精神のバランスを欠いた人間が元ハリウッドスターに対して抱いた執着について書いた本さ」

「すでにハリウッドから映画化の話が来てるって噂ですよ」

「まあ……どうなるかわからんがね」

カーターはランドールに駐車場を顎で示した。駐車場では午後の日ざしのなか、ジープをアイドリングさせたままジェンナが運転席に座っていた。

「物事はいい方向に転がっているようじゃないか」ランドールが笑みを浮かべた。「冬になっても、そんなに悪いことばかり起きるわけじゃなかっただろう?」

「その話は置いておきましょう。ここに来た理由は、私がカウンセリング中にした話が本に書かれてるんじゃないかと思ったからです。もしそうなら、即刻あなたを訴えます」

「私はそんなことは――」

「もちろんしないでしょうね」カーターは純朴な田舎の男のような笑みを浮かべた。「ただ、一言言っておきたかっただけです」

彼はそう言い残すと、ランドールのオフィスをあとにした。外の空気には、早くも秋の匂いがまじりつつあった。駐車場のあちこちに落ち葉が散らばっている。フォールズクロッシングはここ一〇〇年で最悪の冬を乗りきった。そのときの傷跡はまだあちこちに残っているが、ランドールの言うとおり、物事はいい方向に転がりつつある。

行方不明になっていた三人の女性の遺体は、セス・ウィテカーのロッジにある大型冷凍庫のなかで見つかった。ソーニャ・ハッチェルも、ロキシー・オルムステッドも、リネッタ・スワガートも、髪をそられ、歯を削られていた。そうして、FBIやマスコミを巻きこんだ、とんでもない騒ぎが始まった。

カーターは地元の英雄としてたたえられたが、自分では賞賛に値するのかどうか判断できずにいた。一つだけ確かなのは、あれ以来、彼がジェンナのそばを離れなかったということだ。二人は今、結婚も考えながら、一緒に暮らそうかと話しあっているところだ。

去年のクリスマスを父親のもとで過ごしたキャシーとアリーは、フォールズクロッシングに戻ってきた。アリーは見たところ元気をとり戻したようだったし、カーターが家にいるときは子犬のように彼のあとをついてまわった。カーターもアリーや彼女の友人のダニー・セトラーをドライブや魚釣りやハイキングに連れだした。しかしキャシーはいまだに、ウィテカーから受けた心の傷を癒《いや》しているところだった。

あの男のことを考えるたびに、カーターは耐えられないほどの激しい怒りに襲われた。彼に言わせれば、セス・ウィテカーはどれだけの苦しみを与えても足りない男だった。

キャシーの傷が癒《い》えるまでには、おそらく何年もかかるだろう。彼女は再び生えてきた髪をショートカットにし、おまけに赤紫色に染めてしまった。けれどもそんな髪型が、思いのほか似合っていた。

つきあっている仲間は以前と変わらなかったが、キャシーは少しずつ明るさをとり戻しつつあるように思えた。ジェンナとの関係も以前よりずっとよくなったし、勉強も頑張っているようだ。なによりキャシーは、カーターとジェンナの関係を受け入れてくれた。

「言うべきことを言ってきた?」カーターが助手席に乗りこむと、ジェンナが尋ねた。

「全部伝えられたとは思わないけどね」

「なにを伝えられなかったの?」

「たとえばこういうことさ」カーターはランドールがオフィスの窓からこちらをのぞいているのを確かめたうえで、ジェンナを抱き寄せた。そして顔を近づけ、永遠に続くかのような長いキスをした。ジェンナはくすくす笑い、唇を開いて彼を受けとめた。身も心も溶けるようなキスだった。

顔をあげるころには、ジェンナは息もできなくなり、カーターは明らかに高ぶっていた。

「しようがない人ね」彼女がからかった。

カーターはほほえみながら、窓越しに振りかえった。ランドールがあっけにとられた表情を浮かべている。

「どうしてこんなところでキスしたの?」ジェンナが尋ねた。

「ドクターにしっかり理解させたかったからさ」カーターはウインクをした。

「うまくいった?」

「間違いなくね。さあ、行こう」

ジェンナは顔を赤らめながらギアを入れて車を発進させ、町を抜けた。コロンビア・シアターの看板には、新たな演目が書かれていた。

吹雪がおさまったのは、一二月のなかばごろだったが、寒さはそのあともずっと続き、スキー場は大繁盛だった。しかしクリスマスが過ぎても、町はまだ暗く沈んでいた。新年を迎えたとき、カーターはアイス・クライミングの道具を捨て、キャロリンの写真をすべてしまいこんだ。そしてリンダを伴い、ウェスにビールをおごるため、ラッキー・セヴン・サルーンへ出かけた。だがリンダが必死にとりなしてくれたにもかかわらず、ウェスはカーターに二度と顔を見せるなと言っただけだった。スコットは恋におちてポートランドへ行ってしまった。リンダは犬を二匹と亀《かめ》を一匹飼いはじめ、気を紛らせているところだ。カーターに言わせれば、必要なのはペットではなく恋人だったが、いつか彼女もそのことに気づくだろう。

ジェンナは今、中学校の近くのブランチ・ジョンソンの家へアリーを迎えに来ているところだった。築一〇〇年にはなるビクトリア朝様式の建物で、切り妻屋根や広いポーチを備えた家だ。ジェンナは車をとめ、時計を眺めた。「もうすぐ終わるころね」私道にはブランチの車がとめてあった。

アリーはピアノのレッスンを受けているところだ。家の窓は開いていたが、それらしい音は聞こえてこない。ダニー・セトラーもいるはずなのに。アリーは彼女に続いてレッスンを受けているはずで、ダニーはこのままジェンナの家に泊まりに来る予定だった。

「すぐに出てくるさ」カーターが言った。

ジェンナがもう一度時計を眺めたとき、トラヴィス・セトラーの車が近づいてきた。家の前で車をとめて、笑顔で二人に手を振っている。けれども、その笑みはどこかこわばっていた。きっとジェンナがカーターを選んだことでまだ傷ついているのだろう。

トラヴィスがジェンナの車まで歩いてきた。「ダニーから緊急連絡があったんだ」小さなダッフルバッグを持ちあげる。「今朝学校まで送っていったとき、お泊まり用のバッグを家に忘れたから、ここまで持ってきて、ってね」

「連絡してくれれば、私たちがとりに行ったのに」ジェンナは言った。

「いいんだ。どうせ町まで来る用事があったしね」トラヴィスは鼻をひくつかせた。「なんだか煙たくないか?」そう言って視線をブランチの家に向ける。

「そういえばそうだな」カーターがジープから降り、あたりを見まわした。

ジェンナは再び時計を見た。レッスンはもう一五分も前に終わっているはずだ。「見てくるわ」ジープから降りて門を開けたとたんに、刺すようなにおいが鼻孔をついた。たき火ではない。なにか別のにおいだ。

「僕も一緒に行こう」カーターもただならぬ気配を察したようだった。

玄関まで行ってみると、ジェンナの胸騒ぎはさらに大きくなった。ドアの鍵はかかっていなかった。アリーかダニーが急いでなかに入ったときにかけ忘れただけよ。彼女はそう思いこもうとした。

だが、なかに入って呼びかけても返事はなかった。「ブランチ、私よ、ジェンナよ。ブランチ? アリー?」

トラヴィスが後ろから声をかけた。「どうしたんだ? ダニーたちはどうした?」

「わからない」ジェンナは廊下を通って、小さなリビングルームへ入った。古いピアノの椅子が倒れ、楽譜が床に散乱していた。はらわたがよじれるような気分になりながら、ジェンナは部屋を見渡した。「おかしいわ」カーターとトラヴィスが家のなかを捜しはじめた。ジェンナはおびえていた。去年の冬に感じたのと同じ、体がなえてしまうような感覚だ。ああ、またあんな思いをするなんて耐えられない！　絶対に！

「救急車を呼んでくれ！」トラヴィスがカウチの向こうから真っ青な顔で叫んだ。

「どうしたの？」ジェンナはパニックになりかけながらカーペットの上を走った。カーターはすでに携帯電話をつかんでいる。カウチの後ろであお向けになり、血だまりのなかに倒れているのはブランチ・ジョンソンだった。「そんな！」心臓が喉から飛びだしそうだった。

「またこんなことが……」

「子供たちを見つけるんだ！」トラヴィスがブランチの脈を確かめながら叫び、しばらくしてから頭を振った。「遅かったよ。もう死んでいる」

カーターが遺体のほうへ近づいてきて、ジェンナを抱きしめた。「救急車は呼んだ。警察もやってくる」彼は目を細め、ピアノの奥の壁際へ歩いていった。「これはなんだ？」

そのとき初めてジェンナは、壁紙になにか書かれていることに気づいた。乱暴な筆跡のどす黒い文字だ。血で書かれているらしい。

〝復讐のとき〟

「どういう意味だ？」トラヴィスが息をつまらせながら尋ねた。

アリー？　アリーはどこ？

ジェンナが振り向くと、煙が見えた。黒く濃い煙が、キッチンから廊下へとくねりながら漂っている。「火事よ！」彼女は叫んだ。「アリー！　ダニー！」二人はどこにいるの？　無事でいて。お願いだから無事でいて。

遠くからサイレンの音が聞こえてきた。

トラヴィスが椅子の肘かけにかけてあったカバーを口にあて、煙のほうへ向かった。「ダニー！　どこにいるんだ？　ダニー！」

カーターはすでに二階へ駆けあがっていた。「ジェンナ、家から出るんだ！　今すぐ！」

「いやよ」

「子供たちはもう外に逃げてるかもしれない！」

そんなことは信じられなかった。ジェンナはアリーの名前を呼びながら、クローゼットを開けた。だが、そこには誰も隠れていなかった。リビングルームにも、ダイニングルームにも、食品貯蔵庫にも誰もいない。ぱちぱちと炎がはぜる音と、二階でカーターが走りまわる音がした。

トラヴィスが消火器を使いながら、後ろ向きにキッチンから出てきた。「ここには誰もいない。油に火がついていただけだ」

家はもぬけの殻だった。

ジェンナはカーターに肩を抱かれてジープへ戻った。そうだ、携帯電話！　彼女は運転席に乗りこんで携帯電話を開き、画面を見た。メッセージが二件入っていた。どちらもアリーからだ。

メッセージを耳にすると、安堵のあまり涙があふれだした。ジェンナはまばたきをしながらトラヴィスに言った。「アリーは学校にいるわ。ブランチからダニーに、今日のレッスンは休みだっていう連絡があったらしいの」

「じゃあ、二人とも無事なんだな」トラヴィスも表情を緩め、自分の携帯電話を出してダニーに連絡した。けれども、聞こえてきたのは留守番電話のメッセージだった。彼は眉をひそめた。「ダニー、パパだよ。連絡してくれ」電話を閉じ、じっとカーターを見つめる。

ジェンナが電話をかけると、アリーはすぐに出た。「もしもし？」

「アリー……」全身に安堵感が広がった。

「ママ、どこにいるの？」アリーは怒っていた。「あたし、ずっと待ってるのに」

「ブランチのところよ。行き違いになっちゃったみたいね。レッスンを受けてるんだって思ってたの。すぐ迎えに行くからそこにいて。ダニーも一緒なんでしょ？」

「ううん」

「なんですって？」ジェンナは凍りついた。思わずトラヴィスと目を合わせる。「ダニーはどこ？」

「わかんない」アリーが不満げに答えた。「約束をすっぽかされたの」

「約束をすっぽかされた？」ジェンナはおうむがえしに言った。「ダニーらしくないわ。なにがあったの？」

「わかんないって言ってるでしょ。昼食のときにダニーが来て、ピアノのレッスンは休みになったから放課後に会おうねって言ったの。だけど学校が終わっても、あの子、どこにもいないんだもん。ねえ、早く迎えに来て」

「今すぐ行くわ。事務室のすぐそばにいてちょうだい。絶対にそこから動いちゃだめよ。わかった？」

「わかった。うるさいなあ、もう」

ジェンナは新たな胸騒ぎを感じながら携帯を閉じ、トラヴィスを見つめた。「ダニーはアリーと一緒じゃないみたい」そのとき、消防車とパトカーが近づいてきた。「私はトラヴィスと一緒に学校まで行くわ。すぐに戻ってくるから」彼女はカーターに向かって言った。

「僕も一緒に行くよ」カーターが言った。

「あなたは状況を説明しないといけないでしょう？」ジェンナは車から降りてきた警察官たちを示しながら応じた。「アリーを連れて戻ってくるわ」

トラヴィスがいらだたしそうに口を挟んだ。「行こう。あとからついていくよ」

ジェンナの車がスピードをあげても、トラヴィスはぴったりついてきた。三分半後、二台の車はほとんど同時に校庭へ乗り入れた。

アリーは校舎の入口のすぐ前で待っていた。柱に寄りかかって腕を組み、膨れっ面をしている。ジェンナはジープから飛び降りて駆け寄った。トラヴィスも急ぎ足でやってきた。

「ダニーはどこだ？」彼は険しい表情で尋ねた。

「さっきママに言ったとおりよ。わかんないの」アリーがトラヴィスの剣幕に気おされながら答えた。「お昼から会ってないし」

「誰かあの子を見た人は？」

アリーは肩をすくめ、首を振った。

「ここで待っていてくれないか」トラヴィスが口調を和らげた。

ジェンナはアリーを抱き寄せた。「もちろんよ」校舎に入っていくトラヴィスを見送る。

まだ夏の終わりだというのに、体が震えてしかたがなかった。

なにが起きてるの？　ダニーはどこ？　どうしてブランチは殺されなければならなかったの？　〝復讐のとき〟って？

携帯電話が鳴った。カーターだ。「もしもし」ジェンナは誰もいない校庭を見渡しながらこたえた。

「ちょっと伝えておきたくてね。僕の勘だが、この事件は君やアリーとは関係がないと思うんだ」

「ダニーの行方がわからないのはなぜ？」

「偶然かもしれないが、でも――」

「でも、あなたは偶然なんて信じない。そうでしょう？」

「そうだ。念のために君の家に連絡してみた。キャシーは無事だよ」

「私も今、電話をかけようと思ってたところだったの」心のなかに安らかな思いが広がったが、それはほんのつかのまのことでしかなかった。ダニーは絶対に大丈夫。きっと無事でいるわ。だから落ち着いて。

しかし、ブランチ・ジョンソンが死んでいたのは事実だ。

ジェンナはアリーをさらにきつく抱きしめ、カーターに感謝した。彼の力強さに。そして彼の愛情に。

「大丈夫かい？」カーターが心配そうに尋ねた。

「ええ」

「じゃあ、家で会おう。僕は二時間ほどここにいなきゃいけない。帰りは誰かに送ってもらうよ」

「連絡をくれたら迎えに行くわ」カーターと一緒にいたかった。彼にそばにいてほしかった。

「わかった」カーターはつけ加えた。「愛してるよ」

「私も」

「じゃあ、あとで」

電話が切れると、熱い涙がジェンナの頰を伝った。アリーは無事だった。私とシェーンはかたい絆で結ばれている。彼は私だけにまっすぐな愛情を向けている。それがなによりうれしかった。

だが、ダニー・セトラーはどうしてしまったんだろう？　いったいどこにいるの？

トラヴィスの心臓は今にも破裂しそうだった。校舎のなかはがらんとしていた。生徒も先生の姿もない。

ガラス張りのオフィスへ行くと、デスクの向こうに事務員が座っていた。老眼鏡をかけ、コンピューターのプリントアウトをにらんでいる。トラヴィスがなかに入ると、事務員は目をあげた。「あら、ミスター・セトラー、いいところにいらしたわ」彼女の笑みはこわばっていた。「ダニエルが最後の授業の体育に姿を見せなかったんです。ちょうど今、あなたの家に連絡しようと思っていたところだったんですよ」

「姿を見せなかったって、どういう意味ですか?」

「あら、言葉どおりの意味ですけど。無断欠席したんです」

「じゃあ、ダニーはどこなんですか?」トラヴィスはきつい口調で尋ねた。耳もとで鼓動の音がした。

「こっちがききたいわ」

「僕が最後にあの子を見たのは、今朝、学校まで送ってきたときです」ダニーのさまざまなイメージがトランプをばらまいたように、脳裏に浮かびあがった。生まれたばかりのダニー。いたずらっぽい笑みを浮かべた三歳のダニー。七歳のクリスマス。前歯が抜けたダニー。母親の葬儀のときのダニー……。ああ、あの子はいったいどこなんだ?

「校長先生に連絡したほうがいいようですね」事務員は電話をとり、短縮ボタンを押した。

トラヴィスは視界の端で、近づいてくるジェンナとアリーの姿をとらえた。二人とも青ざめ、表情をこわばらせている。ジェンナがアリーの肩を抱いたまま入ってきた。「なにかわかった？」

彼は現実に圧倒されそうになりながら答えた。「誰もあの子がどこにいるのか知らないんだ」ブランチ・ジョンソンの遺体が頭に浮かんだ。濃い煙と、血で書かれた壁の文字。トラヴィスは唾をのみこんだ。自分の命が体から押しだされていくような気分だった。どす黒い恐怖が首をもたげる。これまでの生活には、もう戻れないのかもしれない。「ダニーが行方不明になってしまったんだよ」

トラヴィスにとって最大の悪夢が今、始まろうとしていた。

訳者あとがき

リサ・ジャクソンの『凍える夜に抱かれて』（原題“DEEP FREEZE”）、いかがだったでしょうか。保安官と元ハリウッド女優を主人公にして、サイコ・スリラー的な雰囲気も漂わせつつ、連続殺人事件の謎を解き明かし、二人の感情のもつれも描いていく――まさにミステリー・ロマンスの王道と言っていい作品だと思います。

特徴的なのは、二人の主人公がそれぞれ心に深い傷を負っており、その傷が冬という季節に関係していることでしょう。保安官のシェーン・カーターも、元女優のジェンナ・ヒューズも、クリスマスが近くなると悲しい事件を思いだし、ふさぎがちになってしまいます。おまけに、犯人は二人とは正反対――冬になると殺人への衝動がむらむらと頭をもたげるという異常者です。

作者のリサ・ジャクソンの言葉を紹介しましょう。

〝この小説を書きはじめた発端は、担当編集者が「冬にしか人を殺さない殺人鬼を書いてみてはどうだろう」と言ったことでした。そのとき彼は、続けてこう言ったんです。「そして次は、まったく正反対の事件を書くんだよ。暑い時期にしか事件を起こさない殺人鬼の話をね」私はずっと以前から、世の中に存在する正反対のもの――陰と陽に心惹かれてきました。だから、編集者のそんなアイデアにすっかり魅せられ、作品を書きはじめたんです〟

正反対のもの。陰と陽。確かにこの小説でも、二人の主人公と犯人では、「冬」という季節から受ける影響は正反対です。

そしてリサ・ジャクソンは編集者の提案どおり、暑い季節にしか起きない事件も小説に仕立てあげました。『凍える夜に抱かれて』と多くの共通項を持ちながらも、対極的な事件を扱った作品。それがシリーズ第二作の〝FATAL BURN〟です。主人公は、第一作でジェンナの友人として登場したトラヴィス・セトラーとその愛娘《まなむすめ》、ダニー。そして、ダニーと重要なつながりを持つ女性、シャノン。もちろんテーマは暑い時期にしか起きない殺人と、すべてを焼きつくす炎です。本作の最後に起きた出来事が発端となって、運命の糸でつながれたトラヴィスとダニー、そしてシャノンの三人は、熱く邪悪な謎の渦に巻きこまれていきます。

そういえば本作でも、犯人が殺人を犯す場所はいつも凍てつくように寒いところでしたし、犠牲者は冷たいアルギン酸塩の水槽に沈められていきます。この二作は、まるで合わせ鏡のようにして作られたものだと言ってもいいのではないでしょうか。

もちろん、この作品でも見られたように、次の〝FATAL BURN〟でもロマンス的な要素はたっぷりあり、トラヴィスとシャノンの恋の行方も楽しめます。最初はどうしても互いのことを信用できない二人ですが、ダニーを救いだすために力を合わせ、そして……。

第二作も第一作に負けない魅力的な作品です。ぜひお楽しみに。

ライムブックス

凍《こご》える夜《よる》に抱《いだ》かれて

著　者　リサ・ジャクソン
訳　者　大杉《おおすぎ》ゆみえ

2008年11月20日　初版第一刷発行

発行人　成瀬雅人
発行所　株式会社原書房
〒160-0022東京都新宿区新宿1-25-13
電話・代表03-3354-0685　http://www.harashobo.co.jp
振替・00150-6-151594
ブックデザイン　川島進（スタジオ・ギブ）
印刷所　中央精版印刷株式会社

落丁・乱丁本はお取り替えいたします。
定価は、カバーに表示してあります。
 ISBN978-4-562-04351-4　Printed in Japan